被扭曲的民國報人史

張季鸞、范長江們的筆下人生

李偉——著

①王芸生
②成舍我（中）、徐天白（左）、卜少夫（右）
③一九四八年十月十日，卜少夫、徐天白伉儷於無錫梅園
④范長江

①唐納與陳潤瓊
②吳鼎昌筆跡（致錢新之信）
③吳鼎昌（1884-1950）
④胡政之

①張季鸞
②徐鑄成與夫人朱嘉稑1982年在上海重慶北路家門口
③晚年的柯靈
④曹聚仁與王春翠（原配夫人）

①無名氏與日本影星栗原小卷
②傅斯年（左）胡適（中）與
　胡祖望
③儲安平與孩子們
④趙敏恒與夫人

①謝蔚明步入老年之後
②重慶《大公報》時期的彭子
　岡（左）與徐盈
③1949年前高集（右）與高汾
　於南京
④羅孚在其書房

序　莫讓它漸行漸遠邈渺難尋

李偉

記不清具體年份，大致是上世紀九十年代，某家媒體，招聘採編人員，筆試題中有「對范長江進行評析」（限300字）。應聘者既有志於報業，對范長江這位現代報業史上赫赫有名的報人，自然有文章可做。豈料答案竟是「長江是有名的笑星，個子特矮，唱做俱全」。以下評析長江所演的幾個小品，如此，如此。

「爾曹身與名俱滅」，又道是「寂寞身後事」。長江之死為1970年10月，距答題時不過20餘年。就成為類似《笑林廣記》的笑料，很顯然，答題者是把范長江與演娛樂小品的潘長江混為一談。

這當然不是個例。

筆者也有親身經歷。我曾邂逅一位畢業於上海某名牌大學的年輕編輯，閒談中談及報人儲安平以及《觀察》，他搖頭回應，至於「章羅聯盟」、「反右」，他也一概茫然。

對此，我曾反覆沉思，在青年一代中，怎會有如此歷史盲點？

不久後，我看了一本台版的書。作者是一位南京師範大學出身的女編輯，書中這樣說：「我出生於1971年，是沐浴著改革開放的春風成長起來的一代。從小學中學到大學，我受過相對系統而完整的現代教育，時間長達15年！可是，我的課本竟然沒有反右鬥爭、竟然沒有文化大革命。除了道聽塗說、斷章取義、猜想臆測、似是而非，我沒有正常渠道可以瞭解新中國的歷史。於是，直到開始工作、走上社會，我仍然天真地以為1949年以後的天災人禍，都只是意外，只是偶

然，至多也只是少數別有用心者禍國殃民的結果。然而真相還是接二連三地浮出水面，我像泰坦尼克號遭遇了冰山，轉瞬間便成了一條無處擱淺的破船。問號，問號……」①

　　我震驚於這段沉痛的自白，思索這種現象的何以產生。

　　一位著名的翻譯家說明了真情：「誰在這裡和那時寫過反右、『大躍進』和『文化大革命』？大家都嚇破膽。整人的自然不會寫，竭力表現自己的忠誠，爭取火線入黨。挨整的自然不敢寫，不知道明天的命運如何。有些老實人真誠地承認自己犯了錯誤，拚命深挖自己的『反動思想』，不敢也不會思考所發生的事。起鬨者但求自保。即便清醒的人認識到運動的荒謬，也不會產生秉筆直書的念頭。恐懼籠罩在所有人的心頭。」②

　　生者默默，逝者息言，這就是前述現象的由來。

　　真實的歷史，可以被迴避、被諱言、被封閉；還有時間會沖刷一切，無論賢愚與不肖，都會「落花流水春去也」，來一個赤條條地乾淨。這是相當可怕的人為的歷史失憶、失真。

　　即以現代報業與報人往事而言，如范長江之死，不過四十餘年。今天仍能記得人世間有過范長江的還有幾人？雖然大陸在1990年設過一個「中國記協范長江新聞獎」，這也僅局限在一個小圈子裡還依稀微茫地記起范長江這個名字。然而如果要問：「范長江是怎麼罹難的？」再進一步問：「為什麼許多新聞界精英如劉克林、楊剛、孟秋江、蔣蔭恩、鄧拓、李平心……這一長列名字，在20世紀六、七十年代都選擇了自殺？」甚或再有人問：當年原本卓有聲譽、膾炙人口的民間報《大公報》怎會在大陸消亡？同是民間報的《文匯報》又為什麼最後轉型為官方報？「這是為什麼？」、「為什麼？！」答題或恐為難了。

　　歷史長河向例由兩條支流匯聚而成，一是官家所治之史，以報史

言，那些用科研資金沾溉而成的現代報史或報人舊事，大半難以稱之為信史、良史。這因動筆之初，早就設置縱橫交錯不可逾越的底線。這些底線原本真實存在，然而難以面對，後來者最好概不知聞為上佳之策。再說雖為靈長動物的人類，卻有健忘本性。既事過境遷，不再存憶。而今而後何必舊事重提，傷痛再溫，於是繞過它，由此湮滅。其間雖也有學界俊英、獨立崖岸之士，也願獻以良史。然幾番碰壁，雞蛋怎能與石頭相撞，也就就此噤聲輟筆。筆者曾見過一本作為高校教材的《××報百年史》，竟無一字寫及該報所遭的「辛酉之災」（即反右運動）。據當年的知情人曾是北京該報編輯的吳永良稱：被劃入右派行列的有總編毓明、副總編趙恩源、記者部副主任蕭離、記者蕭風、戈衍棣、單于越、尤在、吳永良、顧國權、朱沛人、毛健吾；副刊部編輯高汾等20人之多。

歷史長河的另一支流，就是私家所治之史。私家治史雖管窺蠡測，甚或一孔之見，但憑其史才與史識，能從浩如瀚海的史料中披沙瀝金，去偽存真，而成名山之作。即使如個人筆下的回憶錄或自傳，只要治史者不曲學阿世，有意作偽，也往往較官史更接近真實。漢太史公司馬遷雖「身處殘穢」，而猶發憤著書，寫成崇實斥偽的中國通史《史記》，開創私家治世的典範。近年私家治史佳作迭出，如齊邦媛《巨流河》、高爾泰《尋找家園》、龍應台《大江大海》、王鼎鈞的四部文學回憶錄，都是此中上乘，足資後人效法。同樣，報人所撰傳記與回憶錄也如雨後春筍，春色滿園。

筆者壯歲從事報業，此後有關報史與報人軼事，經常閱讀。發現這類著述頗多不足，有故意諱言者、無心失漏者、語焉不詳者，甚或有意扭曲者……歲月不居，人生易老，筆者雖年已九旬，敢將「衰朽惜殘年」，深願重議報人往事，「補苴罅漏，張皇幽眇」扭曲者正之，不詳者全之，力求接近或還原真相。雖然「取法乎上，僅得乎

中」，而仍摸索前進、不稍懈怠，本書20餘篇，即是勞作結果，謹此就正於方家，時年九十。

注釋 ━━━━━━━━━━━━━━━━━━━

①趙銳：《祭壇上的聖女－林昭傳》，第293頁，臺北秀威資訊。
②《捍衛記憶－莉季亞作品選》，第3頁，藍英年、徐振亞譯，廣西師大出版社2014年
　3月18日。

目次

輯一

《大公報》社長吳鼎昌其人其事

從曹聚仁的詩話說起

以「舊一代的文史學識」自許和自負的曹聚仁，曾對一位詩人的詩篇加以讚許。曹氏引證這位詩人的詩篇〈壬申（1932年）元旦三絕句〉曰：

聽風聽雨又一年，河山破碎此身全，
區區許國終無用，豈欲人稱管邴賢。

猶為餘夢未曾回，為問新詩幾度催，
四十九年湖海氣，難禁春雪上頭來。

問舍求田意最高，百年上策亦徒勞，
淵明剩有忘憂物，來日安排借醉逃。

詩人還有〈六十生日戲筆〉四首曰：

無病無憂六十年，每於意外得安全。
舟車於役難停腳，霜雪相饒不上顛。
城市山林何暇擇，酒杯詩卷忍輕捐。

承平便可休官去，出處依稀似樂天。

牂牁小住五年餘，偶作輕遊竟久居。
得此閭閻同守望，相逢患難共唏噓。
弦歌未盛牛刀鈍，寶藏方興駑策疏。
歲月無多江海沸，一生肯許幾踟躕。

故園一別不知還，極目千山復萬山。
未易模糊尋往跡，何堪寂寞落人間。
席前酒食驚先饌，燈下妻兒諷退閒。
欲掩龍鍾誇矍鑠，青春換得是癡頑。

一驚壯歲匆匆去，更惜餘年緩緩過。
不輟耕耘酬帝力，詎容禪坐學頭陀。
江山佳麗恣遊釣，風雨猖狂任嘯歌。
開夏初筵期盡醉，童心猶在任消磨。

　　曹聚仁贊其詩「功力很深，真是有眼不識泰山」，又引用詩人〈吟詩〉絕句「自道此中甘苦」。詩曰：「吟詩常欲去陳言，煩惱真如虱處褌。技到雕蟲還不易，從知世事漫輕論」。曹聚仁又稱這「和一般詩人的誇大狂絕不相同。」曹還提到詩人的其他著作《花溪閒談》正續編「議論平實，文辭典雅，竊心喜之。」①

　　這一位詩人，說到寫詩其實只是他案牘勞形之後的餘事，該說他是銀行家、報人、政客，一生行藏都在這三方面。

　　用曹聚仁的話說，他也是「政學系的門簾」、「蔣氏的股肱」，中共把他列入首批戰犯名單，排名第十七。這是誰？他是《大公報》

三巨頭之一的吳鼎昌。

一帆風順：求學與出仕

「時來風送滕王閣」，吳鼎昌一生無論求學、出仕、事業都一帆風順、扶搖直上，極少有起伏。

吳鼎昌，字達詮，筆名前溪，1884年出生於四川華陽，原籍是浙江吳興。他的父親吳贊廷在四川綏定府入幕，為人佐政達17年，積有資財，退休後即在成都當寓公。這就使吳鼎昌在人生初始階段就具有極好的條件。

吳鼎昌少年時由名師授教，他又聰敏好學，15歲考中華陽縣秀才。再進成都客籍學堂讀書。因成績優異，取得四川官費留學日本。其時為1903年。他先進東京預備學堂，後畢業於東京高等商業學校。當時在日本留學的學生已達萬餘人，又值革命高漲期，一般學生都不安心於學，而他異於眾人，遠遊樂，勤讀書，雖曾參加孫中山的同盟會，但他極少參加政治活動，即使在課餘，也躲在宿舍練小楷，準備回國後考洋翰林。

回國後經廷試，考中翰林院檢討，如願以償成為洋翰林。然而翰林不過是閒職，吳鼎昌自然不滿足，幸而他的族伯山西藩台吳匡濤瞭解其心意，舉薦他去見東三省（遼、吉、黑）總督錫良。錫良雖接納，但並不重視，派他充任總督署下屬度支、交涉兩司的顧問，依然是閒職，稍後才讓他任本溪湖礦務局的總辦。這樣他才暫時在東北安身。

此後他還是不甘於在酷寒之地的東北安身立命，終改換門庭，改走大清銀行監督葉景葵的路子，內遷到北京，在葉景葵麾下任大清銀行總務局長，逐步取得葉的信任，外放到江西獨當一面任大清銀行江

西分行監督。正當他可稍展懷抱時，辛亥革命發生了，清王朝垮臺。吳逃出江西，回到上海。其時孫中山從海外歸來。儘管吳僅掛過同盟會的空名，這時卻以同盟會會員名義進謁孫中山，接談後為孫中山賞識，委派他參預大清銀行清理處事務並兼籌備中國銀行事務正監督。

當然他不就此滿足，還不斷給當局上條陳、述政見，這為研究系的首腦梁士詒所賞識，梁為袁世凱總統府的秘書長，把他引薦給袁世凱。袁這人善識面相，相他「背後見腮」不予重用，只委他任參議。為此，吳自歎「吃了相貌的虧。」其實另有一個原因就是袁因他曾是同盟會會員。待到1916袁世凱搞洪憲帝制，才任吳為農商部次長，吳因職位不高，不到任。袁世凱隨帝制失敗而死去。1917張勳復辟，河南督軍張鎮芳附逆，復辟失敗，張鎮芳也垮臺。張鎮芳原是在北方頗有地位的鹽業銀行的創辦人，自任董事長兼總經理。張與吳交誼不淺。張既垮臺恐影響他的銀行，請吳出來頂替他在銀行職務。事有湊巧，這時吳與安福系發生關係，段祺瑞任內閣總理，梁啟超任財政總長兼鹽務署督辦。吳本拜在梁啟超門下，遂令吳接收鹽業銀行，從此他實受鹽業銀行的總經理。

北洋軍閥時期政局多變，段祺瑞再度任總理，財政總長換了人，由曹汝霖接長，請吳任財政次長，他允諾但要求兼任天津造幣廠廠長。區區廠長，雖然名位不顯，但利益甚豐，梁啟超任財長時，曾任他兼造幣廠督辦，在這裡他挖到了第一桶金，這次再度接管造幣廠，先後共有七、八年之久，由此攫取大量財富。緣由是北洋政府時代流通的「袁大頭」（銀幣），即由天津造幣廠製造。每一元，名為含銀七錢二分，規定可以夾幾成銅（純銀不能敲響），從日本購銅又有回扣。只一來，一年就有額外收入一兩百萬元，宦囊就充盈起來。不僅如此，吳還得到一份非份之財。其時上海發生焚毀鴉片的大舞弊案，由財政部經辦。當時曹汝霖是兼任財政總長，部內所有事務，全由次

長吳鼎昌處理。財政部從舞弊案中受賄八十萬元，由吳一人獨得。至此吳財富激增，他所掌控的鹽業銀行，遙居北方其他金城、中南、大陸三行之首，組成北方一財閥集團。這裡再插敘一點吳鼎昌的斂財手段，吳極善打麻將，牌友又都是政要人物，他每戰必贏。他在北戴河有一套別墅就是從梁財神（梁士詒）手裡打牌贏得的。

吳鼎昌雖蓄意斂財，同時也不放棄政途。1919南北議和，他成為北方代表，參與和議，秉承北方當局不和之意，使和議終失敗無成。可是暗中他把自己財團的勢力逐漸向南方擴展。

平生三大願

吳鼎昌曾對人說：「我平生有三大願：一是辦一張報紙，二是辦一個儲蓄會，抵制外國人辦的儲蓄會，三是辦一個國際性的大旅社，接待來華外國客人。」

他為實現這心願，費盡心血，終於一一完成。

先說第一件。1926年秋，王郅隆辦的天津《大公報》因周轉不靈而關門。原在該報任總編的胡政之，在北京尚有國聞通信社和《國聞週報》，暇時仍常來天津。吳與胡是留日時同學。這時還有留日同學張季鸞暫時賦閒於天津。一日，吳、胡、張三人恰相會在已關張的《大公報》舊址前。吳既早有宿願要辦一張報。此時靈機一動，提議由他出資，三人盤下這報接辦下去，得胡張兩人認同。吳鼎昌鑒於已往一般報紙所以壽命不長，都由於資金短缺亂拉政治關係，拿津貼，政局一變就無法存在。他不蹈此覆轍，自己也積有財富，計畫由他一次拿出伍萬元，不收任何外股。他自任社長，胡政之任總經理，張季鸞任總編輯。胡、張月薪三百元，不再兼任何外職。吳自己分文不取。此後吳等三人均信守約定，專心致志辦報，都恪守「報紙要有政

治意識而不參加實際政治，當營業做」的辦報方針，與「不黨、不私、不賣、不盲」的四大原則。吳鼎昌全部放手。據徐鑄成稱，吳每日都到報社轉一圈，只是專注外匯結價，白報紙行情漲落，因他負責購買報紙，間或寫寫社評，交張季鸞修改發表。其他均不插手。這樣一來，經銳意經營，一年後即扭虧為盈，十年後，擴展成津、滬、渝、港四館，發行達20萬份，此後20多年中，成為中國最有影響力的民間報，得過美國密蘇里新聞獎。

再說，第二、第三兩件事或先或後於辦報前成功。1922年，吳鼎昌，發起由他控制北方財團，鹽業、金城、中南、大陸四家銀行在上海辦起了四行倉庫與四行儲蓄會。四行倉庫雄踞在蘇州河畔，抗戰初期上海淪為孤島，曾是「八百壯士」誓死守衛對抗日寇的聖地。而辦四行儲蓄會是蓄意和外人辦的萬國儲蓄會、中法儲蓄會對抗，不僅遂其所願，還辦得很成功。存款最多時逾一億元，把外人所辦儲蓄會的業務全都擠垮。他又以儲蓄會的資金就在毗鄰儲蓄會的咫尺之處上海靜安寺路（今南京西路）跑馬廳（今人民公園）對面，建造了當時遠東最高的國際飯店，也是設施和服務最好的飯店，蓋過當時在上海外國人開辦的華懋飯店。

吳鼎昌這三件事都辦成而又很成功。日後，徐鑄成有這樣的評價：「平心而論，吳氏的三點理想，不管他個人動機如何，結果都大大有益於國家、民族，這也可說是『動機、效果統一論』之不合事理、不切實際的一個有力證據。」②

閣揆的第一步

吳鼎昌深知「輿論造勢」的作用，手中既掌握了《大公報》這樣的輿論工具又有《國聞週報》與國聞社的互為呼應（國聞週報與國聞

社，雖原屬胡政之，但受吳經濟支助，倆人又屬好友），更加上張季
鸞向蔣介石的推薦，順理成章進入蔣的「備忘錄。」

1931「九一八」事變爆發，民族危機空前嚴重，吳鼎昌審時度
勢，立即抓住「停止內戰、救亡圖存」這樣緊扣人心的大題目，於
1932年5月在上海策動商界與金融業四個團體（全國商聯、上海商
會、銀行公會、錢業公會），發動建立「廢止內戰大同盟」，大同盟
的十條章程即為吳鼎昌所起草，以「安內對外」的口號，迎合蔣介石
的「攘外必須安內」方針，發表通電，吳列名其中。吳鼎昌一邊又在
上海、天津幾個大學發表演講，鼓吹「先安內後攘外」，這就使蔣介
石大為滿意。當時，蔣為了點綴需要，網羅各界名流，組成一個「國
防設計委員會」。金融界由錢昌照給蔣擬了個三人名單，即吳鼎昌、
徐新六、張嘉璈，蔣對吳早有印象，當然被圈中。這年夏天，蔣把吳
召到廬山，連續談了一個星期，大為賞識。這時吳已半個腳跨進了蔣
政府的門檻。

吳鼎昌並不以此滿足，又進一步大造聲勢。1935年，日本侵華勢
力更見囂張，佔領東北四省後，更想染指關內，進而佔領全中國。民
族危機空前嚴重。吳鼎昌抓住時機，在同年10月，糾合平津滬漢金融
工商界首腦人物，組織「赴日經濟考察團」，去日本促「中日經濟提
攜」。吳任團長，一行34人，團員有陳光甫、俞佐庭、周作民、黃文
植、劉鴻生、徐新六、唐壽民、錢永銘、宋漢章、鄒敏初、鍾鍔、胡
筠庵、黃江泉、南經庸、祝士剛等。吳鼎昌儼然成了當時金融工商界
領袖。在日本活動一番後，待他回國，12月，雙腳就邁進了蔣政府的
門庭，成了「名流內閣」的一員。

1935年12月，蔣介石親自兼任行政院院長，對原行政院班底進
行改組，組織所謂「名流內閣」。任蔣作賓為內政部長，何應欽為軍
政部長、張嘉璈為鐵道部部長、張群為外交部長、吳鼎昌出任實業部

長，蔣介石組建這樣一個班子，一般認為，蔣可能考慮到這五人都曾留學日本，與日本方面有因緣，熟悉日本情況，可利用這五人關係，直接與日本交涉，調整中日關係，延緩中日日趨緊張的情勢。至於用吳鼎昌更多一層，是用吳所長，善於辦金融辦實業。

吳鼎昌從一名銀行家、報人一躍而為內閣高官實業部長。雖然在任不過足足兩年（1935年12月上任，1937年12月卸任）他根據自己的優勢，倒也做了一些實際的工作。上任之初，即強調「為政不在多言，只須埋頭苦幹。」根據當時中國經濟發展遇到困境，提出：「獎勵生產，發展貿易」，針對中國向以農立國，而農業生產衰落的情勢，特別強調要增加農業生產，諸如改良種子、加強病蟲害防治，增養牲畜，發展農場等。還大力推動農村合作事業，吳親赴江西、湖南、湖北、安徽等地視察農村合作事業的推進。

吳鼎昌在實業部長任上，很重要的一項工作是推動國民經濟經濟建設運動。所謂國民經濟建設運動，是實業部牽頭的由民營第二、第三產業帶動第一產業的現代化運動，也是城市領導農村的一個經濟運動。得到蔣介石的支持。蔣親臨並主持國民經濟建設運動委員會的成立人會，提出「國民經濟建設運動與新生活運動二者相表裡，故必須相輔而行」。③蔣還規定在南京設置總會，親任會長。當時《大公報》（1936.6.5）就發社論指出「願中央與地方切實進行，勿陷入名不符實之弊」，「生產製造乃救窮之唯一手段。」然而最終結果還是流於形式，是吳的一大敗筆。

所幸吳在兩年實業部長任上，當時中國沒有大的自然災害，可說是風調雨順，農業連年豐收，物價穩定，法幣穩值、信用度高。當時政局，除殘餘紅軍在陝北尚有武裝割據外，其餘反中央力量都已芟盡，形成前所未有的大統一，因而當1937抗戰爆發時，中國有力量抵抗日本，並堅持抗戰達八年之久，最終贏來勝利。該說吳鼎昌是稱職的。

治黔政聲極佳

　　吳鼎昌雖自稱「喜談政治，不一定適於做官」，又說自己「平生志願在辦一學校辦一報館，無意袍笏登場」，可偏偏官運亨通，1935年冬，竟當了兩年中央官吏（實業部長），「又不意二十六年（1937）冬，忽奉命出主黔政，抗戰時期義不得辭。」（《花溪閒筆初編》）他當上了貴州省的省主席。貴州與四川相鄰，可說是重慶的臥榻之旁，蔣介石委他如此重任，可見倚界之重，無怪他自述「奉命時之惶恐心理不堪言狀。」

　　吳到貴州當省主席還兼滇黔綏靖副主任，成了上馬管軍，下馬管民，文武雙全的封疆大吏。往常新官上任，都是「大換斑」，任用親人換下舊人。他到任沒有自己的班底，只借用《大公報》的金誠夫，去做他的秘書。其餘都是舊人。治政方面，他極重視工農業生產，先後開辦幾家工廠，抓農田水利建設，開發荒地，「冬閒惡習幾乎全部廢除」。據他自述：「後方人口雖然增加，而民食並未感覺缺乏，除一二荒旱小區域外，並未發現餓殍」④這就很為不易。加上他的簡政放權，還有「用人不分新舊，不論學籍、不重鄉籍」、「用人不疑，疑人不用」一套馭人術，貴州面貌有所改觀。他深知強國必先強民的道理，重視醫藥衛生事業。前任時全省醫院衛生費用40萬，在他任上增加到70萬。同時也重視辦學，培養中小教師資，增加中小學。貴州大學、貴陽醫學院、貴陽師範學院，這幾所大學就是吳鼎昌力倡所辦。更值得一提的是推行新生活運動，如對示範人員規定：起居有定、儀容整潔、不賭博、不酗酒。還規定示範家庭標準：身體要保持清潔、子弟要應對知禮、居處不雜亂污濁、兒童不赤身裸體。⑤這樣一來，在戰時貴州居然有一個相對承平的環境。他也有了閒暇，憩遊

於貴陽近郊花溪之上，該地距省城十八公里，山水酷似江南。他飲酒賦詩，題壁明志曰：「得專一壑勝一州，早買青山勝白頭。殺賊功名殊未了，幾年遲我為身謀。花溪山水勝前溪（予家世居吳興前溪），準擬移家老圃畦。忽覺使君身是客，鳥聲人語惜棲棲。」

吳鼎昌治政有個特色比較變通，待人為善。曾有這樣一例。貴州境內歷來種大煙（罌粟），農民以此為生。1937年軍事委員會員會下令嚴禁，已種的立即剷除。特別是滇黔公路兩側，有礙觀瞻。而平壩縣正在滇黔公路側，剷除罌粟刻不容緩。當地士紳要求緩鏟，待秋收後保證不再種。平壩縣長劉永懋曲徇民情，想了個變通辦法：公路兩側一華里內必須立即鏟掉，其餘可以不鏟，責任由他負。這一變通，紳民無不擁護。然而這有違省政府嚴令。這劉縣長誠惶誠恐來見吳鼎昌，稟報經過並請罪，要求處分。豈料吳默思片刻，拍桌大呼：「好縣長，好縣長！」、「農民利益為重！」⑥

據聞當時馮玉祥曾去貴州考察，他採用微服私訪，事前並未通知吳鼎昌。從松潘到貴陽，一路上訪問很多農、工、商、學各界人士甚或家庭婦女和他們家庭，從生產談到生活，還有政治常識和抗戰問題，被問者都答對如流，環境也相當整潔。馮玉祥人吃一驚，極滿意，認為吳鼎昌治理不錯。想來這不是無稽的傳聞。

總之，吳鼎昌贏來頗佳的政聲，輿論公認「貴州在抗戰後方是進步相當迅速的省份」（陳之邁：《花溪閒筆》書後，大公報渝版1941年1月12日），從而鞏固大後方、支持抗戰作出貢獻。

調任文官長策劃國共和談

1945年，吳鼎昌治黔已達10年，雖然政聲不錯，可黔籍在政府中的高層人士，放出「黔人治黔」的呼聲，這影響了蔣介石，把吳調到

重慶，任國民政府文官長，成了蔣介石的幕僚，小心翼翼為蔣服務。

這年8月，日本投降，抗戰勝利。廣大人民期望從此可以休養生息，共用太平歲月。那知國共內戰烽火燃起，雙方爭奪從日人手中光復的國土。從當時情況看，國共兩軍實力，互有短長，都需要時間，調兵遣將，便於搶得先機。

吳鼎昌自任文官長後，無所作為。蔣氏幕中，親信幕僚早有陳布雷、張群等，蔣哪會下顧吳鼎昌。吳向來不甘寂寞。於是挖空心思，想了一計，上條陳給蔣介石要他電邀毛澤東來重慶共商國是。如一旦被毛拒絕，內戰禍端就可推在中共身上，如中共接受赴會，談判需要時間。其實這是緩兵之計，這樣一來，就可為國軍贏得接收與受降時間。蔣採納了吳鼎昌獻計並責成吳於8月14日發了一個「寒電」去延安。

接著，吳鼎昌就想到讓《大公報》發這獨家新聞。結果這一消息的發表有兩個版本。

一是當時在重慶主持《大公晚報》的徐鑄成，40年後（1985）的回憶。「記得八月十五日正午將要截稿拚版之頃，（指《大公晚報》）渝館經理曹谷冰兄親自送上來交給我一個紙片，說：『這是吳先生派人送來的重要新聞，看來你們要重新拚版改換頭條了。』我一看，原來是蔣電邀毛先生來渝共商國是的消息；我說『蔣主席府上的新聞，大概不需要送新聞檢查所檢查了吧。』新聞拚在顯著的地位，成為獨家的新聞。晚報一出轟動山城，增印了幾萬份報，也一搶而空。」⑦這是1985年的回憶，言之鑿鑿，似應可信。

沒有想到，還有一種說法完全與之相反。據王芸生、曹谷冰兩人著文稱：「蔣介石採納了吳鼎昌這個計策，即令吳起草了一個『寒電』，於八月十四日拍往延安。吳於十五日晨，把電稿交給《大公報》，要在當天《大公晚報》上發表這個獨佔的大新聞。稿子發排

後，被新聞檢查所扣住了。該所請示侍從室，陳布雷說：『絕無此事是《大公報》造謠。』原來這樣的重要文電，向由陳布雷經手，而這次卻由吳鼎昌獻策並經手發出。陳布雷自然不知。結果這項新聞《大公晚報》未能搶先，而由中央社統一發稿，十六日同見各報。」⑧兩種說法完全相悖。

筆者遍查旁證，後據復旦大學李光詒教授稱：「此稿並未發出，是王芸生下達命令。」李光詒當年是《大公晚報》記者。

此後經過延安審慎考慮，在美駐華大使赫爾利親自赴延安迎接下，毛主席親自到重慶，山城一片歡騰。這可出於國民黨意外。如何會談並無準備，於是邊談邊準備，⋯⋯這樣經過雙方多次會談以及在會內會外的較量，終於訂出了「國共雙十協議」。和平似乎在望，豈料「協定」墨蹟未乾，大規模內戰就開打，戰火瀰漫，生靈塗炭，小民何辜，抗戰的勝利果實化為烏有，吳鼎昌這位智囊人物，該不會想到他這「干戈化玉帛」的策劃，竟會如此結局！

最後結局：客死香港

每一個人雖「取捨萬殊，靜躁不同」，如何榮華富貴，無奈也只是短暫一瞬，終難擺脫造化弄人，決定了此生行休。1945年抗戰勝利後，吳鼎昌就逐漸走下坡路了。

表面上，吳鼎昌在1945年9月，仍任文官長外，一度兼任中央設計局秘書長（設計局籌畫抗戰勝利後的各項大計），其實只是空閒之職。隨著內戰加劇，所有戰後設計也只是紙上談兵。

待到1948年召開國民代表大會，蔣介石當選總統，欽點吳鼎昌為總統府秘書長。吳自顧雖榮袞在身，但當時國民黨已江河日下，戰事一蹶不振，前途堪憂，預計蔣家天下已不久長，他擬辭去不就。然而

他又知道,如稍示不就,就可能累及全家並遭殺身之禍,只能隱而不發,同時另作善後布置。1948年年底,《大公報》刊出一則啟事,吳鼎昌聲明退出新記《大公報》董事,同時又暗地將自已的財產,陸續轉移到香港。這是吳鼎昌逃港的前奏。

1949年1月,局勢更加惡化,淮海大戰結束,60萬國軍全部崩潰,主帥被俘。這時蔣介石已不能安於其位,自己「引退」,由副總統李宗仁代替。乘這時機,吳鼎昌辭去總統府秘書長職務,悄悄溜到香港。當時中共已把他列入戰犯名單,列為第十七名。在港稍有時日,吳鼎昌就不安於寓公生活,通過關係向中共表態,願回大陸。另據徐鑄成的回憶:1950年夏天,徐鑄成因香港《文匯報》事在香港小住兩月。其間,中共一位負責經濟工作的同志,因他過去和《大公報》與吳鼎昌的淵源,要他去找吳鼎昌探詢「是否有意回大陸?」並表示「他如肯回去還是有作用的。」徐多方打聽到他的住址後,正要作試探性訪問時,一天,路過一家花店門前,見一特大花圈,飄帶上款「達詮仁兄千古」,下款「弟吳鐵城敬輓」。原來吳鼎昌已於八月二十二日病故,享年六十六歲。⑨

注釋

①曹聚仁《書林又話》,上海書店出版社。
②徐鑄成:《錦繡河山》第341頁。
③吳鼎昌:《國民經濟建設運動之意義》,《大公報》(天津)1936年6月22日
④⑤《吳鼎昌文集》,362、555頁,南開大學出版社
⑥《貴陽文史》李兆傑文,2006年2期
⑦徐鑄成:《錦繡河山》,第348頁
⑧《文史資料選輯》,25輯13頁中國文史出版社
⑨李偉:《徐鑄成傳》,49頁,廣西師大出版社

幾人真是經綸手？
《大公報》三傑之一
——胡政之

1

　　「世事茫茫難自料，人間禍福總難期。」讀中國報業史，不禁感慨繫之。曾享譽中外，1941年獲密蘇里新聞獎的中國一大民間報《大公報》，1949年後變故迭起，終於不適新體制而消亡。①

　　緬懷當年，有《大公報》三傑之稱的吳鼎昌（達詮）、張季鸞（熾章）、胡政之（霖）三公殫精竭慮、宵旰勞瘁加上全體同仁協力，才能有此光輝，不意竟怦然倒下而一旦隕滅，實為國人所設想不及。

　　《大公報》本是英斂之（滿人）於1902年創辦，言論犀利見長。辛亥革命後，英斂之無意經營，1916年將報紙盤給皖系政客王郅隆。作為安福系的報紙，辦得沒有氣色，撐至1925年不得不關張停刊。此後由吳、張、胡三傑開創新局，死而復生。這有一段新聞史佳話。

　　胡政之本是英斂之時期《大公報》的舊人，任經理和總編輯。據聞，1926年某日，胡政之偕張季鸞到天津探訪吳鼎昌（三人都曾留日）。三人漫步街頭，路經天津《大公報》舊址門口時，吳鼎昌對胡政之說：「這是你抱過的嬰兒，你還想救它嗎？」胡答：「你如果有意思，我願意當保姆，可惜缺少一碗『救命湯』。」吳說：「錢不成問題。難得季鸞也在這裡，咱們就湊合起來接辦這報紙。」三人都有一番事業抱負，意見一致，就立即著手。

　　吳鼎昌當時是北方財閥，手中擁有鹽業、金城、中南、大陸四家銀行總管理處經濟研究會的公款，撥出五萬元盤下這張報紙。胡政之本是辦報的行家，這《大公報》又是他的舊窩（當過經理和總編），該報的原職工都是他的舊部，何況該報甫停，召回職工輕而易舉。加上當時胡擁有國聞通訊社，培養了一批採訪編輯力量，即可挪位到新記《大公報》。而張季鸞又是主報紙筆政的高手，曾輔助于右任辦過報，也任過孫中山秘書。張那枝筆早為人稱道。就這樣，吳鼎昌的錢，胡政之的經營才能，張季鸞的一支筆，就辦起了新記《大公報》，於1926年9月1日接辦。三人具體分工：吳鼎昌任社長，張季鸞任總編輯兼副總經理，胡政之任總經理兼副總編輯。三人並言明以事業為重，吳不支月薪，張、胡月薪300元，只許成功，不許失敗。異軍突起，果然新記《大公報》不負眾望，一年後即改觀。接辦時發行數不到2000，廣告收入僅200元；一年後，發行6000份，廣告增至1000餘元，收支平衡，從此站穩腳跟。此後逐步發展，中興時期曾有滬、津、渝、港四館，發行20多萬份。成為此後20多年中國最有影響力的民間報。②

2

　　「渡江天馬南來，幾人真是經綸手？」這是稼軒詞《水龍吟》首句，本是稼軒對尚書韓元吉的頌詞。我想移用經綸《大公報》的這位高手胡政之作答案。

　　說起《大公報》三巨頭，吳鼎昌本是投資人，不大過問具體報務，又於1935年被蔣介石延攬入中央政府任實業部長，按照三人辦新記《大公報》時所定的「四不主義」（不黨、不賣、不私、不盲），一旦當官就要辭去報職，這就剩下張與胡兩人。不幸的是張季鸞又於

1941年中道而逝，此後至《大公報》在大陸易幟（1949）前，始終董理其事的就只胡政之。近年張季鸞「善盡記者天職」凜凜國士之風已經定位，張的事蹟也廣為傳揚。唯獨對當年《大公報》的頂樑柱善於經營管理的胡政之，較少人談及，大陸年輕一代更無人知曉，這既不公平也有違事實。「紅花也得綠葉扶持」，可以這樣說，當年新記《大公報》胡與張相扶相將、相互補益才有此光輝成就，如無胡政之，這個大廈就要傾倒，也不可能有數十年之光輝業績。這就是筆者撰寫本文的主旨。

3

　　先略敘胡政之生平。胡政之，名霖，字政之，向以字稱。又有筆名冷觀。四川成都人。1889年生，1949年故世，享年60歲。胡政之父胡登崧曾代理天長（屬安徽）知縣，又在安徽五河縣任知縣，死於任內。故胡政之與皖籍人物發生關係。胡政之少時聰慧，六歲就下筆成文。早年先就讀安徽高等學堂。1906年，17歲的胡政之得他大嫂賣掉一副金鐲的支助到日本留學，就讀東京帝國大學，讀法律和外國語，五年後回國。回國後到了上海，開辦過律師事務所。也曾在江蘇淮陰做過江蘇高等法院第二分院刑庭庭長。1912年進章太炎主辦的上海《大共和日報》任編輯、主編，並在中國公學兼法律教員。1915年安福系的重要人物王揖唐任吉林巡按使（等同省長），延攬胡政之入幕任秘書，次年王揖唐任段祺瑞政府的內務總長（等同部長），胡在該部任參事。1920年前後與著名報人林白水合作，任《新社會報》主編。不久後改換門庭進了《大公報》。
　　以上只是簡介胡政之的生平，由此可見他從事報業具有多項優勢。如家學淵源又曾留學日本、懂得幾種外語，他還採訪過國際性

會議（巴黎和會），又遊歷過歐洲多國，見聞廣、閱歷深，加上從事過多種職業，辦事幹練，且已有辦報刊（《大公報》與《國聞週報》）、辦通訊社（國聞通訊社）經驗，這樣的經歷，在舊中國新聞界似是並世無兩。所以人稱「報業祭酒，論壇權威。」

4

作為報人，胡政之極為敬業，把報紙作為身家性命所繫。徐鑄成曾述及一件親身所感受的事例。1929年底，胡政之把徐從北京《國聞週報》調到天津《大公報》任教育體育版編輯。行前，胡對徐作了一番推心置腹的懇切談話。胡說，他有一個朋友叫張弧（岱山），曾任北洋政府鹽務署長、財政總長。一次，張岱山患重病時，胡政之去看他，張執胡手說：「我生平經手的錢財該有幾千萬，很懊悔在有錢的時候，沒有辦一家銀行，辦一個報館。現在，眼看是辦不起了，政之，希望你努力，辦一張報，這才是真正安身立命的基業。」胡政之講這個故事，顯然是勸勉他把畢生精力放在辦報上。③為此，胡政之自己身體力行，一生重視報紙的作用。據李俠文回憶，在《大公報》如日中天全盛時，有次，胡得意地對他說：「這張報紙的影響不亞於一個政黨，你看辦報不是很有意義？」④

胡政之既重視辦報，並不因循守舊、墨守成規，終其一生都探索新途徑。李俠文回憶，有次胡「在桂（林）館曾召集同人講話，強調報館除了搞好版面內容，評論有正確的主張，必須注重經營。清末民初不少文人辦報，有些文章傳誦一時，報紙曇花一現，瞬告關門。」⑤胡政之強調了如何經營的重要。

胡政之探索的經營理念，也即是辦報的新途徑，大致有幾點：一、要善於處理好報紙與政治的關係，他說：「辦報要有原則，政治

是靈魂，對國家社會提不出主張，起不了作用，光是想賺錢，又有什麼意義？《大公報》正是吸取這些教訓。」⑥

不過胡政之審視中國的實際情況，舊中國沒有新聞自由，專為統治階級或某一政治勢力效勞的報紙，不為讀者所歡迎；而敢於批評當局代表人民的報紙，卻又為當局所不容。歷史的教訓比比皆是。當年北京《京報》社長邵飄萍因譴責張作霖親日賣國，遭被捕後不經審訊，即以「宣傳赤化」為藉口於1926年4月26日被殺害。北京《社會日報》主筆林白水因反對軍閥張宗昌，於1926年8月6日被殺害。上海《申報》總經理史量才因支持抗日運動和中國民權保障同盟，1934年11月13日，被蔣介石派遣特務所刺殺。熟知這些情況的胡政之告誡他的部下「新聞記者要站在超然地位。」他還說「要使報紙有政治意識而不參加實際政治」。⑦《大公報》始終奉行這樣的方針。試看它和國民黨政府的關係，即是不即不離。「九一八」事變發生，國民黨政府採取不抵抗政策，認為沒有準備好，不能應戰。張季鸞提出「利害決定政策，實力決定行動」，一唱一和，似若配合。1937年「七七」盧溝橋抗戰發生，蔣介石激於民族大義堅決抗戰，《大公報》全力支持，北方失陷前即停了天津版，去南方辦報。「八一三」上海抗戰爆發，南京政府遷都，《大公報》上海版也跟著到漢口，又到重慶。鑒於國民黨的堅決抗戰，《大公報》強調全國力量必須統一，服從一個領導中心即國民政府。

自然對政府也有所糾彈。1941年12月8日，日本偷襲珍珠港，太平洋戰爭爆發，香港大撤退。《大公報》社評〈擁護修明政治案〉（1941年12月22日）揭露指出「逃難的飛機竟裝來了箱籠老媽與洋狗，而多少應該內渡的人尚危懸海外。善於持盈保泰者，本應斂鋒謙退，現竟這樣不識大體。」矛頭直指孔二小姐與其父孔祥熙。「飛機洋狗事件」引發昆明西南聯大、遵義雲南大學學潮。⑧

　　1942年河南發生大旱災，數百萬人餓死，成為人間地獄。而國民政府仍向河南人民勒索徵糧。同時在陪都重慶，通貨膨脹、物價飛漲，豪富官商依然歌舞昇平，紙醉金迷。《大公報》駐河南記者張高峰從葉縣寫成〈豫災實錄〉的通訊，揭露災荒慘狀及真相發在1943年2月1日該報。第二天（2月2日）又發社論〈看重慶，念中原！〉，社論指出：「……河南災情之重，人民遭遇之慘，大家差不多都已知道；但畢竟重到什麼程度，慘到什麼情況……餓死的暴骨失肉，逃亡的扶老攜幼，妻離子散，擠人叢，挨棍打，未必能夠得到賑濟委員會的登記證。吃雜草的毒發而死，吃乾樹皮的忍不住刺喉絞腸之苦。把妻女馱運到遙遠的人肉市場，未必能換到幾斗（升斗之斗）糧食。這慘絕人寰的描寫，實在令人不忍卒讀。而尤其令人不解的，河南的災情中央早已注意，中央的查災人員也早已公畢歸來，我們也曾聽到中央撥了相當數額的賑款。如此紛紜半載，截止本報通訊員上月17日發信時，尚未見發放賑款之事，千萬災民還在眼巴巴盼望。這是何故？尤其令人不忍的，災荒如此，糧課依然。吾衙門捉人逼拶，餓著肚皮納糧，賣了田納糧。……所謂：『據省田管區負責人談，徵購情形極為良好，各地人民均罄其所有貢獻國家。』這『罄其所有』四個字實出諸血淚之筆！」接著寫了重慶物價飛漲，市場搶購，限價無效，豪富恣肆等現狀，最後慨歎：「看重慶，念中原，實在令人感慨萬千！」社論發表當晚，「軍委會」就限令《大公報》停刊三天，一時輿論譁然！迫令停刊後，河南當局又捕人以呼應。記者張高峰以「共黨嫌疑」遭捕，湯恩伯（31集團軍總司令）親自夜審，因查無實據改為軟禁，直到次年日軍進攻河南，國民黨軍大潰敗，張高峰才得逃回重慶。停刊三天後的《大公報》，銷路大漲，原每天銷六萬份，猛增至十萬！

　　「報紙有實際政治而不參加實際政治」這種做法，雖也被人譏

為「小罵大幫忙。」在報界認同的人極多。老報人曹聚仁非常欣賞並斷言，他們把報紙當營業做，不和政治發生分外的聯繫，「這樣努力一二十年以後，使報紙真能代表國民說話。」（《星島日報》1949.4.25）

第二，胡政之不愧為經營事業的長才，善於高瞻遠矚、瞻前顧後，未雨綢繆、巧妙安排。《大公報》的發軔地本在天津，以北方為根基，雖然發行面向全國。到1935年，由於日寇不斷入侵，華北形勢漸趨惡化，「塘沽協議」簽訂後，人心更為浮動，真所謂「華北之大，擺不下一張書桌」，胡政之當即策劃去上海辦「滬版」。雖然上海是《申》、《新》兩報天下，「明知山有虎，偏向虎山行」，終因以言論見長加上胡政之找到杜月笙斡旋而站下腳跟。1937年抗戰開始，旋華北淪亡，能在上海立足。「八一三」抗戰開始，他就預見到「滬版」在上海絕不久長，就於1938年辦漢口版。在抗戰的烽火硝煙中，極為艱難條件下，又再辦重慶版、香港版。在港版蒸蒸日上時，胡政之已籌辦桂林版。迨太平洋戰爭爆發，香港淪陷，港版同人也就有了立足之所。當張季鸞謝世後這自然歸功於胡政之的事先決策與細密籌備。有人稱《大公報》是「逃難報紙」胡政之感慨地說：「《大公報》雖然逃難，但它每一次被毀，我總有勇氣去把它再建設起來。」

不僅設分館這樣的大事，胡政之早作運籌，就是日常的運轉也無不成竹在胸，預先謀劃。據李俠文說：「在抗戰前後，各館在各地預先開設，逐個撤退，戰後又一一恢復，人力物力安排調配，頭緒紛紜，事至繁重，而他洞燭機先，指揮若定。在太平洋戰爭爆發前，他在港館購下一批白報紙，後來紙價飛漲，而港版能應付裕如。有時讓出幾卷紙就夠支付同人一個月的薪水。戰時渝館收入不錯，刊登廣告要一周前登記。抗戰勝利後，有財力恢復津滬等館，還分別贈送同人

一筆復員費用。」⑨這就足以說明他的經營長才。

第三，留學東洋又曾在歐美考察的胡政之善於科學管理，重視制度建設，通過制訂規章制度從宏觀方面進行管理。制度建設的重點在：人員的任用與考核；內部的分配；財務制度。其目的是激勵員工的積極性，為報社多作貢獻。

如用人管理方面的《大公報社職員任用及考核規則》，條分縷列，極為清晰，可以操作。六項考核標準：一、恪守規章，服從指導；二、珍惜公物，節省公費；三、勤奮好學，工作進步；四、勤勞敏捷，忠實服務；五、整潔精神，和睦有禮；六、其他有特殊辛勞者。考核範圍，除一般工作份量、工作能力和工作成績外，特別有一項「服務年資」，服務年限越長，薪給越高，意在鼓勵員工終身服務。

在內部分配方面，制定了《大公報社職員薪給規則》，職工薪給主要由五項構成：月薪、特別費、年終酬勞金、生活補貼、年資薪。《大公報》的薪給比較優厚。以戰前在天津時言，一般職員月工資30元左右，編輯一般100元左右，在當時北方報館中是比較高的。

還應特別指出的是，《大公報》對有特殊勞績的員工除發「紅包」外，還有一項重大舉措，即贈予本報勞績股權。這一活動共進行四次，獲此種股權的前後有曹谷冰、金誠夫、王芸生、楊歷樵、王文彬、蕭乾等27人。胡政之此舉，意在穩定骨幹，激勵後進（青年），在職工福利方面也有四項規定（恤養金、子女教育補助、醫藥補助、婚喪補助）。如報館規定，凡職員父母整壽或喪亡，本人整壽、婚嫁及子女婚嫁，報館都要贈送相當於本人兩月工資的饋贈。言明其中一個月是代報館同人贈送，免得彼此酬酢造成負擔。報館還組織同人福利委員會，成立消費合作社，專門聘請醫藥顧問，免費為員工及家屬治病。（引自吳廷俊《胡政之和他對「大公報」的貢獻》）

　　財務制度無非是開源節流。精打細算，增加收入，節約支出。胡政之建立了嚴格的財務核算制度，要求各分銷處按時繳費，不得拖欠；同時建立嚴格的廣告收費制度，即使是經理和總編輯為私事刊登廣告，也都必須照章繳費。說到胡政之節約，只有善於辦報的成舍我可以與他相比。據說他對記者多用稿紙都感心痛。李俠文（三十年代即參加大公報並歷任要職）說到他親身經歷：「在桂林有一次我在編輯部寫稿，用的是戰時後方的粗劣土紙。我拿了毛筆不經意地揮寫。他走進來拿起來看，我寫了一張送一張給他看，為了求快，字寫得又草又大，每張紙寫不了幾十個字，他笑著拿起筆來改兩句，寫的是蠅頭小字，比對之下，叫我立刻感覺到在這物資缺乏的時候，不能這樣糟蹋紙張，以後寫稿儘量把字縮小。他認為個人生活能夠樸素，然後容易自處，遇事可以不受威迫利誘，尤其新聞記者，最要有良好的操守，必須這樣才可以減少過失。」這見之於李俠文對胡政之的悼文。（1949.4.21《大公報》）……。

　　必須說明的是，在這些制度的貫徹中，遇到特殊情況胡政之就變通。以任用和考核規則而言，規則的第八條第二項規定「各級職員之辭退，均得不附理由。」文字上看來不合理「極其兇惡」，事實上《大公報》用人一般是穩定的，被辭退的都事出有因。據在《大公報》資歷極深的曹世瑛說，在天津時期有過三四起，有兩位挪用公款的會計，有位能力差且吸食鴉片又向當局告密的記者，還有一位日文翻譯，雖在日本九年，譯文常有錯誤，這些人都被堅決辭退。不過也有一次看似絕情事屬無奈的多人遣退，後來補過。這是抗戰初，上海失守租界淪為孤島，日軍勢力侵入，要對中國報紙實行新聞檢查。胡政之宣佈停刊。編、經兩部除留少數人善後外，餘者發三個月工資一律遣散。徐鑄成、張琴南、蕭乾、蔣蔭恩、楊歷樵、王文彬都在列。這些都是在報工作多年又極得力的人物。在這兵慌馬亂之際，一朝失

業很難找到工作。眾人頗有怨憤之詞，對胡極反感，當時滬館尚存盈利並有漢口館，如此一腳踢，一邊捆行李，一邊罵街。半年後，胡籌辦香港版，在滬解散的都召回，去香港繼續任職。⑩

《大公報》同人公約第三條規定：「本社職員不得兼任社外薪給職務，並不得經營抵觸本社利益或社譽之業務。」貴為社長的吳鼎昌當了實業部長也只能辭職。不過也有變通的事例。天津版「經濟新聞」記者張晴荷，經濟編輯林墨農，他們在外有兼職。從兼職業務中取得商業行情胡政之即默許。抗戰勝利後的天津版總編輯張琴南，兼職燕京大學新聞系，胡政之所以同意，是因1937年滬版停刊時，張去成都燕大，故戰後蟬聯。

還有一個生動的實例，據徐鑄成自述，他供職《大公報》後，曾接受邵飄萍夫人湯修慧的報酬，把採訪的新聞供給湯主持的《京報》，兩報同時刊出。事件經過是：徐鑄成與湯修慧本為舊識，《京報》在平、津的採訪力量不足，請他兼任，難卻其情，徐兼任兩個月。湯給他匯了一筆錢。按新聞行規兩個同跑一處的記者私下交換新聞都屬不當，而徐竟是有償供給，兩月後就被發現。「他（胡）一天找我個別談話，很關切地說：『聽說你夫人快要分娩了，家裡開支要增加了。我已關照會計科，從本月起，你的薪水改為一百元，他絕口不提《京報》的事……』」徐鑄成又說：「我明明一再犯了這條『戒律』，這位鐵面無私的老闆，卻給我加了薪……」由此可由此可見胡政之不僅講原則也講人情。⑪

總之，胡政之嘔出心肝，主持至計，運籌策劃與同人同心協力，甘苦共嚐，使新記《大公報》由最初虧損，轉為盈餘，至1949年時已發行20萬份，報社的資產由初時的伍萬，增加到六億元（相當美金達65萬）。

有一點需要附帶說明，胡政之不僅善於經營也是寫作長才。據

方漢奇統計，僅胡於1916年進舊《大公報》，五年內發表的評論就達500篇。還值得說及的是，即使是嘈雜的環境下，他也能在極短時間內把文章寫成。有時他無暇執筆，由他口授，別人筆錄，他說一句寫一句，竟能段落分明，斐然成章，竟不必改易一字。（李俠文語）

5

事業的成敗，人的運作是主要因素。胡政之善於識拔人才，歷來為人所稱頌。據曹世瑛稱：「他曾對我說：不怕你有九十九分短處，只要有一分長處我就能用你。」⑫由他識拔和培養的人才可以舉出一長列。如范長江、徐鑄成、蕭乾、王文彬、朱啟平、陸詒、張高峰、張蓬舟、徐盈、彭子岡等等。所以人稱《大公報》就像一座新聞學校。

范長江早歲為北大學生，常向《大公報》投稿，胡政之賞其文筆，又因他勤奮，每月固定給酬15元，要他專為《大公報》寫稿。1935年暑假，范長江提出一項旅行採訪計畫，要去中國大西北的陝甘地區，當地閉塞，外界罕知此中真相。在多家報刊碰壁後，胡政之慨然資助壯其行，結果多篇報導久已失蹤的紅軍真相的長篇通訊在《大公報》刊出而轟動一時，後又冒政治風險結集出版《中國的西北角》，成為現代新聞名作。由此范長江嶄露頭角於中國報壇，顯然與胡政之的慧眼識珠與提供條件而分不開。

徐鑄成讀北師大時，家貧，半工半讀，在國聞通信社當抄寫員。因向胡政之（時為該社總編輯，又該社屬《大公報》）提了一項極有見地的建議，為胡賞識，又經兩次實地採訪，證實確為才雋，即聘為《大公報》記者。經一番編輯歷練後，即調為駐漢口特派記者兼漢口辦事處主任，此後與王芸生「一時瑜亮」成《大公報》要員，先後任

桂林、上海版總編、香港版編輯部主任。後離《大公報》與嚴寶禮創
《文匯報》任總編，成新聞界重鎮。

　　蕭乾，畢業於燕京大學，經楊振聲推薦，胡政之面審，進了《大
公報》，獨當一面編副刊「小公園」，又兼其他副刊發稿，又以餘力
採訪寫通訊，能力不凡。1939年，忽接劍橋倫敦大學函聘他為講師，
因待遇差擬放棄。胡政之聞悉，力主他去應聘，並表示旅費由報社支
付。胡的目光遠瞻。當時歐洲風雲日緊，然而歐洲戰地新聞，中國極
為缺少，胡有意讓蕭當一名駐歐記者。對蕭說所付旅費只要寫通訊作抵
充。那知好事多磨，尚未啟行旅費就被偷。蕭失望了不想再去，仍是胡
政之給他再付旅費，終於成行。到英後，果不負眾望。讀書之餘，發回
大量歐洲戰場新聞。此後蕭改教為學，擬在英讀博士學位。又聽從胡
的勸導，放棄讀博，成為二戰時最早去歐洲戰場的中國戰地記者。此
後先隨英軍橫渡海峽，親冒炮火硝煙。繼之再隨美軍第七軍直抵萊茵
河進入剛解放的柏林。再此後，蘇、美、英三國首腦討論戰後問題的
波茨坦會議，紐倫堡審納粹戰犯，直至聯合國成立大會，蕭乾無不目
睹並寫了出色的通訊，成為中國的名記，這都與胡政之的支持有關。

　　朱啟平，學生時代，看到過胡政之，後來進了《大公報》重慶版
任編輯。1945年春，太平洋戰爭已接近日本本土，他給胡政之寫信，
自薦到美國太平洋艦隊去採訪。朱通曉英語，身體又好，勝任這工
作。胡政之同意他的自薦。朱跟著美軍到了日本，寫了許多出色的通
訊。日本投降這天，朱參加了在密蘇里軍艦上的簽字投降儀式，寫了
〈落日〉為題的出色通訊，得到眾口一辭的讚頌，譽為狀元之作流傳
至今。

　　胡政之用人極有特色。如不因所用人有政治色彩而包容。編輯
吳硯農在上世紀三十年代初就參加中共地下活動，後因組織破壞，吳
幸而逃脫誘捕，回報社後向胡政之如實報告，並表示擬去日本避險，

同時乘此機會讀書。胡當即允其所請。吳去日本後，報社每月匯給他六十元，長達一年多，直到1935年回國。1949後吳曾任天津市長。又如楊剛，原名楊繽，從小就是叛逆女性。1928年就入中共。1939年經蕭乾介紹，入《大公報》，先任港版文藝副刊主編，太平洋戰事爆發後，再任桂林版文藝副刊主編。在重慶《大公報》期間要求去美國讀書，胡政之資助學費，任為駐美記者。

6

胡政之的口碑極好，為人處世、品格操守得到人們一致讚頌。

曹世瑛從1928年進新記《大公報》當練習生起，就一直追隨胡政之左右。在他有關胡政之的回憶錄裡這樣寫道：

「胡經理是個矮胖子，五短身材，大近視眼，聲音洪亮，時常發出爽朗的笑聲。表情嚴肅，但不難接近。他是一位不尚空談的實幹家。任何問題都可以當機立斷。絕不模棱兩可，拖泥帶水。儘管夜間下班經常都在午夜以後，他還是每天早晨就到報社來。他先到經理部一坐，然後就上樓到編輯部。報架上有幾十種報紙，他都要翻看一遍。當時報社沒有星期日，也沒有輪休，只要他在天津，一年到頭都是如此。外出也要寫通訊」⑬。

徐鑄成同樣說到胡政之的敬業精神，「他全身擁抱這個事業，為之奉獻一切」：他精力充沛，什麼事都管，真是無時不在，無地不在。清早（七、八點）即到報館。他先巡視經理部瞭解有關情況，如發行數、廣告收入、白報紙行情和庫存；中午在經理部吃飯，打一個盹，一時許就重新上班，督促日班的編輯（如副刊等版）、記者工作。三時，規定夜班編輯集中編輯部看報。他自己詳細閱讀了本市和外埠的各家報紙（外文報也不漏，如英、法、日文各報）和自家的報

紙作比較，從而找出新聞線索，發電指示駐外記者。較小的地方報他
也要看，找出可以改寫的本報通訊素材交給地方版編輯。有幾次，徐
鑄成遲到了，看到胡坐在他座位上看報。他頗尷尬，站在胡背後幾分
鐘。胡回頭看了他一眼，一聲不響地走了，這比申斥還難受。晚上在
編輯部一起吃飯，飯後即開始工作。每星期他要寫兩篇社評，有時也
寫點新聞稿。八時左右，吳鼎昌總來編輯部，和張、胡漫談時局，大
約十時前後即回去。那時張季鸞即忙於看稿撰文。胡再回經理部處理
有關問題，如細審賬目，對各地辦事處作指示，直到深夜一、兩點鐘
才回家。他有過人精力，每天只睡五、六小時，工作時間長達十三四
小時。真可以說把全部身心都撲在事業上了。他有時去北平或其他地
方，也必寫通訊，重要的新聞就打電報。他能照相，也能譯電碼，無
論經濟、文體以至副刊各個版面，他都能動手編。這是在天津時期的
情況。（見徐鑄成《報人張季鸞先生傳》）。後來《大公報》上海、
香港版創刊，由於業務發展，頭緒紛繁，他投入的時間更多，每天工
作十四、五小時是常事。迨至吳鼎昌的離職與張季鸞去世，獨自掌握
全局，更幾乎是以報為家了。

　　對胡政之，徐鑄成還有一段評價：「邵飄萍、黃遠生諸先生富
有採訪經驗，文筆咨肆，而不長於經營。史量才、張竹平、汪漢溪諸
先生工於籌計，擘劃精緻，而不以著述見長。在我所瞭解的新聞界前
輩中，恐怕只有胡政之先生可稱多面手，『文、武、崑、亂不擋』。
若干後起之輩，雖然也精力充沛，編輯、經營都有一套，但手面、魄
力，似乎都不能與胡相比。」⑭

　　胡政之在處世為人方面值得稱道。他對同人說：「做人做事應
以人格素養取得別人尊敬」。他對做人方面很注重。擔任過重慶《大
公報》經理的王文彬曾說，他性情孤傲，沉默寡言。初次和他談話的
人，很難發現他的熱情。特別在他生氣時，常常一言不發。他是屬於

外冷內熱型，實際上很熱情，也愛朋友。仍據王文彬說：「他和張季鸞先生性情完全不相同，但他們相交數十年，合作十五年，始終都很好。因為胡政之先生善於人交，忠誠厚道，正大光明。對於好行小惠之徒，切齒痛恨。若有人植黨營私，他也不以為然。」⑮

「他知道人們有面子問題，決不當眾批評任何同人。凡發現有什麼錯誤或有什麼問題，總是叫到他辦公室內才批評。他日夜在館內各處、印刷廠內到處轉轉看看，遇到同人略談、略問幾句，實際上他不斷聯繫群眾，起到檢查、監督作用，」⑯

胡政之一生保持著淡泊文人本色，自奉儉樸，不謀榮利，時時向同人提出要「事業前進、個人後退。」他常說，廉潔自持才能卓爾獨立。他經常一襲布衣「夏天他經常穿一件夏布大褂，冬天穿棉袍纏一條圍巾，從來沒有穿過皮大衣。他沒有包月，每天上下班臨時叫一輛『膠皮』（人力車的天津名稱）。編輯部有一些人一天不打麻將十個手指就發癢。我（曹世瑛）卻從來沒有聽說胡政之坐下來打牌。我也沒有在劇場裡遇到過他。他不吸煙，但是喝酒。有時他自己也講些喝醉之後的笑話。」⑰如果說，胡在初創業的天津時期是這樣，而在輝煌的香港復刊期間，也是如此。「他住在宿舍的頂樓一個小房間內，起居飲食都沒有特別人照顧，來回宿舍與報館之間都是坐巴士，有一次在巴士給我（李俠文）碰見，人多找不到空位，他站在車上抓住扶手，一手拿著一小包花生米，逐粒送入口中，肥胖的身軀在車中搖晃，悠然自得。」⑱

當然胡政之身上也不是沒有為人所詬病的問題。如抗戰勝利時，他曾向蔣介石請求用法幣購買外匯20萬美元，有背當年定下「四不方針」，不過細究其用途是買了一套美國製的印刷新設備，促進《大公報》新發展，這就情有可願。還有眾所周知的他參加了國民黨操縱的「國民大會」，那是他極不願而被迫的事。事情經過是，國大召開

前，蔣介石召見胡政之，到時見傅斯年已先在。蔣滿臉怒氣，一言不發。傅斯年說：「政之先生，你究竟跟著國家走，還是跟著共產黨走，今天應該決定了。」胡這才去簽到。又據李俠文稱：「政之先生在一次社評會議上神情沮喪地把經過告訴我們，並說為了報館，他去「跳火坑」，到時去簽個字報個到就回來，大家報紙照編，不要受他影響。」⑲據當時在場的李純青說，胡說此話時「面色慘澹，兩眼紅澀，聲調近乎嘶啞，我從來沒有見過他如此沮喪和可憐。」（〈為評價大公報提供史實〉）後來果真是這樣，去簽了個名而一直沒有再參加。

在這裡，有一點插敘。《毛澤東選集》1960年第一版，〈迎接中國革命的新高潮〉一文的注⑧說，「某些社會賢達」，是指那些以無黨無派面目出現而為蔣介石的「國民大會」粉飾門面的無恥之徒，如王雲五、傅斯年、胡政之等。曾在《大公報》工作並寫過《大公報史》的周雨，對這注釋進行辯正。向選集出版委員會進行交涉。後終於撤銷這條注釋，為胡政之摘掉「無恥之徒」的帽子，這是後話。（關於這條注釋的撤掉見張增泰：〈不說不公平〉、《萬象》13卷8期62頁）

仍回本題。此事發生後，胡政之一度比較消沉，然操守依舊不變。有一次胡政之去南京，美駐華大使司徒雷登讓他的秘書傅涇波傳言，準備了洋房汽車招待他，試探他是否有意出任行政院長，他婉言拒絕了接待，還是自己跑回《大公報》駐南京辦事處，去睡帆布床。

總之，胡政之這人可說瑕不掩瑜，不應以一眚掩大德。

7

胡政之於1949年4月14日下午3時55分病逝於上海。還差80天就是他60周歲。差10天，解放軍進入南京。

　　死因之一是積勞成疾，因病奪去生命。1948年，胡政之去香港籌辦香港版的復刊，把這看作「最後開創。」當時條件極差，四處張羅，埋頭苦幹，不倦不休。試版五次，還放心不下。當時相隨他的李俠文現場目睹說：「他每晚都來看試版，關心每一個環節，處處都想從旁幫上一手。出版那天（1948年3月15日），他等到拂曉開機，看到我們從機房拿上來的第一份報，他興奮地連聲說『恭喜！恭喜！』這份報紙可以說是他心血的結晶。在他的鼓舞下，同人不怕環境惡劣，不怕工作繁重，把一件幾乎不可能的事辦到了，我從這裡多少體會到什麼叫做『創業艱難』」。生命的過度透支他終於垮了！「出版兩天後，我們勸他在宿舍休息，晚上不必再到報館來。畢竟上了年紀不勝繁劇，不久他就生病了」。他是倒在辦公桌上的。李俠文找來一位司徒醫生給他診治，發現他患了肝硬化，已難有痊可的可能。然而他「仍是談笑自若，對事業對自己都充滿信心。」⑳㉑眾人把他送到上海，一年後終不起。

　　第二個原因，曾有傳言，胡病重之際，家人為遺產（股權）紛爭而促其死。後王芸生子女所撰的《一代報人王芸生》中這樣寫：「王芸生一直認為，胡政之的死與天津《大公報》易名為《進步口報》（49年2月27日改為《進步日報》），傳出受到最嚴厲的批判有關，因為那時「家庭糾紛」已不再重要，他已預感到「大公報事業」、「文人論政」將風光難再。王芸生只能遙奠這位總經理一路走好，魂兮歸天！」㉑按此說是和王芸生原來說法有所不同。在王芸生、曹谷冰所撰文中曾說胡「患了不治之症回到上海」，王稱「他輾轉病榻為妻女爭股票而受到折磨的時候，胡政之原來準備做「白華報」的大公報香港版，卻於這年的十一月中旬首先轉變到人民方面來。胡政之抱著幻滅的悲哀於轉年（1949年）四月十四日去世了。」㉒此說說明港版「轉變」在前，津版「易幟」在後。又加上遺產紛爭這就加速胡的

死亡了。不過前說懷悲愴之情而後者似為鄙視，該是王芸生的違心之言吧?!

其實最為痛心的是，胡政之在死亡前，就從王芸生口中聽到《大公報》即將改轍轉向，投向中共的消息。依據是王芸生之子王芝琛所述：「王芸生晚年時說，有了楊剛的『承諾』，還有毛澤東的邀請，他個人的命運，決不會再成為一個『王實味』，《大公報》的命運也會很好。王芸生這才艱難地作出抉擇」。（按：即改轍轉向）「王芸生的抉擇，並沒有背著尚在的總經理胡政之，那時胡政之病情危重，經常處於昏迷狀態，不省人事。醫護人員和家屬一般都拒絕客人來訪，當然對總編輯王芸生是例外的。王芸生臨行前，親往胡公館探望。王芸生在胡政之臥室兼病房，將室內醫護人員和家屬都辭退，在胡的耳邊簡述實情與打算。當然胡政之的面部始終木然，當王芸生離開這間臥室與病房時，似乎見到胡政之先生眼睛有星光一閃一閃。王芸生說大概是淚花吧，王芸生流著眼淚離開了他。」[23]這王是與胡的最後訣別，帶來這種噩耗，多年心血創造的基業就此毀掉，自己又無能為力，心底之痛可以想見，自然加速死亡了。

此外，胡政之去世後，那位續弦夫人顧俊琦（外交耆宿顧維鈞胞姪女），出走大陸時尚有一點驚險餘波，一併記此。據顧夫人自述，1951年春，她從上海隻身偷逃到香港。當時里弄組織監視很嚴，一日，她空身佯作街頭散步，恰有電車駛來，迅即跳上電車到南市車站，購得硬座車票去廣州（其時臥鋪票需預訂，並需答覆詢問），再輾轉到香港，旋去了美國。顧所生子德生，僅九歲。翌年（1952）托友人帶出也去了美國，讀得建築工程碩士學位，於密歇根創業。顧供職於紐約中國國際商業銀行（即前中國銀行）。[24]這是另話。

注釋

①1948年11月，《大公報》香港版發表社評〈和平無望〉，「轉變」立場。此前，天津版改出《進步日報》。1949年6月17日，又發自貶社論〈大公報新生宣言〉，後在大陸消亡。目前香港雖仍有《大公報》，其實是名存實亡，不再是民間報。新記《大公報》已隕滅。

②詹若文：〈報業全才胡政之與《大公報》〉《經濟新聞研究》1990年47期。

③李偉：《報人風骨──徐鑄成傳》，廣西師大出版社39頁。

④《大公報人憶舊》，周雨編，264頁，中國文史出版社1991年6月版。

⑤⑥李俠文：〈我所認識的張季鸞、胡政之兩先生〉，轉引自《大公報人憶舊》，周雨編，中國文史出版社，1991年6月版

⑦這話是上世紀三十年代，胡政之親口對1928年即入《大公報》的曹世瑛親口所說。包括另句均引自《文史資料選輯》97輯103、105頁，中國文史出版社

⑧當時危懸海外滯留香港的就有胡政之。該社論為王芸生所寫。事過四十餘年後，大陸開放，王芸生小女兒王芝瑜去美國定居。在紐約一個華人舉辦的紀念愛國外交家顧維鈞的會議。王芝瑜應邀出席。此時，一位打扮入時的老嫗突然高喊：「王芸生是共產黨！滾出去！」隨後很快得知，此老嫗就是「飛機洋狗事件」的主角──孔二小姐！實在冤家路窄。（據王芝琛：《一代報人王芸生》93頁）

⑨⑱⑲⑳李俠文：〈我所認識的張季鸞、胡政之兩先生〉，見《大公報人憶舊》中國文史出版社，

⑩⑫⑰曹世瑛：〈《大公報》與胡政之〉，見《文史資料選輯》97輯118頁、112頁、101頁，中國文史出版社。

⑪據徐鑄成《報海舊聞》，轉引自《文史資料選輯》97輯118頁中國文史出版社。

⑬曹世瑛：〈《大公報》與胡政之〉，《文史資料選輯》97輯100頁中國文史出版社。

⑭徐鑄成：《報海舊聞》第96頁

⑮《回憶胡政之》胡玫、王瑾編，第10頁，天津人民出版社

⑯王文彬：〈我與大公報，抗戰六年在桂林〉，見於《我與大公報》復旦大學出版社。

㉑王芝琛：《一代報人王芸生》，193頁，長江文藝出版社

㉒王芸生、曹谷冰：《1926年至1949年的舊大公報》，文史資料選輯28輯第194頁，中國文史出版社

㉓王芝琛：《一代報人王芸生》，182頁，長江文藝出版社人

㉔陳紀瀅：〈胡政之與《大公報》〉，香港掌故月刊社出版，1974年12月第一版。

張季鸞與蔣介石的特殊交往

篇前話

　　新記《大公報》（胡政之、張季鸞、吳鼎昌三人接辦）誕生於
1926，我出生於1925，照理該早知道這份毀譽不一的報紙。事實確也
如此，不過當年以耳代目，偏聽了一些左派文人對它的非議，把它摒
棄在閱讀範圍之外。印象最深的就是關於長春之戰的一場爭論。

　　國共兩黨以兵戎相見，長春一戰非同小可。《大公報》發了篇社
論，用煽情之筆寫內戰的殘酷，板子落在共方。〈可恥的《大公報》
社論〉是新華社的回應。接著左派文人郭沫若也奮筆參戰。「寧讀
《中央日報》，而不看《大公報》」，郭老那句發狠語頗能引人。當
年我本有左傾幼稚病，加上平日又有「《大公報》是國民黨幫兇」，
「《大公報》對國民黨小罵大幫忙」等話語入耳，益發對《大公報》
敬而遠之。可是心中也有疑竇，當年愛讀的《中國西北角》、《塞上
行》，范長江的名著，原就發於《大公報》，子岡、徐鑄成這些敬佩
的名記也出身該報，難解的矛盾存於心中。後來由於一個「意外」，
終於改變偏激，逐步認識《大公報》並敬服它的總編輯張季鸞。

　　那是1948年的秋天，因有小恙回故鄉宜興休息。城中南大街有家
大公書報社，是《大公報》的代銷點。除代銷業務，還兼營售書。所
賣大都是上海生活、新知這些書局的進步書，我偶去瀏覽。有次無意
中在書架上看到上下兩冊的《季鸞文存》，那是張季鸞去世後，《大

公報》首腦的胡政之為他出的文集。買回讀後，深感張季鸞學識廣博、觀點鮮明、沒有多少深奧的道理，能抽絲剝繭、層層深入，以理服人，以情動人，文筆汪洋恣肆，常有對仗警句，讀來琅琅上口。折服之餘油然生敬意。

我的二舅范迪齋，也從事報業有年。不久後，他說起當年在南京親聞的一件報壇佳話：1934年的一天，蔣介石在南京勵志社大宴群僚。文臣武將魚貫而入，各自就座。開宴時間快到，主桌上除主人蔣介石自己尚未到外，那主賓座上也是空著。眾人紛紛懸猜這貴客是誰呢？與宴者翹首等待。

一回兒，蔣介石也到了，可主賓仍姍姍來遲。數分鐘後，侍從高喊：「《大公報》張先生到！」

正像漢高祖拜韓信為帥（「韓信拜帥，一軍皆驚」），眾人驚愕之際，蔣介石站起來了，全場一片桌椅移動聲，眾人紛紛起立。待這位張先生入席，宴會正式開始。這位張先生，就是《大公報》主筆政的張季鸞。

更有甚者，此後蔣介石一直把張季鸞視為首席「國士」與「賓師」。據說能直接進入蔣介石私邸而無需通報者為數寥寥，而張季鸞就是一個。

二舅說著興起，他還說，不僅蔣企重張季鸞，就是中共領袖毛澤東、周恩來也讚賞有加。1938年在漢口時，周恩來對人說：「作總編輯要像張季鸞那樣，有悠哉遊哉的氣概，如騰龍飛虎，遊刃有餘。」①毛澤東對張也有極高的評價：「張季鸞搖著鵝毛扇，到處作座上客。這種眼觀六路、耳聽八方觀察形勢的方法，卻是當總編輯應該學習的。」②

從此，我心儀張季鸞而改變對《大公報》的誤讀，同時張季鸞何以獲蔣介石如此禮遇，成了我多年來思考與研究的課題。

多彩人生

這裡先略敘張季鸞生平。張季鸞（1888—1941）原名熾章，字季鸞，後以字行。1888年3月生於山東鄒平，原籍陝西榆林。父親張楚林為鄒平知縣。張季鸞13歲喪父，隨母扶柩回榆林。自幼聰慧就讀宏道學堂，經名師點撥，打下優異的文史地基礎。16歲到省城西安考試，受學台沈衛（沈鈞儒之叔）賞識與知遇，同時又和日後成為民國名人的沈鈞儒、于右任訂交。翌年經沈衛保舉，考中官費留學日本，進東京第一高等學校，學經濟學。同時結識留日學生吳鼎昌（達詮）、胡霖（政之），後與此兩人創辦《大公報》，這是後話。在東京時，張季鸞在留日學生中頗有盛名。留日的陝籍名人井勿幕、康心孚，創辦鼓吹革命的刊物《夏聲》就請張季鸞任編輯。

1906年冬，于右任到東京，訪謁孫中山，參加同盟會，曾和井勿幕、張季鸞談起創辦報紙，並向他們約稿。果然次年于右任創辦的《神州日報》問世，並獨放異彩。張季鸞也常撰文。此時他雖對政治有興趣，卻標榜超脫於政治外，未入同盟會。自此對新聞事業更感興趣發願「終身作記者」，以文章報國。

1908年張季鸞回國，先任教師兩年。在于右任辦的《民呼日報》、《民吁日報》寫稿。後去上海，協助于右任創辦《民立報》。

初登報壇，嶄露頭角的張季鸞即一鳴驚人。他寫的社論，筆鋒常帶感情，文（言）白（話）交融創造了一種評論中帶新聞的新的報章言論文體。

1911年辛亥革命成功。1912年，中華民國成立，孫中山就任臨時大總統。張季鸞經于右任推薦，出任大總統秘書。孫中山的就職宣言即為張季鸞起草。次年，孫中山辭臨時大總統職，張也隨之辭職，為

時短暫。

張季鸞一生僅兩次從政，除這次短暫從政外，另一次是1925年，經好友河南軍務督辦胡景翼推薦，任隴海路鐵路會辦，這是肥差，上任甫一月他就拂袖而去，別人無法理解。

張季鸞不僅文才出眾，而人品與操守尤為人敬仰。袁世凱指使兇手暗殺宋教仁後，以恐怖手段壓制北京報紙不准披露。張季鸞毫不畏懼，以通信形式發往上海《民立報》。接著1913年初，袁世凱與英、法、德等五國銀行團祕密借款，張季鸞採訪到借款合同，仍在《民立報》披露，全國為之震動，成「二次革命」的導火索。張季鸞被捕入「死獄，經多方營救囚三月才出獄（同時被捕的曹成甫病死獄中）。張出獄後，即著文揭露袁黨黑暗統治。後軍閥段祺瑞執政，為擴充個人武力，不惜出賣主權，以膠濟鐵路為抵押，祕密向日本借款，張季鸞在《中華新報》揭露此消息，再次入獄，歷時半月餘，經多方營救才被釋。舊社會時，民間有這樣一句話：「沒有坐過牢，不是好記者」。舊時社會黑暗，剛正不阿、勇敢無畏的記者，就常被統治者囚禁。張季鸞兩度被囚，顯示他錚錚鐵骨，有膽有識。

1926年9月，張季鸞與吳鼎昌、胡政之3人合作接辦《大公報》（1902年創刊），以全新面貌出現，提出八字辦報基本方針：「不黨、不賣：不私、不盲」，主張言論獨立，不盲從，更不受任何方面收買。三人各有所司，又緊密團結，張季鸞任總編，主持筆政。為報紙靈魂。胡政之出任總經理兼副總編輯。吳鼎昌任社長，資金全由吳出資。從此開創新記大公報20餘年的局面。

締交之始

蔣介石與張季鸞同時留學日本，雖一人習武，一人從文，並無往

來。不過按情揆理，張在日本留學生中頗有盛名，又辦宣傳革命刊物
《夏聲》。蔣又傾向革命見過孫中山，該早知張季鸞其人。各自回國
後，張在報壇的不凡表現，特別是兩次入獄，益使人敬佩。蔣介石早
欲識荊只是軍事倥傯沒有機會。詎料蔣首先領教於張季鸞的竟是有筆
如刀的兩篇宏文。乃是1927年先後發於《大公報》的〈黨禍〉、〈蔣
介石之人生觀〉。前者〈黨禍〉發於1927年「四一二政變」後的4月
29日。該文抨擊蔣在「清黨」中殺戮青年，社論說，孫中山的聯俄聯
共三大政策，蔣原知道並服從，為何又翻雲覆雨，大肆屠殺，實為口
是心非下流醜惡的行為。後一篇雖探討蔣的人生觀（1927.12.2），其
實是就蔣與宋美齡結婚做文章。社論斥蔣「離妻再娶，棄妾新婚」，
「兵士殉生、將帥談愛，人生不平，至此極點」，又嘲笑蔣「不學無
術，為人之禍」。文章極盡煽情鞭笞能事，堪與陳琳討曹、駱賓王討
武兩檄媲美。可謂「當頭棒喝」，又可稱恰中痛處，蔣大汗淋漓後，
益發知道輿論的重要，更想與張締交。

　　蔣張兩人的首次見面是1928年在鄭州。蔣介石已是軍中之帥，率
北伐軍向京津挺進，指揮專車停於鄭州。當時張在河南輝縣採訪馮玉
祥，隨馮於7月1日迎蔣。這一會晤頗有意義。當時蔣介石幕中，已有
與張季鸞「一時瑜亮」的名記陳布雷、報壇健將邵力子在幕。還有
蔣的股肱張群。這三人都是張季鸞的好友，自然為張在蔣面前做足
文章。兩人見面，蔣讀其文又識其人，有「悅然面悟」之快，由此
締交。

　　蔣既看重張，「愛屋及烏」於《大公報》。從此《大公報》成
為蔣每日必讀之報，即使軍書旁午，政務蝟集也不中止。當時「中原
大戰」勝負未分，蔣想得到輿論支持，以國民政府主席身分致電全國
報館，旨在開言路、求良策，電文開頭「《大公報》並轉全國各報館
鈞鑒」，一錘定音、一語定位，《大公報》領頭全國報館，顯已定為

報業權威。與有榮焉，更有甚者，三年後，1931年值《大公報》發行1萬號之際，蔣又送來親筆賀詞云：「賴今社中諸君之努力，聲光蔚起，大改昔觀，曾不五年，一躍而為中國第一流之新聞紙。」

璀璨華章

蔣介石的幕僚裡，有不少人原都出身於新聞記者。如有「文膽」之稱的陳布雷，曾先後辦《天鐸報》、《四明日報》、《商報》，蜚聲報壇。除陳外，邵力子、葉楚傖兩人辦過《民國日報》後再從政。這些人棄記者之身入蔣之幕後即為上下級關係，進言或諫諍就有所約束。張季鸞不同，他自和蔣締交，始終不從政，以在野之身，通過手中筆臧否國事、籌謀獻策。特別是在重大事件發生之際，他披肝瀝膽進忠言，用語之重甚至不懼得罪於蔣。如「九一八事變」發生，張大聲疾呼〈國家真到嚴重關頭〉，「已非國恥問題，而真為存亡問題。」在〈望軍政各方大覺悟〉社論中疾言厲色指責蔣「政治上欠責任的人，雖自殺無以謝國人」。但一邊又主張「國家中心論」，擁護國民黨為政治中心。

《大公報》應對1936年12月12日發生的「西安事變，」（張學良與楊虎城扣留蔣介石），是張季鸞與蔣介石交往中的璀璨華章，由此進一步深化兩人間的不同尋常的交誼。

當時《大公報》在天津、上海兩地出版。事變前張季鸞有所預感，「時下西安有一種乖戾之氣」即一語道明。儘管如此，事變突發，《大公報》和全國人民一樣非常震驚。面臨變亂，南京政府一片混亂中形成兩派。何應欽一派，力主明令討伐，派飛機轟炸西安，命令中央軍向潼關進發。意圖趁火打劫、篡奪大權。同屬該派的汪精衛本在歐州正匆忙趕回以圖分肥。另一派為蔣的親屬宋美齡、宋子文為

首，力主克制以救蔣為重。興論界更是一片殺伐聲，這以《中央日報》為首。

真是滄海橫流，獨顯英雄本色。又道「亂雲飛渡仍從容」，張季鸞自有獨立主見。張的及門弟子、後為《文匯報》總編的徐鑄成筆述當時情景：12月13日這天晚上，「……只見他已坐在中間座位上，他從來沒有這樣早到過。看他非常緊張，時而抓頭皮，時而不斷走動，似有重要心事。待他坐定後，我上前輕輕問：『張先生是否有什麼事？大概還沒有吃飯吧？』」他輕輕歎口氣，說了張學良、楊虎城在西安扣留蔣介石的事後，說：「我要莊嚴地說幾句話，團結為至要，不能遺人口實，讓敵人乘機大舉入侵，各個擊破。」說罷，他進了自己的小房間去寫社論。中間不時出來看看有否收到外國電訊，直到深夜社論〈西安事變之善後〉寫成，發在翌日（14日）的《大公報》。事變剛發生就提出「善後」，自然令人驚異。表明張季鸞見解之獨特，他不想對主其事者責罵一番逞一時之快，他想到的是事變的如何結局。

社論開頭說：「12日西安發生大事變，而電訊不通，莫知詳況，各界驚憂，達於極點。茲抒所懷，幸全國愛國人士留意焉。」接著指出：「一，解決時局，避免分崩，以恢復蔣委員長自由為第一義。陝事主動者倘拒絕此意，使政府領袖不能行使職權，甚或加以不測之危害，是則須負甘心禍國之責任。不論其所持理由如何，凡中國良知純潔之國民，應一致反對之。」接著又說：「夫國家必須統一，統一必須領袖，而中國今日統一之底定及領袖之形成豈易事哉！10年來國家以無量犧牲，無量代價，僅換得此局面，倘再逆退，將至自亡……故吾人以為公私各方應迅速努力於恢復蔣委員長之自由，倘其有濟，則勸政府必須寬大處理，一概不咎，國家問題，從長計議……」。

接著在第二天，張季鸞又寫了第二篇社論〈再論西安事變〉。文章詳細分析國家所處的地位與形勢，勸西安當局早日回頭。文中沉痛地說：「夫畢竟願做破碎之西班牙自殘以盡，抑欲保持完整之中國，自力更生，公意俱在，不問可知。」兩篇社論的要點都是：「國家必須統一」，避免內戰，不做「破碎之西班牙，自殘以盡」，「救蔣第一」對張楊之處置，建議「政府寬大處理，一概不咎。」這些觀點新穎獨到，與那些一片辱罵，力主殺伐的報紙形成鮮明對比。

更為精彩，舉國傳誦，可傳之千古的不朽作是張季鸞所撰〈給西安軍界的公開信〉（12月18日）信中剴切言述對東北軍的同情：「……因為是東北失後在國內所餘唯一軍團，也就是九一八國難以來關於東北唯一的活紀念。你們在西北很辛苦，大概都帶著家眷，從西安到蘭州之各城市都住著東北軍眷屬，還有許多東北流亡同胞來依附你們。全國悲痛國難，你們還要加上亡家的痛苦。」、「你們趕緊去見蔣先生謝罪吧！你們應當大家互相擁抱，大家同哭一場！這一哭是中國民族的辛酸淚！是哭祖國的積弱，哭東北，哭冀察，哭綏遠！哭多少年來內憂外患中犧牲生命的同胞！你們要發誓從此更精誠團結，一致的擁護祖國。」接著提出對東北軍將上的四點要求。最後他提出「我盼望飛機把我們這一封公開信快快帶到西安，請西安大家看看，快快化乖戾之氣為祥和。」並提了「三天內就要有喜訊。」果然宋美齡主持的航委會，當天即派飛機將四十萬份公開信在西安上空散發。這是中國報紙的創舉。

果然此信感動張、楊與部屬。據《大公報》去臺灣的陳紀瀅所著《胡政之與大公報》一書所說，他曾見到參與事變的幾位高級將領，自述看到該信後，又感動又洩氣。感動的是把東北軍的處境與遭遇說得如此透徹並同情。洩氣的是大公報不支持我們扣蔣。拿著該信去見副司令（指張學良），他正看著這信，看完後立即開會討論一切。顯

然此信對張影響甚大。又據張季鸞的哲嗣張士基說，1988年張季鸞百
年壽辰，大陸寂然無聲，臺灣隆重紀念，他應邀去台，親見少帥，親
和有加，並一字不差地背了這篇社論與信。以上都是後話。

雖則與張季鸞的三天之預期推遲三天，蔣介石於12月25日由張學
良親送回京。彌天陰霾一掃而空，當晚張季鸞又寫社論〈國民良知的
勝利〉進一步喚醒國魂、鼓舞民氣。從此張蔣之間的不尋常關係進一
步奠定。

這裡有一段插敘。蔣回京後，即住進中央醫院療傷。文武百官
自然前去慰問。其中有《中央日報》總編輯程滄波。蔣側身而臥，面
不見程。程恭敬虔誠地致了一番慰問詞，蔣冷冷地說：「我活著回來
了，沒有死！」不再言語。程面紅耳赤討個沒趣而回。原來，在蔣介
石被囚期間，《中央日報》擺出官方報紙的架勢，連篇累牘發表社
論，主張嚴加討伐，並派飛機去西安轟炸。如真去轟炸，難保蔣介石
不被波及，故蔣恨程之居心不良。

一冷一熱，尊鄙立現。當張季鸞從上海去南京慰問時，蔣立即起
床，備受蔣的禮遇，「賓主相談甚歡」。張季鸞還推薦劉湘幕下的劉
神仙為蔣醫治，後雖未果也足見兩人關係不同尋常。後來程滄波自覺
無顏面。

「凜凜群驚國士風」

張季鸞的人格與操守，不僅近代中國報人罕有其匹，同樣在文
人中也當屬翹楚。于右任說他「恬淡文人，窮光記者，嘔出心肝」。
蔣介石的「文膽」陳布雷本自視甚高，不輕易許人，但他對張季鸞卻
讚揚備至。他在日記中寫道：「曾讀先生文字者，尤重先生愛國之熱
情，而凡與先生接觸者，更能欽服先生氣度之淵深，用志之專一，氣

概之嚴整，態度之懇切和謙，與其愛國愛友尤愛青年之誠摯，然先生之性行，可以與先生相知最深之友之言代表之。二十四五年聞北方最危急，先生已多病，吳達詮先生來京，常謂余曰：「他人亦憂國，唯季鸞則真心愛國，從心底深處寢饋不忘以憂國，唯其如此，其病不可瘳……」。

由此可見張季鸞是從愛國（國家利益）為前提與蔣介石訂交，只有公義並無私利。名韁利鎖張季鸞棄如糞土。張著文從不署名。蔣的餽贈多次拒絕（1935年，張回鄉省親，蔣贈1萬元，拒收。1941年，張病重，蔣再贈1萬，仍然拒收），可說一介不取。蔣張之間的關係，可說是「彼以國士遇我，我故以國士報之」。

「峨冠正笏立談叢，凜凜群驚國士風。」國士以天下為己任。蔣每有重大國是都請張季鸞到南京商量。張季鸞也是知無不言，言無不盡，不畏逆龍鱗、捋虎鬚。

這裡略舉數例。張學良被囚禁後，張季鸞上廬山見蔣，冒顏力諫釋放張學良，稱「千軍易得，一將難求」。蔣不動聲色，張拂然而去。

不過蔣並非全不聽從。1937年6月，日寇侵略日亟、國勢危殆。蔣在廬山避暑，張季鸞建議蔣召開廬山茶話會，邀請社會賢達、各界名流，共商對日抗戰，同時釋放在押的沈鈞儒、章乃器等救國會「七君子」，並讓他們發表國是意見。兩項蔣都聽從。茶話會在7月16日開幕。1946年，沈鈞儒曾對出身於《大公報》的徐鑄成說：「季鸞是一個好人，對我來說，尤其是一個數十年如一日的好朋友。記得我們出獄以後，即被接至南京，參加最高國防會談，季鸞特地在中央飯店門口迎接我們，還關心我們和蔣談話結果。」由此可證張的意見被採納。

廬山茶話會尚未開，7月7日，震驚中外的盧溝橋日軍侵華事件爆

發，17日在廬山談話會上蔣發表重要談話（〈最後關頭〉）。「如果戰端一開，那就是地無分南北，人無分老幼，皆有守土抗戰之責任……」這動員抗戰起極大鼓舞作用的名句即為張季鸞幫陳布雷潤色而成。

1938年，在敵機狂轟濫炸武漢中，陳布雷為蔣介石起草的著名的6000字文告〈抗戰周年紀念告全國軍民書〉，同樣為張季鸞潤色而成。該文「淋漓酣暢……篇幅雖長而不覺其冗，氣勢旺盛、通體不懈」，這是張季鸞對它的評論。

蔣與張之間的關係，外表看來淡如水，而是心心相通，他的文章常常影響蔣的決策。《大公報》是蔣每天必讀之物，而《大公報》的社論更為蔣非讀不可。依附蔣的青年黨黨魁左舜生，曾對人說，張季鸞深知蔣的為人和想法，在頭腦中將其推前一步，寫為社論，蔣覺得有道理，往往照此實行，因而《大公報》常得風氣之先，蔣也因此收「尊重輿論」之譽。

當然也並不表明，張季鸞絕無直接進言之時。前已述及張上廬山面見蔣，要求釋放張學良與救國會「七君子」。釋張被拒，放「七君子」接受。這是直接進言。又如1945年，抗戰勝利後，為消弭內戰，邀請毛澤東赴重慶談判，這主張最早也是張季鸞直接進言，為蔣採納，以後又由《大公報》另一巨頭吳鼎昌所操辦（當時吳已入蔣介石幕做官，辭去該報社長職。）

應該說，蔣介石對張季鸞的態度，只是一個異數，並非常例。蔣對張的尊重，只是由於張主《大公報》筆政時的言論態度符合蔣的利益，蔣才能「禮賢下士」與「尊重輿論」。張季鸞去世後，繼掌筆政的是王芸生。言論態度與張在世時沒有多大改變。但有時也會稍有越軌。這時蔣介石就不能寬容了。1943年2月《大公報》曾受停刊3天的處分。事情的起因是：1942年，河南發生空前大旱災。災民嗷嗷待

哺之際，國民黨政府仍向災民勒逼徵糧。《大公報》重慶版於1943年2月發該報記者張高峰從河南葉縣寄出的〈豫災要錄〉的通信，揭露河南天災人禍的深重。王芸生根據這篇通信，對比重慶情況，頗動感情地寫了篇題為〈看重慶，念中原！〉的社論，發於2月2日《大公報》。文中有「餓死的暴骨失肉。逃亡的扶老攜幼，妻離子散，擠人叢，挨棍打，未必能夠得到賑濟委員會的登記證。吃雜草的毒發而死，吃乾樹皮的忍不住刺喉絞腸之苦，妻子運到人肉市場未必能換幾斗糧食……災荒如此，糧課依然……」社論發表當晚，軍委會就限令該報從2月3日至5日停刊3天。

這事還有餘波。美國國務院戰時情報局曾邀王芸生訪問美國。國民黨政府已同意，發了護照，也買到外匯，蔣介石與宋美齡並為王餞了行。飛機行期也已定。報紙停刊同時，忽接通知：「委員長通知，請你不要到美國去了。」

這就說明了蔣介石的容人雅量還是有一定限度，張季鸞確是「異數。」

哲人其萎逝後哀榮

「出師未捷身先死，長使英雄淚滿襟。」國難深重，抗戰正殷的1941年，報人張季鸞去世。

張季鸞原有肺病，抗戰時生活艱苦，獨挑報紙言論大樑，工作日重，因而肺病加重。病重時張季鸞先住友人康心如寓中。蔣派人送去1萬元，張致謝拒收。病未見好轉，8月31日，轉入歌樂山中央醫院。9月5日，蔣得知張病危消息，親自趕到醫院，在床榻前，雙目凝視老友，病骨支離、氣息奄奄，他緊握張的雙手，兩眼含淚，眉峰凝聚，頻頻安慰好生將息。又誰知翌日（9月6日）凌晨張季鸞就走完53年奇

峭跌宕的傳奇人生。

從此蔣就失去了一個諍友。

張季鸞彌留之際，口授遺囑（曹谷冰執筆），文云：「余生平以辦報為唯一之職業。自辛亥以還，無時不以善盡記者天職以自勉，期於國族有所貢獻。迨「九一八」事變後，更無時不以驅除暴敵，恢復我國之獨立自由為目的；同時並深信必須全國一致擁護領袖，擁護政府，忠貞自勉，艱苦奮鬥，始能達此目的。故嘗勖勉我同人，敬慎從事，努力弗懈。今屆抗戰第五年，勝利在望，而余病勢將不起，特重言之：並願我全社同人，痛感時令之艱難，責任之重大，本此方針，一致奮勉，務盡全功；尤宜隨時注意健康，以積極精神為國奮鬥。關於余之子女教養及家人之生計，相信余之契友必能為余謀之，余殊無所悲懷，不贅言。」

雖非意外，事卻突然。蔣介石聽到噩耗，先打電話給陳布雷，詳問喪殮情況，又立即致送唁電，文云：「《大公報》社轉張夫人禮鑒：季鸞先生，一代論宗，精誠愛國，忘劬積瘁，致耗其軀，握手猶溫，莒聞殂謝，斯人不作，天下所悲。」電文中「握手猶溫」一語，即是張謝世前一天，蔣到醫院慰問情景的再現。

一國之尊尚且如此，社會各界名流自然紛紛前來弔唁。其中海上聞人杜月笙，痛哭失聲，撫棺而呼：「四哥，四哥！」狀極悲痛。

更為感人的是，9月26日《大公報》和重慶各報在中央禮堂舉行公祭。蔣介石親率孔祥熙、宋子文、張群、張治中、于右任、陳布雷等國民黨要員前來弔唁。蔣介石所送輓聯：「天下慕正聲，千秋不朽；崇朝嗟永訣，四海同悲。」是日，國民政府也發了褒揚令：「張熾章學識淵通，志行高潔，從事新聞事業，孜孜矻矻，歷三十年。以南董之直筆，作社會之導師，凡所論列，洞中竅要。抗戰以來，尤能淬厲奮發，宣揚正義，增進世界同情，博得國際聲譽。比年連任參政

員，對於國計民生多所貢獻。茲聞積勞病逝，軫悼殊深，應予明令褒揚，用昭懋績。此令。」

中共方面，先有毛澤東等的唁電，公祭時周恩來、董必武、鄧穎超等也親臨致祭並送輓聯。毛澤東、秦邦憲從延安所發唁電：「季鸞先生在歷次參政會內，堅持團結抗戰，功在國家。驚聞逝世，悼念同深。蕭電致悼，藉達哀忱。」周恩來、鄧穎超的輓聯：「忠於所事，不屈不撓，三十年筆墨生涯，樹立起報人模範；病已及身，忽輕忽重，四五月杖鞋矢次，消磨了國士精神。」

是日參加公祭的從晨至暮，有四千餘人，足見人心之所向。

「鳥返故林，狐葬首邱。」張季鸞家屬及陝西各界力主歸葬故土，棺柩暫厝重慶。第二年，4日21日在重慶舉行起靈儀式，4月29日到西安，陝西各界3000多人，在西郊迎接，暫停興善寺後殿。經4個多月時間，選定、設計、建造，墓地才告建成。

「天留佳壤，以待大賢」。墓地所在地古稱樊川，座落於西安近郊長安區杜曲鎮竹林村。這是塊風水寶地。背靠高山，兩側兩條水渠流淌，號稱「雙龍戲珠」。四周都是茂樹繁花，蒼松翠柏。9月5日舉行安葬，葬後舉行公祭大會。陝籍名流與當地軍政要員都蒞會。自渝到陝，不顧路途之遙遠與勞頓。蔣介石也親自趕來參加公祭，送生平畏友入土為安。據一位老人回憶，他當年18歲，親眼看到蔣介石夫婦向墓碑鞠躬。那天蔣介石穿白色衣服戴著小草帽；宋美齡穿著粉紅色上衣、白色裙子，帽子像一朵打破碗碗花。軍樂演奏，鐘鼓齊鳴，正當高潮之際，天空忽來幾架飛機，人們以為日機來襲，原來是我們自己的飛機來保護的。那天來觀禮的人山人海，把周圍幾畝麥地踩光了。

蔣介石臨去時，安排一連士兵長駐墓地，保護當代文宗安息。

「千秋萬歲名，寂寞身後事」

「滾滾長江東逝水，浪花淘盡英雄。」六十年過去，幾多人世滄桑，興衰成敗，家國巨變。

泉下的張季鸞怎會想到，他一生心血澆灌的《大公報》，上世紀五十年代，由他的及門弟子王芸生，先發《新生宣言》痛切懺悔、再改報名（《進步日報》）、最後自動停刊。大公報在國內已不存在，幸由當年胡政之一手慘澹經營的香港《大公報》留下一支血脈。如張季鸞地下有知，不知他會怎樣想?!

再說到張季鸞的安息地，那樊川杜曲的墓穴，風霜雨雪，幾經摧殘！原來氣勢恢宏占地四十畝的墓，1949後，雖經高層稱他「功在國家」（毛澤東），無奈已是過眼雲煙。先是逐步侵蝕，四十畝成一畝。文革一到，更被徹底摧毀。墓碑棄置路旁，蒼松翠柏芟夷淨盡。文革後，經親屬修復也未能恢復舊貌依然逼仄。又誰知周圍又建起豬舍。臭氣四溢，終日嗷嗷。一代文宗與豬為鄰，使人歎息又復歎息！每年聞臭祭拜，徒喚奈何。近年張季鸞研究會為此事奔走呼號，結果收效甚微。有人說得好：聯想到1949後，許許多多被迫害致死或甘願自殘斷了脊樑骨的那些有民國標誌的人物的遭遇，還有什麼可說呢?!

注釋

①徐鑄成：《報人張季鸞先生傳》，96頁，三聯書店版
②王芝琛：《百年滄桑》，第70頁，中國工人出版社

與《大公報》消亡有關的王芸生

前言

「1949年後，這張名曰『大公』的民間報紙，已成為歷史」。說這話的是曾為《大公報》總編輯的王芸生之子王芝琛。而使《大公報》消亡恐與王芸生有關。

據說，王氏一直負疚在心，惴惴不安，曾喟然自歎：「想不到《大公報》還由我蓋棺論定。」私下裡則對人表示「今後《大公報》史終當重寫。」

王芸生將告別人間之際，痛悔當年不該寫〈英斂之時期的舊大公報〉、〈1926至1949的舊大公報〉這兩篇「自我討伐」之文，不僅自汙，而竟對新記《大公報》奠造者吳鼎昌、胡政之、張季鸞三位也用刻薄語言，惡意貶損。正如有人所言，「他是蘸著自己鮮血，研磨著自己青春生命在給《大公報》抹黑。」

王芸生緣何能進《大公報》？

研討王芸生，自應先從王芸生與《大公報》的淵源說起。揆諸實情王芸生並非新記《大公報》的肇造者，初時也非報社的中流砥柱人物，然而後來卻成了承先啟後，決《大公報》生死命運的人。要研究《大公報》消亡非他莫屬。

　　王芸生，1901生，原名德鵬。天津靜海人。屬清貧家庭子弟。讀
過八年私塾。曾是茶葉店、布店、木材店的學徒。極為好學。如自學
英語日文並成功，又善於執筆撰文。風雲際會，時勢造人，北伐浪潮
風捲雲湧，他一度擔任洋務華員工會的宣傳部長，還主編一份工會的
報紙。於是「我有筆如刀」，嶄露頭角。入了國民黨。正當得意時，
風雲變幻，支持北伐的馮玉祥部退出津門，奉系軍閥張作霖取而代
之，王芸生無奈逃到上海。結識共產黨人秦邦憲、彭述之，「近朱者
赤」，又入了共產黨。

　　然而隨著北伐勝利，國共兩黨關係破裂，國民黨「清黨」，對上
海共黨動了殺戒。王芸生恰好返鄉省親，遠離是非場。眼前一切，使
他心情頹喪，決定不再涉獵政治。在1927年6月2日的《大公報》上刊
出一則〈王德鵬啟事〉：「鄙人因感觸事變，早已與一切政團不發生
關係，謝絕政治活動，唯從事著述，謀以糊口，恐各方師友不察，有
所誤會，特此聲明。」

　　既要糊口，王德鵬又出現在由國民黨市黨部所辦的《華北新聞》
上，執筆撰寫社論。

　　當時由吳鼎昌、胡政之、張季鸞三人主持的新記《大公報》，業
已在一年前於天津問世。張季鸞執筆的社論，漸次蜚聲於人口。傲氣
十足初生牛犢的王德鵬和張季鸞打起筆仗叫起了板。

　　這是因張季鸞的社論引起。據王芸生的女兒王芝芙說：當年，
北伐軍打進南京，放火燒了各國領事館。第二天，《大公報》發表社
評，認為中國人自己搞革命，不應該燒外國領事館。《華北新聞》則
讚揚了中國人民的革命行動。轉天《大公報》針對《華北新聞》又發
了一篇社評（張季鸞執筆〈躬自厚〉——筆者按）。重申犯了錯誤應
該嚴屬責備自己，不能責怪別人。父親見《大公報》衝著他來了，自
然不肯示弱，轉天又登了一篇題為〈中國革命的根本觀〉，闡述了中

國自鴉片戰爭以來，受盡洋人欺壓，因而民不聊生。中國革命的根本問題，在於對外取消不平等條約，打倒帝國主義；對內平息內亂，打倒軍閥。至此，《大公報》主筆張季鸞先生就停止了筆仗，從側面打聽出在《華北新聞》寫社評的是王芸生，便主動約他見面，從此結下了不解之緣。①

此後《大公報》聲譽日隆，它所標榜的「不黨、不賣、不私、不盲」的「四不方針」，也為外界認同。同樣這也引起王芸生的精神默契。受幾番挫折的王芸生於1929年向張季鸞發函提謀職之請。

「季鸞先生是一位充滿仁愛的長者，才情橫溢的名士，也是剛直不阿的硬漢。」②他愛才惜才就允其所請，自此王芸生進了《大公報》。

據人所言，原名王德鵬的他，也自此改了王芸生，以示自己不過芸芸眾生之一介。

張季鸞既引進王芸生，即放手使用，先讓他獨立編地方新聞版，繼而又給一重任讓他編《大公報》的姊妹刊《國聞週報》。

張季鸞推挽王芸生上巔峰

在張季鸞身邊親聆謦欬、薰陶影響下，王芸生更瞭解並熟悉張的文筆與文風。此後張即讓王分擔社評的撰寫。1936年4月，《大公報》創辦上海版。上海是個商貿大城市，當時吳鼎昌已在朝為官，胡政之與張季鸞對財政經濟方面都屬外行，胡政之就約了社外的王志莘和潘仰堯寫財經方面的社評。1937年抗日戰爭爆發，張季鸞由上海去漢口創辦漢口版，戰時電訊交通均不方便，滬漢兩版呼應不易，需要分頭寫文章，張季鸞為漢口版寫社評，王芸生為上海版寫社評，王芸生正式插手《大公報》的言論即從這時開始。再後，上海淪陷，滬版

停刊。王芸生到漢口，即幫張季鸞寫社評。不久，武漢又撤守，政府轉往重慶，大公報開辦重慶版。這時，張季鸞肺病加劇，常年休養，撰寫社評之責基本上就由王芸生獨挑了。③

王芸生的兒子王芝琛從個性著手分析張季鸞、王芸生文章的不同風格。他說同樣是激情文字，張是「含而不露」，王是「江河直瀉」。張季鸞向以「老謀深慮」而著稱。他寫的社評沒有深奧的道理，能抽絲剝繭，層層深入，以理服人，以情動人。文章常有對仗的警句，讀來琅琅上口。而王芸生的文章則如江河奔瀉，給人以痛快淋漓之感。

「我作為民間報紙的發言人，要保持自己獨立的人格，」王芸生曾這樣說。他接著說，「這樣我才有資格說真話，對國民黨才能嬉笑怒罵，同時待國共雙方都必須一樣，是我一貫的原則。」1949年以前，他確實是這樣平心而論，秉這原則，王芸生自1937年正式插手寫社論，至1949年大公報消亡止，十二年間也寫過深得人心，獲得讚譽的社評。

現略舉數篇當年得人讚賞的王芸生的社評。1941年12月8日，太平洋戰爭爆發，香港陷落。國內有少數政要尚滯留香港，《大公報》胡政之就是一個。經與陳布雷商議救胡回渝，答覆可乘最後一架飛機回來。9日即派人到珊瑚壩機場接機。結果飛機落地，並無胡政之，而竟是幾條洋狗、大批箱籠與幾個老媽子，被著男裝的孔二小姐接運而去。王芸生極為氣憤。借當時國民黨五屆九中全會通過的「修明政治案」，寫了社論〈擁護修明政治案〉，文中直率指出：「最重要的一點是『肅官箴、儆官邪』。譬如，最近太平洋戰爭爆發，逃難的飛機竟裝來箱籠老媽與洋狗，而多少應該內渡的人尚危懸海外。善於持盈保泰者，本應該斂鋒謙退，現竟這樣不識大體。又如某部長在重慶已有幾處住宅，竟用65萬元公款買了一所公寓。國家升平時代，為壯

觀瞻，原不妨為一部之長置備漂亮的官舍。現當國家如此艱難之時，他的衙門還是箕踞辦公，而個人如此排場享受，於心怎安？……另聞此君於私行上尚有不檢之事，不堪揭舉。總之，非分妄為之事，蕩檢逾閑之行，以掌政府樞要之人，竟公然為之而無忌。此等事例已傳遍重慶，乃一不見於監察院的彈章，二不見於輿論的抗言，直使是非模糊，正義泯滅。」如此尖銳，字字皆有所指。國民黨當局無法迴避。社評見報的當天，蔣介石就下令免去外交部長郭泰祺之職。仍不能消民憤。引發遵義和昆明兩地的大學生先後遊行示威。

　　1942年，河南人民遭受大水、乾旱、蝗蟲、湯恩伯縱兵擾民四大災荒，餓死數百萬人，活現一片人間地獄。而國民黨政府，仍在勒逼徵糧。且當時重慶市場物價飛漲，人心惶惶，搶購成風。大公報記者張高峰自河南葉縣發出的通信〈豫災實錄〉，刊於1943年2月1日大公報。據此，王芸生寫了社評〈看重慶，念中原！〉發於翌日該報。文中寫道：「餓死的暴骨失肉，逃亡的扶老攜幼，妻離子散，擠人叢、挨棍打，未必能夠得到賑濟委員會的登記證。吃雜草的毒發而死，吃乾樹皮的忍不住刺喉絞腸之苦。把妻女馱運到遙遠的人肉市場，未必能夠換到幾斗糧食。……而尤其令人不解的，河南的災情，中央早已注意，中央的查災大員也早已公畢歸來，我們也曾聽到中央撥了相當數額的賑款，如此紛紜半載，而截止本報通信員上月十七日發信時，尚未聞發放賑款之事，千萬災民還在眼巴巴盼望。這是何故？尤其令人不忍的，災荒如此，糧課依然。縣衙門捉人逼拶指，餓著肚納糧，賣了田納糧。……所謂：據省田管處負責人談，徵購情形極為良好，各地人民均罄其所有，貢獻國家。這『罄其所有』四個字，實出諸血淚之筆！」文章接著寫重慶物價跳漲，市場搶購，限價無效，而闊人豪奢依然，然後說：「賣田賣人甚至餓死，還照納國課，為什麼政府就不可以徵發豪商巨富的資產並限制一般富有者『滿不在乎』的購買

力?看重慶,念中原,實在令人感慨萬千!」

在鐵桶般的輿情封鎖下,有這樣血淚交併的煽情文字公諸於世,可想其作用?!事實也是如此。刊出當晚,軍事委員會就送來停刊三日命令。此事還有餘波。美國國務院戰時情報局曾邀請王芸生去訪問,國府已同意,發了護照,買得外匯,蔣介石、宋美齡夫婦,已為王芸生餞行,當面商定宣傳方針,萬事俱備,只待兩三日後成行。這社論一出,王的美國之行就此作罷。不過停刊三日後復刊,銷路卻意外大增,由六萬增至十萬。

應該指出的是,當時王芸生尚持《大公報》一貫之中立不左右袒的立場,並不一味臧否國民黨,對中共也有所糾彈。如王芸生曾寫〈為晉南戰事作一種呼籲〉、〈質中共〉、〈可恥的長者春之戰〉等社論。

1941年5月,為逼蔣投降,日軍發動中條山戰役。25萬國民黨軍潰敗。日寇在軍事進攻同時,也發動輿論攻勢,挑撥中國抗戰軍隊之間的關係。例如「八路軍不和中央軍配合作戰」、「八路軍乘機擴大地盤」、「打通國際路線」、「另立中央政府」等。王芸生寫了篇題為〈為晉南戰事作一種呼籲〉,發表於5月21日大公報上。文章綜述日寇的種種說法,然後說:「這些說法,固然大部出自敵人捏造,惟既播之中外,其事實真相自為中外人士尤其我們忠良軍民亟願聞知,因此我們熱誠希望十八集團軍能給這些說法以有力的反證。第十八集團軍要反證這些說法,最有力的方法是會同中央各友軍一致對敵人作戰,共同保衛中條山,粉碎敵人的掃蕩!」接著又說:「以上所舉各項說法,我們皆不願相信。晉南戰役,業已經過半月之久,我軍苦戰,全國關切,而十八集團軍集中晉北,迄今尚未與友軍協同作戰,則係事實。我們相信統帥部必然已有命令,要十八集團軍參加戰鬥,因此我們竭誠呼籲:凡在山西境內的國軍,務必協同一致,共同戰鬥

殲滅敵軍！……十八集團軍向主團結抗戰，並常將其衷曲向國人呼訴，全國同胞皆知十八集團軍是抗日的，是會打游擊戰的，現當晉境敵軍求逞之機，近在咫尺的十八集團軍，豈能坐視敵軍猖獗而不抗？豈能坐視國軍苦戰而不援？」文章還說：「山西是十八集團軍參加抗戰以來的光輝戰場，由平型關戰役以來，始終為敵人所頭痛，現在到了用最後之力與我們爭山西時，十八集團軍更應貫徹一貫精神，協同友軍建立抗敵禦侮功勳。」

正在重慶的周恩來看到社評，即寫一封長信給張季鸞與王芸生，信中駁斥日寇謠言外，強調「我們可負責向貴報及全國軍民同胞聲明，只要和日寇打仗，十八集團軍永遠不會放棄配合友軍的任務，並且會給敵人以致命打擊的。」

5月23日大公報全文發表周恩來的信，還發表張季鸞的社評〈讀周恩來先生的信〉。社評主旨是強調「國家中心論」，文章寫道：「敵我的形勢，自己的國力，世界的時機，都不容許存一種觀念，以為現在國家的中心失敗了，還可以再建一個中心。然後再將國家統一起來。這樣的事是必無的。九一八以後，中國只有這一段時間可以建國。現在抗戰四年了，若使現在的國家中心失敗了，那就是亡國之局。所以一般軍民同胞的基本認識，是必須擁護國家的中心國民政府，以貫徹自主自衛之目的。這是唯一的路，此外無路。當然，政府的施政用人要時時改進，並且政治制度要隨時勢以進化，一切黨派，在三民主義原則之下，應當誠意合作，不可互相猜防。但是最要緊的，是前述的根本認識，倘此根本的一點不能一致，則合作成了空談。」最後，他希望「最好毛澤東先生能來重慶，與蔣委員長徹底討論幾天。」張季鸞要毛澤東到重慶這主張，四年後終於實現。

平心而論，王芸生這篇社評，顯係維護國家利益，弘揚民族正義，貫徹團結抗日的。當年周恩來也說是「貴報善意指責」，並讚揚

王文「愛國之情,溢於言表,矧為當時,能不感奮!」誰料1949後竟被指為「反共言論」而入罪。

周恩來這一親筆信,王芸生一直珍藏著,三十餘年後才交出,即使在文革中所有文稿信函都付之一炬時,依然珍藏。其子感困惑,王芸生回答:「難得的教誨。」④原來如此!

1945年,迎來抗戰勝利,詎料國共內戰又起,而戰爭規模愈來愈大。11月20日大公報發表社評〈質中共〉,社評說「今天的局面演成」因有三事。一,日本宣佈投降之初,延安總部即發佈命令,要「從事單獨進兵與受降」,這是「廣大的北方到處起了砍殺之戰」的根源。二是,「看北方的戰亂局面,很給人一種強烈的暗示,是中共意欲憑它的力量,做到『會談紀要』中所要求的隴海路以北及蘇北皖北的特殊化。」三說,「凡是一個政黨,都是為了爭取政權而構成,所以政黨要爭取政權是應該的。問題在於應該以政爭,而不應該以兵爭。」21日,《新華日報》即發表周恩來親撰的社論〈與《大公報》論國是〉,反駁這三點,把王芸生比做「好一個妙舌生花的說客呀!」還說「大公報在這裡是大公還是大私?」

1946年4月中旬,人民解放軍發動長春之戰。4月17日,王芸生撰寫社評〈可恥的長春之戰〉,文中說「複雜的東北問題,半在外交,半在內政。現在蘇軍已保證於本月杪以前撤盡了,且正在撤退中。外交一面可謂業已順緒。但在蘇軍紛紛撤退之際,在東北的內戰形勢卻在加劇地進展,且已在許多地方紛紛地打起來了。內外消長,令人心情起落不寧。」文章緊接著說:「尤其可恥的是長春之戰!」、「蘇軍剛剛邁步走去,國軍接防立腳未穩,中共的部隊四面八方打起來了,且已攻入市區。多難的長春,軍民又在喋血……」、「進攻的戰朮,常是用徒手的老百姓打先鋒,以機槍迫擊炮在後面督戰。徒手的先鋒隊成堆成群地倒了,消耗了對方的火力以後,才正式作戰。請問

這是什麼戰術？殘忍到極點，也可恥到極點。」這就是「人海戰術」一詞的由來。四天後，大公報上海版又刊登記者呂德潤的瀋陽通信〈春天裡的秋天〉，其中說：「政府軍和共產軍在盤山一帶打了一仗，共產軍方面打第一線衝鋒的是沒有什麼武器的人，當然後面還有正式的部隊，那一仗勝負如何我迄今並未注意，我只知道雙方有一萬五千中國人死了！一位參加這一役的政府軍官說，對那些沒武器的中國人他不知怎樣放槍？他的槍是放過的。」社論一出，四月十八日《新華日報》就以〈可恥的大公報社論〉回應，力辯未「驅市人作戰」。當時郭沫若還說了「寧看中央日報而不看大公報」的狠話。

正如人們所說，歷史本來勝敗雙方都在書寫，同樣一件事情會有兩種不同的解釋。1949後王芸生自承是對國民黨反動政府的「小罵大幫忙」，⑤並說「新華日報用如此嚴厲的字句回擊大公報社論作者是完全應該的。」⑥板子落在自己身上，真使人啼笑皆非。不過那都是後話。在當時，這些社評把王芸生推到成名的巔峰。

王芸生與蔣介石及毛澤東

蔣介石歷來重視《大公報》。在他的辦公室及起居室、廁所中都放了《大公報》，到了每日必看的程度。

1931年，秉「明恥教戰」的辦報方針，總編張季鸞責成王芸生，開個「六十年來中國與日本」的專欄。從1871年始至1931年「九一八」事變終止，六十年中的中日關係史。逐日刊載，專欄的眉題為「前事不忘，後事之師！國恥認明，國難可救！」用意由此闡明。

專欄每日刊載時，蔣介石就很重視，集成專書出版後，蔣在百忙中又泛泛地讀了一遍。讀後，蔣告知張季鸞邀王芸生上廬山給他講課。

1934年8月、9月，王芸生兩次上廬山。第一次是在8月23日上午11點半至正午12點。這次見面只是禮節性的，寒暄一番後，蔣介石很直率地說，因為時間不夠，他沒有全部讀完〈六十年來的中國與日本〉，儘管如此，幫助還是很大。他還說，希望王來給他講課，題目是「三國干涉還遼」，然後約定日期。

按預約，王芸生於9月3日上午再次去見蔣介石。這次可不同了，王芸生一上來就講述中日關係史上的重要一段：「中日甲午戰爭後簽訂的《馬關條約》有割讓遼東半島的一條。這使沙皇俄國感到很大的震動，於是俄國聯合德國和法國，在《馬關條約》簽字六天後，向日本正式提出交涉，要求日本政府放棄佔有遼東半島。日本估計在軍事上無力對抗以俄為首的這三國，英美也不可能給日本以實力幫助，只好接受了三國的要求。於是，日本與李鴻章再次談判。結果是中國以三千萬兩白銀換取日本將已到手的遼東半島退回。」

蔣介石聽得很仔細，並且其間提出過許多細節問題。王芸生一一回答，蔣似滿意。

在兩次訪蔣後不久，王芸生曾撰文說：「我對於蔣先生的印象，覺得可用『虛懷、熱誠、苦幹』六個字概括之。他身居高位，日理萬機，求知識的心還很盛，雖然若有不足，可稱虛懷。」

1949年後，幾乎所有的評論家談到蔣介石此次在廬山請了些專家學者講課，都認為是蔣的偽裝，是為了替他制定反動政策找根據。王芸生晚年時說，1949年後，他也這麼說，因為這麼說是「理所當然」的。

王芸生在廬山兩次訪蔣後，還訪了國府主席林森、行政院長汪精衛，話題都涉及《六十年來中國與日本》，都有好評。汪還表示「今後編書需要什麼材料一定協助。」

八年後，1942年2月某日，王芸生應美國之邀要訪美前，蔣介石夫婦曾在私邸設宴為他餞行。

　　總之，蔣介石與王芸生之間，似都相互敬重。蔣禮遇王，而無居高臨下之態。

　　1944年春，「中外記者參觀團」去延安參觀。作為民間報的《大公報》，派記者孔昭愷隨行。6月12日到延安。當日晚上，毛澤東設宴招待全體團員。入座之前，毛澤東讓孔昭愷坐首席，孔一再謙讓，但毛再三堅持，孔才應命坐下。席間，毛舉杯對孔昭愷說：「只有你們《大公報》拿我們共產黨當人。」毛澤東此話，是指三十年代，國民黨下令各報刊稱共產黨為「匪」，而只有《大公報》抗命稱「共軍」。

　　早在1935年，范長江就以《大公報》特約通信員名義，發表旅行大西北的通信，報導紅軍長征行跡和西北近況。此後結集出版取名《中國的西北角》，人稱「猶如黑暗中的閃電，照亮紅軍真況和中共的存在。」後范長江又親訪延安，與毛澤東作徹夜長談。在延安時所寫通信取名《塞上行》再次推出。可見《大公報》對中共的重視。

　　王芸生與毛澤東的第一次見面，是在1945年9月1日，地點重慶，在中蘇文化協會慶祝中蘇友好同盟條約簽訂而舉行的雞尾酒會上。

　　毛緊握王的手說：「久聞大名，如雷貫耳。希望你們新聞界的朋友多為和平而宣傳。」

　　抗戰甫告勝利，國共內戰一觸即發。毛澤東應蔣介石之邀到重慶舉行兩黨談判。史稱「國共雙十談判。」

　　毛澤東是在8月28日偕周恩來、王若飛等飛抵重慶的。《大公報》派出女記者子岡到機場採訪。子岡如實描寫毛的形象、舉止與裝束。子岡的通信〈毛澤東先生到重慶〉，與王芸生的社評〈毛澤東先生來了！〉的社評，可稱相得益彰。然而誰料十二年後，反右派時，子岡的通信被指對毛澤東的醜化。

　　毛澤東在重慶期間，大公報領導層與他多有往還。9月5日，王芸

生與編輯部主任孔昭愷、採訪部主任王文彬到重慶紅岩新村去晉見毛澤東。主客的談話只在毛與王芸生之間進行,在場記錄為王炳南。談約三小時。所談內容,見於翌日(6日)《大公報》。中共表示「統一之政軍令必須建立在民主政治之基礎上。只有包括各黨派無黨派代表人士之政治會議,始能解決當前國是,民主統一的聯合政府始能帶給全國人民幸福。」當然大公報對民主統一也樂見其成,也為之鼓吹。

時隔不到半月,9月20日,毛澤東又會見了王芸生、孔昭愷、王文彬三人,並進行了長時間談話。談些什麼外人不得與聞。王芸生等三人,回到報社後,即以大公報名義發出請柬,在李子壩報館二樓「季鸞堂」設宴招待以毛澤東為首的中共代表團。毛澤東、周恩來、王炳南都應邀赴宴。在飛觴互敬的歡快氣氛中,王芸生向毛澤東提出「共產黨不要另起爐灶。」毛澤東回答:「不是我們要另起爐灶,而是國民黨的灶裡不許我們造飯。」當時主賓間狀似輕鬆的談話爾後成為王芸生的罪愆,該是王芸生始料不及的。不過當時酒宴還在進行,席散時毛還用他獨特的毛體給大公報職工題寫「為人民服務」五個大字。

之後,因國共談判拖延日久,王芸生為毛澤東的安全擔憂。和章士釗談及,勸毛「三十六計走為上計」,後章告毛時,稱這是和王芸生兩人的主意。

自張季鸞以來,「國家中心論」一直是大公報的言論準則。王芸生的「不要另起爐灶」的奉勸,觸及了共方的要害。1949後,王芸生就成眾矢之的。多少未與宴者設想毛當時對王一定是「駁斥」、「怒斥」、「痛斥」。據王芝琛稱:王芸生臨終前曾與其子談及此事。「王發笑說『其實不是那麼回事嘛!當時氣氛是很友好的,毛澤東回答時,還帶有幾分幽默的口吻』」。

　　王芸生親歷者所說自然無可疑義，不過毛澤東對「不要灶另起爐灶」一直耿耿於懷。時勢更易後，1953年9月，中央政協常委會與中央人民政府委員會，討論總路線時毛澤東與梁漱溟發生爭執，毛在斥梁之時，忽然說「當年有人要我們不要另起爐灶」，毛的話音剛落，王芸生當即站起：「這話是我說的，」說完再未坐下。這一插曲可見毛一直對王的這句話並未釋然。王芸生事後說：「這時毛主席才是真正對我怒斥！當時的心情十分緊張，不知毛對我如何『發落』呢。」據大公報同人吳永良說，王芸生回報社傳達時，未講這細節。這細節中，有人說毛曾讓王坐下，另說王一直站到散會，這是歷史的一個小小懸案。

　　總之，毛與王之間，1949年是分野。之前，可說「恭」，之後則是「倨」了。

1949後的王芸生與《大公報》

　　一言以概之，1949後的王芸生判若不同的兩個人。

　　王芸生曾說過，「鋼刀一舉，喀嚓 聲的時候，你要 一聲不吭，咬緊牙關頂得住，才算是一條好漢子，一個好記者！」（轉引劉自立語）。

　　這需從1948年說起。已進行多年的國共內戰，共方已居上峯。國民黨政府大勢已去，眼看即將垮臺。中共正聯絡各民主黨派及社會賢達召開新的政治協商會議、籌組聯合政府。報人本對時局敏感，王芸生也不例外。他擔心的是大變局後《大公報》的命運。曾是中共地下黨員的李純青，親眼看到這段時間王芸生長吁短歎、繞室徬徨。

　　一個不速之客住進了王府，她從西柏坡來，銜中共中央之命，邀王芸生北上去參加新政協，並許諾在新體制下，《大公報》可以做到

「滬、津、渝、港」四館不改名不換人照常出版。

王芸生當然喜不自禁，帶來佳音的是曾在《大公報》主持文藝副刊的楊剛。當下商定了北上的途徑，先去臺灣，再轉香港，然後北上。這曲折路線，自然是遮眾人耳目，轉移視線。

欣然從命的王芸生於1948年11月5日，偕妻離上海乘飛機去臺灣。三天後就到香港。其時香港《大公報》就改變原超然的言論傾向為親共，發社論〈和平無望〉。之後王又從香港化裝成廣東茶房偷偷乘輪船到青島。北上同行者有陳叔通、馬寅初、柳亞子、葉聖陶等20餘人。途中，在煙臺登岸時，王芸生就看到了天津版《大公報》已改為《進步日報》，心情非常沮喪。到北平後，自承「經過一番激烈的思想鬥爭才想通的」，還告訴李純青，對天津《大公報》改換門庭不再計較了。更有甚者，在1949年4月6日，在北平召開的新聞工作座談會上他作的發言中，坦誠地說：「我想通了，不要大公報這名稱了。我到解放區是投誠來的。」⑦四天後，又在《進步日報》發表三千字的檢討文章〈我到解放區來〉，痛責一番自己後，接受了《進步日報》同人宣言中對《大公報》為反動報紙的定性，又一次表明「是來投降的」。

據王芸生女兒王芝芙的回憶說，她聽到「投降」二字，「簡直有些吃驚，瞪起眼睛嚴肅地問父親：『不是毛主席請你去北平參加新政協的嗎？你又不是國民黨。『投降』二字從何談起啊？』」。女兒雖吃驚，父親卻很平靜，自承「為這兩個字冥思苦想了很多天，把自己的半生所走過的曲折道路作了一番認真的思考」。

這番父女對話並非在北平而是上海。

當時，大局急轉直下，中共大軍過了長江，上海解放在即。隨後北平的毛澤東和周恩來改變原對大公報處理意見。周親口對王說：「《大公報》不必改名了，你隨軍南下，繼續主持上海《大公報》。

《大公報》還是民間報紙，仍是你們自己經營，我們不來干預。」
5月底，王芸生就穿上解放軍的軍裝，與楊剛等隨華東陳毅部進了上
海。王芸生重掌報權後，講了以上這番話。

一月有餘，6月17日王芸生更創驚人之舉。王親自執筆寫了
〈《大公報》新生宣言〉。過去種種比如昨日死，未來種種猶如今日
生。他歌頌新政權是「人民自己的政府」，解放軍是「人民自己的軍
隊。」對舊大公報則痛加鞭撻。列舉大量事實，說大公報站在國民黨
一方，反共、反蘇、反人民。最後表示「今後的大公報，將特別著重
於照顧進步知識份子及民族工商界的利益，並努力反映這兩個階級
的意見，在毛澤東主席的旗幟下，大踏步走向新民主主義國家的建
設。」他的子女說他隨《大公報》的新生而新生了。

一番至誠，真心投降，有了回報。不僅保住在報業中的地位，大
公報社長兼總編輯，還走進政界。過去曾婉辭陳誠、陳布雷讓他做官
而不就，而今出任華東軍政委員會委員、上海市人民政府委員、全國
新聞工作者協會副主席，又是中國人民政協第一次全體會議新聞界的
正式代表（如左派報人《文匯報》的徐鑄成僅為候補代表）、第一屆
政協委員。

可是形勢逼人，新生的《大公報》雖努力適應新形勢，銷路卻急
轉直下，一度跌至四萬餘（全盛時曾有二十萬份），虧損巨大，1952
年已到周轉為難地步。憂心忡忡的王芸生為扭轉危局，擬將大公報從
上海遷北京。一再考慮，鼓足勇氣給毛澤東寫了一封信。信發後，忐
忑不安，不知將是如何結局。一周後，北京來了長話，要王刻日進京
見毛。匆匆上道，到京後第三天，由彭真、胡喬木陪同到中南海，
進豐澤園。剛游泳後的毛澤東，招呼大家坐下。王芸生彙報大公報現
狀。毛聽後立即指示：上海《大公報》與天津《進步日報》合併遷北
京，擇地新建，報名不改仍叫《大公報》，作為全國性的大報，分工

國際新聞和財經性政策。如此佳音，王芸生自然笑容滿面，激動得說不出話。毛澤東卻風趣地說：「大公王恭喜你收復失地了啊！」。

此後，《大公報》在北京永安路安營紮寨，王芸生小心翼翼，一直按毛指示的辦報方針辦報，不敢有絲毫更動。曾有人建議加強文教版，他並不採納。此後，內部不斷有人事傾軋，王的大權旁落，總編輯也不再由他擔任。中間雖一度達到卅餘萬份，扭虧為盈。可之後即原地踏步。

此後，運動頻仍，人員變動頻繁，深怕出差錯，又差錯不斷。1966年，文革疾捲而來，紅衛兵的鐵掃帚所及，《大公報》於1966年9月10日被迫宣告停刊。此後雖一度改為《前進報》再出刊，仍不能維持，到年終（12月31日）永遠停刊了。

時人有論，《大公報》這塊牌子，能留到文革才被砸碎已是萬幸，只因為毛澤東對這張與中共革命息息相關的舊報紙存有某種好感，王芸生又一再自貶，始終擁護共產黨。究其實，自1949王芸生發表〈新生宣言〉後《大公報》就已經消亡不再存在。

至於王芸生個人，1952年進京後，並非風平浪靜、波瀾不驚，他能倖免劃右，逃過文革，以及晚年景況，當在後面敘述。

王芸生何以免劃右派？

在反右派的狂飆中，有關王芸生的情況，他的女兒王芝芙有一段回憶。

「1957年反右鬥爭開始之後，中華全國新聞工作者協會，連續召開了幾次批判會，我作為中央人民廣播電臺的編輯每次都到場聽會。當時父親正在文化部學哲學，沒能出席中央召開的幾次民主人士座談會，因而沒有什麼公開的言論，估計鬥爭的鋒芒不大可能觸及父親身

上。我正暗暗為父親慶幸時，有一天的批判會突然轉為揭發父親，我當時毫無思想準備，被兇猛的來勢嚇蒙了。為安慰父親，會後我陪他一起回家。對這一切，父親自己也感到茫然，思想毫無頭緒。

當時的形勢十分明顯。鬥爭日甚一日，壓力愈來愈大，眼看父親即將被劃為右派。未料到情況發生突變，報社派曹谷冰伯伯來家裡，反覆向父親交代：只要在那些問題上做些檢查即可過關。父親感到情況突然，很想摸清底細，但曹伯伯也不知內情，他也只得憋在悶葫蘆裡了。

開大會那天，主持人很客氣。父親念完檢查稿，立即有人走到台邊，將他接下來，護送出門，事情就算完結了。為此父親納悶了很長時間，實在琢磨不透。劃右派的人很多，為什麼他卻被輕輕放過了，內心反而一直惴惴不安。

直到1960年以後，楊東蓴老伯作為黨與父親的聯繫人，才將真相告訴父親，原來是毛主席將他保下來的。

此後，王芸生依然心中不安，在檢查中傷及了友人，為此內疚難以釋懷，終成糖尿病。從此也不再讓他過問社中事務，虛有社長之名了。⑧

王芸生何以被毛蔭庇未劃右派？通常的說法為四大原因：

一、在重慶談判時期，《大公報》對毛的尊重與衛護，王芸生示意章士釗要毛「三十六計走為上策」，是以「衷心藏之，何日忘之，」關鍵時刻就放他一馬。

二、反右先聲是大鳴大放，「禍從口出，其時王恰在文化部學哲學，缺位報社的鳴放。更有幸的是幾次中央級的民主人士座談會，他也惜言如金，抓不到把柄。

三、這一點，信之者頗眾。當時黨外報紙有三家，即《光明日報》、《文匯報》、《大公報》。《文匯》的總編徐鑄成、

《光明日報》總編儲安平，都已有右派冠冕，如讓王芸生也獲「右派」，那成清一色的了，對外不好聽。雖本內定王為「反蘇型」、「右派」，也就給了「雲南王」龍雲了。

四、也有人認為，反右運動中，官方曾逼王芸生與地下黨員李純青的關係，他「竹筒倒豆子」如實交代了。王交代後，對李純青控制使用達20年之久。為此他一直愧疚於心。不過這一立功就免了他右派。

筆者認為這些說法都可商榷。從毛的氣度與個性言，一與三兩點都不可能。至於第二點，不在於「惜言如金」，即使一言不出，同樣也可入罪嗎？而第四點，僅因這小小貢獻，就免右，這種可能太少了。

那麼，究竟什麼原因使王芸生能免劃右派呢？這和前面所說，與《大公報》這塊牌子能保持到1966年有關。牌子既留下了，總得留個把有代表性的原斑人馬，王芸生就是合適的人選。況且王芸生一直錐心鑽骨、坦誠自願地思想改造，始終堅持擁護共產黨。也就讓他不入「右派之網」。

桑榆晚景再立功田中訪華得「解放」

1959年，反右派運動已告結束，王芸生安然渡過這一「劫」，真是大幸了。此時，也年將六十。從此他不再過問報社具體業務，可以安享清福度晚年。

然而，事不如人願，周恩來找到王芸生要他給《大公報》寫史。他深知這是棘手難題。不僅耗時費日，而且如何評價，褒與貶如何下筆。他委婉地推託了。貴為總理開了口，又怎易推掉？一次，兩次，竟是三次，還亮出底牌，是毛主席下的令。他只能接下任務。不過他提出要曹谷冰協同，完成使命。

他的女兒說，「父親拿出了年輕時奮戰的勁頭，開始了案頭工作，進展雖緩慢但很紮實」。用很長時間，查閱舊報。待到寫成用了兩年時間。先寫出〈英斂之時期的舊大公報〉較易，因並非新記《大公報》吳、胡、張三人所辦，褒貶容易。後寫成的〈1926年至1949年舊大公報〉用時一年多，心底流血痛貶當年恩師，又用髒水潑向自己。用心良苦，於1961年全部完成。待到王生命盡頭時，他終於悔悟：「《大公報》史將來仍需重寫！」

兩篇長文先後交卷以後又在全國政協所辦《文史資料選輯》刊登，周總理又交下新任務，要王芸生重新整理當年所寫的《六十年來中國與日本》，以便重新出版。立即奉命，勤勉從事，搜集新史料走訪各專家，哪知剛改出一、二兩卷，「文革」罡風颯然而至。他逃過了反右，文革在劫難逃。

十年浩劫開始，王芸生成了衝擊對象，掛牌批鬥，掃大街沖廁所。隨後，又送到北京車公莊「鬥私批修學習班」接受「勞動改造。」

再也沒有想到轉禍為福。1972年夏天，日本首相田中角榮訪華，田中抵京前，毛澤東找了王芸生的《六十年來中國與日本》以備課。

田中到京了，毛澤東與田中在6月26日會談。兩次談及王芸生的《六十年來中國與日本》。毛忽然轉頭向周恩來，應該讓王芸生來參加接待活動。一時間，周恩來無法回答。他不知王芸生死活，如活著也不知身在何處。會談結束，立即佈置下去。要是找到王芸生安排他參加9月30日國慶招待會，再安排他今後參加中日友好活動。

囚徒解放了，來得意外，來得突然。送回北京家中時，國慶招待會的請柬已經送到。

9月30日，王芸生去赴宴。文革幾番抄家，已無一身上好服裝，他只有布衣布履、持請柬誠惶誠恐，步行來到人民大會堂。向例參加

國宴的貴賓，無不乘車而來，哪有步行的。他被警衛拒之門外。經層層核對，才登堂入室。（曾把請柬頂在帽子上，事頗幽默）他並不以之為忤，目睹盛況，只是自語：「難道這是真的！」

　　中止的工作，又開始了。重新找出《六十年來中國與日本》一、二卷修改稿，他要把後五卷改成。怎能想到病魔卻悄然而至。醫命難違，他住進醫院。修改工作帶病進行，僅用四個月的時間完成了三至七卷的修改。肝病更重了，有了滿腔腹水。一次高燒後，醫生對他宣佈肝癌晚期的結論。他還是感到不足的是，原來「六十年」，是1871至1931，第七卷只寫到1919，還缺12年，無法完成了。最後聽從楚圖南建議，請《大公報》的老同事張蓬舟用「大事記」的形式補足，總算有了完整的結尾。當責任編輯把第一卷樣書送到他手中時，他已經在昏迷狀態了。可還沒有忘記要給周恩來贈書，可周恩來已經去世了⋯⋯

他帶著遺憾而去

　　1980年4月，王芸生的生命已到盡頭。

　　在一刻清醒一刻昏迷的彌留狀態中，報社同人蕭離來看他。蕭表示要幫他寫傳記。他謝過了，並且說：「我的傳記、回憶錄，沒有必要寫了。我的的四十年一天不差的日記都燒了。在燒時就決定不寫了。當然希望別人也不寫。」

　　接著，他又說：「我是欠債的，欠了文字債。我欠，欠季鸞兄一篇傳記。我答應過他，他也說過：『芸生，這件事非你莫屬了』」。這時他涕泗橫流，情緒更為激動：「我多少次動念，又多少次放棄了。他瀟灑、儒雅、大度、寬厚、才思機敏。我自量沒有這個文采，恰當地還一個張季鸞給世人。別說這麼一個歷史人物，時事的俊傑，

還要再編排一些『帽子』給他戴上，這筆如何下？這麼該寫的人，我都沒寫，對季鸞兄於師於兄於友，我都愧對他⋯⋯」人之將死，其言也善。他已經給《大公報》列過罪狀潑過髒水，再寫張傳如何寫，確實是為難了。如果還真有九泉相見⋯⋯

王芸生顫抖著拿出一張白紙嘟囔著：「寄給他，寄給他，我的白卷⋯⋯」

王芸生停格在1980年5月30日。虛齡80。

幾句並非題外話

寫到這裡，本該擱筆。有幾句並非題外話，想說出來一吐為快。

按實情，王芸生是個悲劇人物。

試看他在1949年前，是個諤諤敢言之士，不愧文人論政本色。

雖說「國家中心論」，是《大公報》的言論底線。但對國民黨政府腐敗與無視民生疾苦，仍深惡痛絕、痛加抨擊。這有「飛機洋狗事件」所寫社論〈擁護修明政治案〉、〈看重慶、念中原！〉、〈為國家求饒！〉等等有影響的社論為證。

倒行逆施、摧殘人權，政府的一些惡行，王芸生尤為痛恨。1947年，大公報記者唐振常遭中統拘捕。王芸生拍案而起。打電話給上海市長吳國楨：「今天不放人，明天就見報。」吳國楨只好放人。

對中共，王芸生盡諍諫之道。中條山之戰，日寇是中華民族共同敵人，抗敵禦侮人人有責。勸中共切莫坐視而不配合國軍，也是公正輿論。抗戰勝利，內戰已顯證兆。〈斥中共〉勸中共應政爭而不兵爭，也是為免國人流血！毛澤東親到重慶，國共和平談判之際，王芸生能當毛澤東面，勸中共「不要另起爐灶！」這是何等的膽識。

王芸生出身貧窮，嚴於律己，不貪高官利祿。抗戰初期，軍委

會成立政治部，部長陳誠邀王芸生任部屬第三廳宣傳部長，遭拒。此後，陳誠再送設計委員聘書、津貼三百元，同樣拒收。陳說：「你何清廉若此？」王答：「我服從太史公所言『戴盆何以望天！』」（意思是我已戴了記者這帽子，別的都看不見了）。去重慶後，陳布雷派人送王軍委會參議聘書與不菲津貼，一概拒收。深為張季鸞讚賞。

　　然而，1949後竟似判若兩人，屈從、自賤、矮化、尊王崇聖。安然於政協委員、人大代表，寫了哪些毀人毀己篇章，最後自己也感痛心。悲夫！

注釋 ────────────

①②《文史資料選輯》96輯57頁，中國文史出版社
③⑤⑥⑧《文史資料選輯》25輯52頁，28輯162頁，28輯174頁，96輯82頁
④王芝琛：《王芸生與大公報》，中國工人出版社，126頁
⑦楊奎松：《忍不住的關懷》，廣西師大出版社，106頁

胵說悲劇范長江

篇前話

探討長江一生，必須從他與中共的因緣說起。

長江從青年時起，就深信共產主義、追隨共產黨，幾次出生入死，壯歲後入報業，更為共黨揄揚。1937年，長江有延安之行。2月9日晚，毛澤東與范長江在「窰洞中」作了徹夜長談。長江自感談後「茅塞頓開，豁然開朗」。毛介紹了十年內戰經過，解釋了中國革命性質、任務、兩個階段以及統一戰線的方針政策。居高凌下，滔滔雄辯，加上領袖魅力，征服了素不輕信的范長江。他自己說：「抗日民族統一戰線的偉大政策，把我多年無法解決的『階級』和『民族』矛盾從根本上解決了，這是我十年來沒有解決的大問題」①自此，他信仰共產主義益堅，追隨中共也從未動搖。此後進《大公報》，有胡政之的寬容，給了他施展才能的空間，他的系列通訊《中國的西北角》，本已透露紅軍行蹤，延安行後更使局處西北一隅的中共主張為世人知聞。再此後，脫離《大公報》，創「青記會」辦「國新社」，已身列中共陣營，宵衣旰食，勞苦功高。1949新體制後，僅有三年仍活躍在新聞戰線，此後輟筆改業，文革起後，落得個冤死的下場。

長江死已43年，人們都已淡忘。悲哉！

從長江的「巧對」說到兩本成名作

河山光復後的第二年（1947），我在王崑崙創辦的無錫《人報》任記者。編務稍暇的一天，隨幾位編輯去遊名勝惠泉。遊覽了錫惠公園。在曲折的長廊中看到不少楹聯。對面就是錫山，有位編輯即景生情，也許是考察我們幾個年輕後生的知識面，問是否知道有關「錫山巧對」的聯話。

他說，山西王閻錫山，1937年來無錫，也是遊覽惠泉，面對錫山，出了個上聯「閻錫山過無錫，登錫山，錫山無錫；」。登在多家報紙徵對。這被稱為「絕對」，長久無人對出。

年輕好勝的我，立刻接著說：「後來有人對了！」在「願聞其詳」的催促下，我說，1945年，曾是《大公報》的名記者范長江，當時在新四軍，隨陳毅到安徽天長，突來靈感，對曰「范長江到天長，望長江，長江天長」。陳毅贊曰：「果然是個才子！」

「不錯，不錯，有這回事！」後來我知道這位編輯，抗戰中曾是「青記」成員（中國青年新聞記者學會，長江參預創建與領導），短期追隨過「雙江」（范長江與孟秋江）。此後，我從他那裡知道有關長江的很多軼事。

其實，我早就讀了長江的書，私心極為敬仰。並立願以長江為榜樣，將來服務報業。

最先讀到的是他1937年7月初，《大公報》為他出的第二本通信集《塞上行》。

說到這本書，有一段巧遇，曾以此事為題，寫了篇短散文，揭載於上海《書林》（月刊）②

抗日烽火在上海燃起的第三個月，江南故鄉淪於日寇之手，全家

避難到鄉間，當時虛齡只有12歲的我，暫時失學。

也許因為日寇要搶佔交通線和大城市，窮鄉僻壤一時還無暇顧及，所以小村裡還有暫時的安定。沒有學校進，長日無事，怎樣打發？跟著我逃難的幾本書，如《三國》、《水滸》都看爛了，看厭了。怎能解決讀書的饑渴呢？後來從同學的查君處借到很多書。其中就有長江的《塞上行》。

大概是1938年春天，春寒料峭，我在農家的曬穀場上，邊曬太陽邊讀著《塞上行》。自1936年12月，「西安事變」發生及後來的和平解決，年幼如我，也知道國共兩黨的內爭。「十年剿共」後，朱、毛紅軍的行蹤似已消失。在范長江筆下，奇跡似地出現在大西北的黃土高原。膚施（現稱延安──作者注）城門口一個小紅軍，戴著八角帽，上面有顆紅五星，這幅照片猶在記憶。還有，范長江與毛澤東的窰中夜談……

我正埋頭讀著書，有人走到身邊都沒有察覺。「小朋友，你看什麼書啊！」抬頭一看，竟然是一個身著軍裝的人！我楞了好久，沒有出聲。這人從我手中拿去了這本書。「這《塞上行》可是本好書，你看得懂嗎？」，「不懂就能看！」我惱了，沒好氣地回答他。

「這好啊，我們就是范長江筆下那支部隊！」原來就是紅軍長征後，留在南方各省的殘餘武裝，自抗戰軍興國共聯合後，國府把這些游擊隊，改編為新四軍。這就是挺進到江南的新四軍一支隊，隸屬陳毅。以後他們在這裡擴張發展，建立太（湖）滆（湖）地區政權。

我是在讀高中時又讀到了長江的《中國的西北角》，這是他的第一本通信集，自稱為「使展抱負」的書。1935年7月，年僅26歲的范長江，隻身前往人跡罕至的大西北。從成都出發，經川西，越隴南，繞達阪山，出入祁連山，沿河西走廊，繞賀蘭山，進入內蒙古，時間跨度達10個多月的西北考察，採訪了五十多個城鎮，行程一萬二千餘

公里。寫了近百篇的旅途通信，陸續發表於《大公報》。在他筆下，中國大西北的山川地理，歷史沿革，人文風貌，竟歷歷如數家珍。更重要的是他早於他人，報導了「五次圍剿」中失利後的紅軍行蹤與動向（長江的旅行考察線路與紅軍長征過程或重疊或交錯）。全是真切見聞，又有深邃議論，既顯廣博知識，又見人間情懷。一個年輕記者竟能有如此廣博的知識，達到這樣的程度，實為罕見。

奮發精進的苦難歷程

正如孟子所言，「天將降大任於是人也，必先苦其心志，勞其筋骨，餓其體膚，空乏其身，行拂亂其所為，所以動心忍性，曾益其所不能。」（《孟子・告子下》）范長江的一生真是苦難歷程，從讀書到踏入社會有多次從瀕臨死亡的絕境中逃出。

范長江是四川內江縣田家鄉趙家壩村人，1909年10月16日生，原名范希天。後為報刊撰稿時，以長江為筆名，即以筆名行世。按范氏族譜，范長江是范仲淹的第31代孫（元代時，因避戰亂由蘇州遷移到川）。長江出生時，已家道中落。父范雲庵，外出當兵。在熊克武部任下級軍官。家中賴農家出身的母親支撐。長江幼童時，在鄉間讀小學，13歲時進內江縣立中學。初時因鄉小偏科，僅讀古文，數理化偏缺。經一年發憤苦讀，竟名列第三，眾人驚歎。

20世紀20年代，中國政壇興起兩股政治力量。即孫中山為首的國民黨，另一股就是信奉馬克思主義無產階級革命鬥爭學說的共產黨。當時「非楊即墨」，長江信仰了共產學說，常去參加共產黨發動的各種活動。

1926年，國民革命軍北伐節節勝利，攻克武漢。原在廣州的國民政府和黃埔軍校，遷到武漢。黃埔軍校擴大招生，在重慶設立考點。

時在四川資中縣省立六中就讀的范長江，聞訊較遲，趕去重慶應考，招生工作已結束，錄取學員已回武漢。

滯留重慶的范長江，逢上新機遇。共產黨人吳玉章、楊誾公創辦的中法大學重慶分校，錄取他為短期幹部訓練班的學員。執教的都是左翼分子和中共黨員，教材無非是馬克思主義與階級鬥爭學說之類。翌年（1927）3月31日，中法大學重慶分校四百多名師生（長江在內）發起抗議英美日帝國主義暴行集會，遭四川軍閥血腥鎮壓，長江在累累屍骸中倖存，旋逃往武漢。

更嚴酷的未來考驗范長江，這時正當第一次國共合作破裂。1927年「四、一二政變」後，國民黨清共。已歸向共黨的賀龍的第二十軍學兵營接納了長江。接著編入教導團。賀龍帶著這支未經訓練的學生軍。開到南昌，參加中共黨史所稱的「八一南昌起義」。此役中，長江擔任一個小兵（班長），經受血的洗禮。南昌得手後又主動退出。起義部隊退向廣東，途經撫州、廣昌、瑞金、於都直取廣東梅縣。結果多次失利，到達汕頭時，長江遭部隊遣散。在饑寒交迫中，長江又患了嚴重的傷寒病，奄奄一息，收屍人已把他收在一起，準備埋了。經好心人的救治，居然又活了過來。為著求生與尋找讀書的機會，在一個向南方開拔的軍醫院中，長江當了一個看護兵。

1928年夏，在一張舊報紙上看到南京中央黨務學校的招生啟事，食宿與學費均免，且學歷不限，同等學力即可報考。他火速趕到南京。

命運再把他戲弄，黨務學校招生期已過，飄泊街頭時，恰遇家鄉同學好友，送他去四川同鄉會館，免費住宿，等待黨務學校補招。二次招生時得錄取。終於取得安定的生活，病殘之軀漸次恢復。

中央黨務學校係四年制，培養黨務人員及基層官吏，後改為中央政治學校，校長蔣介石，教育長羅家倫代行校政。這樣的學校自然要

進行「洗腦教育」，清除「異端思想」。共產主義已有先入之見的范長江極為抵觸。平日又常去陶行知辦的曉莊師範，陶所倡行的是接近共產的學說。加上，范長江性格中有不安定因素，過了三年的安定生活，還有一年就可畢業，他藉口「九一八」事變中國民黨政府的不抵抗竟憤然離校。

　　一貧如洗的長江，無半點川資，僅靠同學和同情者的少量幫助，就去北平，擬利用北平圖書館與去北大旁聽自修。當時之苦，別人難以想像。住最低廉的「向風窟」，每日只進兩餐，大餅與開水充饑，一日所食不過一角三分。後羅家倫聽到他的窘迫，表示惋惜願在經濟上接濟，他毅然拒絕。

　　不久找到一份磨豆漿、送麵包的工作，同時也進了北大哲學系旁聽，此時本可暫時安定。然而他性格中的躁動因素又上升。風雲變幻。1933年初，日寇鐵蹄侵入到華北與察（哈爾）綏（遠）前線。他再不安於課堂了，組織一批同學去前線鼓動與勞軍。有幾次落入日寇與亂軍之手，又從死亡中逃生，仍回北平。這裡不一一縷述。

　　回北平後，仍去北大上課，為生計，給幾家報紙寫稿。這有天津《益世報》、《大公報》，北平的《北平晨報》、《世界日報》等。對報業由此產生興趣。

　　1936年，國難日亟，日寇凶燄迫近山海關。所謂「華北之大已安不下一張書桌！」具有前瞻目光的長江根據自己的生活經歷和實地考察，以及具有的歷史、地理知識，他認為一旦抗戰全面爆發，我國的國防重點，應在我國西部，中心將在四川，次即陝西、甘肅、寧夏、青海等大西北地區。然而這一地區極為貧困落後，應當促其發展。這就需有人去實地考察，寫成文章於報端發表，從而引起國人注意。

　　這就有了大西北考察的兩本書問世──《中國的西北角》與《塞上行》。也由此進入人生的新階段。

開啟人生的新階段

1961年，長江寫過一段回憶，他說：「一個記者，要有抱負。這抱負就是窮畢生精力研究一兩個什麼問題，而這些問題是從群眾中提出來的。」、「我自己當年到西北去採訪，是懷著兩個目的的：一是研究紅軍北上以後的動向；二是當時抗戰即將開始，抗日戰爭爆發後，敵人肯定會佔領我們的若干大城市，那麼我們的後方——西北、西南的情況怎麼樣呢？這兩個問題，也是當時群眾迫切需要回答的重大問題。」③這是當時長江準備從事報業並去大西北考察的真實心聲。

心願既定，必須必從主客觀兩方面進行準備。主觀方面，他要充實史地知識。為此他去過當年紅軍在江西的蘇維埃區。中國大地圖貼於牆上，細細觀察。清時顧祖禹著六卷本的《讀史方輿紀要》更是常備案頭日夕揣摩。客觀方面，就要取得一家報紙的支持可以發表並得到一定的財力。於是寫就一份考察計畫，分送平津幾家著名報社。然而竟是「知音少，弦斷有誰聽」。即使如一生以辦報為宗旨極有前瞻眼光的那些報業鉅子也走了眼，失之交臂。不過回音還是回來了。《大公報》的總經理副總編輯胡政之有新聞慧眼，同意他的西部考察計畫，聘請他為特約通訊員，也同意他自己提出的條件，文責自負、按稿計酬，旅費自籌，實現了長江的願望。事有湊巧，這時正在北平活動的四川工商團將返川，同意他不付旅費，隨團先南下去蘇、浙、滬後再回川。兩位熱心的編輯又稍資助，這才順利成行。

《中國的西北角》的成就，上文已有評述。這裡不再贅述。有兩件事卻需加以說明。

一是長江在西行途中，結識兩位友人，成了他的事業助手且是

終生知己。「金張掖，銀武威」，張掖是西北重鎮，長江在這裡邂逅一位叫孟可權的人，本是特種消費稅局的會計主任。江蘇常州人，出身貧窮。長江在《大公報》所發的西北通訊，他每篇必讀是忠實的讀者。他被長江的愛國正義感和吃苦耐勞的精神所感動。把長江引為知己，向長江傾訴自己的身世，長江由同情產生友誼。在短暫的逗留日子裡，他向長江提供了許多當局的內情與黑幕，長江都寫入通訊，期許以後成為共同事業的同志。出乎意外，長江離張掖去蘭州後，期許竟成現實。他的多篇西北通訊在《大公報》刊出，引起全國矚目。胡政之決定改聘為特派員，發工資和旅費。長江有了豐厚收入，立即函告孟可權。孟為實現共同理想，放棄稅務局的優厚待遇和較高職位來到蘭州，和長江同甘苦，共戰鬥在新聞崗位上。此後兩人赴寧夏，再去包頭、歸綏（今呼和浩特）。此間長江回天津去報社述職，兩人短暫分手。孟可權後改名「秋江」，又經長江推薦，先後任《新聞報》、《大公報》、《新華日報》記者，並協助長江主持「國新社」。1949後秋江曾任天津《大公報》副社長，與香港《文匯報》社長。「文革」中迫害致死。這是後話。

　　另一位是長江西行途中，在酒泉汽車站結識的邱崗（車站辦事員）。遼寧阜新人，本在天津南開中學讀書。東北淪亡後，參加抗日救亡活動，被學校開除。繼又參加共黨領導的地下學運等活動，最後來到酒泉車站。與長江相識，兩人敞開心扉而談，長江引他為知己，稱他為有膽識的愛國青年。1936年夏，長江曾寫有〈從嘉峪關說到山海關──北戴河海濱夜話〉，假借一外國記者的口吻，寫一東北青年軍官，懷念家鄉的悲憤心情，即據邱崗事蹟。1936年，綏遠抗戰事發，長江推薦邱崗任《大公報》津滬兩版記者，駐綏東前線。此時孟秋江為《新聞報》駐綏記者。一時間，長江、秋江、溪映（邱崗筆名）三人的綏遠戰地通訊，幾包攬各大報。此後邱崗成為長江助手，

追隨長江活動。

另一件需說明的事是，長江的首本通訊集《中國西北角》，是由孟秋江剪貼彙編整理而成。故成書後的版權頁上，發行人為孟可權。

反映紅軍新動向和發展趨勢的通訊，長江本寫了十一篇，先後發在《大公報》。後編入《中國的西北角》時有六篇未收入。計有〈徐海東果為蕭克第二乎？〉、〈紅軍之分裂〉、〈毛澤東過甘入陝之經過〉、〈陝北共魁劉志丹的生平〉、〈從瑞金到陝邊——個流浪青年的自述〉、〈松潘戰爭之前後〉，看來這些文章都因揄揚共軍過甚，故未編入。

在新聞記者心目中，新聞時機最為重要。長江在西北行後，本想去南方。鑒於當時蒙古西部形勢日緊，日寇與蒙古王公勾結，綏遠戰爭一觸即發。長江又向胡政之提出，要去危急中的西蒙考察，把真實的危機揭示於國人前。胡政之肯定他的計畫，還沉重地說：「這次如果不趕快去，也許會錯過這最後機會了！」繼《中國西北角》後所出的《塞上行》，就是西蒙考察的結晶。筆者認為其中最精彩的乃是長江冒生命危險，突破重重封鎖進西安，報導「西安事變」真相這過程。

「西安事變」突然發生，其時長江正在綏東前線採訪。從傅作義處得悉中共已參與事變的和平解決，周恩來已進入西安。他預感中國政局將有大變。他未經請示，冒險前往。一路險厄叢生，蘭州機場「弓上弦、刀出鞘」一片恐怖，原是誤會。從蘭州去西安途中，三百里無人地帶，土匪出沒，毅然闖過。到西安城下，城門緊閉，翌日才得進城。長江的出現，西安報業人士無不驚奇！及至見到周恩來並長談，對大局轉向才有所悟解。再又得到中共中央同意他去延安並見毛的要求，范與毛的一宵深談，最終這脫韁的野駒，甘心一生為中共所服務。回上海後寫出〈動盪中之西北大局〉全國震驚，也得毛澤東的

激賞。平心而論這是范長江人生長卷中最壯麗瑰奇的一頁！

范長江緣何與《大公報》決裂？

范長江與《大公報》決裂最終毅然離去，一直是人言言殊的問題。

說起來，《大公報》有恩於長江。由於總經理兼副總編輯的胡政之的慧眼識人，延攬他入《大公報》，給他創造條件去大西北採訪，才有《中國西北角》、《塞上行》的先後問世及一舉成名與崛起。更重要的是，范長江一向以追求言論自由為鵠的。胡政之又給他實現言論自由提供條件。長江曾深情地回憶說：「我在《大公報》四年，與胡政之接觸較多，對他標榜的『民間報紙』、『獨立言論』、『客觀報導』、『誠以待人』這一套辦報主張，一直以為有幾分真實。我在1935年所寫的〈岷山南北剿匪軍事之現勢〉和〈成蘭紀行〉是他決定發表的。一九三七年我寫的關於訪問延安的報導，也是他決定發表的，抗戰初期，我寫的『可殺劉汝明』，也是主要由他決定發表的。我在一九三五年的報導中公開稱『紅軍』對『剿匪』一詞打上引號，公開否定剿匪，是和國民黨當時最根本的政治路線相衝突的，也是一九二七年大革命失敗後到一九三五年這八年間國民黨區合法報刊上所禁止的。對於延安訪問的報導，雖然他動搖過幾次，並要我在文字上寫得隱晦些，但這終究是和蔣介石自己的宣傳相矛盾的，他終於不顧上海檢查所的反對，把它發表了，曾因此觸怒蔣介石。在報上公開主張要殺國民黨一個省主席和軍長，揭露他對日不抵抗的罪行，也是從來沒有過的事。」長江還說：「從一九三五年到一九三八年，除〈動盪中的西北大局〉一文，要我寫的隱晦一些，並作小修改外，差不多我願意寫什麼就寫什麼。我怎麼寫，《大公報》就照我的原文發表，從來沒有刪改過。蔣介石在南京發怒一事，胡政之告訴我後也沒有

批評我。」④長江說以上這些話時，已不在《大公報》，該是發自衷心。

　　1941年長江在香港主持《華商報》，所發長篇連載〈祖國十年〉又重提舊事〈動盪中的西北大局〉一文發表時，胡政之的曲意優容與承擔風險。他說：「此文本不為上海新聞檢查所通過。……胡政之先生也認為此事非常重要，也當夜親為我改稿，並坐等檢查結果，檢查所對此稿不敢放行，他乃決定『違檢』一次發表再說。在對於這個新聞的把握和發表堅決方面。胡先生的作法，實在是可以稱道的。」

　　胡政之從《大公報》的發展大局考慮，對長江多方面優容。長江自己說：「當時《大公報》有一些老幹部對於我在旅差費方面用得較多很有意見，主張限制我的活動範圍，把我固定在某一個地區，不要到處亂跑。胡對他們說，這幾年我們《大公報》在銷路上打開局面，主要靠范長江吃飯，不要去打擊他。他從來沒有在政治上說過我的不是。他甚至於對我示意，要我將來繼承和主持《大公報》的事業。」⑤然而最終長江有違胡政之的一片心意。

　　列寧有句名言：「據說，歷史喜歡作弄人，喜歡同人們開玩笑。本來要到這個房間，結果卻到了另一個房間。」這句話，原出自俄國著名作家亞・謝・格里鮑耶陀夫的戲劇《智慧的痛苦》。這句話含有高度智慧，衡之世事，屢試不爽。即以長江為例，胡政之既給他這樣一個發展新聞才能的平臺，應該充分使用。然而由於他的驕縱任性，卻在1938年突然離開《大公報》，在中共領導下另立門戶。也開啟了他一生中截然不同的兩個階段。

　　這是為什麼？

　　范長江自己說：「我是1938秋天在武漢與《大公報》決裂的。唯一的原因是和《大公報》老闆們在『反共』這個問題上嚴重分歧。那時蔣介石提出『一個黨、一個主義、一個領袖』的反動主張，即只能

有一個國民黨、一個三民主義和一個領袖蔣介石，不許有共產黨和其他民主黨派，不許有共產主義，不承認毛澤東是領袖。那時，《大公報》是無條件擁護蔣介石這個主張的。我卻為《大公報》寫了一篇社評稿。題為〈抗戰中的黨派問題〉。主張各抗日黨派民主團結，反對『一個黨、一個主義、一個領袖』的主張。由此與《大公報》總編輯張季鸞發生了激烈的衝突。他不同意發表我的社評。並要求我以後要『以《大公報》的意見為意見』，即要以蔣介石的意見為意見，要我放棄擁護共產黨的態度。」我堅決反對，並把這篇文章拿到當時發行最廣的左派刊物《抗戰》（鄒韜奮主編）去發表了。從此衝突加深，我自動離開了《大公報》。⑥

原《大公報》記者方蒙同樣認為「政治上的分歧和對立，是促進長江脫離《大公報》的最主要原因。」方蒙還舉了具體事例。這見之於方蒙著《范長江傳》。⑦

看來長江自己所說，似乎可信，不過細考這些話是在中共執政18年所說，難免有自己的粉飾。再說若《大公報》也執行擁護共產黨的方針，豈不成了《解放日報》、《新華日報》之後的又一共黨報。國民黨能讓其存在嗎？

還有其他人的一些說法。

其一，徐鑄成所說。徐鑄成本出身《大公報》，任過桂林版總編、香港版、上海版編輯部主任，後在《文匯報》任總編輯。

徐鑄成於1939秋，重回港版《大公報》。某日，張季鸞從內地來，與徐話舊。徐問：長江怎麼離報館了？張喟然長歎：我叫他學寫社評，他不滿有些稿子叫人刪改。後來他和某人已極不相容，根據報館章程，即同事矛盾至不能兩存時，即不問是非，犧牲職務較低者，只能讓他走了。⑧據王芸生之子王芝琛云，徐所指與范有矛盾者即王芸生。

　　其二，陳紀瀅是位特殊人物，他在《大公報》任記者、編輯多年，經歷人與事極多，但他的正職卻在郵局，報館只是兼差。有人戲稱他是「大公報票友記」。他對此事說之甚詳。據他說：1938年4月，台兒莊大戰告一段落，范長江回武漢。報館以英雄凱旋接待，設宴洗塵，張季鸞主持，有曹谷冰、王芸生、孔昭愷、趙恩源作陪。張舉杯祝酒，極贊長江。後戰線東移，在徐州採訪者都調回社內。他（范長江）對編輯部同人表示，以後凡外勤記者所發電報與所寫通信，必須全文披露，不能隨意刪改，更不能棄而不用。外勤記者來稿只要他看過了，便須照發。他這樣表示，當然有人會告訴季鸞先生，張先生一聽大為光火，但他老先生有修養，雖光火但沒有作聲」。接著長江要當要聞版編輯，要值夜班。社方都答應了。剛做了兩夜，長江就在辦公室喧嘩：「我不能這樣出賣我的健康！」張季鸞大為憤怒，他僅做兩天，就說出賣健康，我們熬了幾十年了。既如此，讓他即日離去以免有礙健康，先告訴曹谷冰，後又與胡政之商量，這才讓他走了。

　　在《大公報》供職多年且任要職的孔昭愷，有類似的說法：范長江經常晚上到報社，一來就到總編室，和張季鸞談話。極少到夜班編輯室，僅一次。他要來編報，張叫他先試編三版，編一晚就不來了。一天晚上，總編室傳來激烈爭吵聲，轉天見曹谷冰，說張要辭退范。（〈舊《大公報》坐科記〉）

　　陳紀瀅在他的回憶錄中還細緻剖析范長江與《大公報》決裂的性格因素與品德缺陷，他說：「正因為浮名太大了，范長江便於不知不覺中驕傲起來。驕傲還是不算，種種有傷報館名譽的事，隨之而生。其先，他曾在察綏接受某人的錢，後來謠傳他又接受某將軍的贈款。最初報館得著關於他品德有虧的報告後，還是半信半疑。後來傳言越來越多，就問他，他矢口否認，並且因此銜恨轉而攻訐贈款人。大

約在抗戰以前，館方就曾考慮將他解雇，但為了愛才心切，一面替他
還了若干惡名債，一面警告他，無論如何，決不能接受任何人的一分
錢。有一個時期，他很怕報館把他解雇，相當沉默。此後報館給他出
第二本書《塞上行》他在社外的聲名益噪。」

陳紀瀅與范長江當時有不少往來，但似乎並不屬意。范富有激
情，言談話語激烈奔放，對待朋友坦率熱忱。而陳紀瀅城府深善應
酬，因而對長江的熱情奔放不欣賞。，甚至有些小動作也有非議。如
看電影，一個很淺薄的噱頭，會引起他哈哈狂笑，使全場的人視線都
集中他。看話劇亦是如此。隨便一個情節都使他震驚不已。還有許多
類似的小動作，都顯示與他所寫文章的深度不夠配合。⑨

其三，再據一位社外的非大公報人物，1938曾任中央社戰地記
者的曹聚仁說：「我到了南昌，又和范長江兄見面了。…他和《大公
報》的分手，和劉汝明將軍向張季鸞社長提出質問有關。因為抗戰初
期，范兄曾寫過『劉汝明可殺』的專欄；劉將軍這時便問張先生，
『究竟范長江可殺？還是劉汝明可殺？』張先生也就無以為辭的。十
多年前，劉將軍的自傳刊行了，其中經過，劉氏說得清清楚楚的。在
舊的新聞記者來說，這一類事真是賢者不免。在新的新聞記者即如炭
敬冰敬，都是被人譏議的」這一段話說得有些隱晦，所謂「賢者不
免」、「炭敬冰敬」無非是指受人財物。⑩

這樣看來，所有孔昭愷、陳紀瀅、曹聚仁這些外人所說接近真
實，表明他性格中的某些缺陷和驕縱，導致他這樣的後果。

不過，當時張季鸞雖已有讓范走人並要曹谷冰傳話，事實上還可
緩衝，不致馬上決裂。因胡政之不在武漢。直到1938年9月，胡政之
由香港回武漢，他找范長江談話，開始並不談范張兩人在政治原則上
的衝突。說到武漢不久要撤退，《大公報》將主要在重慶、香港各辦
一張報，戰地的新聞報導顯得相當重要，報館打算重新部署戰區的記

者，由范長江統一領導，范長江則隨蔣介石的大本營行動，報館給他配一個專用電臺，一輛汽車。胡政之並說這計畫已同蔣介石大本營秘書長張群已談好，要范去具體安排。范心中狐疑，胡政之怎麼不提他與張季鸞的原則衝突。胡見他沉默不語，以為他同意了。跟著又說：「不過，有一個條件，就是你要放棄擁護中共的態度，要無條件地擁護蔣委員長！」豈料范非常決絕，斬釘截鐵地說：「我不能改變我的政治態度，我也不能再在《大公報》工作！」立刻離開了胡政之的辦公室，還把《大公報》的記者證退還報館。⑪

仍據陳紀瀅說，長江離大公報以後，本想找幾個與他相近的人一起行動，范到漢景街郵局宿舍，找陳紀瀅還約了兩位《大公報》的同事，即剛新婚的徐盈、子岡一起商談。當時長江氣憤難平，已下決心與大公報分道揚鑣，想把陳與徐盈夫婦一起拉出來，再加上孟秋江和邱崗，共創新業。但陳表示不認同，徐盈與子岡在一旁抿嘴笑不表態，結果不歡而散。（見《徐鑄成回憶錄》、孔昭愷坐科記）然而這說恰與徐向明著《范長江傳》所引徐盈自己所說相反。徐盈說：「當時我們不同意他在緊要關頭離開。我們向他表示，你走我們也走，採取一致行動。當初，長江自己有些舉棋不定，他沒有公開阻止我們。但是過了幾天，他就約我和子岡到一家清淨的『三教咖啡館』去談話。他冷靜地對我們說：『我是走定了，你們的情況和我不同，你們都不必走！』然後他斬釘截鐵地說：『報館是在有意刪改或拒登我的稿件，而對你們還不是這樣。那你們有什麼必要和我一道離開呢？你們如果不是在自己的崗位上堅持下去，那不僅是怠工，而且是逃兵！』⑫」孰真？孰假？陳紀瀅說和徐盈所說判然不同。不過徐說未加注，姑一併記此備考……

范長江離《大公報》後，周恩來得知此事，很不以為然。認為這是長江的意氣用事。有個輿論陣地很不容易。為此特別關照徐盈和子

岡堅持在《大公報》。

此後，范與胡愈之加強領導與創辦中國青年記者學會與國際新聞社，孟秋江、陸詒兩人去了《新華日報》與新華社任記者並加入中國青年記者學會的籌備工作。

一月多後，陳紀瀅與范長江在漢口街頭相遇，范正為成立國新社而奔忙，在陳紀瀅看來，范的神情「好像頗為懊悔」，出於同情邀去陳的家中便餐，談及辦通信社事。告別時，陳說「范緊握我的手歷久不放」，不禁悽然，此為兩人最後一次見面。此後十多年後，陳紀瀅去了臺灣，范先榮後衰最後竟慘死。⑬這始料不及。

幾經曲折進入體制後

范長江本是以黨外人士身分，追隨中共。1937年在延安與毛夜談後，曾提入黨要求。經周恩來婉告，留在黨外為好。直至1939年5月，已離《大公報》後，正經營他的「青記」與「國新社」時，再次向周恩來提出入黨要求，這次被批准。不過，周又明確面告，黨員身分不公開，仍以無黨派人士身分活動。

先說青記學會，全稱是青年記者學會。先由周恩來創意，後由范長江、惲逸群、羊棗等人發起並籌備由中共控制在新聞界的統戰組織。1937年11月8日在上海成立。會上通過「青記」簡章，推選范長江、惲逸群、羊棗、碧泉、朱明為總幹事。24位發起人即為基本會員。成立之日，正當「八一三」上海抗戰失敗之際，國軍正在撤退，會議匆忙中授權范長江到武漢組建「青記」分會，代行總會職權。直至1938年3月30日，才在武漢開了真正的成立大會與全國代表會。國共雙方的知名人物與報業鉅子如邵力子、于右任、郭沫若、沈鈞儒、張季鸞等都到場祝賀。此後即成為由共方操縱、范長江領導的輿論工

具在各戰區活動，直至1941年初「皖南事變」後與「國新社」一起被
國民黨下令關閉。

「國新社」即國際新聞社。如果說，「青記」是統戰組織，「國
新社」就是鮮明的「傳播共產黨聲音」的宣傳工具。⑭同樣是周恩來
參與策劃，再由中共黨員胡愈之、范長江等一起組建的通信社向國內
外發稿。1938年10月在長沙成立。集中了一批左翼文化人士，有孟秋
江、石西民、高天、陸詒、陳同生、金仲華、黃藥眠等，陣容強大。

這時的長江不再鼓吹「民間報紙」、「獨立言論」這些主張，一
再宣揚「報紙是政治工具」，而在抗戰時期「新聞的政治性突出在三
方面」：「一是統一戰線，推進民主政治，二是持久戰和全面的戰略
戰術，三是建立新中國」。⑮很顯然都是中共所倡言，只是沒有貼上
標籤。

長沙大火後，長江與「青記」及「國新社」人員，一起來到桂
林。儘管當時特務環繞，環境極險惡，他奔波於桂林重慶兩地，培養
幹部、推進業務。還把活動範圍擴大到雲南去。

不過，這僅是短暫的輝煌。「青記」與「國新社」的處境更艱難
了。先是用稿的報紙愈來愈少，國際宣傳處所發經費由少發到停發。
在外採訪的記者也不再能自由活動。

1941年初，「皖南事變」爆發，「團結政治」的曲線降到「零
點」。在捕人的黑名單上，長江首當其衝。周恩來密電要他速逃香
港。4月28日，「青記」與「國新社」一起遭查封。

長江匆匆到達香港後，按中共南方工委指派，在香港辦了一份
《華商報》，於1941年4月8日創刊。長江任副總經理，張友漁任總主
筆，胡仲持任總編輯，廖沫沙任編輯主任，陸詒任採訪部主任。

港地報紙眾多，競爭激烈，作為中共在香港辦的第一份報紙《華
商報》要立足，自必須有不同於一般報紙的新貌。該報問世之日，集

中刊載許多進步文人的長篇連載。鄒韜奮寫〈抗戰以來〉，茅盾寫〈如是我見我聞〉，千家駒寫了〈抗戰以來的經濟〉，長江自己寫了〈祖國十年〉長篇時事述評。這些名家的文章，當然贏得很多讀者。每天發行四萬多份，銷行在香港、九龍，也有一些發行到南洋，新加坡、菲律賓、印尼、緬甸等地，影響是巨大的。

長江領導的「青記」與「國新社」兩大組織，在國內已被關閉。在香港依然活動，那範圍自然窄了些。

1941年12月8日，日本突然進攻香港，五天後九龍全部被佔，至25日英港督宣佈投降，香港淪陷。左翼文化人士與范長江必須撤退，茅盾、鄒韜奮、廖沫沙等，由中共的廣東游擊隊接出，范長江與夫人沈譜、夏衍等化裝成商人，經澳門，輾轉回到桂林。

桂林雖是長江往日活動之地，但此時形勢十分險惡。身邊常有特務盯梢。不久又得知國民黨對長江與鄒韜奮已下第二次逮捕令。

在一個大雨滂沱之夜，長江再化裝成商人，並剃了光頭逃出，經武漢、上海到蘇北新四軍的根據地。在陳毅及華中新四軍領導支持下，開展他的新事業——新華社華中分社與《新華日報》，以後又辦起了新聞學校培養新聞幹部。

直至1946年6月，抗戰勝利後的第二年，范長江奉調到南京去擔任一個新任務，當年堅持「民間報紙」、「獨立言論」的新聞記者，成了中共代表團的新聞發言人。這一身分的轉變發人深思，而他自己「卻很興奮」、「不僅因為這工作富有挑戰性而且來到周恩來身邊，在政治家領導下工作。」[16]同年11月16日，國共談判之門關上，長江主持了最後一次記者招待會，周恩來發表了著名的「現在是在戰場上解決問題了，中間道路已不存在了」的談話。[17]范長江撤回延安。

輝煌、暗淡、消亡……

1949年，中共終於取得政權，長江也就進入「如花著錦」看似輝煌之境。先是作為接收大吏。1949年1月，時任新華社副總編的長江，從河北平山縣西柏坡出發，作為「新聞先遣隊」負責人之一，帶著一批人馬，去接管北平的報業。他擔任《人民日報・北平版》總編輯，作為北平市委的機關報，與平山出版的《人民日報》平行。兩個月後，《人民日報》社從平山遷北平，該報北平版停刊。

另有任用的長江，隨第三野戰軍的領導機關南下，去上海接收報業。以後即順理成章，成了上海市委機關報《解放日報》的社長與總編輯。上海本是他當年的工作之地。重回舊地，本應如魚得水，設想中這《解放日報》應該是辦得有聲有色。事實卻相反。創刊不久，發行量如乘滑梯地下跌。報紙應重當前新聞，反映人民心聲，所刊都是歷史文獻，新聞又相對滯後。長江立即大力調整，才漸次停止下跌。

1949年10月，新體制成立（中華人民共和國），11月長江又奉調回京，任新聞總署署長。真是「席不暇暖」，僅兩個月。在次年1月，又接替胡喬木，擔任中共中央機關報《人民日報》（前身為華北《人民日報》）的社長。

長江自進《人民日報》後，本想大力整頓，如他所說「大轉變」。他所有表現與原來的一些從解放區來的幹部發生衝突。長江性格急躁，對人嚴，常常采用飛行集會的方式。即發現問題後突然組織在場人員會議，進行評議、批評。他特別不滿做事疲遝、不講效率那種農村作風。還有那些擺老革命架子的人（所謂「三八式」），更用尖刻語言諷刺。這就得罪了資歷不比他低從戰爭中衝殺出來的老幹部。一到1952年夏天的「三反、五反運動」就爆發了。說他是「官僚

主義」成了眾矢之的。當時他恰好調到中國人民大學去指導運動，又打錯了「老虎」錯整了人，加上還有一些個人問題，一時意見紛紛。從人民大學調回。在編委會上檢查兩次，仍無法調和。中央決定把他調走。范長江從此結束了新聞生涯，不能不說是他的悲劇。

《人民日報》創刊40周年時，范長江的一位同事、老部下何燕凌為文議及他。「也許由於他性格中有些粗暴和鋒芒畢露的因素，也許由於他思想上有某種偏差，也許還由於同志之間因經歷不同而有某種誤解或不夠瞭解之處，他對人的批評有些話說得失之魯莽或過於尖刻，傷害過一些好同志，他辦事作風也不是全無可非議之處。」何燕凌還寫道：「當年在報社『三反』運動中，大家在氣頭上對他的批評也不盡公平，這些都已是歷史的陳跡，而且在長幅的畫卷上只不過是微微幾道擦痕，曾終身歷其境的同志都可以釋然於懷了吧。」⑱看來話是中肯的，也切合范長江的性格，不過那「微微的幾道擦痕」給他帶來的影響就無可言說了。

范長江自1952年離開新聞的官位後，先任中央人民政務院文教委員會副秘書長，又再任國務院第二辦公室副主任，最後一任是中國科技協會副主席、黨組書記。總之，都是行政官史，從此噤聲輟筆，鋒頭不再像當年這樣健了。當年夏衍就說過：「許多熟悉的人都知道，范長江的筆頭是很快的。但是，解放以後，范長江這個名記者不寫文章了，文章很少。這是為什麼？……」。⑲我想可用陳寅恪先生的詩句來回答：「文人共道自由筆，最是文人不自由。」

最後在文革中范長江走了永久不歸路。

長江慘死真相

對於長江的慘死，大陸的出版物，即使如給長江立傳的著作都諱

莫如深。

方蒙是《大公報》的老人，對長江該是知之甚詳。在1989年所著達近25萬字的《范長江傳》中，隻字未提長江如何而死。僅在篇末附錄「范長江年表」中，1970年項下，有「文化大革命期間，受林彪、『四人幫』殘酷打擊，12月23日在河南確山幹校被迫害致死。」

遲於方蒙所著，徐向明於2002出版的《范長江傳》中也僅用兩頁篇幅寫他如何受迫害，「最後跳井自殺，以死抗爭。」中間過程似太簡略。

事情經過大體是：文革中，范長江是全國科協，首批被揪出的「走資派」，精神、肉體上備受摧殘。那些批鬥他的人所謂「造反派」，只是剛出校門分配工作的學生或一些工廠的工人。他們根本不瞭解長江的過去，僅知他是「資產階級報紙」大公報的名記者於是窮追猛打、狠批亂鬥。

中國科學院，1968年在河南確山縣瓦崗鄉蘆莊村選址，成立「五七幹校」。1969年3月，被長期關押的范長江隨500名勞改犯及各種被批鬥人員來到這裡。

這500個人分成兩部分，一部分搞基本建設，主要是造房。另一部分搞勞動生產，下田種植。范長江屬前者，白天搞基建，晚上「鬥私批修。」

該是絕大的諷刺，一生從事革命，幾次出生入死的長江，這時戴了「反革命」的沉重帽子，整天由專人監管著。倪炳銀曾是蘆莊村黨支部的書記，他曾見到當時的長江。經常一身中山裝，偏黑、稍瘦，走路歪歪斜斜。幹的活都是累活、重活。1969年8月，建造幹校的大食堂。長江搬運磚頭與泥石灰，要爬上兩米多高的建築架。近60歲的人，有時動作稍慢，監管人員一腳把他踩到地上。他一聲不吭，趔趄著從地上爬起，再攀上建築架，繼續搬運。

　　五七幹校有千畝田地，上百畝的果園、約二三十畝菜地。如基建上沒有累活重活可幹，范長江就要挑大糞去澆菜園。一擔大糞有100多斤重，長江哪挑過這樣的重擔，何況又上了年紀。有一次，腰還未挺直，兩桶大糞潑了一身。臭味薰得人閉氣，監管人員還要他挑，連衣服都不許換。

　　長江不僅在勞動上受如此摧殘和折磨，就是在生活上也受虐待和歧視。蘆莊村的村民尚大福，是當年蘆莊大隊加工廠的工人，加工廠與五七幹校只有一牆之隔。范長江的遭遇，他都看在眼裡。長江的行動絲毫沒有自由，處處有人跟著。每日三餐排隊打飯，長江要排在最後。有時排到前面了，監管也要把他拉到後面，還要挨罵、挨打。食堂的飯菜經常不夠，長江只能挨餓。食堂有時有肉賣，可是長江不能買。每到夏天，五七幹校的人可以到果園和菜園裡摘一點桃子和番茄吃，而長江是不能的。

　　晚上，按理是該休息了，幹校要「鬥私批修」，范長江是活教材。長江站在中間，眾人圍坐四周。每個人都要表示對黨的忠誠，對反革命的仇恨。發言時義憤填膺，少不了對活靶子范長江吐唾液，甚或拳打腳踢。

　　就這樣年復一年，日復一日，對黨忠心耿耿、執掌過宣傳戰線，為黨鼓吹的范長江過著這樣非人生活。即使是「金鋼不壞之軀」又怎能忍受?!

　　范長江選擇了決絕之路。

　　歸宿是蘆莊五七幹校大門前的一口井，也是在長江經常勞動的菜地上，據稱有7米深，直徑為1.7米。

　　1970年10月23日，是長江61歲生日後的一周，人們應該銘記的時日。

　　清晨起來，長江不見了，負責監管他的人慌了，到處去找。終於

找到了，在菜地邊的井口裡，浮起了長江的屍體，穿著那身單薄的中山裝。

有位叫李長俊的人，他曾親眼目睹屍體的處理，塑膠布包裹著，抬到距幹校七八百米遠的山澗陰溝裡埋了。當時非常草率，只是挖了淺淺的坑，兩邊襯以薄板，屍體放下去，再蓋一塊薄板就封上土。後來那口井也被居民填沒了。一位傑出的新聞記者，從此「身名俱滅」。

1976年的春天，范長江的後人，到確山縣蘆莊村移墳，由蘆莊加工廠的人幫忙。參與的人事先都喝了酒，以防腐屍的異味。土質很鬆軟，沒有幾鍬就挖出來了。打開包屍的塑膠布，骨骸上還有筋連著。人們不禁潸然淚下。⑳

又是兩年餘，1978年12月27日，范長江平反大會暨追悼會在北京八寶山公墓舉行。鄧穎超、聶榮臻、胡耀邦都親臨追悼為他平反昭雪。

悲哉，寂寞身後事

「千秋萬歲名，寂寞身後事。」四十餘年一瞬逝，今天仍能記得人世間有過范長江的還有幾人？雖然大陸在1990年設過一個「中國記協范長江新聞獎」。這也僅局限在一個小圈子裡還依稀微茫地記起范長江的名字，然而如果要問：「范長江是怎麼罹難的？」再進一步問：「為什麼許多新聞精英如劉克林、楊剛、孟秋江、蔣蔭恩、鄧拓、浦熙修……這一長列的名字，在20世紀六、七十年代都選擇了自殺？」、「這是為什麼？」、「為什麼?!」有誰能清晰回答。

末了，也許是幽默的笑料。曾有某媒體招收採編人員。試題中有「范長江是怎樣的人？」一位與考者說「他是演娛樂小品的個子特矮！」

那是潘長江，范長江潘長江混為一談，悲夫！

2013.10.28三稿改畢

2014.3.9定稿

注釋

①范長江：〈我的青年時代〉、《人物》（叢刊），1980年第三輯

②李偉：〈巧遇〉上海《書林》月刊，1982年第5期

③范長江：《通訊與論文》，新華出版社版第318頁

④⑤以上引文引自《范長江新聞文集》，新華出版社2001年版，第1188－1189、984頁。以下要改大一號

⑥引自穆欣：《抗日烽火中的中國報業》，第290頁

⑦方蒙：《范長江傳》，第210頁，中國新聞出版社

⑧徐鑄成：《張季鸞傳》，165至167頁，三聯書店

⑨有關陳紀瀅論長江的記述，均轉引自張功臣《民國報人》238、249、240頁，山東畫報出版社

⑩曹聚仁：〈新聞圈內〉，《我與我的世界》，下冊，780頁，北嶽文藝出版社

⑪⑫⑮⑯徐向明：《范長江傳》，216頁，218頁，259頁，291頁南京大學出版社

⑬張功臣：《民國報人》，第241頁，山東畫報出版社

⑭方蒙：《范長江傳》，第245頁，中國新聞出版社

⑰徐向明：《范長江傳》第301頁314頁，南大出版社

⑱錢江：〈范長江為什麼離開人民日報？〉，《百年潮》2009年6期

⑳有關長江死事經過，均見《新週報》週末版，2010年1月4日

《大公報》的「雙子星座」
子岡與徐盈

抗戰風雲激盪、風雨晦明的重慶，
有一位出色的女記者。

中國的女記者本來不多，而真正靠出色的睿智、優美的文筆，採訪作出特殊成績的更少。在這更少中，能犯權貴、闖禁區，一身正氣，勇敢無畏的女記者則少而又少。

當年《大公報》的著名女記者彭子岡就是少中的一個。她和她的丈夫徐盈當時人稱《大公報》的「雙子星座」。

說起子岡，當年在重慶有許多政治敏感的地方，如曾家岩五十號（中共代表團所在地）、化龍橋（中共《新華日報》社址），人們常會繞道而行，免惹是非。然而就在這樣的「心理禁區」，人們也常會看到一位穿著敞胸大紅毛衣的女記者，或獨自一人，或和另一位女記者結伴，她談笑自若無視環伺在陰暗角落裡的特務，這樣顯眼地活躍地在這些地方進行採訪。而另一位結伴的就是《新民報》的女記者浦熙修。

說起子岡，我還想到有關她的兩則軼聞。

其一。一天，在重慶嘉陵賓館，國民政府行政院副院長孔祥熙主持一次節約儲金運動的集會。進茶點時，孔起立致詞：「今天講節約儲金，所有準備的茶點也很節約，只有一塊維他餅和一杯紅茶。但必須向諸位說明，這種維他餅是用最富於營養的大豆製成的，……諸位

吃了維他餅，不但實行節約，而且有益於養生之道。」話音未落，子岡立刻起立提問：「這幾年，前方戰士浴血奮戰，後方老百姓節衣縮食，都是為了爭取抗戰勝利。孔院長，你可以看一下，在座的新聞界同業都面有菜色，唯有你心寬體胖，臉色紅潤，深得養生之道；可否請你繼續深談一下養生之道？」孔祥熙遭此突然襲擊，瞠目結舌，不知所措。好在此公大腹便便，宰相肚裡好撐船，「哼哈」幾聲作為掩飾，草草宣佈散會了事。

其二。這事發生在1949年中國大陸。那已是新政權了。子岡依然這樣語言鋒利，直抒胸臆，何況她是共產黨員，在共產黨的天下。說起這事，使人聯想《晏子》裡的「晏子使楚」，楚人想凌辱齊國大使晏子，「為小門於大門之側而延晏子，晏子不入」，說了一番嘲諷揶揄之語進行反擊，楚「儐者更道從大門入」。1949新政協開會，子岡既是代表又是記者。會場在中南海懷仁堂，剛翻修一新。懷仁堂正門朝南，又在西側開了個小門。規定記者在那裡出入。子岡對此做法表示不滿。她認為「記者採訪要見縫插針，一起出入正好順道交談。專門開個門，不便於記者工作。」她自然是正門出入的，好在她有雙重身分。她的坦率豪爽，這次卻成了以後成為「右派」的一大罪狀。

要說徐盈，在《大公報》也同樣歷任要職，任過上海版記者、重慶版採訪主任，1949後天津版改《進步日報》，他任臨時管委會主任，還兼北京辦事處主任。同樣是共產黨員。徐盈也善寫通訊。對大事件有非常敏銳的觀察和判斷，筆下條理分明，遊刃有餘。他的經濟知識背景使他十分關注工廠、礦山、港口等工業問題，提出過很多有卓見的批評。有分量的經濟報導，成《大公報》一大特色。國共和談的軍調部時期，徐盈跟隨國、共、美三方首席代表張治中、周恩來、馬歇爾到「烽火十城」視察，寫了很多生動的通訊。還有他同樣是「右派」。本文側重介紹子岡。

江南才女自幼不凡

人們想像中，子岡這位勇敢的女性，該是出生在燕、趙的北方巾幗，其實她是江南秀女，一九一四年她出生在有「天堂」之稱的蘇州。她本名彭雪珍，後來感到珍字俗氣，在投稿時用了筆名「子岡」。以後原名退出，以子岡而聞名於世。

上世紀三十年代，筆者當時是中學生，喜讀由上海開明書店出版，葉聖陶、章錫琛主編的《中學生》雜誌。這本刊物最吸引我的是曹聚仁的《粉筆屑》（有關語文知識講話），還有就是子岡的散文、特寫。不過當時並不知道子岡是何許人。

子岡不僅是江南秀女也是江南才女。她出生在一個書香人家。父親是一位留學日本的植物學家。母親也曾進過幾年學校，她很小的時候便由外祖父教《論語》、《孟子》之類，能寫信能看《紅樓夢》、《儒林外史》之類的書和雜誌報章。這樣的家庭對子岡自然有影響。她在小學讀書時，一篇作文在全縣比賽中得到第一名。為此小學校長贈她一把團扇，上面寫了「為校爭光」四個字。中學時代她開始投稿，投得最多最集中的地方就是上海出版的《中學生》雜誌。那清新的文筆、細膩的敘事，引起編輯葉聖陶的注意。《中學生》把她作為重點作者來培養，發表了研究、分析她習作的專論。在現存的為數不多的子岡作品中，我們看到一篇發於一九三二年十月《中學生》雜誌的散文〈雪珍的姆媽〉。這是中學生常寫的題目〈我的母親〉，總是千篇一律少有新意，可是看子岡的文章幾乎使人難以相信這是出自一個幼稚的中學生之手。試看她剝繭抽絲、剔透入裡的寫母親：「她有坦白的心地和真摯的心情。近年來更受了新科的潮流薰染——她被感化了；她很瞭解除了看護撫養之外，還有絕大的義務給她的孩

子們──那聖潔永恆的母愛。」、「她脾氣剛直得稀有，這因為她的
媽媽是徽州籍，總還帶著剛毅的根性兒，現在甚至又傳給了雪珍他
們。」、「她是個智慧的婦人，但是敏慧中卻微微有一些神經過敏，
她原是個歇斯底里症的患者。」、「她的思想不是落伍，或者在太太
們中還是思想的先驅者。她曉得怎樣教育她的兒女，她曉得虛榮是人
們心中的毒蛇……」這樣老辣的文筆，細緻入微的剖析，誰會相信那
年她是十八歲。

　　一九三三年，她在蘇州振華女中讀高中。因為向《中學生》雜
誌投稿的關係，連帶結識了一位也常在《中學生》發表文章的作者，
他是徐盈。原名徐緒桓，一九一二年出生。山東德州人，曾就讀北平
大同中學，保定河北農學院，當時他在南京金陵大學農林專修業科讀
書。兩人常常通信也就熟了，彼此無話不談。一天，她忽接徐盈來
信，說有位朋友關在蘇州看守所，請她代為探監並給以照顧。這位友
人是汪金丁，是左翼作家聯盟的成員。曾和蘆焚（即師陀）辦過一個
刊物《尖銳》常在上面發表文章。（一九四九年後，汪金丁是中國人
民大學中文系教授）。這時因受不白之冤而入獄。她立即回信問明汪
金丁關在看守所的房號，帶了些書籍、食品就去探監。看守所在盤門
附近的司前街，一方歹土，人常繞道而行，那天她穿著振華女校的校
服，坦然自若地走進去。沒有經過多少盤詰（校服說明身分），只是
說了表兄妹關係，簡單登記後，在獄卒監視下見到了，彷彿像老朋友
聊了一會。以後一個月裡，又去了幾次。終於引發軒然大波──校
長和教務長把她召去，著實訓飭一番，還說：「要是再去就不能畢
業。」家裡也得到了消息，一向溫和的父母也動了肝火。過了很久很
久，這事才告平息。

負笈北平採訪蘇區

二十歲時，彭子岡在蘇州振華女中高中畢業。她千里迢迢單身一人去北平投考大學，考進中國大學學英語。為著解決經濟困難，同時也是興趣，仍向各報刊投稿，其中投得最多的是《大公報》文藝副刊，這就引起副刊編輯沈從文的注意，多次來信獎掖並給幫助。

大學讀了二年，也是因為投稿的關係，上海《婦女生活》聘請她任採編工作，不等大學畢業，她就應聘回上海。《婦女生活》雜誌的主編沈茲九，恰是子岡在松江讀中學時教手工與圖畫的老師，看到這位學生幾年中進步如此之快極為高興。《婦女生活》是個進步刊物，沈茲九早有心願在刊物上反映共產黨蘇維埃區的情況。蘇區江西瑞金雖距上海不遠，但當時白色恐怖嚴重，國民黨軍隊圍剿蘇區，進行重重封鎖，要想闖關自非有驚人的勇氣和毅力才能勝任。子岡來了，沈茲九知道她有一股凜然無畏的勇氣，把這重任交給她。她果然完成了任務，連續發了幾篇通訊，引起人們注意。①

這樣驚人的舉動，並非一次。去蘇州獄中探望「堂姐」史良也同樣驚人！

史良即著名的「七君子」事件中的一員。一九三六年五月三十一日，沈鈞儒、鄒韜奮、史良等七人回應中共「停止內戰，一致抗日」的主張，在上海成立全國各界救國聯合會，並發表聲明要求國民黨政府停止內戰、釋放政治犯，與紅軍談判建立抗日統一政權。這觸犯國民黨當局，於同年十一月二十二日深夜將沈鈞儒、鄒韜奮、史良、章乃器、王造時、沙千里、李公樸七人祕密逮捕，囚於蘇州不准任何人探監。翌年六月「七君子」公審前，子岡終於想出以探望「堂姐」史良為名入獄採訪。也許因她是女性，又也許為她的親情所打動，她被

獲准探望。所謂「堂姐」其實是托詞，史是常州人，子岡蘇州，一姓史一姓彭，何來「堂」的親緣。她直接進了史良的獄中住所，還和史良共進午餐，瞭解了她們的政治主張，也看到了女犯的生活情況。她寫了〈「堂姐」史良會見記〉她在篇末寫道：「……默禱我們的當局能引用賢能共同抗敵。人民是願意有一個有力的護衛者，如同一個嬰兒需要一個好母親。睜眼看看兇險的外敵和淪亡的土地上人民所受的荼毒，我們怎麼能分散同胞的力量！」

進《大公報》、結婚、入黨名噪大後方

一九三六年年底，徐盈在上海參加《大公報》工作。

徐盈本是學農業的，但對文學和新聞更有興趣。常給上海《國聞週報》撰寫系列性的農村考察通訊。《國聞週報》編輯發現他有記者才能，就推薦他進《大公報》。

前已說到，子岡在中學時代經常在葉聖陶主編的《中學生》雜誌上發表散文，並多次獲得該雜誌發起的作文比賽獎。徐盈剛好也是這份雜誌的熱心讀者和文藝競賽的優勝者。他們互相欣賞、仰慕，由書信往還到相親相愛。相戀四年後，相知益深，當時兩人又同在上海，於1937年7月結婚。同年「八一三」全民抗戰開始，三月後上海失守，大撤退前夕兩人已結婚，並在此前後先後都進入《大公報》，旋隨《大公報》去了漢口。

一九三八年八月，這對伉儷在湖北漢口經胡繩等人介紹一同加入中國共產黨，直接受中共南方局領導。這與他們此前不久對江西老蘇區的一次旅行採訪，不無關係。無可諱言，在那個烽火連天兵荒馬亂的年代，中共以抗日、民主為號召，對追求進步的激進青年是有十分強大的感召力和吸引力的。《大公報》首腦胡政之、張季鸞對他們的

政治背景並非一無所知，但毫不在意。

夫妻倆都在《大公報》的本就有高集、高汾，蕭離、蕭鳳，趙明潔、張遒修三對，這時又多了一對，以徐盈、子岡為最有名。他倆發揮各自的才能，各具人格魅力，頗受總編輯張季鸞賞識。徐盈敦厚溫和，勤勤懇懇，平易近人，文章翔實而細緻；子岡剛勁灑脫，豪爽卻又親切，犀利的筆鋒帶有感情。

子岡雖然初登報壇，但憑藉她的新聞敏感，以如椽之筆寫了許多好的通訊特寫。如揭露敵機轟炸的兇殘，有〈煙火中的漢陽〉、〈武昌被炸區域之慘象〉。「南正街的狹道上來往交織著人流，像一陣殯列似的時常透出哭聲，在中彈附近的矮房居民落了一頭一臉的瓦屑……窺新巷從二十三號到三十六號的中間人家在炸彈下毀滅了，這是敵人所擅長的技能，頃刻間把一排屋舍的人命化為烏有。許多人家是全家同歸於盡，所以聽不到親屬哭泣……武漢三鎮又添了八百多新鬼，他們死得不能瞑目，讓他們活在我們心裡吧，讓我們全中國的同胞向他們宣誓，我們將用最大的力量來與敵人死拚，用不斷的抵抗來作死難同胞的祭品！」讀著這樣的內容，讀者自然受到鼓舞。

在揭露敵人兇殘的同時，子岡也謳歌抗日英雄，這當然對鼓舞上氣起了有益的作用。一九三九年鄂北隨棗之戰，加上魯南會戰台兒莊之役，武漢周邊南潯之戰，是抗戰以來的三大捷。張自忠將軍參加前兩戰，而且他的英明果斷造成兩次大勝。隨棗之戰勝利前，敵軍以二十個師包圍張將軍的部隊，在千鈞一髮之際，張將軍立下遺囑，身先士卒帶領人馬打起來，準備不成功便成仁，結果大獲全勝。就在一個北方式的小胡同、在充滿了北方鄉音的小院子裡，子岡訪問了「身材偉岸、足踏布鞋」的張將軍。張將軍說了許多克敵致勝的法寶：如友軍的聯合作戰與相互合作，他還說：「我的帶兵方法沒有和別人兩樣的地方。」、「兵未做，官先做，兵未行，官先行──，不只是我們

舊西北軍中的口號,也實在是我們祖先留下的古訓。」張將軍又忽然放大聲音:「我們更缺少的是報紙,而此地卻有這麼多報紙,我們每連每天能有一張報紙就好了。」

東北抗日英雄馬占山,一個家喻戶曉的愛國忠臣,他首先打破不抵抗主義,在嫩江率部抗日。抗戰爆發後,五十二歲的他,變賣私產充作軍費招募舊部,馳驅在華北前線殺敵抗日。他出現在子岡面前,不是想像中的彪形大漢,而是一位瘦削的老者,一襲灰色長衫,寬寬大大,正像是一個鄉村塾師。馬將軍有信心打回老家去,他說:「東北人心都是活著的,而且都早有準備,只要有一天我們不忘了作犧牲,軍隊一到平津,東北馬上會點起火來。」

《大公報》,子岡,她的名字已深入到讀者心中。只是讀者起初不知道她是女記者。

《大公報》敢登,子岡就敢寫

一九三八年中秋後,日軍漸漸逼近武漢,武漢會戰已經開始。形勢危急,支撐幾個月終於撤守。同年十月十七日《大公報》漢口版休刊,遷往重慶。十二月一日在重慶出版。子岡與徐盈隨報館到重慶。整個八年抗戰,除頭兩年外子岡與徐盈都活躍在重慶新聞戰線上。

徐盈也因表現出色,到重慶後被胡政之、張季鸞提拔,任重慶《大公報》採訪部主任。他對實業問題興趣較濃、瞭解較多,這方面的旅行通訊及特寫專訪寫得又多又好,具有相當深度,很受讀者歡迎。徐盈其人其文都比較平實。

子岡另具一種風采。當時重慶的新聞界,魚龍混雜,而涇渭分明。在記者招待會上,口齒犀利,敢於提出質詢,每使達官貴人面紅結舌的是子岡。新聞同業中還流傳著這樣一句話:「只要《大公報》

敢登，子岡就敢寫。」

她確實是勇敢無畏，不畏權貴，敢於揭露。戰時重慶，一邊莊嚴地工作，一邊荒淫無恥。官商勾結，囤積居奇，哄抬物價。她寫〈重慶的米和煤〉為人民呼籲：兩個月來（一九四〇年六月）米價漲了百分之百，煤價漲了百分之三百。她問：「一個五口之家每月的米煤兩項即需百元以上。你說能吃飽飯麼？」、「米和煤真是供不應求嗎？」她的回答是「奸商搗亂市面，貴價時拋出，賤價時購入。」她還寫了篇有強烈諷刺性的特寫題為〈貓與鼠〉：「有一群老鼠受著貓的危害，當老鼠們分頭出去找糧食或玩耍的時候，它們隨時做了大貓的糧食，慘死在它的利爪下」、「一個聰明的老鼠想出給貓繫鈴的妙計。」她說：「我要引出這個平凡的故事，就是為了在重慶——也許是在物價騰貴的一切地方，人們的心頭出現了這樣的貓。貓也許不是一隻，可能是氣勢凌人的狸貓，也可能是菩薩面孔賊心腸的家貓。」、「貓不只一隻，許多小貓正在學大貓，也正在慢慢長大，不過『擒賊先擒王』是人人明白的。大貓被捉，小貓們才會就範……」

子岡終於找出這隻大貓，它就是四大家族之一，聚斂財富的能手孔祥熙，在國民政府召開的節約儲金運動集會上，她對孔祥熙提出質詢並進行當面對質。

雖然子岡敢寫，標榜獨立的民間報紙的《大公報》，特別是重慶版的主持人畏首畏尾並不敢全登。幸而她另闢蹊徑。廣西桂林是桂系控制的地方與蔣記中央有矛盾，對文化控制比較寬鬆。《大公報》桂林版總編徐鑄成，他力主言論自由與重慶版迥然不同，保持獨立思考。子岡寫了近百篇揭露重慶種種陰暗面的「重慶航訊」，後被新聞界同人譽為「重慶百箋」，都在桂林版《大公報》發出。徐鑄成的社論與子岡的通訊成為桂版的兩大特色，大受讀者歡迎。

在重慶，子岡有了一位同業伴侶，她們就像一雙姐妹，並肩採

訪，分別寫稿。被稱為一時瑜亮，活躍於大後方。雖然各自服務的報紙都是商業性的，但她們合作得很融洽，似乎不存在新聞競爭。這因為她們有共同目標追求民主進步，還有一層內情是各有親人在延安。這位同業就是浦熙修。

浦熙修是《新民報》採訪部主任，她的弟弟浦通修、妹妹浦安修都在延安，後來安修成為彭德懷的夫人。子岡的弟弟彭華也在延安。不過這位浦二姐當時並不知道子岡是中共地下黨員。那時外勤記者的採訪叫「跑新聞」。那真是「跑」，山城上下有多少階梯，她們不乘任何交通工具，都是徒步，且說且走，頗不氣悶。有時警報來了就躲進就近的防空洞。有時天色已晚，兩人家中不見人回，便互相尋找。浦熙修和子岡都住在觀音岩下的學田灣。浦和史良住在猶莊院內，子岡和沈鈞儒、王炳南住在良莊院內，坡上坡下跑幾步彼此喊得應。警報來了，山下就有一個防空洞，兩人常會合在洞裡，有時警報解除，她們的討論還沒有完。

浦二姐和子岡當時到曾家岩五十號的時候較多，看到周恩來，子岡就有回家的感覺，但只能心照不宣。因交通不便去化龍橋《新華日報》的機會較少。好在在許多場合與《新華日報》的記者常不期而遇。

一九四〇年四月，子岡剛到重慶。她和浦二姐曾一起採訪宋氏三姐妹（孫蔣孔夫人），首次沒有見到，第二天在孔公館，在孫夫人（宋慶齡）出來送客時見到了。子岡的印象：相隔三年多，孫夫人瘦了那麼多，只是那件素花衣裳依然和在滬時相仿，眼睛也依然熠熠有光。匆匆談了幾句。她認為婦女的權利地位必須自己爭取，而不是候別人給予。坐車回館，著筆為難，遐想中得到靈感，加些回憶聯想，揉成〈孫夫人印象記〉。翌日報紙發了，刪去不多，只是硬不許稱魯迅先生為革命鬥士，她不知編輯是怎樣想的。不過，子岡觀察敏銳、

文筆傳神的特點，準確勾勒出三姐妹各自的風采，廣受好評。張季鸞（《大公報》總編）贊許道：「頌而不諛，恰到好處。」

還有一次她們共同採訪飛機洋狗事件。一九四一年十二月十日，由香港飛重慶的最後一架班機停珊瑚壩。飛機上下來的是洋狗、老媽子、孔二小姐。子岡寫了一篇很好的特寫被扣。浦熙修寫的也同樣被扣。後來浦熙修採用寫花絮方式，先寫孫、孔夫人來渝，又寫王雲五接著未成，再寫重慶忽然多了幾條吃牛奶的洋狗。十二月十一日《新民報》刊出的題目是〈佇候天外機來——喝牛奶的洋狗又增多七八頭〉。

當年子岡採寫的〈毛澤東先生到重慶〉，（1945年8月28日毛澤東及周恩來、王若飛應蔣介石之邀到重慶進行國共會談），被稱為新聞特寫的佳作，與方紀的〈揮手之間〉相比美。三十餘年後（一九八一年），她回憶寫作經過：「我作為一個白區的地下黨員，在長期熱烈的嚮往之後，終於平生第一次、卻又是在敵窟中見到了自己的領袖——這種複雜的激動之情是難於抑制的，然而又是必須抑制的，因為我的身分是國共之外的『民營』報紙記者，新聞第二天就得見報，何況還得通過國民黨的檢查！所以我只能藉助於敵後廣大民眾渴望和平的心情在字裡行間的輕輕躍動，來吐露自己深藏心底的興奮和擔憂了。」②她寫了機場上「沒有口號，沒有鮮花，沒有儀仗隊，幾百個愛好和平的人士都知道這是維繫中國目前及未來歷史和人民幸福的一個喜訊」。她寫毛的平常裝束：「灰色通草帽，灰藍色的中山裝，蓄髮……身材中上，衣服寬大得很……」她寫了毛走出機艙的場景：「很感謝！他幾乎用陝北口音說這三個字，當記者去與他握手時，他仍在重複這三個字，他的手被紙煙燒得焦黃。當他大踏步走下扶梯時，我看到他的鞋底還是新的，無疑這是他的新裝。」接著她寫毛進了張治中公館，「毛先生寬了外衣，又露出裡面簇新的白綢襯衫」。

在特寫中特別寫到毛在張治中公館中廣漆地板客廳裡的拘謹行動，甚至打碎了一只蓋碗茶杯。「他完全像一位來自鄉野的書生。」她說這是讓大家看看，這位革命者是來自民間的一個讀書人。《大公報》把這篇極富畫面感的生動特寫與頭條新聞「毛澤東昨到渝」同列，放在第一版。這就使子岡的聲名大振。然而世事反覆，十二年（1957）後竟成為她加冕「右派」桂冠的一大罪狀。詳情容後再述。

「鐵腕將軍」盯上她

一九四五年「八一五」日本投降，狂歡的爆竹響徹山城。勝利後徐盈調到北平，任《大公報》北平辦事處主任，子岡任記者也調到北平。

抗戰甫勝，內戰又起。北平又在烽火氛圍中，雖是春天看不到一絲春的氣息。美國介入國共內戰的調停。一九四六年一月，軍事調處執行部（簡稱軍調部）在北平成立，以美國馬歇爾將軍為首，國方代表鄭介民、蔡文治（兼參謀長），中共代表葉劍英，一時間北平成了國共兩黨進行政治、軍事鬥爭的重要舞臺。子岡專門從事軍調部採訪。

一九四六年一月十日停戰令下，子岡立即寫〈和平頌〉（發於一月十八日《大公報》），她用深情之筆，寫北平人對和平的渴望，同時指出「停戰令」是一出戲，「和平」是一場夢。這篇通訊延安《解放日報》迅即轉載。她還相繼寫了〈北平的春天〉、〈烽火北平〉，指明和平並不易得的真相。這就引起國民黨方面一位鐵腕將軍的注意。他是國方代表蔡文治。一次軍調部的新聞發布會上，蔡文治當眾嚴厲地盯視著子岡，片刻後才轉了神色說：「彭子岡，你究竟是不是共產黨?!」她不免吃驚，難道自己的祕密身分真暴露了，轉而細想蔡

激怒的原因可能是因她連續發了軍事三人小組的報導。她立即鎮靜下來，面帶笑容說：「請蔡將軍拿出證據來。」新聞界的同仁又急忙打了一番哈哈，這才把事情忿了過去。

這裡有必要對這位蔡將軍作一點插敘。蔡文治出身黃埔，又畢業於美國西點軍校。忠於國民黨的鐵桿將軍，佩戴著不少勳章。筆者曾聽過他一件軼事。解放軍渡江前，蔡是國防部作戰廳廳長，討論長江防守時，他揆情度理認定共軍將在安徽荻港渡江，故應設防禦於蕪湖、宣城、郎溪一線，爾後隨戰況退守浙贛鐵路沿線逐步抵抗，不讓共軍一舉深入。後來解放軍果然從荻港渡江，他的意見並未採納，他有一肚子冤氣。南京失守後，參謀總長顧祝同，在上海主持作戰會議，蔡文治憤而指責主軍者不採納正確意見，「濫竽作戰廳長真愧對自己，對不起總理、總裁」說罷他扯開軍衣，大聲哭著說：「我不幹了，我不當軍人！」一旁的湯恩伯（京滬杭警備總司令）依仗他曾是黃埔軍校的區隊長，以老師身分指責蔡不懂什麼，他回應：「你還有臉擺出你的老師臭架子來嗎？軍校同學沒有一個再認你這無能的老師」……蔡文治就是這樣一個剛毅有個性的軍人，只是他有西方作風，手中沒有證據，也就沒有深究子岡是否共產黨。

子岡這邊卻又一不做二不休，她單槍匹馬闖到軍調部的美方人員那裡，用不熟練的英語表示想搭美方飛機去張家口，訪問中共晉察冀邊區。那知當即獲准。次日便同兩名美籍記者和一位法國記者，飛往張家口。在五六天的採訪中，她受到羅瑞卿、聶榮臻等的招待，看到當地人民歡慶春節的盛況，介紹正在開展的大生產和坦白、清算運動，還在一次聚餐會上見到丁玲、艾青、蕭三、蕭軍、成仿吾等文化人……採訪歸來，她寫了長篇通訊〈張家口漫步〉，刊載於北平、上海和香港的《大公報》上。這又捅了馬蜂窩。在國民黨筆下，張家口一向是共黨控制下的牢獄。如今經《大公報》一宣傳，竟然是一派陽

春氣象,況且她去之前又未得政府許可,她有了思想準備——欣賞蔡文治大動肝火,不料這一回他只是無可奈何說:「彭子岡,你的文章真有煽動力啊!」

一九四六年四月三日凌晨,國民黨軍警突然搜捕中共北平辦事處,逮捕了二十多人(其中有些是共方在北平辦的《解放三日刊》成員),子岡與另一《大公報》記者張高峰直奔梁家園,要求會見員警分局長,見到被押人員並將他們的密信交給葉劍英,新聞專電次日就見報,當局不得不無條件釋放全體人員。子岡充分發揮了共產黨員的作用。

子岡採訪軍調部還有一個意外收穫。那是「姐弟重逢」。子岡之弟彭華,在延安工作,八年分離從未見面。軍調部成立,周恩來得知這情況,親自指令調彭華到北平軍調部中共代表團工作。姐弟重逢自然高興萬分。彭華並不知道姐姐是黨員,子岡盡可能給弟弟提供情況。後來軍事調處失敗,軍調部於一九四六年八月撤銷。彭華怕姐姐難受生離之痛,悄悄走了。子岡在一九四六年冬,發表紀實小說《惆悵》(一九四六年十二月十五日、二十二日《大公報》):「八年了,這是一股地下水,在方靜(子岡化名)心上緩緩地流,暗暗地流,深怕它汩汩出了聲音或走漏了消息。戰爭把這書香門第的唯一寵兒帶走了。」子岡在小說裡充分抒發人間的愛和親情。

加冕「右派」臥床八年晚景淒涼

一九四九年共產黨終於取得了政權,在振奮人心的歲月裡,子岡意氣風發地工作。從解放到一九五七年,她先後在《進步日報》、《人民日報》和《旅行家》雜誌工作。她曾深入到新疆等邊遠地區,曾訪問過許多勞動人民,寫了〈官廳少年〉、〈老郵工〉和〈雪亮的

眼睛〉等富於文學氣息的作品。她也先後隨各種代表團出訪歐亞等
七、八個國家，出版《蘇匈短簡》。

無奈噩運天外飛來。一九五七年，子岡跌入「右派」陷阱。1938
年的老黨員成了「大右派」。她的許多同事講到她劃成右派的前前
後後。

她的罪狀有好幾條：

1945年毛澤東去重慶時，子岡寫的那篇傳神的特寫，被指為「她
把大無畏的無產階級革命家寫成了土包子。」

1949，中共主持的新政協在懷仁堂開會，會場設大小兩門，規
定記者只能從小門入。子岡雖有代表與記者兩重身分，認為此舉有礙
記者採訪，有不滿之意，又發了幾句議論，此刻卻稱為「大自由主
義」，也是罪狀。

還有，這也許是她與朋友閒談中談及的，當時不准北京郊外的農
民到市裡賣菜，必須統一賣給合作社，以致最後賣到市民手裡，失去
了菜的新鮮，同時也少了北京清晨賣菜人吆喝的「市聲」。「清脆悅
耳賣菜的吆喝聲，充滿自豪如今只能在相聲中聽到了」，流露了她的
懷舊之情。

類似的這些典故也許不止這些。1957年鳴放時期，她依然口無遮
攔，公然說「我最不喜歡解放後一系列運動，太麻煩太耽誤時間，有
時間不如多搞點業務。」（見周雨《大公報史》第二九〇頁）這觸到
了敏感的政治問題。

還有，據中國人民大學李新教授回憶：「彭子岡是校外來參加會
議的，又是名記者，而且那天她講得最激烈。記錄記得很詳細，根據
記錄劃了右派。」

也在《大公報》的記者吳永良目睹了對子岡的一次批判會。「是
在《北京日報》」社樓上的小禮堂舉行的。因為那天會前發生了《北

京日報》一個右派分子從頂樓跳下的自殺事件，批判會的空氣顯得格
外凝重。那天，批判子岡，主要發言的是楊剛，也是出自《大公報》
的著名女記者，其時已在《人民日報》當副總編輯。令我驚異的是，
一年多不見，她的頭髮已經全白了。當時她不過五十出頭，她大約發
言一個小時多一點，手裡從來沒有離開過香煙。我還記得她批判的題
目是彭子岡怎樣從資產階級婦女墮落成資產階級右派婦女的。調子很
高，恐怕難免有違心之論吧！子岡坐在那裡面無表情地聽著，她似乎
批判得有些麻木了。③

　　據說每次批判會後她都不服，為此付出極大的代價，不斷升級定
為「極右分子」。（右派中也有三六九等，再細分為左、中、右），
開除黨籍，下放勞動。極右當然是最高的。

　　有人這樣說，同是《大公報》舊人，同是著名女記者，同是資深
的中國地下黨員，子岡與楊剛卻展示出幾乎全然不同的風貌。最重要
的一點是：在楊剛身上，黨性大於人性；子岡是人性大於黨性。

　　說到比較溫和的徐盈，也未能倖免。其實反右時，他並不在新聞
界。1952年就調任國務院宗教事務局，先後任副處長、副局長。反右
中徐盈並沒有說什麼，也沒有「頂撞」上司，莫名其妙地定為「右派
分子」。

　　一九五八年夫妻倆發配到農村改造。後因子岡有腿疾調回北京，
在中國青年出版社的印刷廠勞動。丈夫徐盈發配到山西、湖北勞動。
關山萬重，勞燕分飛。她把一切發生的事用牙齒咬碎，咽在心裡，默
默忍受。「文革」十年更是雪上加霜，傷口撒鹽。

　　終於烏雲散盡、陽光再現。1979年經重新審定，她和丈夫雙雙改
正。她改正後，曾在全國政協文史資料委員會打過零工，和浦熙修在
一起，成了一度「舊聞記者」（指為政協主辦的《文史資料》組織和

撰寫稿件）。後子岡重新擔任《旅行家》雜誌編委。正當她提起手中筆，想追回失去的歲月，繼續奉獻好作品時，病魔襲來，突然中風，臥病床榻整整八年（一九八〇年到一九八八年）。她的淒涼晚景曾出現在目睹者筆下。

「不久，她不幸患老年癡呆症，說話不著題了，坐在椅子上看報，報紙常常是倒著拿的。」

「1986年初冬，我陪原《大公報》記者謝牧兄專程看了徐、彭兩位。他們家住在西四北六條34號。那是西四北大街向西的一條深巷子，差不多找到盡頭才找到。院門朝北……院子裡有兩棵帶著枯葉的小樹，房頂上匍匐著一些枯草，顯示出年久失修的跡象。

徐彭兩位住的是北房，各占一間，中間是堂屋。徐公先引我們到西間看望子岡。小屋約七八平米，一張單人床和幾個舊箱櫃外，只有兩張方凳。

子岡側面向內躺在床上，雙眼閉著，人雖然不算消瘦，但面色蒼白。這位抗日戰爭時期名震大後方的記者，就病臥在如此簡陋的臥室中，令人心中感到有些沉重。」④

子岡晚年生活中有一段「鐵腕將軍」蔡文治的續聞。客居美國三十五個春秋的蔡文治，這位老邁的他鄉遊子，在一九八一年來到北京。歸來後，第一件事，他就想一見子岡。也許因為子岡歷經22年磨難後已半身不遂，臥床不起；或許因子岡住處簡陋，有損國家形象不便觀瞻，或許是其他什麼原因，總之，上面沒有安排他們會見，只是把蔡將軍的問候帶到子岡床前。當她看到葉劍英會見蔡將軍和夫人的照片時（刊於人民日報），埋藏多年的愛恨情仇奔湧而出，秉性剛強的子岡再也控制不了自己的情緒，她思潮起伏，感慨萬千，熱淚奪眶而出！她說：「我堅信歷史從無數風風雨雨中，所凝聚、呈現給我們的信念──」後面的聲音低不可聞。

大雪紛飛中，她走了！八年後他也走了！

從一九八〇年到一九八八年，漫長的八年把她的生命年輪推到盡頭。

一九八八年一月九日，女兒徐東看到她的眼神最後亮閃一下，以後沒有重新亮起。在大雪紛飛中，她走了！她享年74歲。

「你在冬天裡走了，為的是迎接春天。」一位詩人這樣說。

也曾是《大公報》的「伉儷記者」高集，在一次女記者協會紀念子岡的座談會上（其時子岡尚在世），曾對子岡作恰如其分的評價：「同徐盈子岡夫婦多年交往，關係很深。這對夫婦是我敬佩的兩位真正的記者。很令人難過的是兩人晚年的遭遇都很淒涼。……他們都忠實於革命，忠實於人民，做過許多人不及的工作，可是晚景卻如此淒涼。天道也太不公平了。」高集還對子岡的作品作具體評價：「我同子岡曾多年同事。在重慶時期，她的稿子多半是我編輯的，觀察深刻，文風潑辣，編輯時每每讚不絕口。可是對子岡的真正價值，當年卻沒有多少認識。」接著他列舉一些具體作品，然後說「不要以為寫這些東西很容易，很不容易。一，要冒風險，二，要深入社會，三，要對下層人民有深刻的同情和愛心。其中的道理，請大家讀她的作品就可體會出來。」⑤高集之婿張寶林在高集遺物中發現這段原稿，「在第二段左邊的空白處有一行字：『悔恨，傷害了一個最敬重的一個同志』」、「悔恨」兩個字下面，還劃了著重線。張寶林還說「高集晚年悔恨反右時傷害了這位老朋友。」⑥

又過了八年，1996年12月，徐盈病逝於北京西四北六條寓所，終年84歲。

《大公報》記者曾敏之悼念徐公曾這樣寫道：「蟄居陋巷有高

賢，家國縈懷不計年。斷簡殘篇珍重意，拳拳都寄董狐箋。」這夫妻檔的「雙子星座」將在天國相會。

注釋 ━━━━━━━━━━━━━━

①事見子岡小傳，通訊發於《婦女生活》雜誌，子岡文選未收。
②子岡：〈毛主席在重慶〉，子岡作品選，第360頁。
③④吳永良：〈懷念幾位《大公報》的老友〉，《書屋》2003年3期
⑤⑥張實林：《各具生花筆一枝──高集與高汾》，212頁，湖北人民出版社

《大公報》「伉儷記者」
高集與高汾的奇特命運

眾所周知，「辛酉之災」（1957的「反右」運動），《文匯報》受創最重。毛澤東的親筆〈文匯報的資產階級方向應該批判〉一下，《文匯報》社長兼總編徐鑄成首當其衝，副總編輯兼駐京辦事處主任浦熙修也由欽筆所點，用他們祭旗開刀。另有編委、編輯記者17人，校對、秘書2人，其他人員2人，共計21人，都打成「右派分子。」

而另一份當時中國獨立的民間大報《大公報》也難逃羅網，一批名記者、名編輯紛紛倒下，如抗戰時期就名震大後方重慶，勇敢無畏的女記者彭子岡；參加日本在密蘇里軍艦上受降儀式，寫了譯成六種文字、一時傳誦成為經典的通訊〈落日〉的朱啟平；才華橫溢被毛澤東聘為秘書的劉克林；還有18歲即充當女記者，追隨夏衍為《救亡日報》一員，戰後活躍於南京的高汾等共達20人，約占編輯部人員的百分之十強。都成了反黨反人民的右派分子。後有8人遣送冰天雪地的「北大荒」勞改。①而當時的總編王芸生，僅因毛一時萌生新的主意：「全國只有三家黨外報紙，《文匯》、《光明》兩報的總編，都已劃為右派，《大公報》的總編（社長）不宜再劃右派了」。這才倖免。

在《大公報》20位右派記者中，有幾對伉儷記者，如子岡與徐盈、高汾與高集、蕭鳳與蕭離等。這些「報業精英」都有坎坷曲折、風雲跌宕的人生。堪稱光怪陸離的當是「兩高」的災難歲月。高汾竟是自己送上門的「右派」，高集在即將「劃右」的臨危時刻，卻因有

人說了話而過關。遣送絕塞苦寒北大荒勞改的右派，無一不是十年、八年。如《一滴血》的作者巫寧坤，《文匯報》的謝蔚明，……而高汾在一年八個月後即獲召回京，何以故？

高集緣何能進《大公報》？

聽到高集與高汾的大名，是在1947年，江南一家市級報，派我常駐南京。採訪活動中，聽新聞同業說，高集與高汾是一對夫妻記者都在《大公報》。當時感到新鮮，兩「高」同姓怎能結偶？後來知道雖屬同姓，不過一人出生於西北邊陲（高集），另一出生於錦繡江南（高汾），相隔千山萬水，自然也不足為慮了。

高集自述，他是1920年出生於陝西榆林，高家是榆林大戶，祖父是清末進士，在福建當過縣令。和他祖父同輩，榆林另一大姓張家，有張翹軒的，也為進士出身，兩家有通好之誼。高集的姑母高雲軒就嫁給了張翹軒的最小兒子，即後來大名鼎鼎的《大公報》總編張季鸞。高集幼時（1928）就曾在天津張府暫住。姑母高雲軒不幸於1931年去世。②

高集雖與張季鸞有親誼，以後進《大公報》還經了一番曲折過程。1938年，時局動盪，華北形勢危急，京津有許多大學都內遷西北。高集借堂姐的學歷證書，投考在陝西城固的西北聯合大學，插班讀大二。兩年後本該如期畢業，卻因冒名入學而「東窗事發」，竟遭開除。那年他20歲，歧路彷徨，何去何從？

在西北聯大讀書時，高集即參加了中共的週邊組織，中國抗日民主先鋒隊（簡稱「民抗先」），思想早已左傾，考慮結果並經組織同意，決定去重慶，先投奔姑父張季鸞，再淴姑父介紹去生活書店。他寫了封信給張季鸞，未得回信。他仍然去了重慶。

他見到了姑父張季鸞，以親戚身分暫借住《大公報》招待所，說明此來所願，想進生活書店，可否張季鸞未表態。稍後，介紹高集去陶百川主持的黨刊《中央周刊》。並非他所願，不到職，再去張府，時王芸生也在座，高集仍向姑父請求進《大公報》，張當時依然不表態，又有一些時日後，王芸生著人通知，即去上班。隨名記徐盈採訪。

徐盈既是地下黨員，高集又屬週邊組織成員，相互默契。很快徐盈就帶他見了「胡公」（即周恩來，其時周蓄鬚），於是「八辦」（曾家岩50號八路軍辦事處）成了他常跑之地，與《新華日報》的記者往來更頻繁。國民黨視他為親共的左派記者，危險人物。左派圈中甚至中共黨員，也視他為地下黨員。這是後話。

18歲即成女記者的高汾

高汾，1920年出生於長江之畔的江陰名城。這裡也是徐霞客、劉半農、劉天華等歷史名人的故鄉。高家是書香門第。父高樹生，當過一個鄉鎮法院的書記員。生了兩個女兒，即高灝（姐）、高汾（妹）。高汾僅一歲多，父親就因病棄世。兩姐妹隨母親艱難度日。

高家雖不能算江陰望族，但也是詩禮傳家，開始時人丁興旺。高汾父親一輩兄弟姊妹眾多，祖父育有五子一女。可惜門衰祚薄，五兄弟有幾房先後凋謝，僅最小的六叔享天年。長房高樹生既無子，按族中舊例，把三房的兒子高清岳過繼過來，兼祧頭房、二房。原來的堂哥高清岳成了高汾的親阿哥。

高清岳異常聰慧，在江陰名校南菁中學畢業後，考上了清華大學，因家中付不起學費而放棄，進了免費的中央政治大學，這就上了國民黨的船。蔣經國在贛南搞「新政」，他是蔣麾下兩個「模範縣」

的南康縣縣長。此後輾轉在國民黨的多個機關。1949年時，他接受高汾勸告，留在大陸。先開小印刷廠謀生。雖進過「革大」，也不分配工作。1952被鎮壓。其妻不服，多次申告。40年後經平反昭雪。

高灝與高汾一對姐妹，在姑父陳旦華與舅舅資助下，先後都從南菁中學畢業。高灝畢業在先，畢業後在附近一個鄉村小學當教師，稍稍緩解家庭的困境。正當高汾高中畢業時，盧溝橋抗戰開始，一個月後，戰火又在上海燃起，即「八一三」上海抗戰。江陰既毗鄰上海，又有軍事要塞黃山炮臺，日寇必將來犯，只能遠走他鄉。母女三人商量多次，決定去長沙投靠高清岳。當時他在湖南民政廳任秘書。行前，高灝寫信先告知阿哥。因郵政延誤，高清岳回信到時，母女三人已在途上。歷盡千難萬險，擠上了擠滿人的火車。途中又幸而躲過日機的轟炸與掃射，到了長沙。

這時湖南省政府已疏散到長沙鄉間，費了不少周折，總算找到了高清岳。「戰亂遭飄蕩，生還偶然遂」。驚喜之餘，高清岳先找人幫忙安置了母親，還安排了兩姊妹在民政廳當文書。喜動不喜靜的兩姊妹，又看到外邊熱烈的抗戰氣氛，對這刻板的文書工作，幹了兩月就厭倦了，辭職回到長沙，報名參加傷兵換藥隊，這時才感到和抗戰觸上了邊。

其間，高汾在同鄉會中巧遇一個熟人，即趙復南大姐，原在江陰當中學老師。從她口中得知，「廣州的救亡運動開展十分紅火」，不如去廣州有較多出路。姐妹倆商定，把老母託付高汾的男友陳世驤照料，就匆匆去了廣州。

出了廣州車站，卻四顧茫然。廣州雖抗戰氣氛高漲，然而也不是到處缺人。復旦大學畢業的趙復南很快找到工作。兩姐妹還是沒有頭緒。

人世間常有許多偶然。街頭買了一份《救亡日報》，共產黨所

辦，1937年8月創刊於上海。郭沫若任社長，其實他在政治部第三廳，只是遙領，由總編夏衍主持。上海失守後，遷到廣州。報紙的內容吸引了她們。連續看了幾天後，大姐高灝提出，「咱們去報館看看。」

闖關的兩姐妹，由兩位年輕記者接待。進入簡短的對話，高灝就自述，她們是從江陰流亡到此，所帶盤纏已快用光，想到報館來幫忙，接待人並未一口回絕，問「是否讀過書？」高灝說她是蘇州女子師範畢業，妹妹也畢業於高中。答覆是有機會當通知。回來後，高灝又寫了篇流亡日記。她本是名校蘇女師的才女，文筆帶感情，也清新可讀。送到報館，很快得到通知，兩人可來上班，當見習記者。

毛遂自薦的成功，恰如雪中送炭，解決了她倆即將面臨的難題。一是所租房子，遭日機轟炸成為焦土。二是高汾男友見愛情無望，把母親送來廣州。《救亡日報》供食宿的工作機會正當其時。而且此後在夏衍、廖沫沙等名師薰陶、指引下，大姐姐郁風的言傳身教下，高汾成為一個出色的女記者，高灝成了「新聞戰線的新星。」

因廣州失守，《救亡日報》從廣州遷到桂林。報社遷到桂林後，高汾已轉為正式記者，開始獨立採訪。她早在廣州時，崑崙關大捷（1939，12），感動於前線戰士殺敵事蹟。高汾終於喜獲時機，在前線見到指揮崑崙關之戰的鄭洞國。寫了篇〈訪鄭洞國師長〉，一鳴驚人。不久後，「皖南事變」（1941.1.7）發生，17日中央社發布軍委會撤銷新四軍番號的消息，桂林新聞檢查所令各報必須全文刊登。夏衍用了偷樑換柱法，隻字未登，受扣押當天報紙並書面警告的懲罰，最後徹底封門停辦。在被封前就早自為計，全部撤往香港。香港剛粗事安頓，1941年12月8日，日本偷襲珍珠港，太平洋戰爭爆發了！槍林彈雨、九死一生，全部人馬再回桂林。可報紙已停，無法安置。當時桂林也無業可就，必須另找出路。

此時，高清岳在江西，任南康縣縣長，襄助蔣經國搞新政。高氏母女三人決定去依附他。不過另有一說。

關於高家姐妹去江西，曹聚仁有寥寥數語的記述，「她們後來都到了贛州，高灝在《青年報》工作，嫁了朱君。高汾在《正氣日報》工作」。（據王鵬文）當時曹聚仁為蔣經國所企重，任《正氣日報》的總經理和總主筆。而兩姐妹到江西是因去香港暫避回內地以後，由於無處安身，同行的朱君即朱潔夫提議，到他家鄉江西蓮花縣，一路上照料備至，朱又以羸弱之軀背負高母，老人深為感動，促高灝嫁了她。那知這是一樁悲劇之婚，這是後話。

其實高家一家是先去南康，高清岳介紹高汾去《南康日報》，在資料室，極低調，半年後，感到「小報小格局」太憋屈，又由高清岳介紹到《正氣日報》編各地新聞。此後高灝也到了贛州。

此後，高汾就安身在贛州，不過她這位「祕密中共黨員」（在《救亡日報》時入黨），長時間沒有組織直接領導，深感孤獨，寫信給舊時的領導廖沫沙。廖說可去重慶找夏衍，讓他安排。

「二流堂」兩高締姻

高汾到重慶，見到夏公，再由浦熙修介紹進了《新民報》，當時重慶一下來了許多下江人，住房就緊張起來。《新民報》是民營報，沒有財力建多少宿舍，住的問題要自行解決。還是由夏衍給她解決住處。夏衍帶她來見唐瑜，要他為高汾安排住所。這就有了「兩高」締姻於「二流堂」。

關於「二流堂」故事，筆者在《傳記文學》2013年3月號上，在音樂怪人盛家倫一文中已有述及，這裡略說一二。唐瑜本是愛國華僑，其兄在緬甸經商，頗有資財。而唐瑜極愛左翼文藝喜與左翼人士

結友。抗戰時，唐瑜在重慶造房舍稱「碧廬」，以食宿免費留住進步文人。夏衍、丁聰、吳祖光、呂恩、葉淺予、方菁、金山、盛家倫、黃苗子、郁風夫婦都是入住者。夏衍引進高汾，唐瑜也樂於接受。

至於「二流堂」的來歷，為郭沫若的一次笑談。一日，郭沫若與中共的徐冰，造訪「碧廬」。當時延安歌劇《兄妹開荒》在渝上演，劇中有一整日遊逛者被稱為「二流子」。而「碧廬」中恰有人無正業，因此郭就戲稱「碧廬」為「二流堂」，並要為之題匾。那知這當年戲談，到「文革」時竟被誣指為「反革命組織」。多人因而入獄，如黃苗子、郁風夫婦囚牢長達七年。而高汾雖也是「二流堂」人物，大概因早被打成「右派」，而不另加罪。

重回本題，說「兩高」如何締姻。這有幾種說法。其一：當時已在《大公報》工作四年專訪時政新聞的高集，已是一名資深記者。有一次，高汾到「二流堂」的常客徐遲家去玩，邂逅高集。那時高汾24歲，「小姑居處猶無郎」。此後高集常到「碧廬」，「每次來總會到高汾房間坐坐。這麼一來二去，也就談上了戀愛。」其二，據「碧廬」主人唐瑜所說，夏衍帶來高汾後，「原來一些獨身漢的窩，忽然春意盎然。」先來的是一位中蘇友協的姓曹，剛入小門房，就為盛家倫「打發走了」。繼而即是高集，盛家倫又要重施故技，不過他好吃、好讀書、好高談闊論，高集一一滿足其好，於是「防守崩決」，最後好事告成。兩說都可成立。

正如唐瑜所說，「男才女貌，一個國際記者，一個國內記者，半斤八兩，如同閃電突擊。」吉日良辰選在1945年3月18日，地點就選在「碧廬」，還舉行了一次小型宴會。郭沫若曾題七律一首：

宏抒康濟夜深時，各具生花筆一枝。
但願普天無匱乏，何勞雙鯉繫相思。

域中潮浪爭民主，海上風雲漾曙曦。

特取巴黎公社節，萬年長此泛瓊卮。

詩後另有小跋云：「之汲、亦真（高集和高汾的別名）舉行嘉禮於陪都，時民國卅四年三月十八日，乃巴黎公社紀念日也」。

「下關事件」與高集

發生於1946年6月23日南京下關火車站的上海和平請願團被毆打事件，筆者當時也正在南京。

近年，眾人皆知當年國共內戰時，中共除在前線刀槍廝殺外，又在國民黨後方開闢第二條戰線，即罷工罷課、遊行請願，結果極為成功。

1946年夏天，內戰一觸即發。上海人民團體聯合會發起上海各界知名人士馬敘倫、陶行知、馬寅初等164人，聯名上書蔣介石，呼籲和平，反對內戰。同時，上海學生也成立爭取和平聯合會，發表宣言、發動簽名、要求停止內戰實現永久和平。6月，又進一步行動，上海人民團體聯合會與上海學生和平聯合會，兩會共組上海和平請願團，推選馬敘倫、吳耀中、蕢廷芳、盛丕華、閻寶航、張絅伯、包達三、雷潔瓊等人為代表，另有學生代表陳震央、陳立復，於6月23日一起赴南京請願、要求和平。行前，五萬人在上海北火車站開會歡送並示威遊行。

當時，高集是《大公報》南京辦事處副主任、駐京記者。每日必到梅園新村中共代表團，與中共代表團發言人范長江與王炳南、章文晉等早熟稔。何況《大公報》又是全國性大報，常得新聞之先機。是日下午在南京火車站，新聞同業就看到范長江、浦熙修（《新民報》

採訪部主任）、高集、畢群（《世界日報》記者）在下關車站茶室
（候車室）中邊喝茶、邊等待。大約四時三刻方有一列車到達，車上
並無代表團，據云代表團所乘車在蘇州、鎮江一路受阻，晚點有五小
時之多，傍晚七時許才到。

　　代表到站後，各報記者上前訪談。從人群中走出兩人，自稱為
流亡青年，臨時大學學生，要見馬敘倫。老人因旅途疲憊，在車廂休
息，由代表團秘書胡子嬰（女）代為接見。兩人問胡子嬰：「你們到
南京來是什麼目的？你們瞭解蘇北的情況嗎？內戰的責任應由誰負？
你們不要偏袒共產黨！」胡回答：代表團此行是呼籲和平，別無其
他。在糾纏中，代表們準備出站。突然湧出200多人，擋住去路。接
著口號聲四起。「要馬敘倫保證我們回蘇北！」馬敘倫本極困頓，但
仍勉強振作回答：「我沒有資格保證你們，但可以把你們的意見轉達
給政府和有關方面。」、「不要聽他的！」有人狂喊。隨之有人喊
「打！打！」由堵截變成包圍，由推搡變成毆打。代表們退進車站茶
室。暴徒們追進來，門口的員警、憲兵放任不管。雷潔瓊、閻寶航被
亂拳毆打。暴徒們用拳頭、汽水瓶砸馬敘倫，他倒在沙發上，不能動
彈。閻寶航上前保護，十餘暴徒把他打得全身是血。學生代表陳震央
頭部遭重擊，暈倒在水泥地上，又遭亂腳踹踏。兩記者被打最慘重，
即高集和浦熙修。高左眼流血，肩背手臂及大腿都挨拳；浦熙修挨了
不少拳，頭髮被扯得稀疏。兩位記者不僅被打，東西也被搶去，如手
提袋、手錶、派克自來水筆。民盟幹部葉篤義是來接車的，也被當作
代表打倒在地。有位姓陸的女青年是陪羅叔章來接車的，暴徒一邊打
她，一邊撕掉她的衣褲，使她赤身裸體蒙受差辱。……暴徒在翌晨二
時始撤走。

　　受傷的請願代表、記者都被送到中央醫院。周恩來在第一時間趕
到醫院慰問。事後，國民黨的報紙說，此事「是共產黨挑起的，罪魁

禍首就是高集。」③此後，高集和高汾兩人的名字就進入黑名單，被盯梢、監視，1947年秋，高汾在謝蔚明幫助下逃往上海。

此外，另有幾點餘聞一併錄下。據當年女記者郁風在6月27日《世界晨報》刊出的〈下關不幸事件別記〉說，「在最後一場關起門來悶打中，高集是還了手的。」到翌日下午七點，高集未收到自家報館的一句話。還有大公報所發「第一時間的目擊報導」，是周瑜瑞所寫，而非高汾所作。再此後高汾所寫學運報導，自己報館都不登。

1949後的幾件「榮寵」

在第二條戰線上，為中共奪取政權竭盡効勞的高氏夫婦，解放初，一度受到榮寵。

1949年夏天，高汾已被推上《大公報》駐北平辦事處記者的職位。這並非沾丈夫之光，而是她自己「闖龍潭蹈虎穴」為中共鼓吹的結果。一天，高汾忽接宦鄉的口頭通知，周恩來要請新聞界的朋友吃飯。

總理宴請非同尋常，所以宴請，從周給胡喬木的一封信中，可見緣由。信云：

喬木同志：

於今晚八時在中南海頤年堂約請新聞界下列友人聚餐，並答覆幾個問題，因我一直沒有工夫見他們，而他們之間若干人，已經多次要求見我，我擬作一次總解決，並請你參加，以便負責解決具體問題。

朱啟平、高汾、鄧季惺、浦熙修、徐盈、彭子岡、儲安平、薩空了、胡愈之、劉尊棋、宦鄉。

這十一人中，《大公報》的占了五個，朱啟平、高汾、徐盈、

彭子岡、宦鄉。朱啟平鼎鼎大名，參加日本人在密蘇里艦上的投降儀式，所寫通訊〈落日〉遐邇皆知，成為經典名篇。徐盈與子岡這對夫妻是《大公報》的名記，宦鄉則是剛調到津版《大公報》改組的《進步日報》。至於薩、胡、劉是左傾的文化界名人。鄧季惺是《新民報》的女老闆。儲安平主辦《觀察》，言論著實幫過中共的忙。所以都是報界名人。④

席上，周恩來逐一解答眾人提出的問題，問到高汾，當知悉高集病情，立即安排調北京治病，住高級的北京飯店。不久後，周總理還親到北京飯店，看望高集，這使兩高久久難忘。

兩個月後，高汾又見到了毛澤東。這當代偉人，還和她開了個玩笑。1949年9月17日，新政協開籌備會二次會議，高汾到場採訪。先見到郭沫若、沈鈞儒、張瀾、李濟深等民主人士，寒暄問候。毛澤東也來了，會議中途，休息。眾人都圍著毛，爭相問好。四年前，在重慶，高氏夫婦都受到毛的接見。這次，高汾握了毛的手，毛忽問：你叫高汾吧？她猛然一驚，他日理萬機，四年前的邂逅，還能記得？周恩來又插上一句：「她的愛人是高集，《大公報》的！」、「毛主席，你胖了，比重慶時胖了！」緊急中，她想不出別的話，講了這無關痛癢的話，真後悔。毛又問：「你的那個『高』呢？」。她回答「正在養病。」……

問答間，領袖的眼睛盯著她的鞋子，忽然問道：「你腳上穿的鞋子，在上海叫什麼名字啊？」

她楞住了，囁嚅著：「鞋子還有什麼名字呀！」

他（毛）自言自語：「這種鞋子，在上海該叫『空前絕後』！」

眾人的眼睛都轉向高汾的腳，先無聲，忽轟然大笑。原來，高汾穿了一雙皮涼鞋，前露腳趾，後露腳跟。幽默、急智，領袖與群眾這樣的關係「溫馨與感人！」

送上門的「右派」

也許可以說，這是另一個「空前與絕後！」

這發生在1957年！

八年前，曾被「聖眷」的高汾，仍然難逃「反右運動」！

「反右」運動開展時，高汾在中央黨校學習。當時《大公報》的「反右」正趨於白熱化的階段，並沒有要她回報社。

黨校有普通班和新聞班兩部分。高汾在新聞班。普通班學員是部委幹部，新聞班學員都是北京各大報的記者、編輯。

黨校自然不是化外之地，和所有單位一樣，運動初期，先號召「大鳴大放」，領導動員要大家大膽發言，什麼都可講，不要有顧慮。她，高汾沒有講話，其實並非有顧慮而「金人三緘其口」，她只是生性謙虛，感到自己沒有多少見識，有些意見覺得不成熟，擺不到桌面上講。不過在會後，或在和同學們的普通閒談中，還是講了出來。

從事新聞工作的都有過職業的習性，喜歡常備一本記事本，日常所見所聞所思所感點點滴滴都記下來，無非是備忘。高汾也並不例外。

在「反右」進行中，高汾的記事本上，記下了在報紙上看到的、批判會上聽到的，也記下自己有所發揮或根本不同意的意見和觀點。這本是私密性的，「不足為外人道也。」

反右時，各單位都配有該劃右派的名額，看來要到尾聲了，數字還不夠，領導又再動員，要大家輕裝上陣，消除顧慮，暢所欲言。高汾想，自己坦蕩無私，沒有什麼可說的了，就把筆記本交上去，算完成任務。這一來，她就成了右派。高汾的老領導夏衍說：「高汾真太

傻了，哪有讓日記公之於眾的。」

曾是中央黨校新聞班的領導何偉（曾任教育部長）說：「高汾其實可以不戴帽子的。」

總之，為高汾劃成右派，眾議紛紜，有憐惜的，有抱怨的，然而一切無濟於事，戴上了的桂冠，是脫不掉了。她回到大公報，等候最後發落。

倖免「右派」的高集

高汾已經以待罪之身聽候發落。那高集呢？

反右運動開始，高集在《人民日報》任西方部副主任。領導號召幫共產黨整風，要大家「暢所欲言，建言獻策。」高集作了長長的發言。說到政府業務部門要重視報紙的特殊性，「不要把報紙當成公報欄」，還說「報紙應讓大家瞭解更多資訊。」、「政府官員不要粗暴對待記者」。對許多知識份子的「訴苦」也表示過同情。

《人民日報》東方部主任蔣元椿，是老黨員，與高集曾在《大公報》同事。他寫了一張大字報，題目是〈論聖旨口〉，對分管報社的中宣部副部長胡喬木發難，報社領導事事聽從胡，該大字報不無諷刺道：「只要胡一張口，個個洗耳恭聽，記在本子上，不管對與錯，不折不扣執行。」

大字報上牆，議論紛紛，贊同聲一片。胡喬木自己也來看過。高集也寫了一張大字報，贊同蔣的意見，稱「胡大小事一起抓，小事抓多了，就放鬆了大事。」、「黨的工作方法歷來是從群眾中來，到群眾中去，現在變成從喬木處來，到工作中去。」胡自然也看到了。

這當然也闖了大禍。對領導提意見，就是犯上，這不該是右派嘛?!結果蔣元椿成了大右派，高集卻免了。

　　奧秘何在？曾是高集在西北聯大的同學劉衡（《人民日報》記者，也成右派）說了真相：

　　高集的大字報上牆後不久，去參加中宣部的一個會，與胡喬木相遇。喬木對他說：「你的意見很好，是善意地提出來的意見。」這話恰被人民日報的黨總支書記蕭風聽到了，高集也就不劃右派，反過來還參加反右報導。劉衡還深有感慨地說：「看來人們說喬木是聖旨口是說對了。」⑤

　　高集免劃右派後，接受了同事的勸告，「只能鐵了心，義無反顧地跟黨走了」。不過心裡還是有芥蒂。據他2001年的回憶：「反右時，大公報的黨員幾乎都打成反革命了。有一次看戲，周恩來派人把我叫到他的身邊，問楊剛的事。幕間休息的時候，又叫我去聊天，問打右派的事。我說，社會主義這關太難過了，當年的左派70％成了右派，我還沒有，很幸運了。」⑥這是高集真實的心聲！

高汾發配北國酷寒地

　　待罪之身的高汾，終於等來了發落。

　　1958年3月25日，高汾和千餘名右派，發配去北國苦寒絕塞地──北大荒，黑龍江完達山下的一個雲山畜牧場勞改。

　　在這流人的隊伍中，她發現了當年「二流堂」的堂友，漫畫家丁聰、還有黃苗子，《大公報》的名記朱啟平，記者吳永良等，一起成了難友。

　　慘痛的人生經歷，從這裡開始了。

　　她，一個弱女子，幹過搬運、墾荒、修壩、伐木、養豬、做飯，她成了「多面手。」

　　她曾親眼目睹，一位難友，早上還是好好的，上山伐木拉大鋸，

兩人合抱的大樹突然倒下，此人成為肉餅。她和他曾一起伐過木。幸而這次她沒有和他在一起。

在荒野勞動中，她有一段痛苦經歷：她有過幾次肚痛，搞不清是腸胃，還是心，也不敢說，怕別人說她裝病。這次痛徹心肺，實在不能幹了。心想：可能要死了。想到家中四個孩子怎麼辦？不禁悲從中來，鬼哭狼嚎地大哭。眾人把她抬回住地，什麼也沒有吃，昏過去了。一夜過來，不知怎樣倒是不痛了。又照常下地幹活。

後來，讓她養豬、出壁報與燒飯。比幹苦力的活稍好些。

有位部隊作家梁南，也在北大荒。高汾養豬就是接他的位。後來調他去挖河。在百般折磨下，人已脫形，勞改場的領導怕出人命，讓他回去。臨行時，去看高汾。「遠遠看見一個老太婆挑著豬食走來。他以為換了人，別人說是她。……和高汾分手時，她分明還端麗宛若少女，如今竟是一副容貌灰黯、背脊佝僂、老態蹣跚……的模樣了。」⑦

也是勞改犯的殷毅，曾是《光明日報》記者，在他的回憶錄裡，寫到高汾在自己這樣處境下，還給他援手：「我順便去看違別七八個月在該廠當炊事員的高汾大姐。可能我那副面露菜色、顴骨高聳、下巴變尖的模樣引起了她的震驚。她同我稍事寒暄，便把我帶出伙房，將她剛領到的一份口糧——一塊黑麵餅，悄悄塞在我口袋裡。我意欲推辭，她做了一個不要聲張的手勢，就返身去幹活了。我走到林間無人處，兩行清淚不自禁地掉了下來。有誰能在飢餓狀態下，把自己的口糧助人的嗎？這是怎樣厚重、金貴一份情意呢。」⑧

這多難能可貴，在這糧食重於生命的時候。

好人有好報，這自然是極少的，但終於臨到高汾身上。

且說高集自從倖免「右派」後，依然得到使用。他在人民日報擔任國際部副主任，多次奉派出國採訪。如1959年5月中旬至7月下旬，

高集就隨中國新聞代表團去了智利、烏拉圭、巴西、古巴四國。然而他載欣載奔、風塵僕僕轉戰於海外時，家中有四個孩子誰來照料呢？

這就用到高汾，本來命運由人擺布，哪能自主，可作囚人，也可作戴著帽子的「自由人。」

1959年11月12日，該是高汾的一個悲喜莫名、五味雜陳的日子。她突然接到總場組織部門的通知，要她立即趕去。

那負責人對她宣佈：準備一下回北京。高集要出國，回去照顧孩子。又說：「第一批摘帽沒有你！」

雖說還是戴帽右派，總比北大荒的苦役勞動要好多了，再說比起別人，動輒十年八年的勞改，她只有一年零八個月，該說是「皇恩浩蕩」了。⑨「高汾提前回來，據說是周總理說了話。」⑩

她以最快時間回到家裡。僅休息一天，就到報社報到，分配到資料室。歸來後別人對她的印象是「神神叨叨，說話囉嗦，有時表達不清」，這說明精神傷害至痛且深。

尾聲

「破帽遮顏過鬧市」，夾著尾巴做人的高汾，天真地以為再不會有「反右」與「勞改」這樣的事了，幾年之後，磨難更深的「文革」又來了。

先是多次抄家，稍有價值的東西都一掃而空，有一點外匯也主動上交了。當時《大公報》也已停刊。她是牛鬼蛇神照例掃廁所，運石灰……什麼勞動都幹，絕無人的尊嚴，朋友中有幾個自殺了，「她堅持好死不如賴活」，忍受著。等待到1979的右派改正。

作為《人民日報》國際部副主任的高集，屬於「走資派」，又成為「反動文人」、「特務」，多次批鬥，審查，在鍋爐房燒鍋爐……

最後又是周總理過問，才重新安排工作。

1972年終於「解放」，回編輯部重操舊業。此後還發揮餘熱。

2003年6月1日凌晨，高集在睡夢中去世，享年83歲。

高汾66歲離休後，還給《新民晚報》出力。2008年舊《大公報》同人，給她做了米壽。友人還要給她做90、108歲大壽……

注釋 ━━━━━━━━━━━━━━━━

①吳永良：〈懷念幾位大公報的老友〉，見《書屋》2003年3期。又據楊奎松：《忍不住的關懷》一書稱，反右結束時，大公報黨組的報告，反右中共有16人定為右派分子，即曹銘、余悅、朱啟平、徐梅芬、蕭離、蕭鳳、趙英達、馮雋民、徐文蘭、單于越、尤在、吳永良、高汾、石文華、袁毓明、趙恩源。後有朱啟平、蕭離、高汾、徐文蘭、吳永良、尤在、石文華、余悅共八人去黑龍江密山農場「勞動」。廣西師大出版社，186頁。

②章立凡編：《往事未付紅塵》：高集：〈憶我的姑父張季鸞二三事〉，陝西師大出版社。

③④⑥⑦⑩張寶林：《各具生花筆一枝─高集與高汾》，第154頁、175頁，211頁，223頁，233頁。湖北人民出版社。

⑤劉衡：〈人民日報的右派們〉網易博客2009年2月9日。

⑧殷毅：《回首殘陽已含山》，北京十月出版社第68至69頁

⑨高汾在北大荒勞改時間與回京時間，張寶林為「兩高」所寫回憶錄中，前後有出入。先說高汾是1958年3月離京，1959年11月回京，勞改一年零八個月。後又說勞改總場是1960年11月16日，對她宣佈回北京。現從前說。

重議：楊剛之死真相

1

知人論世，貴乎全面。重議楊剛死因，不能有忽她的生平起始階段。

楊剛（1906－1957）原名楊繽，另有名季微，後改名楊剛，出生於官吏家庭，湖北沔陽人，不過她出生於江西九江。當時她父親在江西做官，任道台。民國肇始，先後任湖北的財政廳、政務廳廳長。在女兒印象中，父親性格很暴，「心腸是鐵做的。」

楊剛五歲時，進了設於家中的學塾，新舊交雜的教育，既有四書五經、文史古籍，也有理化與外語。因而後來在南昌進教會辦的葆靈女中初中讀書時，成績優異，超於一般，到高中畢業時，因特優的成績，校方推薦她進了北平燕京大學。其時她22歲，就讀英文系。

當時時尚新穎的馬列主義學說，在中國最高學府盛行，共產黨也大力發展黨員，出身「布爾喬亞」的小姐楊剛，竟不怕要革自己的命，進入中國共產黨成為黨員，就在入燕大那年。

本該埋首於書齋，具有叛逆性格的楊剛，卻又參加校外的政治活動（也許是黨的命令）。1931在北京參加「五一」示威遊行，「山西王」閻錫山的軍隊把她關進囚牢，酷刑拷打。幸好數月後，「奉系」軍閥張作霖進京，打敗晉軍，老閻退回山西，她由此出獄。

她仍不安心於讀書，參加發起組織北方的「左聯」（左翼作家聯

盟），與孫席珍、謝冰瑩、潘漠華為伍。

繼後又到上海。再參加左聯，和燕京同學蕭乾，協助美國人愛德格・斯諾編譯中國現代小說選《活的中國》，由此與蕭乾結為好友。

楊剛人如其名，得一剛字。朋友送她外號即「浩烈之徒」。她寫過一首八百行的長詩，題為〈我站在地球的中央〉，其中有這樣的詩句：「我站在地球的中央／豎起了戰鬥的大纛／我的旗子有鮮明的紅光／有春天的榮耀／有白羽金箭的美」，故有人也叫她「金箭女神」。

除寫詩外，她也寫小說，小說集有《桓秀外傳》，另有通訊集《東南行》、《美國箚記》等。她一九四八年在美國時，曾用英文寫了一本二十多萬字的長篇小說《女兒》，請美國友人保存了三十四年，一九八三年終被發現送回國內交她女兒鄭光迪保存，其內容外人不知。楊剛還是世界文學名著《傲慢與偏見》（英國作家簡・奧斯丁的長篇小說）第一個中譯本的譯者。她還兼任過嶺南大學教授，講授過「翻譯研究」。

說起翻譯。有一件事值得一說。據魯迅稱為「金屋詩人」的邵洵美之子邵陽說，「《自由譚》是上海淪陷後爹爹借項美麗（美國人，女──筆者）的名字編輯出版的一本抗日雜誌。……控訴日軍在華暴行，日本人要暗殺他。邵避難到項家。這期間，同住項家的還有一位20多歲的女青年楊剛。她祕密住在項家準備將《論持久戰》（毛澤東）翻譯成英文。楊剛是《大公報》駐外記者，英文很好，共產黨員。之後，爹爹常和楊剛一起對《論持久戰》的譯稿進行潤色。毛澤東為英譯單行本出版寫的一篇序言還是爹爹親自翻譯的。不僅如此，爹爹還負責起譯稿的祕密排印任務，夜裡和他的助手有時加上項美麗一起開車到霞飛路、南京路一帶外國人的家門口，把單印本放入信箱中。為了安全起見，爹爹隨身帶一把小手槍。」①這一史料較罕見，

確否待證，記此備一說。

抗日戰爭時期，在從事新聞工作的同時，楊剛還為中共黨做過統戰工作和外事工作。

楊剛的剛性與浩烈，也體現家庭關係上。有人說她「有男人而不能做男人的妻子，有孩子而不能做孩子的母親。」原為燕京同學後成為丈夫的鄭侃，兩人婚後在信仰與追求上，就逐漸顯示分歧。當抗戰發生決定去向時，處於國有中央銀行高層的鄭侃，要隨銀行行動，楊剛要到戰地前線，最後夫妻關係破裂，丟下女兒，分道揚鑣。鄭侃後在福建永安死於侵華日軍的轟炸。她28歲時生的獨生女鄭光迪送往延安。長大後由黨送往蘇聯留學。曾任中共交通部副部長，中共中央候補委員。

楊剛還有個四哥楊潮，後改名羊棗，受楊剛影響，讀馬列著作。1933年入左翼作家聯盟。半年後入中共。在上海各地辦左傾報刊，他以時事政論聞名於世。1944年到福建永安，擔任社會科學研究所研究員，還兼任美駐華大使館新聞處東南分處中文部主任，《民主報》主筆，寫了大量文章抨擊日寇，也不放過對國民黨的抨擊，紅遍東南一角。這就為三戰區長官司令顧祝同所注意，在抗戰勝前夕，顧下令逮捕29位原文化工作者，羊棗也在其列，雖經各方營救，顧祝同依然於1946年1月11日，把他槍殺於杭州獄中。

2

1939年，《大公報》編輯蕭乾要去英國劍橋教書，「走馬薦諸葛」，推薦楊剛接替他編副刊《文藝》版。總經理胡政之因她色彩過濃（共產黨）先不同意，後來接受了。此後《大公報》就出現了這位「男性味十足」真有「陽剛」氣的女記者楊剛②（《大公報》老報人

羅孚語）。她那獨特形像，可以證實羅孚所說。她出現在人前時，總是手拈煙捲，慷慨直言，朗聲大笑。煙癮之重，王芸生夫人馮玉文有所說明。

1948年，楊剛從美國回來，奉黨命到上海，說服王芸生轉向。住在王家亭子間裡。每天早晨馮玉文去清掃房間時，常要掃出一大攤煙頭。

文學大師許地山的女兒許燕吉幼年在香港時，楊剛是她家的常客。「她總穿藍布旗袍，不燙髮，不化妝，在當時的香港是很少見的。我們稱她楊先生，到客廳去見過就退出來，因為爸爸總要和她談許久話。媽媽說她是共產黨。」這段話見之於近年所出許燕吉的回憶錄《我是落花生的女兒》。細考這時間，正是楊剛在香港《大公報》編副刊時。

楊剛在香港接編《文藝》版後，大量採用延安作家的稿件，版面的色彩鮮明、此後日寇攻佔香港，楊剛脫險到桂林，接替《大公報》桂林版副刊《文藝》版，依然那麼「剛氣」十足，絕無兒女氣。此後，楊剛又調到重慶，任渝版大公報副刊主編。據《大公報》記者高集說，她在桂林時，常寄信給高，每次信中要附一封給喬冠華的信請他轉。高集心想兩人可能談戀愛。其實這是誤會。楊剛到重慶後，反而成了喬冠華與龔澎的大媒人。

1944年春，美國哈佛大學萊德克列女子學院以提供一年免費的優惠條件，給楊剛寄來入學證。當時政府規定，必須先進中央訓練團受訓，方可簽發出國證件。楊剛1930年就是中共黨員。她說：「我不去美國了，因為我看不起國民黨，我不受他們的訓！」《大公報》總經理胡政之知道後，出於對人才的培養，主動表示「這件事由我來辦。」他找到陳布雷，幾天後竟弄到了蔣介石的手諭，特准楊剛不必受訓就可出國。當年七月，楊剛如願以償，離渝赴美。

　　1944至1948年，她到美國哈佛大學讀書，進修馬蒂遜教授的文藝理論課，又擔任《大公報》的駐美特派員，寄回不少「美國箚記」的通訊，得到好評。這時她也沒有丟掉中共身分，兼做黨安排的「國際統戰工作。」1946年曾寫信給杜魯門：表明她是中國重慶一家中文報紙的駐美記者，希望美方不要對蔣介石政府進行「經濟和軍事的援助」。

　　1948年11月楊剛離美回香港。在港雖為時短暫，卻也做了不少工作。主要是推動《大公報》港版的變色——由中立轉親共，還誘使總編王芸生離滬（上海）去臺灣再轉港（香港）北上（北平）。接著楊剛自己也到了西柏坡，經周恩來引見，受到毛澤東接見，還當面稱讚她是「黨內少有的女幹部」。有這口封，她躊躇滿志在平津戰役中參加解放天津，1949接收新記《大公報》最早的天津版，不久即改為《進步日報》，她任黨組負責人，兼副總編輯。同年5月，她隨軍南下到上海，任接收上海版《大公報》的軍代表。

　　如果說，王芸生消亡了新記《大公報》，楊剛該是王掘墓的推動者。「報紙照出，津、渝、滬版不變」是楊剛的對王芸生的承諾。老謀深算的王芸生被蠱惑了，1949年6月17日寫了〈大公報新生宣言〉以懺悔，《大公報》名存而實亡。（津版早變，後渝版也改《重慶日報》，楊自承是出色策略或手段。）

　　這之後，她仍然一帆風順。調回北京，參加1949年10月1日的開國大典後，被派到周恩來總理身邊，先任外交部政策研究委員會主任秘書，繼任總理辦公室主任秘書。

3

　　楊剛深為周恩來企重，先羅致在他麾下，協助搞外交工作。權衡結果，她的忠心於黨，黨性高於一切，似乎還是讓她仍回新聞戰線，

掌握黨的筆桿子為最宜。1953年先調到中宣部的國際宣傳處任處長，1955年春，索性讓她到《人民日報》去任副總編輯，僅居鄧拓之後，分管國際報導。調任時，周恩來在中南海召開有關會議，親自宣佈她的任命，可見重視。

在平常狀態下，個人性格的特異常難顯示。兩件意外事的發生，顯示了楊剛的異質。1955年秋天，楊剛送一位外國友人去飛機場時，遭遇車禍，頭部受到重創，劇烈的腦震盪，使她必須放棄工作，病休了半年。她居然挺了過來。1956年，《人民日報》擴版，籌畫安排，極為繁忙，她積極參預，放棄半天病休，恢復全天工作，可見她的堅強毅力。

誰知意外接踵而來，她本是周恩來股肱之臣，在《人民日報》也居要津。一些機密，自然記載在她的筆記本上，不幸遺失了。據胡喬木說，組織並沒有給她責備，而她卻極度緊張、杯弓蛇影，疑神疑鬼，惶惶不安。而這時不平常的日子到來了！

1957的「反右」狂飆，疾捲而來！先是毛號召「和風細雨」給黨整風，「知無不言，言無不盡。言者無罪，聞者足誡。」

《人民日報》成立整風領導小組，成員七人。她也列名其中，有鄧拓、胡續偉、楊剛、王揖、黃操良、陳浚、蕭風，楊剛排名第三。

6月9日，《人民日報》突然發表社論〈這是為什麼？〉標誌整風方向轉為「反右」。發表的第二天，楊剛用金銀花為筆名寫了詩作〈請讓我也說幾句氣憤的話吧〉，揮戈上陣。這是她生前發表的最後一篇作品，依然不失她當年寫「我站在地球中央」的那種氣勢和激情。

「反右」運動在《人民日報》展開後，楊剛雖居於「決人死生」的地位，使她心靈受極大震憾的是許多「待劃」和「已劃」右派的恰恰是她所羅致和推薦的人。

在《人民日報》她先後分管和負責的是兩個部：國際部和文藝部，都成了運動的重點。1955年4月，楊剛提名推薦要從新華社調來蔣元椿、李慎之兩人，兩人都是儁秀不羈之才。結果只調來蔣元椿，擔任了國際問題評論員。鳴放時蔣回應副總編黃操良號召，寫了份小字報〈論聖旨口〉，認為胡喬木對《人民日報》的編務管得過於瑣碎，沒有抓住要害。這可闖了大禍，眼看蔣元椿就要落入右派深淵。楊剛在決策層方面也曾盡力維護，力圖使他不致劃右，因而一度在「疑右」和「右傾」之間徘徊，遲遲未定。不過最終蔣元椿還是在劫難逃。在楊剛突然死亡後23天，還是戴上「右派」冠冕。

這實在使人難以理解，楊剛對蔣元椿尚能衛護，顯示她尚有人性之光，可對另幾位曾共同戰鬥、相濡以沫的戰友卻又是另一種表現。

如蕭乾，楊剛與他本有深厚的友誼。在燕京大學讀書時曾是同學；將楊剛推薦進《大公報》就是蕭乾。蕭乾說在許多關鍵時刻，都是楊剛為他「迷途指津」。然而蕭乾可能不會想到將他劃為《大公報》內右派記者的始作俑者竟是楊剛。③

還有在風雨如晦、霧壓山城的歲月，與楊剛一起採訪，兩人又同是地下黨員的《大公報》名記彭子岡，在反右批判會上，楊剛竟是痛下辣手、毫不顧惜。

當年也在《大公報》的吳永良曾目睹這場面：

「記得最清楚的一次批判會，是在《北京日報》社樓上的小禮堂舉行的。因為那天會前發生了《北京日報》一個右派分子從頂樓跳下的自殺事件，批判會空氣顯得格外凝重。」

「那天批判子岡，主要發言的是楊剛，也是出自《大公報》的著名女記者，其時已任《人民日報》的副總編輯。令我驚異的是，一年多不見，她的頭髮已經全白了。當時她不過五十出頭。她發言大約一個小時多一點，手裡從來沒有離開過香煙。我還記得她批判的題目是

彭子岡怎樣從資產階級婦女墮落成資產階級右派婦女的，調子很高，
恐怕難免有違心之論吧！」

在另處，吳永良懷疑，楊剛批判彭子岡的發言「是言不由衷的敷
衍行為？還是一種迫不得已的表態？」④

怎樣解釋楊剛這些矛盾出奇的事。筆者認為「黨性重於人性」的
她。鮮明的階級立場和旺盛的革命鬥志，這大致是其因。

4

意外的事發生了，三個月後，10月7日，楊剛突然自殺！

自殺前一天參加批判「丁陳反黨集團大會」，即批判陳企霞、
丁玲。丁玲是上世紀唯一先後得到魯迅贈詩、毛澤東贈詞的女性。名
氣、風頭都在楊剛之上。當時已是落魄的鳳凰不如雞。有人揣度，丁
玲如此，因而楊剛受極大刺激甚至感到幻滅，以至用死求解脫。

這只是一種推測。

見於羅孚（羅承勳，《大公報》老人）在《文苑繽紛》中這樣
寫道：

1957年反右開始。新聞界在批判彭子岡、劉賓雁之後，就批判楊
剛，通常是批判大會之後，就給被批判的戴上右派帽子，等於在政治
上宣判了死刑。那天的會議是先批判《大公報》的朱啟平，會議進行
當中，有人遞了一張條子，給主持會議的《大公報》劉克林，然後由
劉克林宣佈休會。後來才知道，那條子是通知楊剛在頭一天晚上服下
差不多一百粒安眠藥，死了，無法接受被批判和戴帽子的「優待」。
不久以後，劉克林也以跳樓的方式結束了自己的生命。劉克林是在香
港《大公報》擔任要聞編輯的，回北京後，成了中央的一枝筆桿子。
參加過「九評」的寫作。

楊剛死於一九五七年十月七日，得年五十一歲。

5

楊剛之死，官方一直蒙上一層霧霾重重的迷障。

棄世當天的下午，《人民日報》緊急集會，鄧拓宣佈楊剛逝世的噩耗，沒有說明她的死因，也沒有開追悼會，實為罕見。更屬罕見的是此後很長時期有關方面一直諱言她何以死的真相，即使在她生前故舊和親人的回憶文章中也遠遠迴避她自己結束生命的真相。

即使在26年後，那是1983年6月，胡喬木為《楊剛文集》所寫序言，仍是這樣說：「她在1955年不幸遭遇車禍，造成嚴重的腦振盪。」

她死後，遺書先由鄧拓看了，馬上交給總理，總理馬上又交給毛澤東。毛看了，對這「黨的好女兒」的結局，相當震驚。按慣例，黨員自殺即自絕於黨自絕於人民，要追究論罪的。毛表態不要這樣做「不能按常規處理，按常規要開除出黨」。楊是人大代表，第二年人大開會時，宣佈楊剛因病逝世。⑤當時《人民日報》還有人想把楊剛打成右派。周恩來說了話制止了，這才倖免。

6

楊剛的死因如層巒疊嶂、樸朔迷離。「楊剛之死是一個疑團，是一個至今無法解釋清楚的謎。大概他是以死來尋求解脫，但有兩點卻適用於楊剛。她的死不能歸咎於軟弱，……單純以個人因素來解釋那一個人不願意活下去的原因，並不足以說明什麼。」、「楊剛之死不會是為個人恩怨，而只能是與她畢生追求的火辣辣、熾烈烈的雄壯理

想有關。」（王慶芝《百年滄桑》74頁）

　　歸結起來有如下一些議論。

　　一是畏懼她即將受批判並打成右派。據羅孚說，當時彭子岡、劉賓雁已批判，即將批楊剛。按通常慣例，批判大會後，就要戴右派帽子。一旦為右派，政治上無異判死刑。「兔死狐悲，物傷其類」。她既難逃同樣命運，與其生而受辱，不如一死了之。

　　一是因「理想幻滅而死」。她入黨是為追求崇高的理想，為中國人民爭取自由和尊嚴。可是眼前的一切，與之背離太遠。理想幻滅因而傷心之極。「千古艱難唯一死」，按她剛烈性格，寧為玉碎，毋為瓦全，因而走上死之途。

　　一是人性復歸。楊剛雖是黨性重於人性，但亦不能說她人性完全泯滅，無一點閃光。近年從《大公報》記者高集和高汾的回憶錄中看到有關楊剛軼事：

　　解放初高集在天津養病。他的病需要一種藥叫雷米封，當時天津沒有。楊剛馬上打電話到香港，很快寄來了。此後高集又轉到北大醫院治病。腹中沒有積水，醫院給他抽了四次。晚上，楊剛去看高集。她果斷地要高轉院。這醫院曾是監房，她就在此關過。後來轉到日壇醫院。前後一年半，身體恢復後出院。

　　高集還說起，在他父親去世時，急待用錢，恰其時告缺，「我痛哭一場」。正值楊剛來了，馬上拿出200萬塊（舊幣）。解了他的難。⑥以上例舉或可作說明。

7

　　楊剛的自殺，中共高層（毛與周）都表態不追究，「不按常規處理」（即開除出黨），然而在安葬墓地上還是有不同的處置。

　　1946年進上海《大公報》工作的陳摸，上世紀九十年代某日，給長輩掃墓，到北京西郊八寶山人民公墓去。他特別說明，這裡是京城老百姓的墓地。這幾年公墓也在開拓創新，山頂蓋起了辦公樓，零亂的墓穴作了整理，修築了通向各墓區的通道。就在新辦公樓一側的路邊，陳摸忽然發現一塊高約四尺的墓碑，上面刻著「楊剛同志之墓」，墓旁圍了一圈瘦小的柏樹。看來這座墓原是淹沒在擁擠的墓群之間，隨著墓群通道的開闢，就顯露在眾目睽睽之下了。墓緊挨著路邊，不留餘地，墓碑更顯得引人注目。

　　陳摸驚訝之餘興歎道：楊剛的墓怎麼會在這裡？按她的黨齡，她曾經擔任的職務，她的貢獻，她的墓應該在八寶山革命公墓共和國奠基人的陵園裡面。

　　1984年，蕭乾編的《楊剛文集》出版，鄧穎超給文集題詞：「《楊剛文集》出版，是對黨和人民最優秀女兒—楊剛同志最好的的紀念。」這題詞現刻在楊剛墓碑的上端，像是一個文件的批示。陳摸想，原來安葬時，不知道有什麼墓碑，眼前這塊墓碑是1987年1月重立的，離楊剛逝世已有30年之久。

　　陳摸最後還寫了這樣一段話：

　　凡是上了一點年紀、經歷過過去年代的人都會理解：為什麼逝世後該進革命幹部陵園而沒有進去；為什麼安葬時未能及時立一塊恰如其分的墓碑，而在重立碑石時還要刻上領導人的題詞。據說，楊剛生前「沒有受過任何責怪」，當然更談不到受什麼處分了。僅僅由於她逝世的特殊情況，本來應該順理成章的事情都成為不可能了，甚至連稱呼一聲「同志」也成為問題了。顯然，有了鄧穎超題詞的評語，楊剛的一生得到了充分的肯定，這不僅足以告慰她在天之靈，而且就有理由大書「楊剛同志之墓」。在不算短暫的三十年間，可說是經歷了一個不受處分而有處分的待遇，不稱平反而得平反之實的過程。但儘

管如此，這位忠誠的革命家還是被摒於革命公墓的陵園之外。

如果楊剛真死而有靈，讀陳撲這段感言將會怎樣想?!⑦

注釋 ━━━━━━━━━━━━━━

①《瞭望東方周刊》2013年第40期楊卓綺採訪整理。

②羅孚：《文苑繽紛》，中央編譯出版社，358頁

③王芝琛：《王芸生與大公報》，中國工人出版社，110頁

④吳永良：〈懷念幾位大公報的老友〉，《書屋》2003年3期

⑤⑥張實林：《各具生花筆一支──高集與高汾》，湖北人民出版社187頁。

⑦陳撲：〈楊剛與百姓同在〉，見《我與大公報》，復旦大學出版社，第3頁第5頁

徐鑄成與《大公報》

　　徐鑄成（1907～1991）是名副其實的報人，寶貴的一生中有60年都奉獻給了新聞事業。他先在《大公報》，是繼張季鸞後，由該報理監會通過任命的兩位總編之一（另一位是王芸生），顯係居舉足輕重的地位。後到《文匯報》，更達到事業的頂峰。近年有人著述《大公報》史而曲意迴避徐鑄成，然而無法磨滅他為《大公報》消磨的18年歲月，以及由此帶來的恩恩怨怨。

1

　　徐鑄成的新聞之才，最先是由胡政之這位伯樂的慧眼所識拔。當年（1927年）在北京師範大學讀書的徐鑄成，因家境清寒，進北京國聞通訊社兼抄寫員。國聞社其時兼為《大公報》北京記者站。徐鑄成有鑒於國聞社所發新聞缺少新聞味兒，而且當時北京已不是政治中心（國民政府設於南京），便向社長胡政之建議，應改變新聞採訪重點，憑藉北京是文化古城的優勢，關注各種文化活動。一個抄寫員的斗膽建議，竟為胡政之接受。旋即派他去河北定縣採訪晏陽初的平民教育活動，初試即告成功。一篇〈定縣平教會參觀記〉分兩天刊於《大公報》。胡政之還親自執筆配了社論。其時20歲的徐鑄成由此被聘為國聞社記者兼《大公報》記者。這是他從事報業的發軔。

　　兩年後（1929年），張季鸞再給徐鑄成施展才華的機會。這時

蔣（介石）閻（錫山）勾結聯合反馮（玉祥）。閻將馮玉祥軟禁於太原，處於塵封狀態。外界鮮知馮的行蹤。徐鑄成受張季鸞之派，獨闖太原。以獨特智慧居然見到馮，並在山西嚴密封鎖新聞的情況下，發出轟動一時的通訊〈晉祠訪馮記〉。徐鑄成說：「我跑政治新聞第一炮打響了。」

翌年（1930年），徐鑄成再到太原。其時內戰消息甚囂塵上，他奉命去看個究竟。從獨特的孔道意外獲知，閻已釋馮。馮已祕密離晉赴潼關，指揮西北軍反蔣。而此時蔣還做著聯馮反閻的夢。這是有關大局絕對機密的消息，雖不能發表也該讓編輯部知道。他再用獨特智慧，用隱語發出電報。張季鸞心領神會，發了「馮玉祥不見客」的「錄此存照」的消息。數日後內幕完全揭開，報界驚歎《大公報》的神通廣大。這一得意之作，一直深藏在徐鑄成的記憶中，近半個世紀後還能回憶出它的細節，一字不漏地記得所發電報。①此舉也就此奠定徐鑄成在《大公報》的地位。

1932年，徐鑄成被派到漢口，任特派記者兼《大公報》駐漢口辦事處主任。

漢口四年，徐鑄成不負眾望，在人地生疏的環境下，完成使命（打開發行局面，完成報導任務），而且還有兩件自以為得意的、50年後還殘留在記憶裡的採訪工作。那是1933年東北全境淪陷後，蔣介石把張學良當「替罪羊」迫他下野出洋的經過，徐鑄成首先報導成為獨家新聞。②

1936年1月，《大公報》進一步委徐鑄成以重任。從漢口調上海參加籌備該報上海版，本立足於北方的《大公報》到上海，與根底已深的南方報紙（如《申報》、《新聞報》）爭一日之短長，這難度可想而知。徐鑄成負責編二、三版要聞。有很長一段時間，要聞版由他決定截稿，最後一張大樣由他簽發。他還要兼寫《國聞週報》的「一

周大事述評」和「一周大事記」。他夙夜匪懈，勤勤懇懇工作。當時
《大公報》當局以上海為經營重心，胡政之、張季鸞兩巨頭遷到上海
（吳鼎昌已辭社長職，到南京做官），留王芸生在天津任編輯主任。
原一直由張、胡寫的社論，開始在津版由王芸生寫些時間性較強的社
論，其餘重要社論仍由張、胡執筆，以電報發天津。1937年起，張、
胡也開始讓徐鑄成試寫社論，經修改刊出，並以每篇稿酬20元作獎勵
——當時白米4元一石，給他以物質鼓勵。③

　　就在徐鑄成被胡、張兩首腦日益倚重之際，1937年「八一三」上
海抗戰發生了，三個月後上海淪陷。《大公報》雖在租界內，無奈租
界當局竟屈從日方要求，通知各華文報紙接受日本軍方的新聞檢查。
《大公報》不願接受，乃自動停刊。隨之而來在《大公報》尚有津、
漢兩館，滬館也頗有盈餘的情況下，社方把已在《大公報》工作10年
以上的徐鑄成遣散，棄之如敝屣，全不考慮這是有用之才。

　　事情來得意外，徐鑄成素無積蓄，一家六口嗷嗷待哺，寥寥遣散
費很快用光，幸得友人介紹任重慶《國民公報》駐滬記者，月薪微薄
勉強度日。

2

　　尚未山窮水盡，卻又柳暗花明。同鄉儲玉坤找上門來，即將問世
的《文匯報》（嚴寶禮發起創辦）請徐鑄成寫社論，逐日一篇，題
目與內容並可自定。英雄無用武之地、有甲冑生蟣之感的他，也就接
受了。

　　「不鳴則已，一鳴驚人」。畢竟10年科班，一旦脫穎即顯不凡。
徐鑄成為《文匯報》客串的幾篇社論，影響如此之大也驚動了尚在上
海的胡政之。放手用人是胡的可取處，不足處是他並不寬厚。徐鑄

成說他「對人要求太高太急，稍不如意，即失望、責難甚至棄如敝屣」。④

《文匯報》一紙風行，半年後銷數過10萬，徐鑄成三字也不脛而走。可痛惜的是敵偽以重金收買《文匯報》的洋經理克明，克明將《文匯報》出賣。徐鑄成與編輯部同人20余人寧為玉碎，全體退出該報，《文匯報》光榮停刊。《文匯報》首次從創刊到停刊僅1年餘（1938年2月～1939年5月），正如人們所說「像是一顆彗星掠過黑暗的天空。」

這邊《文匯報》剛停刊，胡政之的信就從香港到上海。希望徐鑄成速回《大公報》，任港版編輯部主任。

徐鑄成接手後，胡政之完全放手讓他挑大樑。不僅他自己寫的社論、短評寫好即可付排，而且別人寫的社論稿也統由他修改、潤色，各版的大小樣也歸他審閱。⑤倚托之重，由此可見。當然徐鑄成也不借此自重，而更加勤勉。從1939年7月到1941年12月，徐鑄成主持港版達兩年半，後由於太平洋戰爭爆發，香港陷落，《大公報》停刊。港版《大公報》停刊後，日本人提出條件可讓該報復刊，為徐鑄成所拒絕，接著返回內地，自廣州到桂林。

有經營遠見的胡政之，早在1941年初，即創刊《大公報》桂林版，以作港版停刊後的退步。徐鑄成初到桂林僅負責言論，後編輯主任蔣蔭恩另有他就。1942年2月，經《大公報》理監會討論通過，任命王芸生為重慶版總編輯，徐鑄成為桂林版總編輯。

桂林時期也可說是徐鑄成在《大公報》最輝煌的時期，事業達到頂峰。得胡政之的同意言論方針力主自由民主，政治上與渝版保持距離，一般不轉載渝版社論，保持獨立思考，社論除徐鑄成自己寫外，還請社外著名文化人如千家駒、張錫昌等人執筆。渝版女記者彭子岡的通訊在重慶發不出，桂版照發。徐的社論與子岡的通訊，成為桂版

的兩大特色。有人稱譽「他的社論真是賽過幾師雄兵,他的副刊成為真正人民的園地」。⑥當時桂版日銷達6萬餘份,等於桂林各報發行之總和。

無奈《大公報》桂林版的大限又到了。1944年日軍侵入湘桂,9月,桂林陷落前忍痛停刊。桂版職工分路撤往重慶。之後重慶館辦了個《大公晚報》安插他們。

在重慶的一年,徐鑄成自稱是「半凍結」的生活。雖《大公晚報》由他主編,也只主「編」而已,規定他不寫評論,連短評也不要。每天只忙碌兩三小時,看完大樣就完事。回宿舍埋頭讀書,免遭是非,惹人議論,就這樣也動輒得咎。有時標題尖銳些,副刊上登諷刺小品就引起當局不滿。桂林來的郭根編要聞版。有一天,郭寫的題目被改,他細細看看改得有些文不對題,又,「擅」自改了回來,這就被視為大逆不道。以後郭根被迫去了湘西主持某報編務,大似「隔山震虎」的做法。

他這樣尷尬的處境,幸而因抗戰勝利而改變。1945年8月10日傳來抗戰勝利的消息。未隔幾日,時在美國的胡政之就來電「指示」。由《大公報》董監會決定派徐鑄成和李子寬去上海籌備復刊上海版,任徐為總編輯,李為經理。榮膺新命的徐鑄成說「勝利」把他解放了,又可揮毫寫文章了。

3

榮受新命的徐鑄成,乘新聞界第一架復員去南方的飛機,以最快的時間到了上海。

克服重重困難(無館址無白報紙),徐鑄成利用種種關係終於使《大公報》在1945年11月1日在上海復刊。

　　《文匯報》早在9月初即復刊。復刊後的《文匯報》又請徐鑄成歸隊主持，他無法應命只答應兼為照看，其實一人，顧了《大公報》，哪還能顧得上《文匯報》，勉力而為之。

　　他堅持著在重慶時就定下的編輯方針，《大公報》上海版復刊後，以鮮明的態度反對內戰，爭取民主，呼籲堅持政協路線，言論和新聞都貫徹這立場。這就大受讀者歡迎。訂報者在發行所的櫃檯前排成長龍，這在大公報歷史上從未有過，發行數破10萬。

　　他主持上海版筆政以來，逐日自己寫社論，不再轉載重慶版的社論。接著1945年12月初，昆明發生大血案，軍警特務屠殺學生，消息來自一個特別渠道，徐鑄成不計利害毅然刊出，並配以憤怒的短評質問當局，成為轟動中外的「獨家新聞」。此外，徐鑄成還用其他一些手法，如小題大做、大題小做、皮裡陽秋、指桑罵槐，等等戰術，同反動勢力作鬥爭。顯然這些已超出大公報的傳統方針「小罵大幫忙」範疇，而且並非「大幫忙」，而是「大罵」與「不幫忙」了。

　　在官方方面也引起極大的反響。蔣介石南來巡視收復區，在上海小住。他看了《大公報》，大發雷霆拍桌大罵，一旁的張道藩進言：「上海版《大公報》的總編是徐鑄成。總裁是否要找他談談。」、「不，我回重慶去找胡政之算賬。」蔣這樣回答。原來此中有段交易。胡政之曾以復員與添購機器為藉口，向蔣申請到20萬美金的官價外匯。蔣的慨贈自然是要左右《大公報》的言論態度。

　　胡政之終於自己出馬干預。1946年2月，胡政之從美國回來。征塵甫卸即到上海找徐鑄成談話。胡面帶笑容對徐鑄成說：重慶方面，有你的朋友，也有芸生的的朋友，都說你有政治野心，一面拉著《文匯報》不放手；一面極力推著《大公報》向左轉。他們說這是你有政治企圖的證明。」徐氣憤地回答：「別人的風言風語我不管，胡先生對我有什麼看法？」胡遲疑一會說：「我對你自然是相信的，但覺得

你的言論態度太激烈些。要知道，我們有職工400多人（另一處指300多人－筆者），一旦把當局逼急了，把報館封了，幾百職工的生活問題如何解決？」徐說：「我諒當局不敢出此下策。再說，我主持上海版的言論態度，並沒有超出民間報的範圍。我來到上海，體會到這裡曾是淪陷區，廣大人民都對後方回來復刊的報紙作再認識的辨認。看哪一家是真民間報，哪家是假民間報？我們回滬復刊後，發行數迅速突破10萬。而《時事新報》也原是上海老報，復刊後門庭冷落，聽說銷數不過數千。此中消長難道不值得沉思嗎？」胡默然以應，最後說：「等芸生回來，我們一起研究研究。」此後，三月間王芸生到滬。徐即寫辭職函致胡政之。大意云：『《大公報》是你們三位（指吳、張、胡）艱辛所創，我無權冒險嘗試。《文匯報》是我一支筆「寫」出來的，如遭不測，則我成我毀，於心亦安。請放手讓我去試試……。」信到後，胡派李子寬來懇切挽留，無果，又請徐到胡府懇談3小時，徐去意已堅，難以動搖。徐鑄成終於離開了經之營之18年的《大公報》。⑦

4

　　徐鑄成走了，也許對《大公報》未見有多大影響，他進了《文匯報》卻起了立竿見影的效應。是年5月1日，《文匯報》改組以嶄新面貌出現，好評如潮，銷數扶搖直上，「成為上海最鮮明的進步標幟」

　　此後，徐鑄成人雖在《文匯報》，但對《大公報》仍然繫念。他曾說：我於1927年秋季參加大公報，先後工作了18年，直至1946年4月，才辭職轉回文匯報。大公報是培育我從事新聞工作的搖籃，對這個「老家」，我有著濃厚的感情。⑧

　　徐鑄成在垂暮之年，仍牽記著《大公報》。回顧過去《大公報》

的工作，總結該報許多優秀經驗，傳之後人。

是些什麼經驗呢？他曾概括如下幾點：

1、重視發掘人才，不用人唯親。胡政之、張季鸞兩先生經常從報刊中發現人才，約請其參加工作。吳鼎昌雖擔任社長職務，但從不推薦親友，一切尊重胡、張兩先生的職權。許多名記者、名編輯都是由張、胡兩位識別並約請入社的。

2、在培養人才方面，除經常由張、胡的指點、教導外，經常採用一種內外互調辦法，先在本市或北平擔任一個時期採訪工作後，認為可以培養的，調到報社擔任一般編輯工作。再經過一個時期，又外放赴各地擔任特派記者，如有發展前途，再調回報館任要聞編輯或編輯主任，並學寫社評。這樣，當記者時，更明白什麼是新聞，如何採訪。當了記者再當編輯，就能體會採訪工作的甘苦，應如何重視新聞稿件，細心加以「打扮」。

3、在提拔幹部時，大膽嘗試，不「論資排輩」，以我親身的經歷為例，我1927年初參加時，是當練習記者，月薪才30元。到1931年，只隔三年，即被派往漢口任特派記者兼辦事處主任，月薪150元，另加車馬費50元。

另外，對資歷較深、曾有貢獻的同仁均妥為安排。如將許萱伯、曹谷冰、李子寬、金誠夫諸先生調至經理部擔任經理或副經理，以便讓出位置，讓王芸生及我等主持編輯、言論工作，各得其所。

他還說：當然，現在時代不同，這些經驗，未必可以引用，但其發現、培養、大膽使用和提拔人才的精神，我認為是可以借鑒的。

這些話是他在1987年所說，可見他已藏之心中極久。⑨

5

　　1947年5月25日，上海《文匯》、《新民》、《聯合》三報同被查封。理由自然是「欲加之罪」。當日《大公報》只以三號的字標題，平平淡淡地刊出「文匯等三報奉令停刊的消息」。還是主持《觀察》的儲安平說得好，「大公報的編輯先生大概對於電影明星及歌唱明星都是非常發生興趣的」，「在一個城市中同一天封了三家報紙這樣一個消息，其重要性還不如一個電影明星的私人軼事」。

　　後來，《大公報》還是說話了。刊出一個短評，題為〈請保障正當輿論〉。徐鑄成加注：「聽說是該報總編某君親自執筆的。」短評大意說：「三家報紙已被封閉了，今後希望政府切實保障正當輿論……」對這，徐鑄成說：「這是一支冷箭，射向手腳已被縛住的對手，很明顯，它是影射這三家報紙是不正當的輿論。明白說，是為匪張目的報紙。」接著更是義憤填膺：「這是《大公報》歷史上罕見的卑鄙評論，我看了真是又傷心。又痛心。」

　　當時起而仗義執言的第一家是外人辦的《密勒氏評論報》。該報說「中國今天只有兩張真正的民間報，一張是中間偏左的《文匯報》；一張是中間偏右的《大公報》。應該彼此扶持、支援，而不應冷眼旁觀，更不應該投井下石！」

　　近67年過去了，徐鑄成先生也仙逝二十餘年了，張、胡、王時期的《大公報》業已消亡。它的歷史地位卻不會磨滅。報人前輩的恩怨已隨時間消逝。無論述史與論人都應尊重歷史還歷史真實，如果有人背離歷史再陷到前輩的恩怨中未免遺憾。

注釋 ──────────

①徐鑄成：《舊聞雜憶》，瀋陽，遼寧教育出版社，2000
②④徐鑄成：《報海舊聞》，上海，上海人民出版社，1981
③徐鑄成：《徐鑄成新聞評論選》，武漢，武漢大學出版社，1985
⑤⑥⑦徐鑄成：《徐鑄成回憶錄》，北京，生活·讀書·新知三聯書店，1998
⑧⑨徐鑄成：《對大公報的幾點個人看法》，見自周雨編《大公報人憶舊》

輯二

「故人入我夢，明我長相憶」
——追憶報人謝蔚明

1

　　歲月無情，這些年時光捲走了我所心儀與欽敬的一個個故人與前輩。這中間就有四年前離世的謝蔚明先生。

　　蔚老（謝蔚明）是2008年，大雪紛飛的1月底仙逝的。滬（上海）寧（南京）之間雖僅兩小時車程，我得知這消息已是當年3月下旬了。聽說《文匯報》曾發過消息，可偏偏沒有看到。更使我遺憾與悵惘的是2007年年末我曾在上海，來去匆匆沒有時間看望他，原以為他身體硬朗，本待再次去滬時拜謁，誰知這一疏忽竟生死殊途了呢。這也使我由此悟到：耄耋老人的時光真是一刻千金，不應稍有耽誤，不然就人天之隔、徒呼遺憾了。

　　春秋遞嬗，人事代謝，自然規律難以抗拒。蔚老是享遐齡（九十二歲）無疾而終的，本該為他得到永久休息而慶，然而想到他坎坷磨難超乎常人的一生經歷，不免臨風嗟悼。四年了，依然不能忘懷。為此濡筆成文，略敘他平生風儀，以作紀念。

2

　　謝蔚明，原名謝未泯，是皖籍，安徽樅陽陳瑤湖水圩人。1917年生於貧困農家。曾讀私塾，後因14歲喪母，家中無錢再讀，只好輟

學。去大通復興布店當學徒。稍有閒暇就喜讀《申報》、《新聞日報》當時的兩大報紙。特別是副刊。讀著一些文章，暗尋思自己也可寫得。不免手癢也就一試，果然命中。這也許是他的新聞天賦。不過他最初選擇的人生道路，卻是從軍。於是投考了黃埔軍校16期。畢業時，學科術科均優秀。分發在桂永清的教導總隊，任排級軍官。拱衛中央國民政府（南京）。

1937年，抗戰爆發。「八一三」戰火燃燒到上海。當時中樞期聚精銳一戰而勝，全部德式配備的桂永清部教導總隊調到上海，與87師、88師等精銳之旅並肩作戰。無奈日寇雖正面不能撼動我軍，日本援兵卻從側後金山衛登陸。在重圍中我軍大潰。桂永清部退守南京，保衛首都，期與首都共存亡。接著日寇圍南京，唐生智領命死守南京，信誓旦旦要與南京共存亡。其中就有桂永清部，負責守太平門至中山門一線。

詎料唐生智的誓言不過經旬，唐率先逃出南京。悲壯的南京大屠殺慘案就發生了。指揮中心一撤，守城各部群龍無首，各自潰散。謝蔚明的首次生死劫於此開始。

12月12日晚，桂部得到撤退令後，全城已陷入大混亂。謝蔚明帶領幾個士兵向挹江門而來，企圖出城從江邊碼頭撤往浦口。誰知守挹江門的宋希濂36師，仍未奉撤退令，不准出城。於是折回太平門，用繩索縋城而下，隨潰兵人流向江邊跑去。途中幾個同夥，遭敵機槍掃射先後死去。到達江邊時，潰兵擁塞，萬頭攢動，苦無渡江工具。謝等數人找到幾塊木板綁成木筏，放流大江，向北劃去。江中都是浮屍，血染長江，都是被敵人殺害的我軍民。這時天色已晚，茫茫一片，僅靠江水反光，行進中，又遭遇敵艦，機槍一陣狂掃，木筏上士兵紛紛落水，謝落入江中，水寒徹骨，好在他懂水性，向北洄渡。將到岸，敵人用探照燈強光搜索，密集機槍封鎖。幸好正有艘停泊岸邊

的小船,他躲在船下,浸泡在凜冽江水中。天光破曉,爬上岸去方知這是八卦洲。在洲上潛伏三日後,終於等到一艘去上游的船,到了武漢。

這段九死一生的傳奇經歷,是謝蔚老在上海寓所的小會客室向我口述。

此後,鋒鏑餘生的謝蔚明,1940年輾轉來到重慶,適奉中央訓練團新聞研究班招生,應試被錄取。大約授業時間不長,結業後先任青年通訊社特派記者,又調任重慶《掃蕩報》戰地特派員。

再此後又轉戰到湖北前線去。先後在九戰區的湖北恩施,擔任《武漢日報》的採訪部主任,又調出到新辦的《新湖北日報》鄂中版任分社主任。這一階段「戎馬關山」轉戰槍林彈雨中,筆掃頑敵,一展平生抱負,也曾完成幾次極有意義的採訪。一次是訪問九戰區的長官司令。是陳誠,還是薛岳?他曾同我談過,可惜給我遺忘。還有在皖南事變後(1941年1月,皖南新四軍北撤途中,遭中央軍以違抗移防令為由,伏擊偷襲,軍長葉挺被俘,政委項英被害)。被俘的葉挺及家屬一度囚禁在恩施城西後山灣154號。他曾多次去看望。與葉挺暢談,寫成多篇通訊。也許由此影響,使他傾向中共後為新中國獻身。

1945年迎來抗戰勝利,謝蔚明脫離《新湖北日報》到中央社武漢分社任採訪組長。未多久,他最初任職的《和平日報》(原稱《掃蕩報》軍方報)請他重回,任命為採訪部副主任兼《每日晚報》採訪部主任。這就到南京了。這階段也有多次出色的採訪。如親自看到日軍戰犯的審判,特別是南京大屠殺的兇手之一的要犯谷壽夫公審與在雨花臺的搶決。這些場面,他曾有聲有色、神情並茂給我講述,至今依稀尚能記憶。

3

　　最早對蔚老的聞名與識面，那是抗戰勝利後的翌年。我初登報壇不久，奉報社命到京城（南京）採訪。人地兩疏，自然要拜謁京中各大報的前輩。經《和平日報》陳兄之介，曾與蔚老有一面之雅。當年蔚老風華正茂，著一身美軍戎裝，一口皖籍口音，僅稍事寒暄。當時他似是駐外地記者到京述職，自然極忙無法和我多談。《和平日報》是軍方報（原為《掃蕩報》），而我也不免有戒心不願多談。其實是自己的幼稚，當年蔚老卻是「白皮紅心」，借軍方報之便，為進步的民間報《文匯報》提供有價值的甚至是獨家的軍事要聞。

　　關於謝蔚明的「白皮紅心」，筆者在撰著《報人風骨──徐鑄成傳》①的過程中曾有引用。是他自述怎樣初識《文匯報》總編徐鑄成：

　　我認識徐老是1947年6月初的一個夜晚。《大公報》駐南京記者高汾、高集夫婦上了特務黑名單，高集躲進黃苗子家，高汾由我護送到上海親戚家避難，在下關車站登上了京（寧）滬特快列車一節車廂。生火待發的列車，上來最後一批旅客，其中三人走進了我那節車廂，我認識的一位是《新民報》經理鄧季惺，當即寒暄了一番。正要給我介紹同行的兩位，被前來驗票的岔開了，和鄧先生同行的一位出示的車票，卻對不上日期，車票作廢。……情急之中，他就自報家門，說他是《文匯報》總主筆，這次是在中宣部邀請來南京商談報紙復刊問題的。我聽到徐鑄成的大名，心儀已久，不覺為之一震。……他拿的不是當天的車票，我又愛莫能助，真不知如何是好。正在這時，列車長跨進車廂，說是還有幾張餘票，但因有要臥鋪票的人多，要用抽籤辦法分配。徐鑄成手運好中了籤。列車長說還要出示身分證

才能給車票，徐拿不出證件，列車長說，旅客中有人擔保也行。我一聽，立刻挺身上前，出示官方報紙記者證，憲兵接過一看，點頭認可，這才沒讓徐鑄成趕這下趟列車。②

另據徐鑄成在他的回憶錄中說到，1946年7月發生的雲南昆明李公樸、聞一多被暗殺案，當時昆明全面封鎖，外界毫無所知，乘軍用飛機跑出，冒險把這驚人消息，送給《文匯報》首先獨家發表的，徐鑄成曾疑是謝蔚明。

當年《文匯報》駐南京的特派記者鄭永欣更是直接說明謝蔚明是該報的「地下特約記者」：

身任《和平日報》駐徐州戰地記者的謝蔚明，自1947年4月22日至《文匯報》被封的一個月中，曾祕密為《文匯報》提供過不少有價值的戰訊。當時為了保密，鑄成先生和編輯部也不明底蘊。……謝蔚明同志從前線直接與我每晚電話聯繫，提供當天戰訊，我轉發上海。時間雖短，卻發了不少獨家新聞，如〈共軍佔領泰安〉、〈徐州郊外焚毀四座軍火庫〉、〈陳誠多次前往徐州、兗州督戰〉等消息，都是國民黨報紙掩蓋猶恐不及而《文匯報》見於報端的大事。謝蔚明這個月的「地下勞動」未得到文匯報任何報酬，連為數不少的長途電話費，也是渾水摸魚由《和平日報》代付了。③

鄭永欣是中共黨員，他此說自然有據。由此可證謝在「反蔣的第二條戰線」上有功的，所以後來進了《文匯報》，誰知後來竟會是幾乎是死地的噩運呢？

4

1949年後，人際關係愈簡愈好，何況各人求生不遑，不管舊友新交都少往來。我只是在《文匯報》上常見蔚老的名字，知道他在該

報北京辦事處任記者。這本是他自然的結果。因為他早已暗地為該報服務了。當時的《文匯報》卻也複雜多變。一度因《文匯報》不適新體制曾改為《教師報》。原報停刊五個月，又因要貫徹「雙百方針」（百花齊放，百家爭鳴）第三次復刊遷回上海，設駐京辦事處，由女將浦熙修（彭德懷夫人浦安修二姐）主編。浦是名記，早就蜚聲報壇。接命後，徐與浦覓房舍聘人員，謝蔚明首聘入閣。報紙復刊問世後，謝全力以赴，訪名家，增稿源，京滬兩地都搞得花團錦簇有聲有色。由此毛澤東見徐鑄成時，握其手云：「你們的《文匯報》辦得好，琴棋書畫、梅蘭竹菊、花鳥蟲魚，應有盡有，真是辦得好！」可言猶在耳，風雲突變，毛親自寫的〈《文匯報》的資產階級方向應當批判〉檄文發表了，字字雷霆萬鈞指出：「嚴重的是《文匯報》編輯部。這個編輯部是該報鬧資產階級方向期間掛帥的，包袱沉重不易解脫。帥上有帥，⋯⋯說是章羅聯盟中的羅隆基。兩帥之間還有一帥，就是《文匯報》駐京辦事處負責人浦熙修，是一位能幹的女將。人們說，羅隆基─浦熙修─《文匯報》編輯部，就是《文匯報》的這樣一個民盟右派系統。」

這此後，女將落馬，全軍覆沒，《文匯報》「北京辦」的10名記者中，定為右派就有7人，中有4人被判刑或勞動教養，其中有重判兩人，楊重野判刑15年，在遼寧勞動農場改造，謝蔚明判刑10年，梅朵在清河勞改，後流放山西，劉光華在北疆農場改造，當了個牧馬人，一次工傷造成粉碎性骨折。浦熙修雖沒有判刑，但大會小會批鬥，極難過關，心情抑鬱，1970年死於肺癌。

謝蔚明判10年重刑，發配在北大荒農場勞改，不久染上肺病瀕於將死狀態而居然能不死。倖存後有一次駕馬車運糧至外地，歸途中天已昏黑，遭群狼攻擊，呼救無人，急中生智，拿出打火機，啪地一聲，火光一閃，群狼逃竄，謝蔚明又絕處逢生。這樣終於待到1979年

改正並生還。有人戲稱他是「絕塞生還」的吳季子（吳兆騫，因科場案充軍流放至寧古塔，後由好友顧貞觀力救而生還。顧貞觀詞〈金縷曲，季子平安否？〉即寫此事）。這些都是我事後聽聞的。

「二十餘年成一夢，此身雖在堪驚。」謝蔚明右派改正歸來，去時青春年少回來已是兩鬢染霜。老龍回舊窩，重回《文匯報》。徐鑄成早已退出領導，似乎當時是馬達執掌。當時（1980）決定辦一個大型文藝性綜合雜誌，名曰《文匯月刊》就由謝蔚明主持。他雖已是七十衰翁，依然雄心勃勃。風塵僕僕，奔波於京滬及各大城市。走訪各個文化名人與著名作家，拜識與組稿，如周作人、郭沫若、茅盾、葉聖陶、巴金、夏衍、唐弢、丁玲、梅蘭芳、黃永玉、梁思成、吳祖光、艾青、蕭乾、姚雪垠、公劉、王蒙、邵燕祥、舒蕪、馮亦代、蘇青等。其中有些還多次往還，並萌生特殊友誼。有如此廣泛臻於上乘的作家寫稿，刊物自然為讀者所歡迎。發行數一下竄至10萬，以後一直維持這個數字而不變，直到1990年6月被迫停刊。至今我還記得《文匯月刊》約96頁，每期封面都是名人的照片。如停刊號就是一幅穿黑色大衣、神情凝重的柯靈像，背後是紛紛揚揚鋪滿於地的黃葉，「無邊落木蕭蕭下」，象徵肅殺淒涼之秋。封底是名人字畫。內容則有報告文學、小說、傳記、散文、隨筆、書評、音樂欣賞等等，品種齊全，無美不備。待到突然停刊，他已辦了10年，「維民勞止，迄可小休」，大概就在此時離休了！

5

1949年後，我又面聆蔚老謦欬那是上世紀的九十年代。

1993年，拙著《曹聚仁傳》在南京大學出版社出版後，得到社會好評。為此出版社計畫出一套文化名人叢書，我提了徐鑄成、趙超

構、浦熙修三位名報人，叢書顧問擬請柯靈先生擔綱。出版社把組稿和聘請顧問的任務交給我。上海之行，首途柯府。見到柯老說明來意。蒙柯老俞允。說起徐鑄成、趙超構、浦熙修三傳作者人選。柯老推薦了謝蔚明先生並說：「謝先生古道熱腸，一定能為您解難。」

上海國定路謝府看到謝老，距初識已半個世紀。真是滄桑巨變，當年英俊挺拔的謝老，如今已入衰邁之年，但仍精神煥發，思路清晰，竟能想起那次短暫相見。話入正題。他極其爽快地一口應承我的請托。除他自己撰寫《徐鑄成傳》外，《趙超構傳》請張林嵐，浦傳由浦熙修女兒袁冬林執筆。那天蔚老又殷勤留飯。原來蔚老非常健談，飯後在那小會客室裡，談起他這些年的坎坷與劫後重生，不禁使我唏噓。那天他還給我看了他的好友楊憲益的贈詩與畫家黃永玉給他的一封幽默又情趣盎然的信，並有贈畫。楊憲益的詩云：「早期比翼赴幽冥，不料中途失健翎。結髮糟糠貧賤慣，陷身囹圄生死輕。青春作伴多成鬼，白首同歸我是卿。天若有情天亦老，從來銀漢隔雙星。」臨別時他堅持要親送我到公交車站，看到我上車後才回。

此後多年中，我和謝老時有書信往返，他的大著《歲月的風鈴》、《雜七雜八集》等出版，必以遒勁的書法寫上「存正」而贈我。他讀過我的文章，有不盡善處，也常寫信和我商榷。我曾著文寫蔣氏父子與曹聚仁會見，他說「上海有些朋友認為絕不可能」，「如將來輯集成書，以略去為好」（七月二十日函）。雖然我認為這意見仍可商榷，但他的善意可感。

我每次去滬都去看他。在那四壁皆書又兼臥室的房裡，一談數小時，他神色不倦。在一次交談中，方知他和上海「孤島」時期崛起的與張愛玲齊名的女作家蘇青有親屬關係。他和蘇青的三女李崇美有婚史。在國內是他第一個撰文介紹蘇青的淒涼晚景與身後蕭條，此後國內文壇才重新提起她。謝老和李崇美年齡相距甚大，當李崇美要去

美國投奔親叔時,已懷有謝老的身孕,提出要把孩子打掉,儘管謝老並無兒子,為李崇美前途計,謝老不僅同意,還代她撫養與前夫所生男孩並給他讀書達數年。李崇美去美國後,就沒有再回來。他這種為人著想,為人解難的精神使人崇敬。當我撰《蘇青傳》時他又給我幫助,並把李崇美的照片給我,可惜出書時未用上。

後來終因他年邁《徐鑄成傳》未能完成,另兩本也因故流產,他一再表示歉意。其實致歉的該是我,因那家出版社已改變主意,經我再三解釋他才釋然。他對事的認真於此可見。

還有,這些年我和蔚老的過從,每當談起1957年的受難,他都說事已過去再提也無益,只是在有生之年能為國家多作貢獻,心願足矣。

這不正是蔚老自己所說是真正的中國牌知識份子嗎?

2012.4.4於南京

注釋 ————————

① 《報人風骨——徐鑄成傳》,李偉著,廣西師大出版社,159頁
② 謝蔚明《歲月的風鈴》,天津教育出版社1993版,第131頁
③ 文匯報報史研究室編《從風雨中走來》第175頁

他是一個大寫的人！
——漫說柯靈

　　筆者生平耽讀之書，古籍類是《史記》，還有《聊齋》，近人之作就是柯靈的散文。這些書常備於案頭或床榻，百讀而不厭。前些日子又翻讀柯靈先生的散文集，猛然想起柯老已經離開我們整整十四年。

　　柯老是2000年6月19日晚在上海華東醫院病逝的。這年他九十一歲。

　　我生平最心儀崇敬的前輩，柯老是其中之一。他那九十一年的生命史，是一篇篇璀璨奪目的華章，他不愧是人生與藝術的崇高典範，他是一個大寫的人！

　　柯靈先生的同事——女記者姚芳藻，曾寫了一段頗中肯綮的話：

　　「在我國作家群中，像他這樣依靠自學，成為當代散文人家，而且散文、雜文、小說詩歌、電影、戲劇、文藝理論、新聞編輯無所不能，都蔚然成家的能有幾人？像他這樣把自己的命運與時代脈搏緊緊交織在一起，為國家興亡，為民主自由；不管個人安危，仗義執言，遭盡苦難，歷經坎坷的又能有幾人？」

　　這高度概括了柯靈先生的一生成就，也是廣大讀者對柯老的共同評價。

　　1993年，筆者曾訪柯老於上海寓所，親聆先生謦欬，以後又一直保持著書信往來。歷時愈久，緬懷憶念愈深。

貧寒子弟少年才子

柯靈，原名高季琳，1909年出生於浙江紹興斗門鎮。

柯靈出身貧寒，自幼過繼給叔父。叔父在潼關幕府裡供職，新婚月餘就過世了。柯靈的生父，要未亡人為死者守節，就將自己的兒子過繼，於是嬸娘成了母親。柯靈由她撫養成長。

柯靈的童年是寂寞的，在陰森的古宅裡，母子倆相依為命。因為家中貧困，他讀到小學畢業，就沒有繼續升學。在他日後譽滿文壇時，他說自己的學歷略高於文盲一檔，自稱是「白首學徒」。

柯靈曾說過，我「在理該繼續求學的年齡，卻被迫好為人師當了小學教員」。1924年他在朱儲小學當老師，1928年在陶堰潯陽小學當了校長。他的勤奮和出色的教學方法，得到了縣教育局督學田錫安的賞識。

在回憶童年時，柯靈曾這樣說：「我是少年的失學者，今天能靠一支筆生活，而且不僅生活，並且自以為用筆做了一點多少有益於人的工作，追究因緣，應當感謝那些書本。」他看了不少舊小說，接著看報，還把報紙副刊上愛讀的文章細磨細琢地抄下來，後來自己也學著寫作。

〈斗門提燈會記〉是柯靈的處女作。1924年，斗門鎮上群眾提燈遊行。游龍般的燈火給了他靈感，他用文言寫了篇記敘文，發表在《越鐸日報》上。自己的文章變成印刷品在報上登出來，真使他如癡如醉，飄飄欲仙了一段日子。

初試的成功，給了少年柯靈以勇氣，他繼續向《越鐸日報》投稿，不久還轉向上海的《兒童世界》、《少年雜誌》。少年才子的名聲在鄉里漸漸傳開。

初學編報一度受挫

　　一個意外的機遇出現在柯靈面前。

　　他小學時的一位老師，曾在上海短期工作過。1930年春節剛過，這位老師突發奇想，決定在上海辦張《時事週刊》，慧眼識英雄，他選中柯靈做助手。一張小開本的《時事週刊》在上海創辦，剪輯、編寫、校對全由柯靈負責。在實踐中他逐步學會新聞編輯技術。由於銷路不佳，《時事週刊》出了五六期就壽終正寢了。

　　這位老師並沒有因此偃旗息鼓，又辦起一張娛樂性的小報，仍由柯靈編、寫、校。結果和那份《時事週刊》同命運，辦了四五期也告停刊。

　　正當柯靈在上海山窮水盡，進退失據時，忽然柳暗花明又出一景。一天，他接到發自紹興的一封信。發信人就是柯靈當小學教員時賞識他的縣督學田錫安。田錫安是位富有理想的教育家，他要辦張《兒童時報》，函召柯靈速回紹興。對這份新工作，柯靈非常滿意，「我在他的指導下愉快地工作，還有相當不差的工資待遇」。

　　《兒童時報》1930年夏天創刊。四開，三日刊。編、寫、譯（文言新聞改成白話）、校對，柯靈身兼數職。他初出茅廬，辦報還缺乏經驗，從內容到形式都因陋就簡，但外界對這張報紙的評論並不差。

　　畢竟柯靈年輕，在繁重的編輯工作之餘，還有餘力寫文章投寄浙江省一級的《民國日報》副刊。前些年新出版的《柯靈六十年文選》、《柯靈七十年文選》收有一組柯靈早期散文《龍山雜記》（1－6），就寫於這時。雖是初作與試筆，但每一篇都寫得極其認真，文筆雋永，不管寫景抒情，記事懷人，語發內心，絕無敷衍應景之作。正如他日後所說，字字行行，猶如屐齒印蒼苔，都是他生命的留痕。

1931年「九一八」事變後，田錫安調任杭州市教育局督學，《兒童時報》也移到杭州。柯靈愛國心切，筆更閒不住，除了在《兒童時報》鼓吹反對侵略，還向外投稿，有詩、散文、短篇小說。其中有一篇小說，寄給上海的《小朋友》雜誌，該刊很快用副刊發表，在當時這是破例的。

柯靈像著迷一樣投稿，引起田錫安的不滿。田暗地裡找人準備接替柯靈時，被柯靈察覺。他傷心極了，也憤怒極了，終於決定辭職。

冒著失業的威脅，柯靈離開杭州到上海另謀生路。

峰迴路轉進電影圈

1931年深秋的一天，寒冬將近，天色陰晦，柯靈懷著一顆空落的心到了上海。幸而人間畢竟還有溫暖所在，上海的一位朋友同情他的遭遇，也代他鳴不平。這位朋友給他找到一份工作，他踏進了電影圈。進了天一電影公司宣傳科。

生活無意中把柯靈推到一個新的轉捩點。

柯靈曾這樣說：「我生平有一件銘記不忘的事，是我開始接觸新文藝時，有幸讀了魯迅先生的作品，由此看到了一顆高尚的，戰鬥的心靈，開始懂得人世的愛憎。後來到上海，進了電影界，正是左翼文化運動勃興的時候，不久又近在身邊，碰上了黨的『電影小組』的成立，這就使我在雲橫霧塞中看到了對岸的青山。」

中國電影的發展原來是雜亂無序的，五四新文化運動的浪潮曾席捲整個意識形態領域，只有電影是個死角。1931年社會危機和民族危機空前嚴重，電影業面臨崩潰，左聯成立「電影組」給中國電影開闢了一個新時代。當時上海有十多家電影公司，但出片較多的只有「明星」、「聯華」、「天一」三家，而明星公司居首位。這時夏衍、阿

英、鄭伯奇三人受聘為明星公司的編劇顧問，建立了左翼電影運動的據點。就在這樣的時刻，柯靈進人「天一」公司，這使柯靈一開始就接觸到進步電影又有機會接觸到黨內同志。1932年，由夏衍等同志的推薦，柯靈和沈西苓、司徒慧敏一起從「天一」轉到「明星」。

在明星公司，柯靈負責主編《明星半月刊》，這是明星公司的對外宣傳品，替自己的影片作宣傳。柯靈提出「不使讀者花錢買純粹的宣傳品，努力使讀者讀到一點有益的文字」。比如他在刊物上發表千字以內的雜文，鋒芒所及，政治現象，社會風氣，藝術問題無所不談，無所不評。刊物頗受讀者歡迎，實銷兩萬五千冊，在當年這是一般期刊發行量很難達到的數字。

柯靈的進步傾向，遭到明星公司老闆張石川的不滿。1936年春節前後，兩人終於爆發劇烈的爭吵。耿介剛直的柯靈，一怒之下，轉身猛然碰上辦公室的大門，就此不告而別，到《大晚報》去當特寫記者。半年以後。「明星」實行革新，「明星」三巨頭之一周劍雲出來調解，邀請柯靈重回「明星」在新建的二廠當廠務秘書。到1937年春節，柯靈終於離開「明星」，轉到了「聯華」。

從1931年到1937年，在六年多時間裡，柯靈遊歷了當時上海電影圈的三大公司（明星、聯華、天一），結識了蔡楚生、佐臨和趙丹、白楊等名導演與名演員。自然他也掌握了電影這項新的藝術，日後他改編和創作了如《海誓》、《腐蝕》、《不夜城》等膾炙人口的電影劇本。

始進《文匯報》以筆作武器

1937年「八一三」上海抗戰開始三大電影公司毀滅在戰火中。柯靈進入以筆鬥爭的新階段。他以如椽之筆作為刀，作為矛，作為炮

彈，為祖國的生存而奮鬥。

11月間中國軍隊撤退，上海淪為「孤島」1938年1月25日，《文匯報》打著「洋商」的招牌，高舉抗戰旗幟，崛起於孤島中。

《文匯報》創刊二周餘，柯靈即進該報。初期任總編的儲玉坤說：「聘請柯靈主編副刊，同史量才請黎烈文主編《自由談》一樣，對報紙的進步和發展，有著極為重要的作用。」

柯靈進《文匯報》這天，正好報紙遭到意外。2月10日下午6時，《文匯報》突遭暴徒投彈襲擊，發行部職員一死二傷。

翌日（2月11日），柯靈主編的文藝副刊《世紀風》創刊。第一期就開始連載史沫特萊的長篇報告文學〈中國紅軍行進〉，這對抗日軍隊中無產階級革命力量，無疑是一個有力的鼓舞。面對敵人的兇殘暴行，柯靈義無反顧地寫了篇雜文〈暴力的背後〉，發在兩天後的《世紀風》上。文章說：「炸彈可以使奴才屈膝，但不能使真理低首。」又說：「暴力的施行，在被壓迫者是反抗，在統治者卻往往是權力失敗後的最後一著棋。」

在柯靈的主待下，《世紀風》成為孤島上海的一座文學堡壘，團結了進步的作家們，共同對敵人進行鬥爭，直到1939年5月18日報紙被勒令停刊。

《文匯報》被迫停刊後，柯靈並沒有放下手中筆繼續以雜文為武器，這一階段寫了百餘篇雜文。這些戰鬥的作品，後來分別收於《市樓獨唱》、《橫眉集》、《邊鼓集》等雜文集中。

1943年夏季，珍珠港事件過去一年多了，上海已整個成為淪陷區，所有進步的抗日報刊已全停辦。柯靈受聘接編商業性雜誌《萬象》。儘管是這樣的雜誌，他仍苦心孤詣辦得有益於讀者。他把刊物辦得有很濃的文學色彩。後來崛起於上海文壇的女作家張愛玲就有多篇小說由《萬象》發表。傅雷那篇〈論張愛玲的小說〉的評論，也是

交柯靈在《萬象》上發表的。傅雷高度評價張愛玲藝術技巧的成就，肯定《金鎖記》是個我們文壇最美的收穫之一」。這對張愛玲日後成名有極大影響。

兩度遭日寇逮捕受酷刑堅貞不屈

許多朋友都到西南大後方去，柯靈依然戰鬥在上海。漫漫長夜，何時達旦，日子過得很艱難。柯靈說：「流落在淪陷區，一面要解決饑寒，一面要維持清白。」儘管條件惡劣，他不改初衷。

敵人的魔爪終於伸向他。

1944年夏天，貝當路的日本滬南憲兵隊把他抓去，關了七天，一無所獲後又不得不釋放了他。

敵人並沒有放過他。1945年6月16日，柯靈在家剛吃罷晚飯，忽然有兩個日本憲兵闖上門來，不問情由，把他抓起就走，來者仍然是以兇殘著名的貝當路憲兵隊，他知道此去恐難生還。

一進憲兵隊，即關進「取調室」（取證調查），日寇逼他招供與共產黨關係。他當然無可招認，敵人就用刑，當晚上了三次老虎凳，三收而三放。他咬緊牙關默默喊著母親，連著幾天受刑，上老虎凳以外，還要灌水，鞭打，雙腿受傷尤重，自忖可能成殘廢。

入獄第五天，由敵憲萩原行刑，他倒地不起。萩原手拿一本書，頻頻問他是受誰的指使而寫抗日文章的。這本書是柯靈的雜文集《市樓獨唱》，說明他的戰鬥性雜文刺痛了敵人。柯靈憤然回答：「你是日本人，你愛日本；我是中國人，我愛中國。書既然給你們抄到了，書裡比我說得更清楚，你不要再問我了，你打死了我，也就是這兩句話。」敵人無法可想，把他送回牢房。以後四天，柯靈全身痛楚如攣割。幸敵人沒有再來提訊。經過外界營救，第九天敵人釋放了他。

出獄後，柯靈在原《文匯報》總經理嚴寶禮照顧下，在上海養傷月餘，再由嚴寶禮親自護送他離開上海，越過敵人戒備森嚴的封鎖線，安全到達安徽屯溪（國統區）。另有一說是，柯靈和佐臨結伴，艱難地逃到杭州，準備奔赴內地。

寫至此，筆者插敘幾句。臺灣有位作家劉心皇寫了本《抗戰時期淪陷區文學史》，其中雖有不少有用的材料，但竟因柯靈先生編過《萬象》，就指為「落水文人」。「落水文人」會兩次被敵人囚禁、用刑，九死一生？劉心皇不是無知就是故意抹煞事實。筆者就此事寫了封信給柯靈先生，頗有些義憤。柯先生卻是大海一樣胸襟，回信說，對此並不介意，好在事實俱在，不因個人好惡而改變云云。

一報一刊呼應作戰早有警惕逃出羅網

挨過八年漫漫長夜，柯靈終於迎來抗戰的勝利。

1945年9月6日《文匯報》在上海復刊。柯靈重回《文匯報》。革新版面後，柯靈不再擔任《世紀風》主編，新增專刊《讀者的話》由柯靈主持。

柯靈自己說：「創辦《讀者的話》，不但是我編輯生涯中難得的愉快經驗，我在其中身受群眾的教育那種如魚得水的境界，也是終身難忘的。」

《讀者的話》在刊頭上標著四句話：「有話大家來說，有事大家商量，不論男女老少，人人可以投稿。」有了這樣的專版，讀者和報紙心心相印，息息相通。一封封讀者來信，上至國家大事，下至個人疾苦都向編者傾訴，柯靈總是盡力解決。這有很多生動實例：1946年，河南開封一位十八歲的高二學生，因向報刊投稿，觸怒當時當地的統治者，被學校除名，他把自己的遭遇寫信給《讀者的話》，信刊

出後，他自以為上海能找到工作就到了上海。當時錢已用盡，無處棲身，柯靈給他暫時安置，再向廣大讀者求援。一位金月石先生邀他去暫住，還驚動了開明書店的葉聖陶、《大公報》蕭乾兩位先生，都歡迎他去工作。他就這樣進了《大公報》，走進新聞界。三十四年後，一位名叫韋蕪的老新聞工作者在《新聞研究資料》上發表〈一封讀者來信的遭遇〉，記述這段終生難忘的經歷。他寫道：「一家報紙的讀者來信專版的主編，這樣盡心竭力地幫助他的讀者解決困難，使我以後每次回憶到這件事，都感到極大的溫暖。」筆者也有一件親身經歷的事。當年有鑒於故鄉（江蘇宜興）教育官僚們的種種腐敗醜行，曾寫信給《讀者的話》（1946年秋）。信寄出一周，就收到柯靈先生的信。他告訴我，信將刊出，並勉勵我多寫稿。高興的神情還未消褪，我的信就刊出來了，立了這樣的標題：「抗戰時期，教育第一？建國時期，教育第幾？筵宴一桌可得校長一職……」這無異向宜興教育當局投了一顆炸彈。

當年也曾在《文匯報》工作的黃立文說得好……通過相當長時間的接觸，尤其讀過幾百期他主編的《讀者的話》之後，我才算窺見了這位作家的靈魂，多少看到了他的思想和情操，和他對人民群眾如此熱烈的感情。」

柯靈在《文匯報》編《讀者的話》的同時，又和著名作家唐弢合辦政治性期刊《週報》。這是抗戰勝利後同類刊物中最早問世的一種，創刊於1945年9月8日。

《週報》誕生在動盪不安的年代，它本著樸素的政治信念，不斷提出戰後人民的最低要求：懲治漢奸，整頓經濟，安定民生，重建教育，振興文化，取消一切侵犯人民權利的法令，保障言論、出版、集會、結社自由。隨著形勢的急劇變化，要求和平，反對內戰的呼聲壓倒一切。

　　《週報》由於反映讀者心聲，深得讀者歡迎，發行數扶搖直上，一下就達到五萬份，同時也得到進步知識界的支特。給《週報》寫稿的有馬敘倫、鄭振鐸、平心、周建人、傅雷、夏衍、宦鄉、柳亞子、吳晗、馬寅初等，真是群英薈萃，更使刊物提高了知名度。

　　《週報》雖不從屬《文匯報》，但因柯靈既屬《文匯報》的編輯核心，又編《週報》，這就有守望相助的便利條件。《文匯報》有些過於尖銳的讀者來信，由柯靈在《週報》發表；有些重大的事件與議題，常常互相配合，桴鼓相應。

　　由於《週報》不斷揭露國民黨壓制民主的暴行（如「昆明血案」、「校場口血案」、「下關毆打民主人士「等等），柯靈多次受到電話恫嚇，刊物被扣發、警告。《週報》最後在1946年8月24日被國民黨政府查禁而夭折，剛剛出滿五十期。

　　這時柯靈又積極參加民主鬥爭，與馬敘倫、鄭振鐸、王紹敖等成立民主促進會，他任理事。

　　國民黨對柯靈恨之如眼中釘，多次揚言要加害於他。風聲緊急時，他就寄宿在《文匯報》把報社當作避難所。1947年5月，《文匯報》一被查封，當天深夜特務就到柯靈家裡抓人。抗戰勝利初期，蔣介石曾給他發過獎狀，表彰他「被日寇逮捕，嚴刑拷打，堅貞不屈」，還發了勝利勳章，這時卻倒過來，用日本憲兵隊的手段來對待他了。幸而他早有警惕，事先躲開，特務撲了空。第二天清早，特務又兩次到上海出版公司（原《週報》辦公地）去兜捕，自然還是落空。而柯靈不久就到了香港，住九龍金巴利道諾士佛台。

「文革」罹獄禍延家屬惡夢結束恢復尊嚴

　　1945年5月柯靈從香港取道回到已解放的北平，新中國成立，柯

靈作為上賓，出席新政協。這自然因為他在反對國民黨統治的鬥爭中，始終站在最前列。

柯靈從1938年起陸續寫過十多個電影劇本。他寫的《秋瑾傳》、《春滿人間》、《海誓》等都得到好評，對電影藝術他有豐富的經驗。上海解放後，成立上海電影藝術創作所。柯靈應夏衍之召，離開《文匯報》總編崗位到該所任所長。多年來他要求入黨的心願也得以實現。

1956年社會主義改造高潮中，中央統戰部長李維漢通過文化部下達任務，建議柯靈創作反映工商業改造的電影劇本。柯靈奉命編劇創作，後來拍成影片《不夜城》。《不夜城》試映得到好評。

1956年召開政協五屆四次會議，柯靈出席會議。在那次會議上，中央領導接見和宴請全體與會者。坐在第一席的有：毛澤東、周恩來、剛從美國回來的錢學森、社會學家吳景超．清末狀元張謇的侄子、南通大生紗廠廠主張敬禮，港澳工商界人士何卓雄、何賢，國民黨將領劉斐，柯靈也是這席上的貴賓。當時毛澤東春秋鼎盛，精神飽滿，席上妙語連珠。他談了許多張謇的故事，遠比張敬禮瞭解得多。他對同席的人說：「我們這些人都從剝削階級來的，但又起來反對剝削階級，你看不是很有意思嗎？」學者風度的吳景超也很健談，說了許多風趣的話。談到五四運動時，毛澤東說：「胡適提倡白話文，要給他記一功，但是現在不行。」一旁的柯靈說他當時的心情是：我對批判胡適唯心主義哲學的颶風記憶猶新，感到這句話裡的實事求是精神，此時此地這句話只有他主席才能說。翌年開展「反右」鬥爭．他的《不夜城》被指斥為「美化資產階級」遭到禁映，並受到嚴厲的公開批判。這是柯靈當時始料不及的。

「昔日懷仁堂的座上賓，今為思南路上階下囚。」這就是柯靈的遭遇。正如他自己所說，他的罪還沒贖盡，還要到現代《神曲》的煉

獄裡再受一次洗禮。

1966年，「文化大革命」的風暴來臨，序曲是《不夜城》受到全國性批判。9月3日柯靈應召到上海作協開會，被兩位武裝人員架上汽車帶走，被關進上海思南路第二看守所（租界時代囚禁中國人的法國監牢），背起囚犯的十字架。

柯靈的災禍，延及他的妻子陳國容（一個重點女子中學的校長兼黨支部書記）。一次又一次的抄家，破「四舊」．沒完沒了的審訊，被迫揭發交代，搞得她的精神崩潰了。陳國容校長曾割腕自殺，又精神失常，七日七夜昏迷不醒……幾乎喪了命。

柯靈身罹法網，還不時被押解外出，接受各種批判。1967年一個夏季的晚上，造反派把他從監獄中提出，在上海人民廣場召開十萬人的批鬥大會，他的妻子陳國容偷偷地來旁聽。那時他「失蹤」已經一年，這卻給了妻子遠望一眼的機會。臺上台下真像兩個世界。

柯靈在鐵窗中待了整整三年，度過了六十華誕。雖說「無罪釋放」，柯靈卻依然是無罪的「罪人」。每天到作協勞動，交代檢查，有時被遊鬥，一切照舊。

十年浩劫結束後，柯靈才恢復人的尊嚴。對過去這種慘痛經歷，他並沒有當做個人恩怨。他熱愛自己的祖國和人民。他說：「文革」現象是人類文明的奇恥大辱，決不許重演！

真知灼見足資警策生命不息寫作不止

80年代，柯靈已進入人生暮年，但他依然筆耕不輟。他說「寫作對我來說是一種習慣。寫作很苦很累但也很愉快。六十多年來我除了看就是寫，這可以說是我生活的主旋律。

他寫每一篇文章都嚴肅認真。他的創作有三條原則：一針對時

弊，足資警策；二、犀利深刻·識見獨到；三、文字功力，洗練成熟。他堅持用這三原則來審視自己的文章。

像明星般閃耀於解放前淪陷區文壇的張愛玲，1949年以來一直寂寂無聞，名不見於現代文學史。正是柯靈於1984年寫了篇〈遙寄張愛玲〉，文中大聲疾呼：「偌大的文壇，哪個階段都安放不下一個張愛玲。」、「張愛玲在文學上的功過得失，是客觀存在；認識不認識，承認不承認，是時間問題。國內終於形成張愛玲熱這是柯靈的功績。

梁實秋的「抗戰無關論」，在現代文學史上鐵案如山。柯靈坦率表示不敢苟同。他認為對梁實秋「抗戰無關論」的批判，即使戰火紛飛的當年，人們容易激動的時代，也未免失之偏頗。經過四十多年的歲月澄濾，舊事重提，繼續以偏見為真理那不是歷史唯物主義的態度。他預言：「這一公案，現在不予清理，歷史早晚會給它平反的。」

對林語堂，柯靈也力排眾議，認為對他應有正確的評價。老作家施蟄存因為魯迅一句話，沉默了半個世紀，柯靈要還他一個公道。上述這些並非柯靈故作驚人之論而是入情入理實事求是之舉。

前些年柯靈已是耄耋高齡了，可是寫作更加勤奮。《長相思》、《香雪海》、《煮字生涯》，《燕居閒話》、《柯靈散文選》、《柯靈六十年文選》、《柯靈七十年文選》等散文集及電影劇本與書信集陸續問世。柯靈的散文本來每一篇都是美文，到晚年更是爐火純青，字字珠璣，篇篇華章。

由於柯靈的聲望，晚年文債奇多。相識與不相識的馳書請他寫序言，他都要研究原作，認真推敲，作出恰如其分的評價。這樣自然分散了他的精力。他本有一個龐大的寫作計畫，寫《上海百年》的長篇小說。雖然為了避免雜事打擾每天背著書包到離家不遠的一間房裡去寫，結果還只寫了一章（在《收穫》發表）全篇終未完成。

　　還有一件憾事，顯示柯靈先生藝術成就和業績的由文匯出版社出版的六卷本《柯靈文集》，他親自編好五集，還有第六集和自序尚未完成他就病倒了。雖然第六集後人還可續編，自序就成了人間絕響。

　　柯靈先生一生忘我地工作。每次住院總是帶著一堆書和文章，看書改稿，忙個不停。這次住院，病情非常嚴重，他還囑咐夫人把紙和筆放在床頭，等有靈感來時就寫幾句。他這種人生態度和工作作風，是我們後人的典範。

　　柯靈先生走後，一筆巨大的精神財富留給了我們，他那些精美深邃的文章，永久在人間流傳。

2014.4.20重改

黃裳與柯靈有關內戰性質的筆戰

　　已跨鶴西去的黃裳與2000年仙逝的柯靈，都是當代文化名人，兩人同屬《文匯報》。據稱，柯靈與唐弢當年主編《週報》（期刊），發表黃裳的〈關於美國兵〉，柯愛其才。後由柯靈推薦，延攬黃裳入《文匯報》。然而「吾愛吾師吾又愛真理」，上世紀九十年代，這兩位文化名人，發生一次有關內戰性質的論爭。

　　事情的起因是：得讀者好評的《文匯報》，1947年曾被當局封閉，自1949年6月21日復刊後，因不適應新體制，一度面臨困境。不斷摸索、改版以適應。1950年就進行了三次改版。第二次改版是在10月16日，那次決定恢復《文匯報》的一個傳統特色：長篇連載，目的是增強報紙的可讀性。計畫推出四、五個長篇連載，其中有梅蘭芳的《舞臺生活四十年》。

　　請梅蘭芳寫回憶錄《舞臺生活四十年》，這個主意是柯靈提出來的。1943年，上海淪為「孤島」時期，柯靈主編《萬象》雜誌，推出一期「戲劇專號」，約了許多京劇名家寫稿，共有十人，梅蘭芳也在被請之列。後來九個人如期交稿，只有梅蘭芳，婉言謝絕。這並沒有影響柯靈對梅蘭芳的尊敬。梅蘭芳在祖國蒙塵的整整八年中，蓄鬚明志，堅定地捍衛民族氣節和藝術尊嚴，不接受敵偽的邀請演出。抗戰勝利，山河重光。柯靈在百事叢集中，立即抽出時間去訪問，與梅作了一次長談，寫成長篇訪問記，在《文匯報》（1945年9月7日始）連載了三天，表彰梅的愛國精神。是年10月10日是抗戰勝利後的首次國

慶，《文匯報》增篇幅、出特刊、編畫報。畫報刊載梅的國畫寒梅，配上他蓄鬚和無鬚的兩張照片，又在新聞版面發了梅的文章〈登臺雜感〉，如此種種都體現對梅的尊敬。1950年，梅率劇團到上海演出，柯靈設家宴請梅，于伶、夏衍作陪，後梅又在思南路梅府回請，陪客也是于、夏兩人。由此柯靈與梅蘭芳締結珍貴的友誼。這次柯靈提出請梅寫回憶錄自然是應有之義。他一提出立即得到總主筆徐鑄成與總經理嚴寶禮的贊同。

徐鑄成與柯靈商定設宴於上海國際飯店十四樓中餐部（京菜），宴請梅蘭芳。另一貴賓是馮耿光，中國銀行董事長，一生支持梅的藝術事業，梅也尊之如師，百事聽從。另有兩位梅方的陪客，秘書許姬傳與其弟許源來。主人一方，有徐鑄成、柯靈，還有內定編發梅的回憶錄的黃裳。然而柯靈心有隱憂，那是不久前，《文匯報》副刊《浮世繪》曾發表黃裳寫的〈餞梅蘭芳〉，主旨是梅垂老賣藝，嗓子已竭蹶，身段也臃腫，不如從此「絕跡歌壇」。柯靈深以為梅會介意此文，心存芥蒂，拒絕約稿。結果卻是相反，梅光風霽月，未以此事為懷。

席上，徐鑄成提出，請梅寫出從藝過程與心得體會的回憶錄，梅一口贊同。當下商定這樣的方式：梅回北方後，由他口述，許姬傳寫成初稿，寄到上海由許源來、黃裳補充整理，然後交報紙發表。這就是《文匯報》在1950年10月15日開始見報的《舞臺生活四十年》，逐日刊登，一年才告結束。這中國第一部由演員寫的自傳體著作問世後，大受讀者歡迎。在歡迎的讀者中，就有中共的總理周恩來，他因事忙，每晚由夫人鄧穎超讀給他聽。首倡此事的柯靈感到和他的預想尚有不同。四十三年後，重憶此事坦言道：「《舞臺生活四十年》的內容，和我預想的很不相同，我期待的是記述梅蘭芳藝海浮沉，兼及世態人情的變幻，廊廟江湖的滄桑，映帶出一位大戲劇家身受的酸甜

苦辣，經歷的社會和時代風貌；而不側重於表演藝術的推敲。前者的讀者範圍比後者會寬廣得多，也會更有趣味更有意義。」不過，柯靈又說：「這種設想，看來未免過於主觀，以梅的處境和地位，梅的性格，這顯然是很難做到的。」他希望有一部足以傳世的《梅蘭芳傳》問世。①

1993年是梅蘭芳百年誕辰，其時梅已故世32年，這年3月21日，懷念故人，柯靈寫了〈想起梅蘭芳〉。文中首先提出「蓋棺論定，稱之為戲劇界的一代完人，決不算是溢美。這不僅是因為他卓越的藝術成就，還在於其品格的清醇崇高。在抗戰中蓄鬚明志，傾家產，冒著生命危險，摒絕在淪陷區演戲。即此一端就足以懸諸日月而不刊。」接著柯靈行文所及，重提黃裳那篇〈餞梅蘭芳〉：「這本來是四十年前的陳跡，時移勢易，早已被人淡忘，最近作者舊事重提，卻闡明他寫〈餞梅〉的動機，是因為『其時南京正在開什麼大會，要他（指梅）去作慶祝演出，使他非常為難，文章的意思就是希望他藉口謝絕這一邀請』」。而經柯靈查明，當時南京的「國大」（即國民代表大會）已開過，梅也應邀參加了京劇晚會。他的參加實也無奈，先曾婉言謝絕，後由杜月笙出面敦請，情不可卻（數十年中都得杜的照拂）這才到南京演出。柯靈在該文的附記中寫道：「藝術家有自己的政治傾向和是非觀念，當然是很可貴的，但強使京劇藝術家捲入政黨鬥爭，卻未免強人所難，黨對梅的諒解是明智的（柯靈從中共梅益的談話中體會到）。內戰和外戰性質不同，諷示梅蘭芳在內戰中再度蓄鬚，只有那種『左』得可愛的人才想得出來。」②

柯靈的文章一發表，黃裳加以回應。黃說：「內戰如火如荼，國共談判破裂，『國民大會』召開。全國人民和進步知識界的心情是可以想像的。是否參加『國大』，就成為進步和反動政黨分明的分界線，在這當口，參加國民黨政府的內戰『祝捷』演出，是怎樣的一種

政治姿態，是明若觀火的。京劇藝術家不必捲入『政黨鬥爭』，但政治卻不肯輕輕放過藝術家，這是歷史，不是誰要『強使』的問題……說我『左得可愛』也不要緊，但至今我還弄不懂『內戰和外戰性質的不同』的奇妙邏輯」。③

內戰性質的爭論就這樣提了出來。

按照通常的意見，內戰的性質自然不同於外戰。關鍵在這「內」字。戰爭發生於本民族之間，本國的土地上。兩軍對壘、血流漂杵，死的都是炎黃子孫。一方不滿足已擁有的土地與政權，要武力統一，另一方則要保護住統一了的江山。至於外戰，那是非本族裔的外來敵人的入侵，入侵者的目的要被侵國亡國滅種。長達八年的中國與日本之間的戰爭，就是外來入侵者（日本）與中國人民奮起反抗的外戰。

對民族的敵人——日本侵略者，梅大師為維護民族的尊嚴、藝術的尊嚴，在八年抗戰中他蓄鬚明志，自然是必要的，超脫於政黨之外的梅，在內戰中「再度蓄鬚」當然沒有必要。中共對梅也並未苛求。

說到當時內戰的癥結，都在於要武力統一，記得當年王芸生在一篇《大公報》的社論中這樣說道：「動武力，講打，最後不論誰打倒誰，必然都是武力統一。武力統一了，必然沒有是非，一切服從暴力，那非但不會有民主，還要製造更大的戰亂。那樣是國家不幸，人民遭殃，憑持武力者本身也終必慘敗。靠武力，講打，頂多打出一個秦始皇來，頂多打出一個拿破崙來，然而秦始皇與拿破崙的帝業又如何？」④王芸生的話實在發人深省。

柯與黃兩位都是文壇前輩，兩人風儀均深為筆者所敬佩。內戰和外戰性質不同，這是顯而易見的。爭論雙方都心如明鏡，也許格於當時環境，爭論並未展開，各自寫過一篇文章後就此打住。

附記

　　上文寫就一直擱置案頭，並未發表。近讀優秀民刊《開卷》，
2014年1期，刊有珠海古劍先生大文，〈黃裳與柯靈的一場筆墨官
司〉，同樣寫及此事，空谷足音，不禁怦然心喜。古先生文提供柯靈
先生的兩封信函，並有黃裳一信極為重要⑤。鑒於《開卷》發行所
限，非廣大讀者能讀及，為此錄之如下，以殘讀者，並向古劍先生
致謝。

　　第一封（柯靈致古劍信）

　　　古劍兄：

　　　　一別經年，弟之碌碌，正如兄同。

　　　　我和黃裳的筆墨官司，事實極簡單，內在原因，則可以
說由於我深鄙其人。他吃梅蘭芳的事實就是一例。（不但沽
名釣譽，而且借此暗中漁利，還坦然受梅贈款）《文匯報》
報史研究組，正為報紙史料徵文，而他竟編造史實充史料。
現在大陸文壇，說假話的風氣盛行，到了肆無忌憚的地步，
我骨鯁在喉，〈想起梅蘭芳〉一文，就是為此而作，但筆
下留情，只講事實，也不點黃裳的名。其結果，是黃裳寫
了〈關於『餞梅蘭芳』〉，已在上海《文匯讀書週報》刊
出（他寄給你的大概就是此文）（古按，我不記得該文題目
了），我也寫了文章作為回報，也已在同一刊物發表。

　　　　〈想起梅蘭芳〉原為文匯報史研究組而作，因久未發
刊，今年正好是梅百歲誕辰，就給北京《讀書》發表了。我

當時曾考慮是否寄給你，但因事涉黃裳，不願把這種文字紛爭帶到香港，因此作罷。按一般論爭統例，黃裳對我的辯難，應投北京《讀書》，使讀者便於明白來龍去脈，而他卻在上海開闢「第二戰場」，現在又使之蔓延香港，這的確是我所始料不及的。

非常感謝你的友情和周到，否則我吃了悶棍，還蒙在鼓裡。現寄上黃裳和我的文章，希望你給我和黃裳同等的發言權。為了使香港讀者明白底細，更希望惠予　（原刊如此，似漏字──筆者按）載《讀書》上的〈想起梅蘭芳〉。是否有當，請尊裁，並乞見示。

黃裳之無行，上海文壇可以說盡人皆知。但為他的文名所掩，海外未必了然。黃裳完全是《文匯報》培養出來的，抗戰勝利，他滯留重慶，無法東歸，正是我介紹他到《文匯報》工作的，至今他還享受《文匯報》離休待遇（古按：其中「文匯報離休待」數字，因信紙受損，字不清，乃據前後文及字形猜想所補上。）他曾當面說我是他的「恩師」。但他所作所為，實在使人受不了。我想這一場文字辯難，對讀者也許未必無益吧。

祝好！

柯靈上　九四年八月二十五

第二封（柯靈致古劍信）

古劍兄：

九月四日信奉到。知有清恙，而又須抱病上班，辛苦可

知，思之悵然。

梅文爭論，兄處置至為妥善，深佩卓見。我前函就有請求不要介入之意，但不敢冒昧。說實話，我無法瞭解你當時對此事的想法。《文匯讀書週報》半路殺出程咬金，究是何意，我至今未能了然。〈想起梅蘭芳〉一文，可以證明我原無挑起爭論的意圖，黃裳首先發難，才有這一場筆墨官司。他一開頭就把這場官司引到海外，更是我始料不及。現又寄剪報兩種，供瞭解此事的始末。相信，也由此可以一窺兩方為人處世的態度。

大陸社會和文壇風氣之壞，真是不堪設想。艾蓓根本算不得作家。現在又有顧城之父顧工，是詩人，又是老軍人老幹部，竟公開出來表態，意謂不是顧城殺了謝燁，而是謝燁殺了顧工（此字似有誤似應為「城」──筆者），一面全力爭《英兒》的版權。你能設想嗎？

草草，即祝愈安！

柯靈上　九四年九月十二

據古劍先生稱，他藏有柯靈先生信函十五通，黃裳信函二十一通。僅公開柯靈函兩通，「其餘的信與『筆戰』無關，暫不錄」。黃裳的信只有一信公之於眾，
如下。

古劍先生：

手示及剪報都收到。

柯靈文影本遵囑奉上，請審閱，拙文是否可發，請您考

慮，不必客氣也。

　　勿祝撰安！

　　　　　　　　　　黃裳　七月二十二日（一九九四）

　　在黃信之前，古劍有段文字說明：「在黃、柯筆戰中，我沒偏袒誰，並曾以制止了一場兩敗俱傷的『筆戰』蔓延至香港，免使雙方聲譽受損而沾沾自喜。『筆戰』文章是黃裳先生先寄來的，最初的考慮是不發，又不想得罪黃先生與他的交情，為慎重計，分別給雙方去信要求他們寄來已刊發的文章，便於我瞭解、斟酌。」

注釋 ━━━━━━━━━━━━━━━

①②柯靈：〈想起梅蘭芳〉，見柯著《燕居閒話》，第12、13頁，學林出版社。
③黃裳：〈關於饞梅蘭芳〉，見《黃裳散文》，浙江文藝出版社。
④王芸生：〈我們反對武力解決〉，《大公報》1946.5.20社論。
⑤柯靈先生兩函及黃裳函均見《開卷》天津問津書院編，2014年第1期古劍先生大文。

徐鑄成與《文匯報》

　　一個國家的新聞媒體反映出一個國家的文化精神，同時這種文化精神也從新聞媒體的工作者身上折射出來。

　　近代中國風雲激盪，戰亂無已。植根於這樣土壤的報紙，生命力都較短暫（唯一例外的是《大公報》）。即使在這此起彼落、瞬息萬變的「短暫」裡，也出現一些才識過人品格高尚無愧於「報人」稱號的先賢們。

　　徐鑄成先生說得好，我國新聞史上，曾出現過不少名記者與有名的新聞工作者，也有不少辦報有成就的新聞事業家，但未必都能稱為「報人」。

　　稱之為「報人」，徐鑄成有一段經典論述：

　　「歷史是昨天的新聞，新聞是明天的歷史」。「對人民負責也應對歷史負責，富貴不淫、威武不屈、不顛倒是非，不嘩眾取寵，這是我國史家傳統的特色。稱為報人也應該具有這樣的品德和特點」。

　　徐鑄成還說：「我認為，『報人』這個稱謂，就含有極崇敬的意義。用不著最加上偉大、卓越之類的形容詞。」

　　觀照徐鑄成先生一生的行藏，深感他是一座人文思想的富礦，其精髓就是集中體現在他追求民主和自由，堅持獨立的思想和獨立的人格，把畢生精力奉獻給新聞事業。

　　他是一個真正的「報人」。徐鑄成先生是江蘇宜興人，我和他是同鄉。近六十年前初次見到他的情景記憶猶新。

被敵偽扼殺的上海《文匯報》，抗戰勝利後復刊了（該報創刊於1938年，1939年5月被迫停刊，1946年復刊）。徐鑄成離開《大公報》，再度主持《文匯報》。當時，國事蜩螗，人心鬱悶。《文匯報》大膽揭露蔣政權的種種弊端。同時也提出挽救時局的救國良策。因此《文匯報》一時風行大江南北。

自然蔣政權容不了難以駕馭的《文匯報》，1947年5月，勒令《文匯報》、《聯合晚報》、《新民晚報》三報同時停刊。

「民亦勞止，汔可小休」。晚秋時候鑄成先生的叔祖逸樵公八十大壽，他回到故鄉來祝壽。那時宜興有張《民言日報》。國民黨中的左派立法委員許聞天是發行人。我在該報任記者。仰慕鑄成先生，很想有識荊機會，恰好我認識鑄成先生的同宗徐覺先先生，把這心願向他說了。他很爽快答應：「鑄成先生回來我一定讓你見到他」。

鑄成先生回鄉後，我果然如願以償，覺先先生設家宴宴請他，讓我去作陪客。我如約到了覺先先生府上，只見大廳上，覺先先生正和一位中年人在談話。「這就是你所嚮往的徐鑄成先生」，覺先先生為我介紹道。那時鑄成先生行年四十，風華正茂，圓圓的臉上架著一副眼鏡，溫文爾雅，他笑容可掬地和我握了手，原先以為他在《大公》和《文匯》兩報主持筆政，一定居高臨下不易接近。面對他平易近人的態度，我的拘謹很快消失了。他詳細問了我讀書求學的情況，以及任職的那家報紙背景、人員、內容等等，我一一回答。當我說到發行人是許聞天時，他點了點頭說：「這好啊！」接著他說：「《民言日報》這報名不錯。報紙嘛，就應該為民立言。」正談著客人到齊了，大家入席。席上鑄成先生談笑風生，吐辭幽默，我聽得入了神，要問的問題都忘了。記得鑄成先生酒量甚宏，座中人頻頻給他敬酒。

飯後在廂房休息。我向他求教：「你的文章寫得這樣好，那是得力於什麼？」、「哪裡，哪裡，我那些文章都是急就篇，怎談得上好

呢？」他謙遜地說。但我仍等著他的回答。「如果說我的文章還可以看看的話，那是得力於一部《辭源》。」他看出我疑惑不解的神情，又解釋道：「有一年我生了一場傷寒病，臥床兩三個月，病中把《辭源》看了幾遍。」

後來，徐先生應我所請，寫了「為民立言」四字送給我們的報紙。這是我和徐先生的初次識面。當時家鄉父老盛讚徐先生：「宜興有光彩，出了個傑出的報人。」家鄉父老所稱許的「報人」，我想就是徐鑄成先生所賦予定義的那種「報人」。

大夜彌天，霧壓申江，1937年11月上海淪為「孤島」。12月，《大公報》（滬版）、《申報》、《立報》等自動停刊，抗議租界當局屈從日寇要華商報紙接受新聞檢查。翌年（1938年）1月，《文匯報》以英商名義創刊。原就職於《大公報》的徐鑄成，因該報停刊而遭「遣散」，旋即應聘進《文匯報》主持筆政。斯時上海刀光劍影，暗殺成風。徐鑄成掌筆政伊始，即首撰社論〈上海並非孤島〉，要上海人「時時刻刻隨時記住你們所處地位。為了你們所處的地位，為了你們自己，不應該再這樣苟安逸墮，為了你們子孫，更應該隨時有所警惕」。一周後（2月8日），又針對敵人醞釀組織偽政府，無恥之徒躍躍欲試，想當漢奸，徐鑄成再撰社論〈告若干上海人〉，對那些民族敗類提出義正辭嚴的警告：「不要一時失察，走入歧途；到後來愈走愈遠，不能自拔」。敵人終於圖窮匕現，兩天後報館挨了炸彈，造成一死兩傷的慘劇，同時寄來恐嚇信：「務望改弦更張」，徐鑄成凜然無畏，三寸毛錐，敵偽膽寒，雖敵人又再以送有毒水果、腐爛人臂、炸印報間等伎倆相威脅，而徐鑄成巍然不動，只是加強防範。

「一分耕耘，一分收穫」。徐鑄成的勇猛筆鋒，給黑暗中的上海人不可名狀的鼓舞。於是徐鑄成三字不脛而走。《文匯報》一紙風行，銷數過十萬。

令人惋惜的是報人報國的時機未能保持多久,隨著汪偽政府組成,在日偽的軟硬兼施下,租界當局倒了過去,洋商的招牌不能再掛,鼓吹抗戰的報紙一律停辦。

敵人所施的手段是從內部摧毀《文匯報》。發行人兼董事長的英國人克明,向敵偽出賣了《文匯報》。徐鑄成寧為玉碎,不為瓦全」。問世年餘的《文匯報》自動停刊。正如慧星掠過夜空,時間雖短,但光照耀目。至此,一個昂藏磊落、威武不屈的徐鑄成,登上中國報壇。這段可歌可泣的歷史,傳到大後方,成了夏衍的劇本《心防》的素材,中國報人引為驕傲。

「孤島」已不可留,《大公報》總經理胡政之函電交馳,請徐鑄成回《大公報》,把《大公報》香港版的重任託付給他,主持編輯部。事實證明託付得人。歷時二年半,1941年,太平洋戰爭爆發,香港陷落,《大公報》停刊。在恐怖深淵中度過幾日後,日本人忽然來訪,要《大公報》限時復刊。面臨民族氣節與人格的考驗,徐鑄成毅然拒絕。偕經理金誠夫等一行四人,化裝出逃,一路險厄重重,終於到達桂林。

頗有遠見的胡政之,早在1940年就籌辦桂林版《大公報》,作為港版停辦後的退路。1941年初創刊。徐鑄成既到桂林,立即被委重任,讓他擔任總編輯。新記《大公報》一直由張季鸞一人任總編,這時才由徐鑄成、王芸生兩人同任總編(王為重慶版總編)。桂林本為桂系(李宗仁、白崇禧、黃紹竑)的封邑當時保持著獨立的政治體系,文化控制比較寬鬆,許多進步文化人與進步文化企業,一時群集桂林,成為戰時中國文化城。根據這樣的地域特點,徐鑄成施展長才,以力爭自由民主為辦報方針,堅持與重慶版不同的風格。作為報紙靈魂的社論除徐自寫外,還請進步文化人,如千家駒、張錫昌、夏衍等人執筆。重慶版女記者彭子岡,無畏敢言,她的通訊抨擊時弊,

揭開內幕，重慶版不登，徐鑄成照發。徐的社論與子岡通訊，成為桂版的兩大特色。《大公報》蒸蒸日上，發行數高達六萬，是桂林各報的總和。有人這樣說；「那個時候，桂林新聞界的蓬蓬勃勃，雖不敢說是絕後，但確已是空前。領導群倫的是《大公報》，主持《大公報》桂版筆政的就是徐氏」。當時桂版《大公報》成了桂林文化城的支柱，維繫著大東南半壁的人心。無奈好景不長，湘桂戰役失利，桂林陷落在即，堅持到了最後。1944年9月13日，桂版《大公報》停刊。徐鑄成忍痛放棄經營三載的精神堡壘──《大公報》，率全體員工徒步去重慶，親身經歷湘桂大撤退的民族苦難。

桂版同人到達重慶。重慶《大公報》是剩下的最後據點。寄人籬下的日子並不好過。胡政之叮囑徐鑄成和金誠夫（桂版經理）要善於以小事大，萬事都要忍讓，有時還要忍氣吞聲。重慶版辦了個《大公晚報》安插他們。

在重慶的一年半，徐鑄成自稱是半凍結的日子。他緘默起來，再也聽不到他爽朗的笑聲，也再聽不到他滔滔不絕的雄辯，他那支鋒利的筆也閒置起來，就這樣還動輒得咎。

幸好尷尬的日子並不久長，抗戰勝利把他「解放」了。奉社方命，飛上海恢復《大公報》滬版，被任為總編輯。

1945年9月初到滬，在既無社址，又缺白報紙的情況下，僅兩月餘，於11月復刊。復刊前，他就定下以鮮明的態度反對內戰，爭取民主，堅持政協路線的編輯方針，他並下決心，如受掣肘或阻礙，就乾脆辭職。

《大公報》滬版復刊，大受讀者歡迎。訂報者在發行所面前排起長隊。發行數破10萬。形成鮮明對比的是老牌的《時事新報》復刊後僅有數千份。由此說明讀者對報紙的選擇。

這時《文匯報》早已復刊，請徐鑄成歸隊主持，他只能兼為照

看，畢竟一人精力有限，加上《文匯報》的編輯方針有誤，毫無起
色。這顆重來的慧星並未發光。

有誰想到，已臻蒸蒸日上之勢的《大公報》，這時出現了「內
憂」。雖然社方讓他主持滬版，卻也不是「將在外君命有所不受。」
自他主持滬版每有觸怒當局的言論與報導，也驚動《大公報》當局。
胡政之親自找他談話。說他「有政治野心，拉著《文匯報》不放手，
又推著《大公報》向左轉」，他原有考慮如有掣肘，當即離開，待王
芸生一到上海，他即遞上辭呈，離開已服務20年的《大公報》，雖胡
政之派人懇切挽留，他去意已堅，難以動搖。

他的離開立即有記者前來採訪，他說明離開的原因：「《大公
報》雖然是我的家，但我不能作主，有妨礙到報紙立場的話，我不能
說，不說又於心不安。我主持《文匯報》，可以說我應該說的話，成
於我，毀亦於我，可以心安。」

徐鑄成把全部精力放在《文匯報》，這個慧星就立刻光芒萬丈，
好評如潮。銷數扶搖直上，成為「上海最鮮明的進步標誌」。徐鑄成
坦言《文匯報》的態度：「一張真正的民間報紙，立場應該是獨立
的，有一定的主張，勇於發表，明是非，辨黑白，決不是站在黨派中
間，看風色，探行情，隨時伸縮說話的尺度，以鄉愿的恣態多方討
好」。正由於此，大受讀者歡迎。當報社面臨困難時，公開招讀者
股。有的工人、學生兩人合一股，支持《文匯報》。政要人物李濟
深、龍雲也來參股，他們不收政治投資，按讀者股收下。招來的股金
中，其中三分之一就是零碎股，可見人心向背。到1947年5月，國民
黨終於以刊載不利的軍事消息及顛覆政府的罪名，勒令停刊。後來南
京方面，提出政府加股、派人等等條件可以復刊。徐鑄成的答覆擲地
有聲：「復刊應該是無條件的，有條件決不復刊」。此後南京又以去
《申報》任主筆為誘餌，徐鑄成毅然拒絕。清白操守，錚錚鐵骨，不

愧報人風範。

報人的生命是為辦報而活，徐鑄成無視特務不能去香港的警告，翌年三月去香港辦報，這就是香港《文匯報》。經理與總主筆一身兩任。那艱難難以言狀，創刊時發行三萬，僅有一台破的平版機。經濟周轉不靈，無錢買紙。晚上平均只睡三小時，常因無紙被人從床上拖起。幸報紙辦得有聲有色。如龍雲脫離虎口（原因禁於南京），冒險到港。這獨家新聞發表，全港沸騰，報紙不斷重印。

1949年是時代的大轉折，也是徐鑄成個人生命的大轉折。從此起落浮沉，走了一條之字路。真是欲說還休。和他生死相依的《文匯報》，歷經復刊、改刊、又復刊，六十年風風雨雨，飽經滄桑。

建國前夕，徐鑄成在香港登上北行的輪船，同船的都是民主人士。抵北京後，備受榮寵。參加開國的人民政協。他本打算在北京也辦一個《文匯報》，這樣滬、京、香港三地都有《文匯報》。一看實情，打消此念。渡江戰役打響，隨軍南下。上海解放，《文匯報》復刊。被任為管委會主任兼總主筆，全面負責。復刊後對新的辦報方法頗不適應。如長沙解放之日，已收電訊，翌日刊出後，即被指為搶新聞，是資產階級辦報作風。總之一些套套，使人瞠目束手，無所適從。畢竟環境已變，為適應大氣候一再改版，終因內容一般，銷路回跌。雖經「救報運動」，也只稍抑頹勢。慘澹經營至1956年3月，只好改弦易轍去北京辦專業報《教師報》。《教師報》創刊僅兩月，又奉命再辦《文匯報》10月1日在上海復刊，變化之大，唯《文匯報》為甚。

《文匯報》再度復刊，大力革新，又在「雙百」方針激盪下，從形式到內容都有大的改變。使人耳目一新。但肯定與否定，眾說紛紜。使人莫衷一是。

意想不到的殊榮悄然來到。

　　1957年3月，徐鑄成出席全國宣傳工作會議，聽毛澤東在最高國務會議上的講話錄音，聽者無不興奮。如傅雷頌毛澤東是「千古一人」。沒有想到的是在數月後，傅雷即被打成「右派」，文革中夫婦雙雙被迫自殺。這是另話。當時徐鑄成卻獲殊榮。一日，毛澤東親自召見，且在門口親自迎接。徐上前，毛用溫暖的手緊緊和他握著，並說：「你們《文匯報》實在辦得好，琴棋書畫、花鳥蟲魚，真是應有盡有，編排也十分出色。我每天下午起身後，必首先看《文匯報》，然後看《人民日報》，有空再翻翻其他報紙。」沒有比這評價最高的了。

　　接著更是錦上添花。奉命率團員十二人，作為中國新聞工作者的代表訪問蘇聯。他被任命為團長（黨外人士任團長規格甚高），歷時四十餘天，勝利歸國。歸國未久，他的〈訪蘇見聞〉尚在連載。上海正當鳴放，市裡開會，動員多次，他才講話。在發言中，講「拆牆經驗」，也是動員才去講的，那知形勢發生突變，反右鬥爭開始。黨內討論徐的劃右問題，副總編欽本立認為不應劃他為右派，提了種種理由，市委書記柯慶施採納，柯說了三條意見：一，作為認識問題，不作政治問題；二，他仍當總編；三，還是有職有權，報社開會宣佈三條，以為相安無事，又是事出意外，北京已把《文匯報》當作反右運動焦點，毛澤東親自撰寫兩篇社論：〈《文匯報》在一個時間內的資產階級方向〉與〈《文匯報》的資產階級方向應當批判〉相繼問世（均發於《人民日報》），徐鑄成終於在劫難逃，定為右派，降職降薪，發配勞動。

　　徐鑄成的右派桂冠為高層所定，按理一致通過，誰敢異議。可事有不然。有位溫崇實，只是編委會的秘書。他名實相副，崇尚真實。敢冒不韙，起而反對：「徐鑄成不應劃右派！」金響玉振，擲地有聲。接著有理有據，逐一說明，自然無人聽信。他的結果可想而知。

無獨有偶，可與溫相媲美、猶有過之的是梅煥藻，他是社長辦公室秘書。一位要員問他對反右運動有什麼看法。他只說了一句：「徐鑄成要成為右派，我思想有些不通。」一言既出，立即受到圍攻，要他交代，他走出會場，立即跑上屋頂，跳下樓了！他是《文匯報》第一個壯烈犧牲者。溫與梅兩人和徐鑄成並非親故，足見徐鑄成的人格魅力。

徐鑄成成為右派，消息傳到海外。報刊紛傳，臺北某刊報導其事，稱：「左派報人徐鑄成成為右派」，頗堪玩味。揆諸實情，徐鑄成一直站在中共一方，另一民間報刊《大公報》，對中共常有微詞。該報總編王芸生說：「1957年我很幸運，毛主席保我過關。後來那個『反蘇』型右派，給『雲南王』龍雲戴上了。」（見《口述歷史》第一輯）「趙孟能貴，趙孟能賤」，徐鑄成受最高面譽，卻難優容。高層的喜怒愛憎實神祕莫測。

到了」文革」徐鑄成更受磨難。抄家、批鬥、隔離審查、住房被占、幹校勞動……不一而足。「紅了櫻桃，綠了芭蕉，流光容易把人拋。」20年光陰等閒度，白了少年頭。

烏雲終於散盡。1980年8月，中共中央60號文件宣佈，22位國內外有影響的愛國民主人士的右派問題，屬於錯劃，應予改正。在章乃器、陳銘樞、黃紹竑等22人的名單中有徐鑄成。改正後，徐鑄成坦率說：「含冤20年，人生有幾個20年歲月白白流失？我們這22人中，有三分之二已不堪折磨，離開人間，我是倖存者之一，今後為報答黨和國家，將更加實事求是，努力工作，力戒說空話、大話、套話，以赤誠作出貢獻。至於九個指頭、一個指頭之分，有時也難以區別。請問像文革十年所犯的失誤，是一個指頭還是四個、五個指頭？同樣當時號稱兩個司令部，究竟哪一個司令部是『延安』，事先誰有能力敢於區別？」他還像當年無私無畏，坦率說出真心話。

徐鑄成右派改正後，已過古稀之年，雖痛惜時光之流失，然報國之心如故。他立下「三不主義」為今後立身行事之淮則。一、不計較過去。不以往昔遭際縈懷⋯⋯二、不服老。在「來日苦短」之年，要多為後人留些東西——如史料、佚聞以及辦報的經驗教訓。三、不量力。要盡力多為新聞界培育些人才。（徐著《風雨故人》前言）。如此襟懷令人敬仰。

他說到做到。晚歲之年，筆耕不輟。自稱「舊聞記者」。蓋衰鬢已斑，「新聞」已失去意義。只有「白頭宮女話天寶」，寫出自身經歷的「舊聞」。先後寫了《報海舊聞》、《舊聞雜憶》、《風雨故人》等十餘部著作，計三百餘萬字。為後人提供辦報經驗，先後寫出《新聞藝術》、《新聞叢談》。獨創「新聞烹調學」，是他辦報經驗的精華。為培育新聞人才，他擔任復旦大學和廈門大學等四個大學的兼職教授，親帶四位研究生。他還披肝瀝膽、剴切陳言，希望國家早日頒布出版法，在黨的方針路線下多樣化一點，多透一點人民的聲音。（八十年代與港刊《九十年代》記者談話）。

這就是名實相副的「報人」徐鑄成。終其一生，他以一介報人，時時振筆疾書談論國是，以一支犀利的筆盡報國之志。

當年曾在《大公報》與徐鑄成共事並有多年交誼的李秋生說：「⋯⋯他最值得敬佩的一點，則是他一貫堅持新聞事業的獨立性，『講真話，解除輿論一律』，我覺得這才是他所以不失為一位新聞事業傑出人物所在。」①

另一位在《文匯報》工作多年的梅朵說：「想起《文匯報》這段光輝的歷史，應該永久在他上面刻上徐鑄成先生的名字。他是一位真正的報人，堅持了一個報人應該遵循的原則；到他逝世之日，他沒有讓他那支報人的筆寫出言不由衷的話。我們不應忘記，徐鑄成先生是《文匯報》的創始人，是堅持著報人精神的創始人。」這話說得何

等好啊！

　　1987年5月，徐鑄成完成回憶錄後，寫了一首，〈自慰〉絕句：「胸有是非堪自鑒，事無不可對人言。清夜捫心無愧怍，會將談笑赴黃泉。」

　　每個人都有歷史局限，而制度環境的局限，則是歷史的最大局限。沒有局限，也就不成其為歷史。要突破這樣的歷史局限，正需要歷史產生第二、第三個徐鑄成這樣的報人。

　　往者已矣，有的人總要被銘記、被崇敬；有的事總要被反思、被拷問。陰霾則是暫時，陽光燦燦則是永久。

　　1991年12月23日，徐鑄成於上海寓中猝然去世。

　　徐鑄成先生雖然逝世，但他超越了死亡。他的精神將永留人間。

注釋

① 《從風雨中走來》，文匯出版社，第244頁。2007年1月，謹此紀念鑄老誕生100周年

迷離奇異說唐納

背道而馳的決定

「駑馬戀故園，飛鳥歸舊巢。」

「問君能有幾多愁？恰似一江春水向東流！」

1948年年底，鏖戰數年的國共之戰已見分曉。執政的國民黨政權已冰溶雪消，行將澈底崩潰。中共領導的解放軍已取得遼瀋大決戰的勝局，接著勝利之師直下平津，奪取全國政權已是在望。這時召開新政協，建立新政府已提上議事日程。

「劍外忽傳收薊北，初聞涕淚滿衣裳。卻看妻子愁何在，漫捲詩書喜欲狂。白日放歌須縱酒，青春結伴好還鄉。即從巴峽穿巫峽，便下襄陽向洛陽。」正像杜詩所詠，許多羈留在香港的左傾文人紛紛作歸計，有的北上將去作新朝榮貴（如《文匯報》徐鑄成將去任新政協委員），而香港《文匯報》同人紛紛要回上海作復刊《文匯報》打算。而這時開創香港《文匯報》立有大功的一位報人，卻向發行人兼社長的徐鑄成提出辭呈，他背道而行要去美國就新職。

這位報人就是唐納！這就奇了，他可是《文匯報》的功勳元老。且不說1938年《文匯報》初創時，掛名的洋董事克明要把報紙出賣給敵偽，當時唐納在英國新聞處工作，也與英國駐上海大使館有來往。徐鑄成通過唐納給英國大使寇爾遞了一份「說帖」，終於粉碎克明陰謀化險為夷，保全了進步的《文匯報》。還有1947年5月，上海《文

匯報》被封閉，徐鑄成擺脫軟禁，南來香港創辦香港《文匯報》（時任《文匯報》總編的唐納曾上黑名單也到香港）。創刊之初，由於股款沒有收足，經濟困難愈來愈大，左支右絀，徐鑄成應對乏術，有時報樣上機卻無紙可印。唐納本不擔經濟重責，他愛這張報紙，過慣高級生活的他，不僅甘願與大家一起過艱苦生活（如無洗澡間，用水龍頭沖涼），而且還親去借貸，解決難題。如此等等，唐納與《文匯報》確實像魚水關係，彼此怎能分離。

唐納此舉確實使徐鑄成感到意外。他檢查自己莫非有開罪唐納之處，然左思右想確實沒有。他只好找唐納開誠佈公說：「在這樣情況下大家都考慮回國，國家也需要我們。況且您是革命有功之臣，怎麼要到國外去亡命？豈不反其道而行之嗎？」唐納苦笑道：「您說得對，解放勝利確實是我們企盼的。現在也確實盼來了。你們都可以回去，唯獨我不能回去。」講到此，他就默然而止。這使徐鑄成如墮入五里霧中。既然他不願說，也就適可而止，不再追根究底。

謎底的最後揭開是一位年輕的同事。他悄悄告訴徐鑄成：「唐先生說過，現在的紅都女皇，正如日中天，我怎能回去?!」徐鑄成這才恍然大悟也依稀想起，在閒談中，唐先生曾說到這位女人的種種行徑，確實應該帶點心眼。

徐鑄成這才准了他的辭呈。同時聘他擔任《文匯報》駐聯合國記者。

先藝人後報人

要知道唐納這段隱情，得從他的過往說起。

近代報人中，有不少奇言瑰行之士，如張季鸞、成舍我、王芸生、徐鑄成、范長江、趙敏恒等。而神龍見首不見尾，行事迷離奇

異，唐納尤為各人之首。

唐納本名馬驥良，也用過馬繼良、馬季良、馬耀華這些名字。所以報業人士都稱他是馬先生。另外他寫影評時用羅平為筆名，唐納為其藝名。1914年生於蘇州，因肺癌卒於1988年，行年74歲。

馬季良是蘇州人，蘇州尚有故居。早年畢業於蘇州中學。顧頡剛、葉聖陶、王伯祥、胡繩等都是同窗好友，後就讀上海聖約翰大學，學業優秀，中英文運用自如，又擅長交際，也精於球藝。打籃球極為出色，他還愛好文藝，沉迷於電影、話劇。在聖約翰讀書時，先以寫影評而知名。《申報》、《晨報》常見他的影評，這為很早就入影劇界的夏衍所注意，請他入影評組。這樣他就跨入影劇界。不久即進入電通公司。先是主編《電影畫報》月旦臧否上演的電影，自己下海，當起演員來了。這時他年少翩翩，風流倜儻，加上文章滿腹，一位女演員矚目及他。

她，並非別人。就是原名李雲鶴，入影劇界後改為藍蘋，以後嫁毛澤東改為江青的一度顯赫的人物。當時這位藍蘋正由山東來上海。先曾演過一段話劇。在易卜生的名劇《娜拉》裡演過主角，得到過好評。之後她也到電通公司當演員。她一見唐納，就如磁石所吸引。很快墜入愛河熱戀起來。

1936年4月，杭州西湖的六和塔畔，有三對情侶結婚。大律師沈鈞儒是他們的證婚人，這三對是：趙丹和葉露茜；顧而已和杜小鵑；唐納和藍蘋。

這三對原是著名演員，又用這樣的結婚形式，自然萬人矚目，一時轟動，傳為影藝界佳話。可是後來神仙儔侶都沒有天長地久。如趙丹和葉露茜就中途分手，趙丹再娶黃宗英。至於唐納、藍蘋更是愛河風波迭起，甚至唐納幾度自殺。先是絢麗歸於平淡後，不善理財的唐納，手頭拮据起來，加上藍蘋原想依賴唐納筆頭的美譽，使她紅得

發紫也未遂其所願。名利均未到手。藍蘋大為失望。於是多次無事生非，愛情產生裂痕，雖唐納百般委曲求全，一再退讓，也難挽鐵石之心。婚後僅短暫的三月，藍蘋忽離家出走。說是回濟南探望母親，唐納跟蹤而到，發現她另有所愛，百般勸喻無效。唐納在旅店服毒自殺。幸經人救起。此後回到上海，兩人依然形同水火。唐納又跳黃浦江，再經人救活。兩次自殺，驚動文化界。陶行知是唐納的好友，為此作白話詩一首：〈送給唐納先生〉：「聽說你尋死，我為你擔心。／你要知道，藍蘋是藍蘋，不是屬於你。／你既陶醉在電影，又如何把她佔領了？／為什麼來到世界上，也要問一下分明？／人生為一大事而來，愛情是否山絕頂？／如果你愛她，她愛你，誰也高興聽喜信。／如果你愛她，她不再愛你，那是已經飛去的夜鶯。／夜鶯不是燕子，它不會再找你的門庭。／如其拖泥帶水，不如死了你的心。／如果她不愛你，你還愛她，那麼你得體貼她的心靈。／把一顆愛她的心，移到她所愛的幸運。／現在時代不同了，我想說給你聽：／為個人而活，活的不高興；為個人而死，死的不乾淨。／只有民族解放的大革命，才值得我們拚命！／若為意氣拚命，為名利拚命，為戀愛拚命，問我們，究竟有幾條命？」

陶行知的詩無疑是當頭棒喝，使唐納有所驚醒。隨著1937年「七七盧溝橋事變」、「八一三上海抗戰」，唐納投入民族解放戰爭的大洪流。他不再作藝人了，他進了《大公報》，當戰地記者，活躍在東戰場，以羅平為筆名，寫了很多戰地通信……據說後來又重作馮婦。組織了一個附屬於《大公報》的大公劇團，導演是鄭君里、應雲衛，演員是趙丹、白楊、金山、顧而已等人。

那善飛的鴛鴦呢？她有她的說辭。她說情變之責在唐納，桌子上發現另一女性的情書。這時她自己的藝途也不順。後來她另覓途徑。她投在導演章泯門下。在話劇《大雷雨》中當上了女主角，鄭君里、

趙丹是男主角，因此一「劇」成名，她竄上去了！抗戰發生，她跟著
章泯到了延安。再之後，她又到了毛澤東身邊，那就是更有名的「紅
都女皇」了！

　　毛澤東說：「和為貴！」，唐納還在走著曲折多變的路。這時
在他重操舊業後，寫了個抗日話劇《中國萬歲》，導演應雲衛。演出
相當成功。又走上愛情的路。新的愛人是話劇女演員陳璐。這是1938
年。那年10月，唐納和陳璐經香港回到了上海。兩人（唐和陳）的新
生兒出生了。1941年12月，太平洋戰爭發生，不久上海淪入日寇之
手，唐納到重慶去，陳璐母子留在上海。後來陳璐改嫁一個鹽商。仍
然活躍在影劇舞臺。在吳祖光編劇、卜萬蒼導演的電影《國魂》中擔
任角色。解放後，陳璐在武漢的歌舞話劇二隊，1965年演了《送肥
記》後就退出演員生涯。此後下放湖北襄樊農村有10年之久，生活很
淒苦，撫養著三個孩子。說到唐納，他從上海到重慶後，出任過貨運
專員，英國駐華大使館的翻譯，還為一家報紙編影劇副刊。

　　1945年8月，抗戰勝利了。無奈國共之戰卻愈演愈烈。共產黨領
袖毛澤東被美國大使赫爾利接到重慶來了，國共兩黨首腦共商國是。
毛澤東由國民黨的張治中將軍招待，在張將軍的桂園設盛大的酒會。
紅請柬到了唐納先生的桌上。這是榮宴。到時他換了盛裝，依然風度
不減當年，到了張府。偌大的張府客廳，八方名流、濟濟一堂。張將
軍領前，毛澤東被眾人簇擁著隨後，從樓上走下來。張將軍給來客逐
一介紹。毛主席那偉岸的身軀就到了唐納的面前。張治中笑盈盈介紹
道：「潤之先生，這位就是常在上海各大小報紙發表文章的唐納先
生！」唐納也報以微笑：「哪裡，哪裡，這不足掛齒！」他的手伸過
來了，兩人的手緊緊握在一起。毛澤東忽然說：「和為貴，和為貴
嘛！」他有些窘，不知怎樣回答。領袖的身軀又移動了，和客人們繼
續握手。

這意外的邂逅，偉人的握手，更有那句「和為貴！」使他興奮又困惑。幾天來他在沉思。一天，他在英國使館，意外接到一個電話。「是阿仁嗎？」尖銳的女音。阿仁是他的乳名，知者很少！這是過去的藍蘋，現在的江青。她也到重慶來了！當年，她在拍電影《狼山喋血記》時，跌壞了牙齒，這次到重慶醫牙齒。接著她表達了自己的願望：想和唐納見面，她請他到名菜館「凱歌歸」吃飯，又說這裡是安全的，只是我們兩人，把酒敘舊，別無他意，務必來呀！然而唐納在倉促中，思考後回答道：「謝謝邀請！一了百了，我們的緣盡了，沒有必要再見面了！」他說了一連串的話，含著眼淚掛上了電話。

時間一天天過去，他心中的困惑，這才慢慢消失。隨著又是大規模的抗戰勝利回鄉潮，重慶、武漢、上海，真有「千里江陵一日還」之勢！甫到上海。《文匯報》總經理嚴寶禮請他重回《文匯報》，任總編輯。當時徐鑄成、宦鄉、陳虞孫任總主筆。相處和諧，報紙蒸蒸日上。

找到了真正的異性知己

唐納和陳璐分手後，一直獨身。1947年8月又來意外之緣。美國特使魏德邁在上海開記者招待會。恰好唐納到會。一位才貌雙全，舉止端莊，操英語又善法語的《自由論壇報》女記者引起他的注意。她，陳潤瓊（安娜），是北洋政府時代中國駐法大使陳籙的最小女兒。唐納欽慕之餘向她展開了猛烈的愛情攻勢。每天清晨都送玫瑰花與情書到妝台前。那工整的蠅頭小楷情書不斷。翌年陳潤瓊調香港，恰香港《文匯報》問世，唐納也到香港。

1949年，陳女士要到美國聯合國工作了。唐納本不想回國，自然要跟陳潤瓊去美國。前文說及徐鑄成獲知內情後，樂於成人之美，即

派唐納任香港《文匯報》的聯合國記者,並準備送行活動。

先由報館設宴歡送,集體攝影留念。再由劉火子與夫人金端苓,設晚宴歡送。徐鑄成也在座。那張送唐納的集體攝影,徐鑄成一直珍藏著。直到文革狂飆突然而至,無奈才和另三張寶貴照片(一是大公報記者黎秀石贈他的在美國密蘇里軍艦上日本投降的照片,另一是國共重慶談判時毛澤東與蔣介石合影,又一張是林彪與杜聿明的合影)一起焚毀了。他一直為之內疚。

唐納到美國後,一度曾在《紐約日報》工作,也曾以《文匯報》駐聯合國記者身分寫了一些文章。這中間,始終和陳潤瓊長相隨的。兩年後,1951年陳潤瓊到法國巴黎,唐納也跟著到法國。從初識到現在,已經五年了,愛情也終於有了結果。陳小姐終於接受了他的求婚,兩人在法國結婚。定居巴黎。這時棄文經商。開了一家中餐館。先後命名為「明明飯店」、「京華飯店」,最後才定名為「天橋飯店」。飯店佈置淡雅,放著一些古色古香的中國畫與中國古玩。一邊體現中國文化特色,一邊也寄託不忘祖國之思。外界曾一度訛傳,在天橋飯店二樓,曾陳設江青的照片,那是子虛烏有的事。倒是曾有美國女作家維特克,曾以20萬至30萬美金的高酬,要和唐納合作,為江青寫傳。唐納是何等聰明的人,既當年能預見此人的險惡,毅然不回祖國。文革中,趙丹、鄭君里都因知曉江青過去,而被入獄,證明唐納有先見之明。他豈會自投羅網,委婉地拒絕。

故國之思懷鄉之念

終「四人幫」在臺上之日,唐納未回國。其實唐納始終縈懷祖國,故國之思、懷鄉之念並未有一日中止。特別是他還有親生的骨肉留在國內。這是他和陳璐所生紅兒。紅兒由葉露茜代為撫養。唐納每

到紅兒生日，即會寄來錢或禮物。表示並未忘懷。此外，他每日看祖
國報紙，訂閱《新華月報》。和友朋保持著聯繫，友朋也從未把他忘
懷。如徐鑄成，雖文革中一度和他失去聯繫。文革結束，徐鑄成的
「右派」帽子也摘去後，徐到了香港，睹物思人，想起當年開闢草萊
的好友，寫了一篇情文並茂的〈憶唐納〉發在香港報紙上。恰好有友
人藍真去法國，徐鑄成把他的新著《舊聞雜憶》連同這篇文章一起贈
送給唐納。藍真回港，述及唐納近況。歲月催人，唐納去國已卅載，
雖年近古稀，但身體還硬朗，依稀當年風貌，這時已不經營店務，平
日在家披覽古今書籍，尤留意祖國新出書刊，對當年在《文匯報》的
歲月緬懷不已。他希望香港《文匯報》能發行到歐洲，上海《文匯
報》能辦得更好。他還思念被「四人幫」迫害以致臥病在床的好友
趙丹，對江青迫害鄭君里致死憤恨萬分。藍真還帶來了唐納給徐鑄成
的信：

鑄成吾兄：

　　台函敬悉。並蒙惠賜近作，遠荷關垂，曷勝感激。欣聞劫後餘
生，得能健康如恒，欣慰不已。啟平兄（按即《大公報》的朱啟平，
時在香港）轉來念弟大文，隆情雲誼，永志寸心。惟過承獎譽，愧悚
莫名。弟長期濫竽此間，捫心自問，匏繫滋慚，以視吾兄飽經風雨摧
殘，猶願為四化盡力，不啻判若天壤。惟盼不久將來，得能促膝暢敘
別後。茲請藍兄帶奉土酒一樽，千里鵝毛，聊表寸心耳。匆此即請旅
安。弟季良拜上。

　　情牽兩地，彌足感人。1988年，《文匯報》的舊人任嘉堯，適有
法國之行，兩次與唐納相聚。據任嘉堯說，唐納依然硬朗、挺拔，並
無古稀老人之老態，只是兩鬢斑白，鄉音未改，還是一口吳儂軟語。
任嘉堯相贈一塊老新聞工作者的紀念章，唐納含笑說：「我畢竟是中

國的老報人」，順手把它佩戴在胸前。說話中，說到江青，唐說：
「君子絕交不出惡聲。」江青的所作所為，不想再說，只是她迫害鄭
君里致死，他極表憤慨。他說，其實當年江青給我的那封信，至今還
在我這裡，怎能要鄭君里交出呢。唐納還請任嘉堯搜集有關他的資
料，準備寫自傳。任嘉堯說：「巴山夜雨，促膝談心，所有友人都期
盼您回國相聚！」他說：「如果身體無恙，明年當有回國之行。」怎
奈昊天不仁，就在當年之秋，8月23日唐納一病不起，竟成永訣，回
國之願未竟，享年74歲。

　　噩耗傳來，新舊知交，臨風痛涕。紛紛撰文懷念。在唐納逝世一
周年之際，上海舉辦追思會。他的夫人陳潤瓊（又名安娜）與女兒馬
憶華應邀由法來滬參加。馬憶華業已長大，從事醫生。唐納和陳璐所
生紅兒，長成在馬憶華之先。他繼承父業。在《文匯報》從事編輯。
另說在一家公司當董事長。在追思會上，舊日《文匯報》同人，對兩
度任總編輯的唐納一致表達思慕之情。他們都說：唐納是一個愛祖國
的人，光明磊落的人，追求真理的人。他的一生無愧於祖國，無愧於
中國新聞事業，典範永在，萬世流芳。

唐納遠適海外真相探微

　　上文寫就後，閱2012年第10期《同舟共進》賀越明〈唐納：神祕
的身份之謎〉，對唐納身分及49後不歸而去海外之因有新的闡發，特
介紹以殷讀者。

　　賀越明是《文匯報》總編徐鑄成在復旦大學執教的新聞系研究
生，徐先生既為新聞界資深報人，滿腹當年報壇佚聞掌故，賀隨侍左
右，親聆謦欬，也就有「近水樓臺先得月」之便。

　　「唐納除了演員、報人的職業身分之外，還有一個當年罕為人知

且以後也被忽略的政治身分：中共黨員」。

這是賀文的切入口。唐納的入黨時間，據賀推斷「應始於1936年或更早一些。」根據是，有夏其言者，自稱「我之走上革命道路，唐納應該是最早的引路人。」夏是唐納青年時代的摯友，49後在上海中共機關報「《解放日報》，先後任經理、政文部主任、副總編輯直至離休」。夏是1937年加入中共，唐既是夏最早引路人，應該在他之前加入中共。

賀稱唐納為「潛伏的報人」。唐先在孔祥熙系的《時事新報》，曾協助並幕後指揮許廣平（魯迅夫人）籌建婦女聯合會並在《時事新報》安排半個版面，暫作會刊。

1946年年底，國共和談破裂撤離南京返回延安前夕，唐突然由滬至寧並偕《文匯報》駐寧記者鄭永欣，一起去梅園新村訪周恩來，唐問周，「您返延安，國共破裂勢不可免，《文匯報》將何以自處？」原來唐納匆匆滬寧之行，「是向周恩來作當面請示，討教在環境惡化時同國民黨當局進行鬥爭的策略，彼此心照，互動默契。」當時唐納已在色彩明顯的《文匯報》任職。

最早揭櫫唐納中共黨員身分的正是《文匯報》創辦人之一的徐鑄成。徐在《報海舊聞》中說到，1947年5月，文匯報查封後，一度與吳紹澍同遊臺灣後返滬不久，有一位中共黨員從香港祕密來滬「對我說，民革已在港成立，準備辦一機關報，李任潮先生堅決要我去主持，」銜命前來的黨員就是唐納。

徐鑄成還說到，唐納「坐定後，他告訴我，此來是奉派護送華崗同志過滬去山東解放區的，『順便給你帶來一個口信。』」這口信就是民革辦機關報，請徐去主持。

唐所說的華崗，1925即入黨，歷任中共南方局宣傳部長、國共談判時中共代表團顧問。唐既護送如此背景的黨內重要人物，可見付託

之重，黨對他的信任。

仍據徐鑄成說，唐納隸屬潘漢年系統，唐與潘漢年是結拜兄弟，潘是老大、張建良是老二，唐為老三。潘漢年是江蘇宜興人，本是文化人，為創造社後期健將，1925年入黨，從中共中央「特科」負責情報和保衛工作開始，至抗戰和解放戰爭期間，又負責公開的統戰工作，三項工作結合得出神入化，是隱蔽戰線上出色的領導人。後竟以反革命冤案，毛澤東指令逮捕冤死於獄。至於張建良，乍聽之下，不知何方神聖。其實他即是華克之，曾用化名孫鳳鳴，以冒用記者身分混入國民黨的四屆六中全會，本要刺蔣介石，而刺傷了汪精衛而聞名。

至此，49後唐納所以不回歸而去海外，除因避江青的可能加害外，另一原因即可能潘漢年委以海外任務。賀越明對此所提佐證是：當唐要去國遠去時，徐鑄成曾懇切挽留。次日，潘漢年即對徐說：「馬季良要走，你就不必堅留了。」數十年後，徐重憶此事，他才恍然欽佩馬季良的先見之明。還有，經濟學家吳大琨，曾有回憶青年時期在蘇州過從唐納的往事，最後說到「建國初，我在上海遇到潘漢年。潘對我說：『唐納是我派到海外去的，他卻去娶了國民黨的外交官之女為妻。』」最後一點是，1978年唐納首度回國，極其低調，即使友朋同事都未約見，可是北京之行卻見了一位中樞要人，有一張合影照片，其文字說明為「1978年12月，葉劍英在北京會見旅法華僑唐納，合影者還有羅青長（時任中央調查部部長，情報安全部門主管），葉選寧（葉帥次子，時任總政聯絡部部長），葉選基（葉帥之侄，參與部分機要）。這樣超乎尋常的安排，接見者除葉帥外都屬情報安全部門，這就足以說明這位「旅法華僑」的真實身分了。只是唐納去法國以後完成了什麼任務，未見有所記載，只能待諸異日檔案的公開。

　　對於1978年這次葉劍英接見唐納，還有數點可補充闡明。據曾是唐納摯友的夏其言（《解放日報》副總編輯）親自告訴作家葉永烈。1979年初，夏正出差去北京，突接報社黨委電話，要他立即回滬。到滬後方知「中調部」要找他。即中共中央調查部要找他。此次唐納回國即中調部接待。唐納在法的祕密身分不言而喻。中調部的幹部告夏其言，唐納此行對外嚴格保密。該幹部又悄悄說：唐納又入黨了！

　　當時唐納被安排住上海東湖招待所（中共華東局招待所），唐夫人陳潤瓊也隨行。唐與夏之間談話謹言慎行，只談往日情誼，絲毫不談在法國的生活。唐納夫婦在滬期間從未在公開場合露面。對中國電影唐納仍保持濃厚興趣。但按規定不能外出觀看。僅在東湖招待所的小放映室為他夫婦倆專門放映，夏其言曾擬請唐納夫婦到他家中作客。唐先面有難色。後大致作了「請示」，方到夏府回訪。

　　還有唐納回國期間，葉劍英接見時的那張照片共五人，全為男性，不見唐夫人陳潤瓊，可見唐並非以「旅法華僑」身分受葉劍英接見，而是以中共特別黨員、「中調部」在法重要幹部身分，葉劍英接見自在情理中。這次接見對外秘而不宣，直到30年後介紹葉劍英生平時，才順便刊登這張照片，說明詞仍說唐納為「旅法華僑」，似與「中調部」毫不沾邊。

　　仍據夏其言稱，1985年9月，唐納再度回國，此次由國家安全部安排。唐納與夫人及女兒，住進上海五星級的新錦江飯店南樓。後又去北京住了相當時間。夏其言是在北京飯店看到唐納的。唐納說到擬寫回憶錄，委託夏其言尋找散失的資料，可惜尚在資料搜集時，1988年8月23日，唐就因肺癌逝世，回憶錄終成虛願。（有關夏其言所說，均見2013年11月9日《羊城晚報》葉永烈文）

輯三

「現代中國了不起的記者」
——新聞奇才趙敏恒

1

　　「歲月駸駸，往事營營」人生雖然短暫，但在有限時間內，創造非凡業績使人難忘，也就值得稱道，留於史冊。

　　新聞同業都知道，在新聞採訪中要取得獨家新聞極難，而根據推理、猜測終於取得獨家新聞，並證實此事完全正確尤難，然而富有新聞敏感又有聰慧頭腦與睿智的記者則視為易事。

　　當年，聽到新聞前輩趙敏恒的一生行藏，敬佩之餘刻印腦際逾數十年而不忘。

　　說到趙敏恒，年輕的新聞從業人員或一般人士，也許完全隔膜，然而1949年前卻是名聞遐邇聲譽極佳的新聞記者。該說是數一數二的。

　　先略敘生平。趙敏恒是江蘇南京人，生於1904年。15歲時，以江蘇第一名考取北京清華學堂，與吳國楨、羅隆基、梁實秋、章漢夫、全增嘏、孫立人等文武名流是同學。他品學兼優，在一次英語演講比賽中獲冠軍。讀書時就給北京《英文快報》翻譯中國小說。

　　1923年，趙敏恒考取公費留學美國。同年九月，先進科羅拉多大學獲英國文學學士學位。隨後又考進密蘇里新聞學院。畢業後又進哥倫比亞大學新聞研究院深造，並獲新聞學碩士位。（該院新聞學不設博士學位）畢業後曾在科羅拉多省丹佛縣的《丹佛快報》實習，頗得好評。是年，去紐約，慕合眾社的富瑞之名登門拜訪。富瑞劈頭第一

句話，竟是「你何時回中國？」顯然富瑞之意是他的用武之地該在中國。趙答「暫時還不能回中國。」富瑞竟勃然大怒：「你是中國人，在美國幹什麼？你一天不回去，就不要來見我！」這番話極大刺激趙敏恒。此後又與聯合通訊社總編古柏邂逅。古柏和富瑞一樣，竟是也要他回中國去。「在美國不需要中國人當記者！」

他在美國還不到兩年，當然不能回去，堅持著半工半讀，繼續在世界通訊社當記者，最後學到了辦報的全部本領方才回國。

回國後，他先到北京《英文導報》，包攬全部編印工作，非常成功。一度去外交部情報處，雖時間短暫，後來卻成為「歷史包袱」。此後歷任美聯社、路透社駐南京特派員，路透社中國分社社長，路透社遠東司司長，月薪高達5000英磅，高出同儕，數字實屬驚人。

他極敬業，熱愛新聞事業，採訪新聞到了捨生忘死的程度。夫人謝蘭郁說：「他採訪新聞不要命！」她舉了例。1939年5月3─4日，重慶遭到日寇大轟作，人們都進了防空洞，趙家周圍日寇丟了40多顆炸彈，趙的夫人謝蘭郁幾乎被炸死。趙在防空洞內，一小時，二小時過去了……外界就是不能聯繫上。趙急了，他要發電報，走出洞來，看到街道上遍地瓦爍，一片狼籍，來到電報局，等了好久，就是不見人，終於見到一個人出來，他立即拉住此人。這人本是出來逃命的，哪肯發報？他又去找英國的軍艦。雖收下了，但四天後才發出。

趙敏恒的名聲名聞遐邇，成了世界級的名牌記者。原《中央日報》副總編輯、採訪部主任陸鏗，在中央政治大學新聞班曾師從趙，他說：「教授採訪學的趙敏恒師是公認的現代中國最了不起的記者，為國際新聞界所推重；第二次世界大戰歐洲戰場上，我們遇到了英、美大牌記者，幾乎無一例外地提到他（Thomaschao）就伸大拇指。」（見《陸鏗回憶與懺悔錄》40頁，臺北版）

2

　　1989年，在上海，我親訪從香港來的卜少夫先生，談到當年他與友人創辦《新聞天地》的經過，刊名是趙敏恒建議採用的。趙還定了刊物的內容，專發內幕新聞，不是獨家的，極少人知道的就不用。為此很受讀者歡迎，一直堅持著這樣辦刊方針，因而刊物能長久堅持下去，歷56年，直到卜少夫亡故才停。趙敏恒自己也堅持著記者要採訪獨家的能產生轟動效應的新聞。

　　趙敏恒在數十年記者生涯中，就採訪到了這樣幾件產生轟動效應的新聞：

　　一是「九一八事件」與李頓調查團報告的最先報導。1931年9月18日晚，在瀋陽的日本關東軍突然炮轟北大營，揭開侵佔我東北三省的序幕，全面侵華戰爭也於此開始。趙敏恆主持下的英國路透社中國分社，憑其靈敏的新聞觸覺與先進的通訊手段，早於國民政府6小時收到這消息並向總社報導。經此事件後，遠東形勢驟然緊張，各國深感有關注的必要。英美日蘇等國的通訊社和報紙，競相延聘趙敏恒為兼任記者。他同時向七家新聞機構發新聞。人稱「國際新聞界的明星。」此後，國民政府采取不抵抗政策，邊向國際聯盟申訴，國聯於次年三月，派以英國李頓爵士為首的調查團來中國。調查了半年，寫出一份明顯偏袒日方的調查報告，竟提出國際共管。這報告在官方公佈前是嚴格保密的。然而趙敏恒卻率先作了報導，比別人早4小時發出報告摘要。奧秘在於調查團到南京時，蔣介石夫婦在勵志社設宴招待，不准記者進入。可趙敏恒早設法進了餐廳隔壁的彈子房偷聽，記下各人的演講詞。調查報告公佈前，在外交部打印，趙費盡心思無法取得。當時外交部管理甚嚴。打字員打印時，每張打印紙都編號，凡

用過的紙一張都不給外出。趙憑機智想到找打印用過的複寫紙，在光亮處一照十分清晰，這就寫出報告摘要，奪得先機。

二是藏本事件。1934年6月8日，日本駐中國大使館的二等秘書藏本英明突然失蹤。這本無關中國人的事。不講理的日使館，卻借此挑出事端，準備侵略戰爭。停在下關長江口的日軍軍艦都卸去炮衣，炮口對準南京市區。幸好南京警廳的偵緝隊，第二天在明孝陵附近山中的一個廟裡找到了藏本。事情本可就此偃旗息鼓，加上蔣介石政府也封鎖新聞，不准再有續聞，然趙敏恒感到事非尋常，他要探明藏本出走真相。就偽裝基督教青年會的代表（藏本也是教徒）去慰問，藏本極感動，說出出走原因。原來他在華已工作多年，因遭受排擠多年不提升，深感人生乏味，因此出走，準備自殺，如此云云。趙把這些全都捅了出來，真相暴露後，成為天大的笑料，日方非常狼狽，日本外務省情報局長天羽英二說「趙敏恒不是中國的記者，是中國最壞的一個宣傳員！」當時正好路透社遠東分社總經理考克斯在東京，指責天羽不應侮辱記者、而且是他的同事，兩人幾乎動武。另一方路透社倫敦總社發來慶祝賀電：慶賀趙敏恒報導成功！

三是西安事變的最先報導。1936年12月12日上午九時，趙敏恒忽然分別接到中宣部長張道藩和中央社打來的電話，問到路透社有否在西安派駐記者，西安有否來過電報？還說到現在到西安的交通中斷了，這些突兀的問題就引起趙敏恒的狐疑，他隨即向交通部門證實，鐵路只通到華陰。他想蔣介石在西安，如單純為了蔣的安全，似無全面中斷鐵路營運必要，一定是西安城內出了問題。東北軍駐西安，早就傳聞東北軍有不穩消息。他又多方瞭解一些情況後，就推定西安發生了兵變。於是他立即發出西安事變的消息，成為國內第一個報導西安事變的記者。

四是最先報導開羅會議召開。第二次世界大戰期間，1943年10

月，中美英蘇四同盟國巨頭在開羅開會，商討對日戰事，消息封鎖甚密且嚴。趙敏恒本是去倫敦路透總社述職，途經開羅在街頭偶見黃仁霖、商震等國民黨要員。商是蔣介石的侍從室主任，黃是新生活運動委員會總幹事，蔣與宋美齡身邊的紅人，人稱蔣宋的拐棍。兩人同在開羅定非尋常。他又從塔斯社羅果夫處瞭解到史達林與幾個蘇聯要員均不在蘇聯。再進一步從路透社與美聯社瞭解到英邱吉爾，美羅斯福都不在國內，於是臆測中美英蘇四國首腦在開羅開會。其時開羅電報局已封鎖，不能發出任何電報。他跑到葡萄牙里斯本用密碼向路透總社發了開羅會議正在進行的消息。這一報導是冒著極大風險的，因為可能被追究為洩漏軍事機密，事實也正是這樣，好在因為事情本為真實，英方也就默認而沒有追究。開羅會議報導成功後，他贏得世界性的聲譽，趙敏恒到了英國，受到英國新聞同業的盛大歡迎，設宴於倫敦克萊里支飯店，這裡是招待別國國王、首相、貴賓的地方。另一方面，由於這一報導的成功，路透社給予金煙盒獎，煙盒上刻上趙敏恒的名字，有此殊榮的，路透社內僅有十餘人。為此又提升趙敏恒為遠東司司長。

以上四個或為獨家的或最迅速的成功報導，可以看出趙敏恒的睿智，他的推理與判斷能力，一旦肯定後的毅然決定。

3

趙敏恒是耿直剛介的報人，服膺於新聞真實與新聞自由的原則，即使觸犯權貴甚或牽涉到他的工作（飯碗）而不計。

1932年，一二八事變，英國駐中國大使蘭浦森，要調停中日的戰爭，從北京（當時稱北平）到南京再去上海，行蹤甚為神祕。趙敏恒得知消息後即予發表。蘭浦森到上海，看到報紙，勃然大怒，約見趙，責問他，未經他准許怎能發表他行蹤，又要他交出新聞來源，趙

義正辭嚴回答：新聞如不正確，你能否認，其他方面均不可干預也無必要交出新聞來源，因要維護新聞自由原則。蘭浦森認為路透社屬英國當然可以干預，甚至能決定你的去留。趙聲稱只對路透社負責，你的無理干預置之不聽。蘭浦森無奈要路透社更正並將趙撤職開除。路透社為私營，拒絕了蘭浦森的要求。不久後，蘭浦森調駐埃及大使。行前宴請趙，要他忘掉此事，兩人由此冰釋。趙敏恒舌戰蘭浦森一度傳為美談。

抗戰期間在重慶，他毫不偏私如實地報導國共兩黨的軍隊在戰場上作戰的情況，這使國民黨的新聞官不滿，多次勸他少報導共產黨，他我行我素，依然報導如故。皖南事變發生了，國民黨要封鎖新聞，他衝破封鎖仍向路透社發這消息，還撰文抨擊這使親者痛仇者快的行徑，政府方面大為惱怒。

1944年，路透社社方為要宣揚英國元帥蒙哥馬利在統治非洲的政績，有意識組織一批記者去非洲，趙敏恒也在被請之列。既去後，他看到非洲殖民地的殘酷統治，寫了一些譴責的文章。被學生陸鏗看到了，拿去在《新民報》上連載，後來又以《倫敦去來》為書名結集出版，惹怒了英國政府對路透社施壓，要他停止出版，他拒絕了，接著辭職，毅然棄5000英磅的高薪而不顧。

趙敏恒從路透社辭職後，本擬自辦報紙，但國民黨中宣部對他不放心，怕他如脫韁之馬，無從管束。因此遲遲不批不給登記。中央社的蕭同茲，禮請他加盟。他認為中央社是御用宣傳工具，與他的新聞自由思想相抵觸，他婉謝了。這時成舍我辦《世界日報》，請他俯就。他們原本熟悉，加上國民黨宣傳部的程天放來促成，他去當總編輯。他利用發新聞電訊的專長，收集重大國際新聞，用「本報收音」專欄報導，使《世界日報》面貌一新，受到讀者歡迎。不久後，他又去了《新民報》。

4

　　1945年8月15日，日本投降，抗戰勝利。《新民報》要籌辦上海
版，委託趙敏恒經辦。趙本接受了，這時國民黨的宣傳部長程滄波請
他接長《新聞報》。該報與《申報》一樣歷史悠久。他和程滄波是至
交，不好推辭終於接受。出任總編輯。他使出多少改進措施，革新
版面，多發專電，增加消息，本守舊的副刊，約請田漢、安娥辦《藝
月》副刊。第一期就登民歌〈朱大嫂送雞蛋〉，這是共區的歌，國民
黨極為不滿，讀者卻歡迎。副刊成了郭沫若、茅盾、洪深、邵荃麟等
左傾文人的文化陣地。該報發行數增到35萬份，為全國報紙之冠。

　　抗戰勝利後內戰又起，1949年，政權更易，國民黨政府逃往臺
灣。趙敏恒面臨三種抉擇。

　　一是去海外。聯合國新聞署，香港《香港日報》，新加坡《星島
日報》都用重金聘他工作。連襟鄧家彥，好友蔣廷黻送來飛機票要他
去美國。他一概婉言拒絕。

　　二是去臺灣。湯恩伯三次讓人持函登門，稱已購好飛機票，要
他去臺灣。上海解放前一天，谷正綱，還親自打電話要和他一起去
臺灣。

　　三是留於國內而不走。

　　趙敏恒原和左派親共人士戲劇家田漢是好友，田漢、安娥夫婦勸
他留下，他們向周總理反映要求安排趙，周總理本瞭解趙敏恒在抗戰
時的表現，如田漢所請決定安排，要趙敏恒去北京工作。當時蘇聯駐
華大使羅果夫也登趙府勸他留在大陸，稱中共還是急需新聞人才的，
像趙先生這樣百里挑一之才尤為需要。

　　最終，趙敏恒權衡與考慮後，決定全家留在國內。

話雖如此，所有舊知識份子是不能完全放心的。最初安排，讓趙先去蘇州革命大學進行洗腦改造，再授實職。

這時良機不期而至。上海，復旦大學新聞系主任陳望道以每月六百元的高薪，聘請趙敏恒任教授。抗戰期間在重慶時，復旦曾請趙敏恒任兼職教授，深得人望。這次任教授，更為師生企盼與歡迎。

趙為此謝絕周總理的安排，去復旦新聞系就職。按趙敏恒在新聞界的資歷與實踐經驗、淵博的知識來擔任教授，自然左右逢源、得心應手。加上趙教授的認真備課與教學，好評如潮湧而來。趙敏恒公子趙維承曾說到父親當時的教學情況：

「從四九年開始到一九五五年間，他第一次擺脫繁忙的辦報事務，靜下心來寫了十二本厚厚的教學筆記，記得小時候半夜兩三點鐘，還看到他在寫教學筆記……」（見趙維承：〈致周仁壽信〉）

由此足見他備課的認真，一分耕耘，一分收穫，如此認真努力，怎能不出成果。所以他的高徒遍天下，而且都出優異成績。

附帶插敘一下，這十二本教學筆記的最終命運。同樣據趙維承說：「一九五五年他（指趙敏恒──筆者）出事後不久，新聞系的一位老師找到母親，以新聞系的部分課程開出困難為由，向母親借走了這十二本教學筆記。從此這凝聚父親從事新聞工作畢生經驗的書，消失得無影無蹤。」（同上）

5

平地風波，倏然而至。正在開展中的肅反運動進入高潮，1955年5月25日，趙敏恒意外逮捕了！說他是外國間諜──「國際特嫌」，他曾受雇於外國人。在外國人辦的機構裡工作就是間諜，這是什麼樣的邏輯？先是關在上海提籃橋監獄中，審過幾次就擱置下來。家中的

處境也不堪言說。先勒令搬出教師公寓，幾次搬遷後，搬到復旦農場的的工棚小屋。工棚四邊的牆是用竹條編的，從裡面可以清楚看到田野與天際的白雲。家庭經濟也陷入絕境，變賣衣物，最後把那有紀念意義的金煙盒也賣了，艱難度日。

謝蘭郁在外面到處申訴，自然無效，最後她也成了右派。

趙敏恆一關就是六年，1960年9月21日，忽然判刑了，判7年。當時快要刑滿，還有年餘，被送江西新餘礦山勞改。臨行前，妻子帶著兒子去獄中探望。見後大為驚異，頭髮全白了，身體瘦得不類人形。妻子問他：「是否要上訴？」他搖搖頭：「不必了，沒有用的！」他摸著兒子的頭苦笑著。「孩子這麼大了！」他忽回頭說：「我們原以為什麼都懂，其實什麼都不懂，要好好學呀！」這有深深的含意，不說自明。

刑期將滿，家裡屈指算歸期。已時日不多。那知1961年1月6日逝於勞改場。不久後家中收到病死的消息。僅僅活了57歲。母子兩人匆匆趕去。到了江西新餘城，再爬在一輛油罐車上，顛簸了兩小時，終於到達礦山。只見一個薄皮棺材。問及死因，說是因跌跤出血，傷口感染破傷風，由此不治身死。要求和與他一起勞動的人問話，被悍然拒絕。還是懂事的兒子：「不要問了，再問我們也回不去了！」他死得不明不白。又化了多大力量去找骸骨，無奈「上窮碧落下黃泉，兩處茫茫皆不見！」

一代報人從此消逝，然而他曾為之服務的英國路透社，並沒有把他忘記。文革期間，路透社社長來中國訪問，提出見趙敏恆。一番瞭解，趙已離人世。當時有幹部兩人還是到趙府慰問。文革結束後，路透社駐中國的首席代表白爾傑，親到趙敏恆家中，夫人謝蘭郁也故去。白爾傑慰問致意後，贈趙維承兩千英磅。當時這是筆不小的款項。

　　1982年，趙敏恒案終於平反。上海中級人民法院作出結論：「所謂『特嫌』問題與事實不符，應予否定。」並當庭宣佈：「趙敏恒是一位愛國的新聞記者！」其實趙敏恒不是特務、間諜，1956年就已查清，只是政治介入了司法，使法律失去獨立審判的能力，也就指鹿為馬了。

　　趙夫人謝蘭郁的右派問題得到改正，被安排在上海文史館當館員，不久就去世。

　　趙敏恒既骸骨無存，葬身地無從尋覓，直到1993年謝蘭郁也去世後，其子趙維承在蘇州太湖之濱的興隆公墓購置一塊墓地，以父親生前常用的幾件東西與母親的骨灰一起安葬，寄託哀思。

廣西才子羅孚

　　不敢掠美，這篇文章的題目來自已故的資深報人卜少夫的一句話。原話是這樣：羅孚，羅承勳，廣西才子。①羅孚是筆名，羅承勳方是原名，1921年出生於廣西桂林。《大公報》出身，香港《新晚報》總編輯。至於才子之稱是否有當，這裡不作論斷。除有「才子」之稱外，領導他多年的廖承志常喊他「羅秀才」。

　　我知羅孚其人，是在上世紀八十年代。（按出生年齡，羅生於1921，我生於1925，早該知道。可見我的孤陋寡聞）。那時我撰著《曹聚仁傳》，搜集材料過程中，從中知道周作人的《知堂回想錄》的問世，凝聚著曹聚仁與羅孚兩人的心血。最先由曹向周建議與約稿，先命名為《藥堂談往》，中途才改為《知堂回想錄》，發於曹聚仁主筆政的香港《循環日報》，連載兩月至1962年底因報停辦而中止。經羅孚支援，轉到《新晚報》（羅為總編），又因故中止，再轉到羅孚編的《海光文藝》月刊，僅年餘，又中止。這時曹聚仁供職新加坡《南洋商報》，又在該報續刊直至終篇。以後結集出版單行本，用曹聚仁書齋「聽濤室」的名義出版，羅孚又出了很大力。此後又是羅孚把周作人的原稿送交現代文學館珍藏以免散失。

羅孚與香港《新晚報》

　　羅孚已屬期頤高齡，往百歲邁進了。考其一生，我想用兩個加首

碼詞的「人」稱頌他。那就是報壇奇人，性情中人。

羅先生有位好友許禮平曾有一文〈霧裡看花說羅孚〉刊於《蘋果日報》副刊，文中勾勒羅孚形象：「溫文爾雅，謙和謹慎，學養高，城府深，從不疾言厲色，永遠微笑細眼，幽默笑談。概而言之，是一介極具親和力的書生，不是手無縛雞之力、迂腐無能的臭老九，而是很有辦法的文人，連些雞毛蒜皮的瑣細事，都能處理得好。」這番話該是確實的。

羅孚自然是報壇的老前輩了，1941年，徐鑄成為桂林《大公報》總編，親自選拔這位才俊。羅孚從練習生起直到總編輯。「從學場面到生旦淨末丑，直到後來挑大樑」，無一不顯示他的卓異之處。《大公報》三巨頭之一的胡政之說他「頭腦清楚」，徐鑄成說他「文品皆優。」1948年，《大公報》香港版創刊時，胡政之親自選調羅孚到香港委以重任。試之曰：能。在香港《大公報》、《新晚報》挑大樑時，遊刃有餘，舉重若輕。

《新晚報》是《大公報》的姊妹版。當年朝鮮戰爭時（1950.6.25），在香港的左派報紙《文匯報》與《大公報》都拒用外國電訊，而新華社電訊又來得慢，因而左派報紙就常缺關於戰爭的及時報導。為改進這缺失，《大公報》就分出部分人力，於1950年10月5日下午4時，出版這份比較灰色的晚報。創辦初，由李俠文總負責。羅孚編發要聞兼編副刊。後來實際的主要負責人就是羅孚了，尹任先是經理。

當年香港的晚報眾多。僅1950年就有數十家之多，其中或生或滅的時有發生。其中有三張大報所辦的晚報頗有競爭力。它們是《星島晚報》、《華僑晚報》、《工商晚報》。其他晚報也都有自己的特色，進入相互角逐中。

難為羅孚在這「危難時刻」受命，他有經天緯地之力。諸如加強

香港社會新聞的報導。常在頭版頭條刊登重大社會新聞,甚至整版刊出。

其次是改進副刊。「金庸梁羽生武俠小說」就是羅孚策劃的。正如羅孚文集的封面腰封所說,他是「金庸梁羽生武俠小說的催生婆。」董橋的文章也是他首先推出的。後來他在大陸寫的〈你一定要讀董橋〉風靡海內外,至今不衰,他是名至實歸的董橋推手。詳情在後面再說。至於羅孚自已在《新晚報》闢兩個專欄即「夕夕談」(後為「新語」)和「島居隨筆」。副刊完全以獨特的新貌問世。

加上其他方面的改進和增設,又經不斷努力。《新晚報》終於站住腳「一度與《星島晚報》成為當時最暢銷的兩家晚報。」(《大公報》百年史)。

香港文學界的伯樂

人說羅孚是香港文學界的伯樂,對香港文學的影響厥功甚偉。此言是實。人皆盡知,金庸、梁羽生的新派武俠小說在香港的問世,這要歸之於羅孚。羅孚從一場比武中看到其中藏有機遇(武打搬到紙上將會奪得無數眼球),他鼓動與力勸梁羽生寫武俠小說,首次問世的《龍虎鬥京華》受到歡迎。梁羽生「走紅」,使查良鏞「見獵心喜」,《書劍恩仇錄》問世後一發不可收。這也是羅孚的鼓勵與推動。為此,人說羅孚是「金庸梁羽生武俠小說的催生婆。」《侍衛官雜記》、《金陵春夢》兩部政治演義,在大陸一時暢銷。是羅孚策劃與推動周榆瑞、嚴慶澍所撰寫。「南斗文星高」,他力斥「香港是文化沙漠」之非。他使人們重新想起曹聚仁、徐訏、劉以鬯、葉靈鳳這些老作家。對香港文學的新銳,他提攜不遺餘力。他率先撰文向內地介紹亦舒、林燕妮、小思、西西。更值得一說的是羅孚寫了〈你一定

要讀董橋〉，此文一出，董橋更上層樓，名滿天下，兩岸三地爭看董橋。羅孚是「董橋風靡大陸的推手」，這又是人們的讚語。

至於羅孚自己，也對香港文學有很大貢獻。羅孚那枝筆，真是多面手，樣樣出色當行。人稱「健筆」。論說文體那評論與社論自然是總編應有之義，不用說得。同樣寫雜文、散文，也屬高手。有《文苑繽紛》、《西窗小品》等美文在。更值得一說的是，他寫詩話與舊體詩。這有《燕山詩話》為證。他自己說，「寫詩為了抒情，寫詩話是為了記下好詩。」不用筆者詞費，讀者諸君不妨去讀一讀〈鐵骨錚錚邵燕祥〉、〈玉尹老人獄中詩〉等佳構。

撲朔迷離的北京十年

這回該說他這報壇奇人的奇事了。如果不甘於平庸，一個報人一生中總會遇到一些不平常。這就是從1982年到1993年，他在北京的10年（該是11年，習慣算整數）。那10年他在北京幽居，個中情況撲朔迷離。

上世紀九十年代，我寫《神祕的無名氏》，為作家無名氏（卜乃夫）作傳。為此，經友人介紹於1997年12月12日，在上海初見從香港來的無名氏的二哥卜少夫。少夫先生是報壇前輩。曾任《中央日報》總編、《申報》副總編，《新聞天地》社社長。卜老屈尊紆貴，既和我暢談許多卜乃夫事，也談了若干報壇佚聞。回港後，他給我寄來四本《卜少夫這個人》（臺北《傳記文學》創辦人劉紹唐主編），是眾人多側面地介紹卜少夫的文集。其中第四集有篇羅孚的文章〈是少夫不是老夫〉。該文篇末有卜少夫兩小段注：「……他在北京幽禁那麼許多年，竟然低調的釋放回香港，真怪，不知原委，他自己明白，外人實在不知玄虛，因為從未宣佈，為何被囚，為何被釋，是個

謎。」、「知識份子從來就是一個可憐的族群，我一直秉持兩個原則：對自己要有風骨，對同族群，要以相濡的精神彼此呵護。他回來了，希望我們多喝幾次酒。」②

這兩小節注，一是提到羅孚這莫明緣由的「北京十年」，一是卜少夫對此有感而發的一點議論。

真夠迷離惝恍，一個知名人士，突然消失於社會，此中緣由外界毫無所知，本人又不說，那該是奇事了。不過在陽光照耀下，總有些蛛絲馬跡可以追尋的。恰好幾天前從亞北網上看到王府農場發自本年3月1日的一篇博文，是寫記者陸鏗的，該文有處注解涉及羅孚：「1983年，羅孚因間諜事宜被軟禁，直到1993年結束，前後共計十年。個中情節樸朔迷離……」

羅孚自己也說到此事，不過時間有異。羅孚文集《文苑繽紛》中有篇〈江湖煙雨怎相忘〉，副題「懷念徐復觀先生」，文中說：「徐先生是1982年4月1日在臺北病逝的，現在是整整十一年了。我那年五月一日出了事，還來不及向他表示悼念之情，就失去了寫東西與發表東西的自由。」羅孚還在另一處介紹自己：「八十年代曾在北京足不出戶一年，假釋生涯十年」。（羅孚：《香港人和事》編者話）這樣看來如果精確計算時間的話這「京華居」該是11年。

在羅孚編《香港人和事》這本書裡，有陸鏗寫費彝民的一篇文章，從中也有羅孚事件的蛛絲馬跡。1982年，7月初，時在香港的陸鏗，接到費彝民的轉告，廖承志邀他赴京一行，說廖要聽聽他對中國統一和香港回歸的意見。陸在解除了一些疑慮後，接受邀請。臨行前，陸問費彝民有什麼交待，費說：「只有一件事，你見了廖公，什麼都可以講，但羅孚的事，千萬不要講。」陸說：「這我不能答應。你知道，我這個人向來是朋友為重。當然，我會記住你的囑咐，即使是講也會有分寸，不會情緒化。」

　　1982年7月10日，廖承志在人民大會堂會見並宴請陸鏗。羅的問題單刀直入提了出來。陸說：「廖公，you don't mind。這些年來，你們黨製造的冤案已經夠多了，羅承勳兄突然被捕，大家都很關心，希望不要再製造冤案。」廖答：「of course！don't mind。我坐過國民黨的牢四年，坐過我們自己的牢六年。什麼是冤案，什麼不是冤案，我會分的清楚的，請放心了！」進言者已進過，說到這份上，也就為止了。

　　還是這個陸鏗，1985年回大陸訪問胡耀邦。在安全部長凌雲宴請時，他提出要見羅孚的要求，當場說可以，明天一早就可以去看。陸鏗說：「於是我成為承勳朋友中在他蒙冤受屈後第一個得在北京海淀雙榆樹南里承勳新居看到他的人。」乘這機會陸為羅孚介紹認識了一對好朋友，那就是明末四大公子之一冒辟疆的後代、著名作家冒舒湮和冒舒湮夫人諸玉大夫，原來他們同住一院，一經認識自然很快變成好朋友，那是後話。

　　羅孚的北京10年中，有一件事值得記述。那是他為恩師慶壽。當年他進桂林《大公報》是總編徐鑄成的選拔，該是恩師。1987，徐鑄成八十遐壽。3月，徐鑄成去北京參加政協會議。會議休息期間，羅孚和三聯書店的范用在北京交道口某飯店設宴慶壽。席上羅孚賦詩兩首，云：

> 金戈報海氣縱橫，六十年來一老兵。
> 早接瓣香張季子，晚傳詞賦瘐蘭成。
> 大文有力推時代，另冊無端記姓名。
> 我幸及門慚墮馬，京華眾裡祝長生。
>
> 桂嶺何嘗鬢有絲，巴山長夜詩如史。
> 江南風雨揮戈際，海角歌呼奮筆時。

　　萬里神州歡五億，廿年惡夢痛三思。

　　老來一事尤堪羨，依舊冰河鐵馬姿。

　　兩詩寫實，「大文推時代」的恩師打入另冊，及門又愧於墮馬，所幸「依舊冰河鐵馬姿」得以「京華眾裡祝長生。」自然欲言未盡。

　　大概是幽他一默吧？在京期間，羅孚改名換姓，曰：史林安。他的好友黃苗子、郁風詮釋云：林安即臨安，臨安為杭州古稱，南宋小朝廷的苟安地。對此楊憲益吟詩道：「羈旅京華又十年，風塵誰識史林安。」頗為貼切。

　　說到羅孚那十年北京的生活，至今還是雲遮霧障。中央編譯出版社集結出版羅孚文集時，其中有一巨冊《北京十年》。趕緊買來。原以為當有解疑那十年的文章。結果大失所望。羅孚在自序中說：「這十年，我和一個普通的北京居民一樣，有所見也有所聞，更有一些回憶。所見者少，所聞者多，回憶則更多。選擇一些記錄下來，就成了這本不成樣子的東西。我把它命名為《北京十年》，其實是我見聞和回憶的雜記。」回憶也是珍貴的，何況回憶的都是文化名人。這有齊白石、聶紺弩、楊憲益、李銳、蕭乾等。更有一輯是寫「胡風集團人和事」，還有周作人，還有一組「潘漢年和袁殊的傳奇。」唯獨沒有一篇專寫自己為何罹罪的文章，不過在個別篇章裡也點滴透露了他的生活狀況，也算慰情聊勝無。

　　那些年，羅孚的安居地是雙榆樹南里二區，他說「齊白石是我的左鄰，永樂大鐘是我的右鄰」（按：齊白石之墓一筆者註）。可說是臥龍藏虎之地。院落中，名人濟濟。有北大的教授研究哈代的專家張若谷，香港中文大學教授牟潤孫。還有京劇界、音樂界、書畫界等的一些名人。如：李和曾、王金璐，程琳、毛阿敏，何海霞、秦嶺雲。羅孚的房子大概不致太小（三居室公寓），家具都是公家配齊的還配

有一位公家的保姆，並發給不菲的生活費。有一年沒有自由，後來就是「假釋。」這年月，可以讀一份《人民日報》。也可以訪友，第一個去訪問的就是老朋友聶紺弩。無意中邂逅了那位人稱「什麼書都敢出的范用」（主持三聯書店）。在飯店小酌後，還約他寫稿。先在《讀書》上發，集成後就是那本《香港，香港……》，署名柳蘇。名字是羅孚夫人取的。柳是柳宗元，蘇是蘇東坡。柳宗元被貶到廣西，蘇東坡貶到廣東，就取這貶意，作者貶到京城裡了。原來如此。還有一層意思是試探一下看有關方面的容忍度，作為保護傘。這次是放了一馬。後來膽子大了，有篇文章署了真名發於《讀書》，就被訓誡。還有，有時應邀出席會議，如一個有關柳亞子研討會，他上交了文章，並向有關方面報告了此事，結果正式邀請就不再來。顯然開會方接到此人不宜邀請的通知了。

羅孚自己說，他1982年「就失去了寫東西與發表東西的自由」，1986三聯版《香港，香港……》出後，還引出夏公（夏衍）的一番感慨：「給羅孚出了書，是一件好事，在大轉折大動盪時期，歷史常會捉弄人，有時甚至是很殘酷的，我所認識的朋友中，這樣蒙受過折磨的人不少，對他們給以友情的慰藉，發揮他們的餘熱，應該說是『古道可風』」（夏衍給范用的信）。夏公說的熱心人就是范用。

應該說，那北京十年，沉潛的是羅孚，活躍的是柳蘇。出了三本有關香港的書，編選了三本葉靈鳳的讀書隨筆與四本葉著關於香港掌故，20餘萬字的散文隨筆，寫詩與詩話又編詩集（聶紺弩的）……有人說是他創作的豐收期。這也許正是應了有人所說，文人常會「遭際坎坷，文運興旺」吧。

至於柳蘇活躍的原因，原來羅孚羈旅京華期間，失自由一年，其餘時間多是假釋，加上「有膽」的范用敢於出書，羅孚自己說：「對我來說還有肝，肝膽照人。」就是指的范用。

這裡還可插敘一件事：2010年，中央編譯出版社為羅孚出了一套文集，策劃編輯是高林。當羅孚重回北京，高林問到他著作出版事，他說，我沒有想到我的文集能夠出版，「中央編譯社」的大名，把我「嚇了一跳。」可見羅孚的心有餘悸。

「誰是好人？讓歷史作證吧？」

「惜墨如金金似水，我行我素我羅孚」，聶紺弩兩句詩概括羅孚的性格特徵。羅孚實在是性情中人，這可從羅孚與卜少夫的關係說起。「我和卜少夫是不吵不成相識的。」羅孚自己這樣說。這是個動聽的故事。

「五六十年代裡的一天，葉靈鳳在香港北角的一間上海菜館裡宴客，彷彿是什麼『婚』紀念，鄰桌有人過來敬酒，這人就是卜少夫。一介紹，他就罵起共產黨來了，其實也不能說是罵，只不過是一點點輕微的反共言論。他似乎已經有一些酒意，口中念念有詞，說他兄弟（即卜乃夫，作家無名氏——作者按）是個好人，共產黨卻把他關了起來，實在沒有道理！我是額頭上沒有寫著『共』字，但不少人卻理所當然懷疑我是共產黨人。共產黨人在人前總是要表現得立場堅定的。我不能不辯護，但實際上我並不怎麼知道，他的兄弟是為什麼被關了起來的，但也不是全不知道，想像得到是怎麼一回事。」

我一邊舉杯，一邊說：「你怎麼肯定他一定是好人？」，「他當然也舉杯，『他當然是好人，這我知道。共產黨拿不出他什麼罪狀！』你一言，我一語就爭吵開來。你一杯，我一杯，我們一邊爭吵，一邊喝酒。到後來他就只是這一句，『他就是好人！』我也就是這一句，『讓歷史來作證吧，最後證明是好是壞。』」③

羅孚與卜少夫的最初見面，足以看出他的真率與豪爽。後來無名

氏，經卜少夫請費彝民向北京高層說情，得批准，1982年底到香港，隨後去了臺灣。還是用羅孚的話：「歷史證明了什麼呢？」

羅孚與卜少夫第二次見面，那是上世紀八十年代之初。大致是1981年的10月16日，這樣的兩「員」同席（卜少夫是臺北的立法委員，羅為全國政協委員），用羅孚的話，還是引人注目的。「人們要從這裡向我找有關兩岸接觸資訊，」於是新聞上了《參考消息》的頭條。④

那是影星王丹鳳去香港，陸鏗設宴於浙江風味的一家菜館。賓客除羅、卜等內賓外，與宴還有美、法、日等國領事館人員。羅與卜同席，三次互相敬酒，各人都很興奮，兩人合唱中國民歌和日本小調。卜少夫在席上說起，一周前他曾向立法院建議，允許大陸的藝術家和知識份子到台訪問。我這建議是針對臺北拒絕華羅庚、費孝通、劉海粟三位的簽證而提的。

十五、六年後（1996年6月），羅孚在一篇文章中重提此事。「看來彷彿有點政治色彩，實際上卻是沒有什麼。當時儘管另外有人動員我去臺灣走走，我也有些興趣。臺灣方面考慮我回來後，要奉命亂寫文章，我保證不會寫，但比臺北更不放心的是北京，認為還不是我去訪問的時機，要我推辭了。十五六年過去了，我至今還沒有踏上過臺灣的土地。」⑤

「他是我見到的最好的共產黨員」

羅孚為人如古之朱家、郭解有俠義風，為人排難解紛，以之為樂。記得有人這樣說：「羅孚為別人創造的機會，遠遠多於為自己留下的空間。」事例不勝縷述。前面已說到周作人的《知堂回想錄》是他促成出版，溥儀的《我的後半生》，曹聚仁的《文壇感舊錄》，以及張作霖傳記等有影響的書，由他主事得問世。上世紀70年代末，聶

紺弩以衰病之軀經特赦出獄，在獄中獄外，他曾寫了不少舊體詩，流傳在外。經羅孚搜集並籌措資金在香港以野草出版社為名，出版聶詩《三草》（《北荒草》、《贈答草》、《南山草》），一經問世驚動海內外。他贈一本《三草》給胡繩。胡喬木在胡繩處看到了，立即到聶府看望紺弩，並自告奮勇要為將在京出版的聶詩寫序，聶詩的受推重於此可見，而聶詩的催生者就是羅孚。類似的事例還有，當年曾是托派的鄭超麟，僅次於中國托派領袖陳獨秀，是中共的第一代黨員，主編過黨刊《布爾塞維克》，當過瞿秋白的秘書，三入囹圄，坐過兩次國民黨的牢為七年，1949後坐牢27年。後來放出來了，還掛了上海市政協委員的名銜。對這樣一位老人，羅孚有他的體認值，欣賞他為人的堅貞。「你盡可以不同意他的托派思想，卻不能不對他的『雖九死其猶未悔』的精神贊佩。」⑥他讀過老人的詩集為之推介，又從友人范用處聽到老人已98歲，幾十萬字的回憶錄出版無期，立即攬到自己身上，把珍貴的個人藏畫變了錢，用最快的速度甚至提前再提前出書。書趕出來了，又用最快的速度從香港送到上海，誰知老人在數小時前逝世了。老天竟製造這樣的遺憾！筆者還曾聽到寫《風蕭蕭》、《鬼戀》等小說的徐訏，1949後隻身從上海到香港，原準備粗定後，再攜妻女出來，那知政策變了，此願落空。徐訏晚年想讓女兒葛原（用母姓）來港，商之於羅孚，羅慨允，終於成行。可惜的是，父女相聚僅幾天，徐訏就死了。此後葛原又為徐訏後妻不容，香港無法存身，只好仍回上海。一年後，有人寫了此事的始末，羅孚為之揭載於《新晚報》。

羅孚這種助人事蹟，無法一一枚舉。無怪名畫家林風眠，文革後從上海來香港，他跟別人講，他在香港看到的最好的共產黨員就是羅孚。⑦其實又何止林風眠這樣說，只要提到羅孚，不管老少左右，說起他都會伸出拇指：「一個好人！」

四十年後重反思

　　要說羅孚有缺失，他的兒子羅海雷有所說明。羅孚曾是一位忠誠的共產黨員，黨性組織性都極強的文化戰士。在寫作和組織新聞報導中從來極力宣傳黨的偉大正確光榮，因此他為反右派、大躍進、文革等政治運動百般辯護、美化，轉而猛烈攻擊對方（包括曾為同事後為論敵的金庸），展開激烈論戰。羅海雷都認為他「左氣逼人」。然而羅孚畢竟是性情中人，經過四十年來不斷反思，有「覺今是而昨非」之慨。

　　羅孚寫過一篇〈感慨萬千〉，坦言「最主要的感慨，是四十多年來，寫了不少假話、錯話，鐵案如山，無地自容。最要命的是，當寫下這些假話、錯話時，自己是嚴肅的，認為那是真話和正言，真實無疑，正確無誤，很有些『替天傳道』的味道。現在大夢醒來，才明白並不是那麼一回事，於是而感到很大的失落：真實和正確到哪裡去了，因此也就有了的很大空虛」。⑧蕭乾對此曾評論說：在那年代寫假話錯話比比皆是，像羅孚這樣反思自責又有幾人？

　　1966年大陸發動「文革」，1967香港有「六七暴動」，由一個工廠的勞資糾紛，擴大到香港式的「文革」。當年羅孚曾是參與者和領導者。錯誤地認為這是一場正義的鬥爭，應當義無反顧地參加。40年後（2007）他說：「不料後來才知犯了大錯」，不應引起如此軒然大波，甚至採取武鬥。他又說，「似乎沒有什麼人對這重大錯誤和失敗表示歉意，只有我在這場鬥爭中勉強算是一個小小領導的人，」為香港式的文革致歉：「我所做的一些脫離實際的極左宣傳，多少起了蠱惑人心的欺騙作用。儘管這也是奉命行事，但依然有我自己應負的責任。我向犧牲了還健在的朋友們致敬，向受過損失和不便的人們致

歉。我不要求諒解，因為我並不願諒自己。⑨

1950年，曹聚仁從上海到香港定居。到香港之初即在《星島日報》開闢專欄「南來篇」以開路。首篇的首句是「我從光明中來！」對中共施政加以讚揚。不過他以不偏不倚的「中立派」自居，也對中共的某些具體做法有議論和批評。事本平常，卻引起了左派的圍攻和聲討。羅孚說：「我當時也在學寫雜文，也不免拿曹聚仁充當箭靶子」。「我也是參加聲討的一個人，直到多年後才悟昔日之非。」羅孚這樣自責。不過此後他們成了朋友。「就年齡，特別是就學問來說，他實在是我的前輩。」羅說。

這樣的人品還不可敬嗎？這樣的人還不可愛嗎？這使我想起了名導演謝晉生前愛說的一句話：「金杯銀盃（指獎盃）不如老百姓的口碑！」羅孚因此可坦然而釋然！

「老天也有不公時」

末了，筆者實不忍多此一筆的是，羅孚這樣一位無可挑剔的好人，竟會暮年喪子。長子羅海星有乃父風，為人排難解紛。據聞，曾參預那場風波後的「搶救文化人」活動，失去短暫自由。確否待證。死時僅61歲，血癌奪去生命，「白髮人送黑髮人」，痛莫於此，老天也有不公時。

羅先生另有一子羅海雷，寫了本《我的父親羅孚》（羅海雷執筆，羅孚補充）。不難設想該是本奪人眼球的書。當能解讀羅老在北京幽居的奧秘。可惜書的出生地在香港。香港雖非化外，更非異國，可重關疊阻，在內地遙望而不可得，至今我尚未拜讀。只能從相關目錄中懸猜他那段生活。目錄八有「羈留北京十年」，下列的小題：「徬徨的一九八二年」、「流言四起」、「母親的申訴信」、「幹得

越多錯得越多」、「不是監牢的監牢」、「北京三個『什麼都敢』的人之一——范用」、「公道自在人心」、「補記楊奇」、「反思」、「一九九一年的一封信」、「北京十年，焉知非福」。看了這些題目，內容當思過半。

　　末了，遙祝羅孚先生健康。就此擱筆。

後記

　　拙稿《廣西才子羅孚》發表於2014年4月臺北《傳記文學》，筆者在文中說：「羅孚已屬期頤高齡，往百歲邁進了」，並「遙祝羅孚先生健康。」詎料此文刊出後一月，就在2014年5月2日晨，溘然長逝於家中，享年93歲。羅先生幼子羅海沙，接受傳媒訪問時表示：父親曾中風及患有胃癌，上月中因肺炎入院醫治，昨午（即5月1日）才出院，晚上便過身，父親離世時很安詳。好人善終此亦應有之義。

　　羅先生去世後，網路出現一些前所未見之史料。如有關幽禁於北京十年真相。據鄧正健〈報人與「間諜」：羅孚的生活史〉稱：「羅孚在文壇結交甚廣，不只在跟左派人士交往，同時亦跟著如徐復觀等親國民黨人士來往，因此有傳言說，他多年來高調結交非左派人士，種下了他後來被召回北京，並判以「間諜」罪名的禍根。」

　　「即使羅孚家人，也一直對1982年這宗『間諜』案的內情不甚瞭解，在羅孚滯留北京十年，以及最終獲准返港之後，他持續寫了不少回憶文章卻始終沒有提交『間諜』案的真正內情，據北京當局公佈，當年對羅孚的指控是供認不諱，亦因而判刑十年。可是在他回港之後，卻從未正面提及是否真的有做過間諜活動。他只對家人說：『只要認罪，放棄上訴，馬上就會得到假釋的安排，十年後可以回港。』羅孚的家人和好友都不相信他是有罪的，如此一個信奉共產主義多年

長期在香港左派報紙服務的鐵錚文人又怎會做出這種事？就如巴金對羅孚說：『我對你過去不太清楚，但可以憑常識去判斷。』常識是，今天大部分人都認為羅孚是冤枉的，他很可能只是冷戰結構的犧牲品，也可能是香港左派內部權力鬥爭所造成的。羅孚曾以『俯首青天愧對故人』來描述他的心境，只是他所愧的不是國家和政治信仰，而是關愛他自己的家人和朋友。」他說：「搞出這樣一件令人擔心的事，深感過意不去。」、「我已經同意這個安排，不能出爾反爾，只能繼續頂下去。當然我也感覺對不起家人，領導和同事。」尤其是他的家人，即使尊重他一直保持沉默的決定，也希望他在有生之年能給出一個說法。」⑩這樣的史料似乎可以進一步說明事實真相與羅孚的苦心孤詣與無奈。

羅孚之子羅海雷也同樣印證上述話語的說法。「他認為父親羅孚身為香港的地下共產黨員，多年來在香港左派報界從事統戰工作，由於上世紀七十年代香港在冷戰格局中的地位，羅孚無可避免要跟外國人和非左派人士打交道，而他在香港報界聲望很高，行事又未免高調，可能在無意中得罪一些『極左人士』，也不一定累積下來便成禍根。」⑪

鄧正健文中還說：「羅海雷又參考了一些重要間諜案的來龍去脈，指出由於統戰和情報工作十分敏感，中共難以對白區地下黨員作出適當和及時的安排，父親羅孚多年來行事謹慎，但在『間諜案』發生之前，也曾經歷過多少次『內部審查』並非一番風順。」⑫

羅孚於1993年回港後，曾去美國遊歷，但他始終沒有放下筆，他又在報刊上以《北京十年》、《島居雜談》、《島居新語》為欄目，寫了大量散文、隨筆、及回憶文章。他說：我對香港未免有情。我戀香港，餘年無多，島居最久，葉落歸根，就在香港。這些話同樣見之於許禮平〈霧裡看花說羅孚〉。

注釋 ——————————

①②③⑤劉紹唐主編：《卜少夫這個人》第4集210、207、208、209頁

④見1982年1月4日《參考消息》，羅孚的話見《卜少夫這個人》208頁。

⑥羅孚：《燕山詩話》，中央編譯出版社，196頁。

⑦李懷宇：《訪問歷史》，廣西師大出版社，62頁。

⑧羅孚：《西窗小品》，第3頁，中央編譯出版社。

⑨羅孚：《文苑繽紛》，第479－480頁，中央編譯出版社

⑩⑪⑫見《鳳凰周刊》2011年26期

羅孚「棄世」的前前後後

　　日出月落，潮漲汐生，大自然按常規運行，每一天都是平常的日子。2014年5月2日，傍晚時刻，18點多了，因晝長夜短，天還亮著。手機響了，一位友人的電話。他說：「羅孚去世了，香港的羅孚！」年衰耳背的我，還在問：「你說什麼？」他大聲回答：「你不是寫過〈廣西才子羅孚〉嗎？就是他今天早晨6時許在香港去世了！」

　　我這才聽清。那〈廣西才子羅孚〉發在前月（4月）臺北《傳記文學》上，距今恰好一個月又一天。在那文中，我還祝願他「往百歲邁進」與「健康」，而他還是往天國去了！據他家人說，是安詳逝世於家中，享了93歲高齡。

　　查看電腦，羅孚的資訊已蜂擁而至，以後又逐日增加，大都是他親朋好友，我等著官方媒體的消息，也許是「孤陋寡聞」，一旬後依然杳然。

　　猛然想起，他早從官方降到民間。羅孚自撰的〈八二感言〉說：「一九八二年到一九九三，我在北京幽居了十年。罪名是為美國作間諜。」①這是一個撲朔迷離的公案，至今未見官方公佈，頗有許多離奇處，他自己也緘口不言。正如羅孚去世後，一篇文章的標題〈羅孚：帶著一生祕密走了！〉

1

　　羅孚其人其貌，我無緣見到，只能借重別人之筆。「溫文爾雅，學養高，城府深，從不疾言厲色，永遠微笑細眼，幽默笑談。概而言之，是一介極具親和力的書生，不是手無縛雞之力、迂腐無能的臭老九，而是很有辦法的文人，連些雞毛蒜皮的瑣細事，都能處理得好。」②這裡寥寥幾筆勾勒，羅孚形象躍然見於紙上。

　　羅孚的生平，在他八十二歲高齡時寫的那篇〈八二感言〉，作過簡略自我介紹。

　　「我是在號稱『山水甲天下』的那個城市裡出生的。自小在『水似青羅帶，山如碧玉簪』的環境裡長大。」那自然是廣西桂林了。出生是1921年。讀中學是歷史悠久的桂林中學，名演員鳳子的先生孫毓棠、寫過《寶馬》詩篇（漢李廣利遠征西域，奪得汗血馬的故事）的詩人，就是他的老師。

　　「我沒有進廣西大學，因為家庭經濟不許可，父親去世，家裡無法供應我上大學。我這就走上了自尋謀生之路。在二十歲的時候，進了桂林《大公報》。這一進就是四十一年。」選拔這位才俊的就是總編徐鑄成。似乎曾敏之也是和他一起考進的。

　　說羅孚是報壇的老前輩，並不過份。看他的從練習生到總編輯的經歷：進《大公報》後「由桂林而重慶而香港。我的工作先管資料，後是幫忙管版面。」、「幫忙版面是從有名的《文藝》副刊開始的。」《文藝》先後由楊紀（張蓬舟）與楊剛主編，「而我，被提拔主編《大公晚報》的《小公園》。後來到了重慶，也還是主編《大公晚報》的《小公園》。經過抗日戰爭和勝利，一九四八年我到了香港，主編《大公報》的副刊《大公園》。一九五〇年以後，《大公晚

報》以《新晚報》的名義出而問世，我就轉到《新晚報》，逐漸成為總編輯。」③屈指一算，從1941年由練習生進《大公報》僅是10年時光即升為總編，在人才濟濟的《大公報》，該是何等不易。無怪先由《大公報》桂林版總編徐鑄成賞識，稱為「文品皆優」，後又有該報三巨頭之一的總經理胡政之選調他到香港委以重任挑起大樑。

相得益彰的是羅孚還是一個共產黨員，據高林稱：1947年，羅孚由同學趙隆介紹，成了中共重慶地下黨週邊的骨幹。曾創辦與編輯黨的地下刊物《反攻》，曾家岩與化龍橋都曾見到他的身影。後地下黨遭破壞。唯趙隆領導的城中心與南岸特支，完整保留黨組織。其秘訣是嚴守黨的組織紀律，沒有給叛徒任何可乘之機。羅孚就在趙隆領導之下。

1948年羅孚由胡政之抽調到香港參加《大公報》香港版的復刊工作。同年以保密身分加入中國共產黨。出生和成長於香港，曾擔任和創辦新華社香港分社之一和第二任社長的黃作梅是羅的入黨監誓人。1955年4月11日，黃作梅去印尼萬隆參會，乘坐「喀什米爾公主號」之前，向家人作交代，但沒有說任何其他話。趙隆和黃作梅兩人事蹟，對羅孚有深刻影響，也使他「惜墨如金」不僅體現在寫文章上。有關羅的入黨情況，從羅孚文集策劃人高林的文章中可見端倪。④他自己說：「我做了幾十年的共產黨員，也為共產黨做了幾十年的宣傳工作，和十幾年的統戰工作，還博得了一些虛名。我先是認真去做的，『文革』以後有些覺悟，『悟已往之不諫』」。話到此，動了感情作反思：「我不悔一九五〇年以前的所作所為，我認為那時候的共產黨是值得追隨的，只有那以後，反右、大躍進、文革……、這才把事情弄糟了。我相信不久前去世的千家駒先生的話：『我不後悔我走過的道路。二十世紀初的青年不追求社會主義的理想是落伍的，但在二十世紀末，如果一個人還執著於社會主義的空想，便是麻木與愚昧

的了。」」⑤這是慨乎言之。

這裡有一點要補充說明。自1949中共執政後，羅孚作為當時《大公報》的唯一黨員繼續留在香港。以後三十多年一直在廖承志領導下工作，頗為相得。有次廖羅兩人同看電影《劉三姐》，影片中有個羅秀才，廖承志就戲稱羅孚為「秀才」，羅秀才就由此而來。至於「才子」這美名是資深報人卜少夫所贈，筆者已有文論及，故略去。

2

人的一生總會有一些繞不過且深受影響的大事，羅孚何尚例外。這就是羅孚從輝煌進入沉潛、從峰巔跌入谷底的「北京十年」，迷離惝恍的幽居歲月。多少人都想探秘而難解，當事人自己又「金人三緘口」。儘管他出過一本厚達572頁的《北京十年》，正如他在〈後記〉中也說「有人會不滿意，你根本沒有寫出多少你自己的北京十年，主要是寫人家的十年或不止十年的事。簡直有些文不對題。」在說過自己「平凡、」、「平庸」、「沒有多少值得寫的」一番謙遜話後，方說「真要寫出來，一定會有人嗤之以鼻。」正因為此，終其一生即使在他大去前也守口如瓶。羅夫人曾說，他在人前人後從來沒有因個人遭遇說過黨一句話。⑥然而羅孚既是一個公眾人物，發生這樣的事，怎會沒有人尋秘探辛，數十年以降，即使是民間流傳，或在別人的文章縫隙中流出片言隻語，至今為止，大致可以理出一個接近真實的輪廓。

記憶回溯三十二年前，1982年4月26日，春暖花開，草長鶯飛時節，羅孚要去廣州探親，並定於28日回港。誰知出行證件被竊。經重行補辦，行期改在5月1日。這天早晨，忽然接到北京的開會通知，急如星火，匆匆改道，如期趕到，竟是一頭鑽進羅網。待到重回香港，

年曆已換了十本，是一九九三年了。

　　有人概括為三個奇特與神祕。第一奇特是，緊急被召回京，一年後以美國間諜罪處十年徒刑。第二奇特在它的神祕，十年未受監禁，只是一年軟禁在家，其他時間即假釋，可以閱讀、會友、賦詩。他曾在《燕山詩話》序中說：「我的北京的十年是詩的日子，不是日子過得像詩，頗有閒暇讀詩。」、「讀得多，自己也就想寫，既寫詩也寫詩話。」於是有人說，「案情細節，撲朔迷離，無法為外界認可。」第三，奇特在他的待遇，除了暗中監視，吃住皆優。

　　對於第三點，可以具體說一點。安居的地方叫做雙榆樹南里二區，北京的戶口極不易得，人人皆知，他卻是輕易得之。「我有了個新的名字：史林安」。「史臨安」，有人把名字寫錯了。錯打正著。不就是臨時安排嗎？他又想到臨安即是古杭州，附庸風雅冒充一下，西子湖邊人，還刻了個圖章。喜打油的好友楊憲益吟詩道：「羈旅京華又十年，風塵誰識史林安」，記其實。

　　這臨時寓所是國務院招待所，三居也可能是二居，初住時常有許多孩子去做功課，玩、吃東西、要郵票，「見到那床、那沙發，孩子們就稱讚：「好高級啊！」、「史爺爺，真闊氣！」他們那裡知道，這些都不是我自己的。這是羅孚的心裡話。

　　還不至此，還給他配備了廚師，先後又用了幾個四川的安徽的小保姆……

　　這裡也是臥龍藏虎之地，芳鄰並非等閒輩。住過政客、教授、學者、藝人等等，尊姓大名從略。

　　還是回到羅孚何以獲罪這本題。

　　物有本末，事有終始。據說羅孚是由親密的人內部舉報，作為美國間諜而罹罪的。（有人說在羅孚之子所寫書中有暗示，確否待查）並言之鑿鑿每月得五千美元酬勞，後查無實據，一個大烏龍罩在

頭上，依然處十年監禁。策劃羅孚文集出版的高林，在一篇文章中公開了當年法院的判決書：「被告人羅承勳在香港工作期間，自1975年至1982年，先後多次將我國重要國家機密提供給外國間諜獲取酬金，上述罪行，事實清楚，證據確實，足以認定。被告羅孚亦供認不諱。」⑦又據說這判文在十年後羅孚重回香港時才補發。儘管判文是這樣。而堂外又有承諾：「只要認罪，放棄上訴，馬上就會得到假釋的安排，十年後可以回港。」⑧他接受了，事實也只能接受。故後來的現實，有一年足不出戶幽居北京，此後長長的日子就可以會友、開會、著文，用「柳蘇」的筆名寫了幾本書以及大量的散文與詩。」

然而他的家人和好友並不相信他有罪，困惑不解的是，一個信奉共產主義，長期在香港左派報紙服務的文人，怎會做出這樣的事？

事例之一是羅的友人陸鏗，慣於逆向思維的記者。羅「幽居」之初，1982年7月10日，應廖承志之邀赴京。直言無忌地對廖說：「這些年來，你們黨製造的冤案已經夠多了，羅承勳兄突然被捕，大家都很關心，希望不要再製造冤案。」內幕毫不知情，敢說如此的話，為客之道也夠膽大了。不過，當年當時也正是在胡耀邦領導下平反了大量冤假錯案。好在這位廖公用親身遭際回答：「我坐過國民黨的牢四年，坐過我們自己的牢六年，什麼是冤案，什麼不是冤案，我會分的清楚的。請放心了！」⑨話說到這份上，也就沒有可說的了。

事情卻又吊詭，同是這位羅孚的直接領導、「分的清楚」冤案與非冤案的廖公又說了不同的話。羅孚事發生後，好友黃苗子及夏衍等作了努力。「2010年，黃苗子出具一份證明，記錄當年文化人的一些言論。『記得1982年羅孚同志出事，我曾以此事詢之廖承志同志，答在調查中。隔數周後，再和廖談及此事，他說：可能是誤會，現正在設法中。』記得夏衍同志也知此事。」⑩後來可能廖公也無能為力，終於一直「誤會」了下去。

事例之二，夏衍與巴金兩位長者對羅孚案的態度。羅的《文苑繽紛》集中有《夏公的一封信‧巴老一句話》一文記其事。羅幽居之日，北京人稱「什麼書都敢出的」范用（三聯書店負責人）給羅出了《香港，香港……》一書，幽居後的首本。夏公收贈書後，回范用的信：

××同志：手箋及贈書均收到，謝謝。給羅孚出了書，是一件好事，在大轉折大動盪時期，歷史常會捉弄人，有時甚至是很殘酷的，我所認識的朋友中，這樣蒙受過折磨的人不少，對他們以友情的慰藉，發揮他們的餘熱，應該說是「古道可風」，甚佩。羅孚回京後，可請他來舍一談。當然我並不想瞭解這件事的底細。嚴寒已至，望多多珍攝。問好！夏衍、八六、十二、十六。

至於巴老的一句話，羅說「一九九三年底，我為校對《聶紺弩詩全篇》（上海學林出版社）的最後清樣去了上海。住在柯靈先生在住宅以外為寫作而另闢的一間書房裡，他帶我去看望巴金老人。巴老那時還精神奕奕，談話不少，他首先向我表示，『我不知道你的情況，但我從常識判斷……』」。這後半句話沒有出來，但羅自己說：「他的意思我明白，也是夏公信中說的，我是被『捉弄』了，受『折磨』了，他是因此才相信我這位客人，接待我這位客人的。」⑪「人之相知，貴相知心」，此之謂也。

既然友朋都不信，自己當然也不信。他「曾以『俯首青天，愧對故人』來描述他的心境，只是他所愧的不是國家和政治信仰，而是關愛自己的家人和朋友。他說：『搞出這樣一件令人擔心的事，深感過意不去』，『我已經同意這個安排，不能出爾反爾，只能繼續頂下去，當然我也感覺對不起家人、領導和同事。』」⑫

3

　　羅孚罹罪的真相，由於檔案的至今仍深藏，無法確知真相。不過羅孚之子羅海雷以潘漢年案類比其父的遭遇。又有人用惲逸群案類比，可以推知其蒙冤。

　　知父莫若子，羅海雷在他所著《我的父親羅孚》一書中說到父親受冤的原因說：「爸爸參與了很多本來與他身分不相稱的事，不是別人不會做，而是機緣巧合，他也衝過了頭。一旦開始了，就是你的工作了。」他認為當時正處於改革開放初期，中國與其他國家關係並不穩定。當時的統戰工作既危險又隱秘。一旦被懷疑，甚至很難辯白清楚，也是時代所造成的特定因果。「機緣巧合」、「歷史獨特環境的產物」。這些正是羅海雷用作形容此事時用得最多的辭彙。這中間，有未知的變數很難把握。如1969年美國阿波羅號登月成功。這是人類歷史上的大跨越事件。當時羅孚為了避免太突出美國。在他所主持的報紙上，並未置於頭條地位。這本已煞費苦心，盡可能守住了該持有的政治傾向，同時又保持了媒體人的自我約束。然而幾天後，羅孚就收到外交部的電報，指斥為「喪失立場」，這是非常嚴厲的批評。不過後來又擔負起越來越多的對美統戰工作。如組織北美學者訪問團訪問北京。美科學院院士華籍歷史學者何炳棣即在其中，事後何曾對中共唱讚歌。如此功績，卻引來內部親密同事的妒忌。據羅海雷說，羅孚的工作團傳出流言，羅孚不會英文，卻負責對美工作。⑬為後來冤屈留下伏筆。

　　羅孚的交遊很廣，不只是跟左派人士交往，同時也跟如徐復觀等親國民黨人士來往，因此有傳言，他高調結交非左派人士，就種下召回北京，判以「間諜」罪的禍根。（鄧正健）。如和徐復觀的交往。

徐復觀這人，政治色彩頗濃。抗戰時期是重慶政府派駐延安的聯絡員，後來又為蔣介石主持聯合情報處，在羅心目中，是一位可以「稱上特務頭子的人」、「是另一個戴笠」。1949後，徐在香港辦《民主評論》（蔣介石支持）。羅孚和他接近，畢竟是為「統戰」，不是去接近一位學者，更沒有把他當儒學大師。

徐、羅的結交，始於1971年。章士釗的《柳文指要》出版了，羅恰因公進京，晤章士釗，章就託他帶二十多部回香港，代他送人，羅向章多要一部送在港的徐復觀。羅本自承「而我接近他是有統戰的用意。」結果徐又把書送了臺北的黃少谷。據羅理解，「恐怕含有備查之意，以示在中共統戰面前無他。」十年的交往就這樣開始了，畢竟兩人都是文人，文人氣質「性相近習相遠」。這就產生感情了。旁觀者的胡菊人⑭就看得很清楚：「有人可能說，羅孚大兄與徐先生的交往，不過是『統戰與反統戰』的交往而已。單純在政治層面上看固然可以這樣說，然而我有另外的看法。」他舉自己和戴天為例，雙方的交往不是交戰而是交友，「我們的交往是友情在的，因為彼此都讀對方的文章，彼此都有共同相識的朋友，彼此對文學藝術有相通的話題，我們如此，徐、羅之間更是如此了，因為他們的交往更為頻密，亦有互相賞識的交情，不應簡單地將這種交往作『政治統戰』的『庸俗化』，我毋寧視之為文化界的佳話」。⑮胡菊人的話顯然不是空穴來風。

羅孚自己的話更可證實。「十年的交往，我們之間的感情在增加，我敬重他的剛直，他的敢言、敢怒、敢罵。脾氣可能不好，風格卻是真好。政治上，他擺明瞭是反共的，但說由於大陸沒有別的政治力量可以代替共產黨，他只有希望於共產黨自我完善了。他稱讚周恩來，為周恩來的逝世掉了眼淚，這是憂國憂民之淚，公而忘私之淚。這使他挨了不少罵，也使我對他更為敬重。」

羅孚更進一步坦率說：「不知不覺之中，我們一家都和他們有了來往，而他們的兒女到香港時，也都要和我們家的人見面。兩家好像是世交的樣子。我經常去徐家作客。他因健康關係戒酒，吃飯時往往是我獨酌，彼此都習慣了。」（〈江湖煙霧怎相忘？〉）

胡菊人在那篇〈復觀先生與香港〉的文章中，也講了一段實事證實徐、羅之間的友情頗不尋常，比作「三國」時的羊祜和陸抗。「羊祜和陸抗是處於敵對的陣營，而互相信任和尊重，而有所交往，對方送來的酒和藥亦照服無疑，但又不失自己的原則和立場，真正是『其爭也君子』」。羅屬中共，徐則屬反共陣營，思想上可說針鋒相對，然而能互相聆聽彼此相反的意見，坦誠相往來。胡菊人認為堪與羊、陸之交比美。⑯

胡所舉的實事是，復觀夫人王世高，患肝硬化，醫生預言只有一年壽命，在屢醫無效下，徐聞知福建有專治肝病的特效藥，唯市售多屬假冒，為買真品，請羅孚代購。應其請，羅終於買到真品。然徐妻竟斷然拒服，並說：「共產黨來的東西我不要吃！」反共如此堅決置生死於度外，實屬罕見。該藥價極昂貴，徐竭力勸妻，依然不服。適其長子到香港探親，相勸母親，說此藥極好並有效。母親信了兒了的話，前後服了一年，再去醫院復查，結果肝硬化已消失，使她重獲生命，十年後依然無恙，羅孚間接救了徐夫人之命，這是徐復觀親口對胡菊人所說。⑰

附帶地說，羅、徐之間交往所用「統戰工具」即舊體詩。如上世紀八十年代，徐臥病臺北，聞訊下，羅孚賦七律一首託徐夫人王步高帶去，慰問這位老夫子。詩曰：

故人憔悴臥江關，望裡蓬萊隔海山；
每向東風問消息，但依南斗祝平安。

論交十載師兼友，閱世百年膽照肝；
一事至今增惆悵，孔林何日拜衣冠？

羅孚還找新華社的王匡，也賦詩一首。詩云：

海角奇葩一瓣香，三年同夢不同床；
偶見毫端生秀氣，躍然紙上現豪光。
未終棋局煩誰計，待補金甌費眾量；
只恨識荊時已晚，個中情意豈相忘。

病中的徐復觀沒有見到王匡的詩，和詩云：

中華片土盡含香，隔歲重來再病床；
春雨陰陰膏草木，友情默默感時光。
沉疴未死神醫力，聖學虛懸寸管量；
莫計平生傷往事，江湖煙霧好相忘。⑱

　　羅孚詩中所說「惆悵」事，即和徐復觀相約去曲阜謁孔林。北京
已為此做了安排。終因是年4月徐的病逝成憾事。一月後羅自己因故
羈京連悼念都不可能了。然「哲人日已遠，典型在宿昔」形象是長在
的。（羅孚語）

　　在非左派的文人中，羅孚還結識卜少夫、陸鏗、葉靈鳳、曹聚仁
等人。幾乎有交無類，並非「統戰」且是「莫逆」。陸鏗於82年七月
應廖承志之邀由香港赴北京，羅剛被囚兩月，即認作冤案。85年再度
赴京（即為與胡耀邦訪談），提出面見羅孚，得允准而如願。同樣，
金庸（查良鏞）赴京提出同一要求而未成。卜少夫為臺北「立委，」

雙方政見明顯相異,經「吵後相識」(為無名氏,即卜乃夫是否『好人』而爭)。最後羅孚自承:「歷史已經證明我錯了。卜少夫兄弟卜乃夫不是應該那樣打進監牢的壞人。「反右」和「文革」當中他的遭遇都是欲加之罪,是文字獄,是思想犯,是可悲的知識份子」(《卜少夫這個人》第四集209頁)光明磊落,絕不文過飾非。「君子之過也,如日月之食焉;過也,人皆見之;更也,人皆仰之」(《論語·子張》)此後,卜少夫也提出「對自己要有風骨,對同族群,要以相濡的精神彼此呵護」(同前)。這就超出「統戰」了。

5

「曾經滄海客,又賞獅山雲。」1993年,羅孚刑期已滿,自當恢復自由。官方踐諾,讓他重回香港。十年前,急召回京時是《新晚報》總編,劫後重回,已是一介庶民,四十一年報齡與三十五年黨齡,均已化為烏有。按中共體制規定,凡罹刑者均要革去公職與黨籍。羅孚何能例外。不然有人說羅回港後吃香港居民低保就沒有根據。

回港後,他又重新執筆以〈島居新語〉、〈島居雜談〉為名在報紙(明報和他報)開闢專欄,逐日刊登。他自稱:「為什麼「忽然擱筆無言說」呢?既然還有寫作的自由。我總不能自律到自殺──殺死自己的文字於成形之前。」(《北京十年》後記)。

吊詭的是,這位「美諜嫌」的羅孚,「九七」香港回歸後,去了美國,在三藩市灣區的矽谷定居。「住了四五年,享受了鳥語花香悠閒的日子,終於還是不能適應那邊的生活而回流香港」他說:「但我們看到了美國那邊對老年人的照顧。對失業者也有不差的照顧,而感到那邊有些社會主義的色彩。我們看到的是資本主義還有它的生命力,不像是瀕臨絕境的樣子。」他還不無幽默地說:「由於地域的關

係，美國的月亮特別顯得圓，因此想到，以前我們常常譏笑崇美的言論，笑他們說連月亮也是美國的圓，其實這是事實不是笑話。」」（〈八二感言〉）。猶記無名氏（卜乃夫）在一篇散文中寫，去臺北後與馬福美婚後蜜月去美國曾去探訪羅府，在其後園中還吃成熟的柿子。未悉記憶是否有誤。

羅孚晚年還遭遇幾件大事。一是2010年長子羅海星的去世。海星曾是港府貿易發展局北京辦事處主任，在北京工作多年，結交各界人士，有乃父之俠義風。「八九」之變後，參預「黃雀行動」，曾營救王軍濤、陳子明。事發，是年10月14日，在深圳羅湖口過關時被公安拘捕，12月18日正式逮捕後以「窩藏反革命份子罪名判刑五年。」後因血癌於2010年冬盡日去世。是日，香港風雨交加，氣候酷寒。羅孚沒有為兒子送行，曾寫有一幅輓聯寄託哀思：

> 星沉大海愁聽風雨悼英魂，
> 日出東方喜見神州是正氣。

其二，羅孚之子羅海雷所寫《我的父親羅孚》傳記於2011年問世。為澄清羅孚罹罪真相。海雷向父親提出寫傳記建議，並提出三個方案。一是由其父親寫，二由羅海雷寫，其父補充，三如父親執意不寫，由羅海雷單獨創作。後羅孚接受第二方案，並以〈木有文章曾是病，蟲多言語不能天〉為題，寫了本書代序，這年他已九十高齡。文曰：

歲月不居，人生易老，我是一九二一年出生的人，今年已是九十歲老翁。虛活了這麼一把歲數，經歷了一些風風浪浪，看過許多「城頭變幻大王旗」，做報人、爬格子，「東抹西塗迫半生」，而今老病纏身，耳目不靈，卻躬逢盛世，已屬幸運。

　　許多朋友勸我寫回憶錄，從來都敬謝不敏。說來慚愧，我乃一介黔首，昔年「弄文悞文網，抗世違世情」，也曾嚮往狂熱「鬥爭」，忘我「革命」，到頭來卻被捉將官裡去，在北京待了十年，不，嚴格意義上是十一年。

　　羅海雷把書寫完後，羅孚才說了兩句重要的話。一是我沒有拿過美國人的錢。二是「在對美國人做統戰工作時，對當前國際大事的做法和看法作了一點表達和透露。實際上這些觀點都會在一兩周內作為左派報紙宣傳方針予以透露。」（據自高林：〈羅孚：帶著一生祕密走了〉）

　　羅老不僅將龔自珍的詩句為題，還借《己亥雜詩》「誤我歸期知幾許！蟾圓十一度無多。」發了幾句牢騷。「我緬懷不羈的荒唐歲月，以及逝去的至愛的朋友。我想藉此向你們表示我的思念與祝福，更感謝你們無論我得意或患難的不離不棄。」

　　羅孚九十二歲時，其親屬與部下曾為他祝壽。詩人邵燕祥贈詩一首〈遙祝羅孚先生九秩晉二大壽〉：「百年日月競穿梭，九十流光一掃過。定庵詩句隨園筆，南冠文事未蹉跎。」甚為貼切。

　　2011年底，羅孚還應邀去香港《大公報》新址參觀，近30年來他第一次走進《大公報》的大門，受到新任領導與往昔同事的歡迎，然「物是人非事事休，欲語淚先流。」羅夫人說得好：「北京十年結束後，七十三歲的羅孚回到香港，成為一個拿『香港低保』的普通市民。他對自己的事不僅一直沒有做過什麼自白、辯解，更沒有說過任何內幕，也不願意為了退休金去找『老東家』（指《大公報》）」。

　　2012年，白先勇《父親與民國》出版，香港版是天地圖書所出。據顏純鉤：〈十年心事夢中人〉稱：有一晚，我們在理工大學演講廳舉辦研討會，羅孚居然也出席了，由羅海雷與舊日《新晚報》同人陪同並推來。雖然精神不濟了，還堅持到最後，會議結束。我相信他是

一種姿態。一是對廣西老鄉白先勇的支持；二對歷史書寫和歷史的真相大概也別有一番滋味在心頭吧！⑲

　　這就是羅孚。正如中立文人曹聚仁對他的評語：「是一位君子，絕對值得相交」（據陳子善語：鮑耀明致陳的傳真）。又如林風眠所說：「是最好的共產黨員」！不過此時他已非黨員。口碑永不泯滅！此之謂也。

　　　　　　　　2014年5月3日至6月2日端陽節寫畢。時年九十。

注釋

①羅孚：《文苑繽紛》，485頁，中央編譯出版社，
②許禮平：〈霧裡看花說羅孚〉，見於《蘋果日報》副刊《蘋果樹下》
③同注14 484－485頁。
④高林：〈「間諜」報人羅孚：帶著一生祕密走了〉2014年5月11日《上海早報》。
⑤同注①484頁。
⑥同注④
⑦同注④
⑧鄧正健〈報人與「間諜」羅孚的生活史〉、《鳳凰周刊》2011年26期
⑨陸鏗〈統戰高手費彝民〉，收於羅孚編《香港人和事》117頁，中央編譯出版社
⑩戴新偉〈北京十年付蒼茫〉
⑪同注①401頁。
⑫同注⑧
⑬參差計畫：羅孚：紅塵網、兩地書，2014年5月3日網示
⑭胡菊人，一九三三年出生，廣東順德人。五十年代初到香港，當過校役、雜役。後參加友聯出版社工作，晚間讀書於珠海學院。半工半讀畢業後，六十年代初主持《大學生活》雜誌，後又任《中國學生週報》社長。六七年起任《明報月刊》總編輯歷時十二年。七九年起任《中報》、《中報月刊》總編輯。八一年與陸鏗合辦《百姓》半月刊總編輯。現定居溫哥華，仍為港報寫作專欄。在香港時，任作家協會主席等職。見於羅孚的介紹。（香港人和事《編者的話》）
⑮胡菊人：〈復觀先生與香港〉，見之羅孚編《香港人和事》90－91頁。
⑯同15 92頁
⑰同15 91頁
⑱羅孚：〈王匡徐復觀一段詩緣〉，見《文苑繽紛》418頁，中央編譯社
⑲2014年5月3日騰訊網。

首本《曹聚仁傳》問世始末

　　2012年7月23日，文化名人曹聚仁先生逝世40周年。曹先生故鄉浙江蘭溪梅江鎮黨委舉行紀念活動邀我參加。漪與盛哉，盛世興文事，自當應邀。我如期日夜兼程而至。浙東文化積澱深厚，主辦方重視，會期緊湊，多項活動並舉，堪稱美談。我在「曹聚仁生平資料陳列室」中，見有筆者撰著的國內首本《曹聚仁傳》（南京大學出版社），雖屬硬面精裝，業已翻爛脫頁，「書猶如此，人何以堪」。歸來後遂有曹傳問世始末之作。

1

　　先從寫曹傳的起因說起。我最早知道曹聚仁，已是七十多年前的事了。當時，上世紀卅年代，由葉聖陶、豐子愷、王伯祥等人領軍的上海開明書店出版了《中學生》月刊。其中有曹聚仁談語文的連載《粉筆屑》。那富瞻宏麗的知識、汪洋恣肆的文筆，使我驚歎。

　　1941年，我在皖南屯溪一家書鋪，買到一本《大江南線》，這是曹先生的時事報告集。當時抗戰正處於低潮，國內各階層瀰漫著失敗主義的空氣。曹先生以飽蘸感情的筆觸歌頌前方軍民的浴血抗戰，鼓舞人們抗戰必勝的信心，更增加我對曹先生的敬仰，想有面謁的機會。

　　面謁的機會來了，卻又失之交臂。1947年我已踏入新聞界，承友人之邀去《新蘇州報》幫忙。當時得知曹先生在蘇州國立社教學院執

教，轉托友人打聽曹先生來蘇州的日期，並向先生表達面謁之願。本
已定了日期，那知事有意外，那天必需到無錫，失約之咎在我，愧對
曹先生。

　　後續幾年，國事蜩螗，大局動盪，自己求生不遑，曹先生在我記
憶中淡化了。直到上世紀五十年代，偶然聽到曹先生的消息，說是從
上海去了香港。這是巨大的反差。新中國建立，許多進步文人從海外
回來，而他卻去香港定居。當時香港又等同異國。曹聚仁此舉實在不
可思議。困惑一直放在心中。

　　1988年，我從崗位上退休。一家省級的專業報，聘我編文史專
刊。同時南京市政協文史資料委員會請我任特約編輯。就在南京市政
協，我邂逅一位年過八旬的長者，他是文史委委員曹藝先生。交往頻
繁，我才知道他是曹聚仁的胞弟（曹聚仁行二，曹藝行四）。二哥與
四弟不僅手足情深，而且無秘不共。曹藝本身也經歷奇特，他是黃埔
六期生，任過少將輜汽六團團長，出國遠征，上過印緬戰場，受過美
國將軍史迪威的讚賞。他也曾是中共的祕密黨員。

　　我和曹藝先生交往日久後，蒙他青睞成為忘年交。其間曾把對曹
聚仁去港的困惑向他求解。

　　曹聚仁去香港其實是無奈。親眼目睹曹聚仁這段時期繞室徬徨的
曹藝先生曾向我說及經過。上海解放前夕，曾是《前線日報》社長的
馬樹禮，親手把去臺灣的船票交給曹聚仁，他不僅拒絕，還辭去了
在該報的正職（總編輯）與兼職（前線中學校長）。他與全家都留在
上海。

　　上海解放了，一家七、八口人，這包括曹聚仁母親、曹聚仁自己
與妻子鄧珂雲、岳父與岳母，還有三個孩子等。失業了，一無收入，
何以為生？曹藝曾目睹乃兄的窘境，說：「當時上海解放已整整一
年，中間哥哥也曾寫信給邵力子言及他的窘困。我路經武漢時也曾去

見武大校長徐懋庸，談及曹聚仁的處境，他說當今之下，要『三顧茅廬』是顯然不可能，艾思奇在北大演說，一塊磚頭砌在牆裡就推不動了，落在牆邊不砌進去，只是孤零零的一塊磚頭。就要被踢開。這些話的寓意當然是懂得的。可對曹聚仁的困難一無所補。他既無積蓄，又無經濟來源⋯⋯我因參加解放大西南並認為有勞績而受到給假東歸的待遇，來到上海時，看見他正組織一家人在緊張地貼資料、編新詞典。當時私營出版業搖搖欲墜。受他多年來相扶相助的群眾圖書出版公司，已經交給文化當局。經理方東亮把剩餘的書，在南京路上擺地攤。可見這也不是生計。」這都是曹老親口對我說的。

曹聚仁去香港是曹藝親自駕車陪同去的。曹聚仁應《星島日報》之聘去任主筆，曹藝是奉命策反兩位原聯勤總部的將軍起義。各有南行動機。曹聚仁確為稻粱謀。行前，曾接到邵力子的信：到了海外，一樣可以愛國，還指點了一些大綱要目。這樣他自然放心前去了。

曹聚仁去港，本想持中立立場，以旁觀者身分看待雲譎波詭的海外時局。任《星島日報》主筆的第四天，就搞了個《南來篇》的專欄。首篇文章的第一句「我從光明中來！」此後對大陸也有糾彈。這就遭來左右的夾擊。

左的方面，聶紺弩、胡希明、馮英子以《週末報》為陣地，連番向曹進攻。聶紺弩的專欄《今日隨筆》，逐日批曹。稱曹為「幫閒」。有詩云：「自比烏鴉曹氏子，騙人階級傅斯年。」胡希明設《三流周話》批曹，說「曹舞文弄墨，殺人不用刀」。還有馮英子改魯迅的〈無題〉七律「慣於長夜過春時」，竭盡諷刺挖苦。（後來馮改變對曹的態度）。

右的方面也不放過曹，指責他「對於中共大力而深心地似幫閒而幫忙，實際上幫兇，做中共文特文工所不能做的工作。」有位馬兒（李焰生）在香港的《自然日報》連發三篇文章（〈給曹聚仁〉、

〈再給曹聚仁〉、〈三給並覆曹聚仁〉）攻擊他。

　　一時間弓矢齊射，曹聚仁成了箭靶。「我本有心向明月，誰知明月照溝渠。」曹聚仁被視為異類。他在香港出版的書。大陸海關扣押一律不准進口。（據稱臺灣也同樣不准曹著進口）為著養家活口，也為著顧全大局（民族大義）他忍受誤會堅持在香港。

　　至此我對曹聚仁才有所瞭解，但仍待深入。

2

　　1989年元月的一天，我又造訪曹府，曹藝先生在南京細柳巷。這是他的小藏書室（自稱「窄而黴齋」，陰暗又潮濕，離住處較遠）。室內一側都是木箱存著書，近門有一木床，供午休用。接著敘談，時近中午，曹老說：「給你看一份材料，也許你有興趣。」

　　這是一封信，是用藍色複寫紙寫的複份。開端無收件人稱呼，末尾也無署名。那開頭是：「聚仁此次以五月五日北行，遵命看了一些地方，本月十四日方回香港。先後兩個半月。這一段時期，有著這麼重大的政治變化，也不知尊處的意向有什麼變動？我的報告是否還有必要？因此我只寫了一封簡短的信，向鈞座報告，我已經回來就是了。」讀至此，我不免驚奇，這不是曹聚仁的口吻嗎？曹聚仁人在香港說「北行」，又是「遵命看了一些地方」又探問「有著這麼重大的政治變化？」又稱這收信人為「鈞座」……從香港北行當是內地。這不說明曹聚仁回過大陸？幾句問語顯然涉及重大事件。我迫不及待地請曹老解開這些疑竇。曹老笑了：「他從1956年首次回北京，以後頻頻回內地。你再看下去就知道他回來是幹什麼的了。」我讀完後恍然大悟，原來曹聚仁參與了統一祖國的祕密談判，他是國共和談的搭橋、牽線、傳話的信使。

看我尋根究底之誠，曹老又拿出一份材料，那是與上述信函有關的曹聚仁給臺北的報告。他受台方之託，「遊歷東南各地」，廬山、杭州、紹興、寧波、奉化、溪口等處都是老蔣當年遊歷與生身之地。曹聚仁不僅用文字介紹現地的情況還隨函附上全份照片。

我大喜望外，因文長當下要求曹老給我帶回細讀。這為曹老婉拒。但他允諾可以另抄一份給我參閱。幾天後，終於抄好，曹老再三叮囑必須保密後交給我。

又是意外！

曹老說：「我再給你一個驚喜！」我自然謝過。那是香港雜誌《七十年代》發表的一篇文章，題〈記一次中國統一的祕密談判〉，署名王方，時間是1978年4月21日。文章真引人入勝。說老蔣有意與中共談判統一，蔣經國奉命，與前在贛南時就以師友相待的當時居留香港的曹聚仁接洽。醞釀一段時間後，經國乘一小舟，專程到香港，迎曹去台。然後到台中日月潭蔣氏官邸。

在當時大陸是石破天驚、聞所未聞的祕聞！

更為重要的是王方回憶曹聚仁與他談到的現在已眾所周知的雙方同意統一的六項條件，即是：

（1）蔣介石偕舊部回大陸居廬山，仍任國民黨總裁，廬山為蔣的居住與辦公的湯沐邑①；

（2）蔣經國任臺灣省長，臺灣除交出外交與軍事外，北京只堅持農業方面必須耕者有其田，其他內政完全由臺灣省政府全權處理。以20年為期。期滿再行協商。

（3）臺灣不得接受任何經濟與軍事援助。財政上有困難，由北京照美國支援數額照撥補助；

（4）臺灣海、空軍併入北京控制，陸軍縮編為4個師，3個師留台，1師駐金門、廈門；

（5）金與廈與合併為一自由市。市長由駐軍師長兼，此一師長由臺北徵求北京同意後任命，其資格應為陸軍中將，政治上為北京所接受；

（6）臺灣現任文武百官的官階、待遇照舊不變。人民生活保證只可提高，不得降低。

這樣言之鑿鑿，怎能使人不信。當時我的驚喜，至今猶覺就在眼前。可惜最後因橫生枝節，致功虧一簣！

徵得曹老同意，我把六條抄下。曹老又再三叮囑：「萬萬不能發表！」

3

上世紀80年代，電腦尚未普及，網路更未問世。資訊相當閉塞，何況有關國共的秘密談判，更是秘之又秘的秘聞。我既知道這些秘聞，很想為公眾所共用。我想檔案有30年解密的國際慣例，事起於1956，此時1989，已是解密時，何況王方此文早在1978就於香港發表。

想到就做，前後用了三個月的時間，根據已掌握的能搜集到的有關史料，寫成〈穿梭於海峽兩岸的祕密使者〉，約2萬字。寄海南的一本紀實月刊《金島》，僅是試寄。也許不能成功。此刊為韓少功所主持。不到兩周就接到編輯部電話：「大作決定發表」，還有「一字不刪」的承諾。

〈穿梭於海峽兩岸的祕密使者〉發表在《金島》1989年11期。編輯設計了極為吸引人的導讀：

這是一樁海峽兩岸鮮為人知的歷史陳跡──這是一部炎黃子孫深為歎息的缺憾樂章──這是一次功敗垂成統一祖國的祕密談判──這是一曲中華兒女共同企盼的團圓壯歌──

此文中的大部分材為首次披露，輯錄下來留於世間，以備觀瞻回味。如果失卻這些應該收藏的社會財富，那麼再過多少年，我們或許會步入一個窘迫卻又無奈的境地，那就是：你們再也無處可尋找到這些也許有用的東西……

四個「這是」的排比句，既肯定此文又藏懸念，果然引來極大反響，報刊轉載，街頭巷尾議論紛紛。

刊物到了曹藝先生手裡，他的臉色變了，板著臉問我：「你怎麼發表了？」他怕引出事來。我請他放心，有事全由我承擔。

結果平安無事，無人查問。

初試成功，接著我用同樣的題目寫《曹聚仁傳》。曹藝先生支持我，寫了〈我與哥哥曹聚仁〉作代序。交吉林文史出版社出版。該書於1992年3月問世，印了5000冊。

好消息接踵而來。上海人民出版社主辦的《中外書摘》1992年第2期以長達9頁的篇幅轉載該書的第一章。更有甚者，《中外書摘》編輯徐慶蓉，又壓縮成千餘字（主要內容為六項條件）發表在發行300萬份的《報刊文摘》上。

曹聚仁的名字不脛而走，六項條件進入人們的話題。

長春電影製片廠來了電話，要把曹聚仁事蹟拍成電影，我當然積極回應。

豈料風和日麗，一下成了酷寒嚴冬。《報刊文摘》的千字文，驚動中央的一位高層，一通電話到吉林文史出版社。此書不能出版，已印成的全部收回，交造紙廠化成紙漿。按理該由出版總署管轄，出版社只能遵命。

死於襁褓中的書，外界並不知聞。《光明日報》來湊個熱鬧。1992年6月19日，開闢專欄進行轉載。結果當然觸礁而終。四天後中途腰斬。（1992，6，22）尤為駭怪的是，按版權法規定，轉載得發

稿酬。雖經我多次去函，竟置之不理。20年過去了，《光明日報》還欠著這筆賬。我輩草民，又屬老殘，自然無可奈何。

一朝分娩，即告夭折。我心不甘，仍想救活。年近七旬的我，獨闖北京。嚐了幾處閉門羹後，找到一位高層。××三人小組之一。屬軍方。這位領導親民、體恤下情。聽我訴述後，毫無居高凌下之態，懇切婉轉說明「此事目前不宜公開」。話到這份上，復生自然無望。只好告辭，領導親送到電梯口。我從此斷念，接受這無可奈何的事實。

4

有心栽花花不發，無心插柳柳成蔭。只有一年時間，東北換到東南，夭折的嬰兒——《曹聚仁傳》再生了。而且以更英俊的面貌問世。

《曹聚仁傳》1993年3月交南京大學出版社出版，責任編輯為該社總編任天石（南大教授，葉紹鈞研究專家）。任先生頗為重視，精心編輯，以極快的速度，在同年6月即出版。該書415頁27萬字，4頁照相插頁，以平裝和精裝兩種裝幀形式問世。吸取上次教訓，書名用中性的傳主的名字，模糊並淡化處理傳主參與祕密和談的過程。自審用心良苦，好在傳主一生事蹟都已寫出。

教授、書評家徐雁先生，在第一時間在香港《大公報》推介本書。引起海外反響。曹的生前好友馬來西亞的劉子政先生立即給我來信並購本書。

臺灣授學出版社購買本書版權。

同年12月8日，曹聚仁之女曹雷女士來信：「曹傳一書花了您很多心血。書中涉及海峽兩岸之事，此中情況我既不瞭解，更無權表示

態度。國家大事還是由國家去處理，我不便打聽，也不便談論，以免做出有損於國家利益的事。」這是當時曹雷女士的態度。

此時，國內出版界紛紛出版曹著。三聯書店先後出版有《書林新話》、《中國學術思想史隨筆》、《曹聚仁雜文集》、《文壇三憶》、《文思》、《北行小語》、《萬里行二記》等。人民文學出版社出版《我與我的世界》。福建人民出版社出《萬里行記》。上海書店出版社出《書林又話》。上海東方出版中心出《文壇五十年》。中國廣電出版社出《曹聚仁文集》（上下兩集）。北京出版社出《曹聚仁書話》。這裡所述不免掛一漏萬。然而如此林林總總出版，說明此時曹聚仁研究已不犯禁。

此前，1990年4月，曹聚仁故鄉蘭溪，隆重舉辦曹聚仁誕生90周年紀念會，作出多項重要決定，紀念曹先生。

曹聚仁專庫在上海魯迅紀念館成立。上海市政協出版《曹聚仁先生紀念集》。曹聚仁更為人們關注。

曹聚仁終於走出冰山一角，不再塵封。

5

本已為人熱議為人矚目的曹聚仁，在2000年新世紀更有許多謎底陸續揭開。中央文獻出版社於1996年、1997年出版童小鵬著《風雨四十年》、《周恩來年譜》都有曹聚仁的記載。童著：「八月的一天，毛澤東接見了香港來大陸瞭解情況的記者曹聚仁，並談了話。關於炮擊金門的行動讓曹轉告臺灣，曹在《南洋商報》上透露此事。」（275頁）《周恩來年譜》在1956、1958、1959記事中，有11天的條目都出現曹聚仁的名字。

如前所述，曹雷女士對其父參與祕密和談一事不表態，這裡該

補敘曹景行先生（曹先生之子）當時態度。猶記1990年4月，我隨曹藝先生與南京市政協的陸先生，到蘭溪出席曹聚仁誕生90周年紀念會後回南京，路經上海，往訪曹夫人鄧珂雲。中午，由恰從香港回滬的景行先生陪小叔曹藝先生在南京西路一家飯店吃飯，我也在座。談及聚仁先生往事，景行先生多次說事關國家機密不便言談。我雖年己老邁，至今猶能憶及。而景行先生當更不致忘懷。

　　時間真正具有魔力，一切都會改變。1998年3月8日至10日，臺北《聯合報》連續三天發表曹雷的長文〈父親原來是密使〉。該報編者按：「曹雷此文主要是依據曹聚仁夫婦生前留下的信件、筆記、以及大陸新出版的史料如《周恩來年譜》，對照當年見諸中外媒體的傳言，重新描繪出1956至1972年曹聚仁奔波兩岸港澳間傳話的圖像。過去兩岸所以會有密使出現，互探虛實的意義或許更大於和談；而密使傳聞所以會不脛而走，又和美國在其間扮演的角色似有若干關聯。」至此，曹聚仁充當密使浮出了水面，曹雷從諱言進而「把我所知道的一些情況寫出來」（見曹雷文結尾），這顯然和有關方面對曹的開禁有關。

　　曹雷〈父親原來是密使〉長文發表，臺北與大陸都有不同迴響。

　　曹聚仁好友、原《前線日報》社長、總統府資政馬樹禮給柳哲的信（1998年8月17日）說：「有一件事，我願在此澄清一下：聚仁兄女公子有一篇很長的文章，曾在此間《聯合報》連載三天，內容講述曹聚仁曾以密使身分，為兩岸和談問題出過很多力，還到臺灣與蔣經國先生密談，我可以肯定說，絕對沒有這回事。第一，據我瞭解，外間所傳透過什麼人談和的事都不是事實。第二，經國先生到臺灣後，對大陸上他的所有朋友、部屬的來信，他一概拒收，從來不看。來台後，經國先生的機要秘書蕭昌樂告訴過我，聚仁兄確有幾封信給經國先生，但是經國先生並沒有看到。因他已奉命把所有來信都毀了。」

很顯然馬否認有密使一事。

　　還有一位曾在贛南工作、也是報人、與曹聚仁熟識、又隨蔣經國多年，並著有《蔣經國評傳》的漆高儒，也同樣否認此事。他說曹雷之文「是舊紙堆中找出來的文字，當就難以存真存實。」、「源於蔣經國根據過去國共和談的經驗，訂了對中共的三原則：『不接觸，不談判，不妥協』。這是『八二三』炮戰前所定的。」針對曹雷文章所說，曹聚仁和蔣經國會面時，談到各人的孩子，談話在日月潭。漆高儒說曹絕對沒有到過臺灣。「這應是他病中夢囈的話，一個精神受到刺激的老人，常常會把生活中未實現的事，幻想成為實景，日有所思，病有所說。」

　　臺北也有人認為曹確是密使的。如張佛千（文史學者，世界新聞大學教授，曾參加軍旅）、陸鏗（中央日報副總編、採訪部主任）。張認為密使可能有其事。臺北方面十分注重保密，只有口傳不留文字。陸完全肯定曹是密使。他以臺北派宋希濂胞兄宋宜山到北京試探和談可能性為例，「由此觀之，當時臺北對大陸未採取完全隔離政策；在這種情況下，曹聚仁被北京方面派來從事兩岸仲介或溝通的角色機會非常大」。

　　大陸只有民間對曹從民族大義出發，為兩岸統一而獻身而欽敬。官方個別官員如羅青長、徐淡廬也都肯定曹先生功績。不過具體細節從未公佈。

　　此後大陸人士到臺灣遊歷者在台中日月潭涵碧樓紀念館發現有〈風雲際會涵碧樓〉說明詞：「民國五十四年（1965年）7月20日蔣介石、蔣經國父子在涵碧樓，聽取曹聚仁密訪北京報告，形成一個與中共關於和平統一中國的談判條款草案，當時稱為『六項條件』……」白紙黑字與王方所談六條一字無誤。這似乎可以確信。然而近年又有新的說法。

　　台中日月潭涵碧樓所載蔣氏父子會見曹聚仁聽取密訪北京報告，國民黨的黨史館主任邵銘煌強調：根據可靠的《侍衛日誌》，7月20日當天，蔣介石不在日月潭，而在桃園大溪行館。有可能是曹聚仁記錯日期。或涵碧樓紀念館「出口轉內銷，東抄西湊，參考未經證實的文章而來。」

　　是也，非也，最終只有等待大陸的檔案公開。我相信，這一天總會到來。

　　在目前，「密使」可以連篇累牘暢言無忌。「穿梭海峽兩岸」也成文章主詞。這是可喜的方面。憂的是陳陳相因，陳飯炒來炒去，未見新意。我們需要的新史料，或者是研究的新角度。

　　我的首版《曹傳》問世11年後，2004年，應河南人民出版社之請修訂增補，再次出版，篇幅由26萬字增為30萬字，又經編輯蔡瑛的努力增加不少照片，為再版增色不少。

　　2005年新版《曹聚仁傳》，獲江蘇作協「紫金山文學獎」，再獲榮譽。

　　真道是「二十餘年成一夢，此身雖在堪驚！」南宋詞人陳與義〈臨江仙〉詞的兩句似為我的《曹傳》而說。也是二十年了。重新翻讀實在堪驚並汗顏。好在他只是開個頭，佳作自在後頭。我們等待著。

2012年9月18日再次改畢於南京。

注釋

①周制，諸侯朝見天子賜以王畿以內供住宿和齋戒沐浴的封邑。後來，皇帝與白皇后收取賦稅的私邑也稱湯沐邑。這裡借用其意。

曹聚仁與《濤聲》

「我是愛看《濤聲》的，並且以為這樣也就好。」

——魯迅

救亡圖存辦《濤聲》

曹聚仁業文史，精於國學，為太炎先生關門弟子，尊為暨南、復旦等校教授。然也有志於新聞事業，抗戰時曾任《中央社》戰地記者，又佐蔣經國在江西辦《正氣日報》，後再掌《前線日報》主筆。1949年去香港供職於《星島日報》、新加坡《南洋商報》（在香港遙領），直至終其身。而考其辦報之始卻為一張小型四開的報紙。

1931年8月，正當國民黨政府在其統治區進行激烈的文化圍剿之際，上海灘上一張四開的小型報紙問世了。不久，「九一八」事變發生，這一張小小的報紙，就成為一些進步文化人呼籲救亡圖存的陣地。這就是《濤聲》週刊。

《濤聲》醞釀之初，創辦人原來並無大志，既缺乏一致的政治主張，也無意於左袒哪一個主義，共同發起的幾個人也無統一的意志，只是有一些朦朧的相同的認識。創辦人之一並負主編之責的曹聚仁在40年後回憶創辦經過這樣寫道：

「1927年的夏天，國共婚變，我就遠離政治漩渦，躲到文淵閣去鑽古書堆，做現代的蠹蟲。其後回到暨南大學教書，只是教書而已，

不再過問任何問題了。從那時到1931年，其間差不多沉默了五個年頭。一個社會革命，慢慢地從地下成長起來，和我已經沒有什麼關係了。和我相知的朋友，很多都已在狂潮中死去了。1931年秋天，『九一八』事變發生了，正是危急存亡之秋，似乎沉默不下去了。幾個朋友，開頭只是極少數幾個人，想寫點文章叫喊一番，定名《濤聲》周刊，四開一張，由上海群眾書局刊行。」

他在另一處地方也提到《濤聲》：「1932年，我便移家到上海去，住在法租界的金神父路花園坊。……那一年起，我主編了以烏鴉為商標的《濤聲》周刊和《芒種》半月刊。也開始給《申報・自由談》、《申報週刊》和《立報・言林》長期作稿，我們反抗當時對文化採取高壓態度的當局，我們在國家民族的立場，主張對日作戰……」。

由於時間久遠，寫這兩段回憶時，曹聚仁又在香港。他把《濤聲》的創刊時間搞錯了。《濤聲》創刊於1931年8月22日，並非「九一八」事變後，如果以醞釀時間而說，1931年春就開始。

1931年春，是中國最黑暗的時間，國民黨統治者在軍事與文化兩條戰線上加緊進行「圍剿」。在文化方面他們禁止出版進步書報，封閉進步書店，頒佈旨在扼殺進步文化的出版法，通緝作家，並將柔石等革命作家逮捕、拘禁直至祕密處死。……在這樣的情況下，有正義感的作家，無不感到憤恨，但「吟罷低眉無寫處」，就想自己創辦刊物。正如曹聚仁所說，幾個朋友想「寫點文章叫喊一番」，這時正好群眾書店的主人方東亮到暨南大學找曹聚仁，請他編套新文藝選集。曹聚仁向他提議，結合作選集廣告與新書宣傳，辦一種刊物。方東亮同意承擔刊物的費用，編輯、校對、發行方面的工作，由曹聚仁等承擔。上海群眾書局對刊物內容更不負政治責任。群眾書局是一家弄堂書店，資金有限，店主雖說承擔《濤聲》費用，事實上只是承擔排印與紙張的錢。稿費與編輯的報酬是分文沒有。

　　協議停當，曹聚仁就擔當起來，此時他正在編《小說甲選》、《散文甲選》，同時進行《濤聲》的籌備工作，8月，兩書編就付排，《濤聲》也問世了。

　　《濤聲》創刊號是曹聚仁一家共同努力的產物。稿件由曹聚仁、夫人王春翠、四弟曹藝撰寫。版面設計為曹聚仁、王春翠主持發行，曹藝還負責打雜。

　　以後曹禮吾、陳子展、黃芝風等也參加進來。但各人都有自己的職業：曹禮吾在暨南大學教書，陳子展既教書又編書，曹藝在同文書院讀書，看來各人都只能用部分精力來從事。

喚醒理性的「烏鴉主義」

　　《濤聲》的報頭上有一個烏鴉飛翔在大海上的標誌，原先沒有這是後來的事。

　　《濤聲》辦了一個時期後，曹聚仁等才逐漸形成一種共同的信念──對現實採取批判態度。一開始《濤聲》並沒有什麼政治主張，也不給什麼主義宣傳。寫稿者只是感到當時的現實太黑暗了，在鐵屋的楚錮中許多人昏睡不醒。為時勢所迫，文稿自然集中在生活、思想、文藝三個範疇的批判；文筆既不是黃鶯式的婉轉嬌啼，也不是喜鵲般的違心聒躁，而是烏鴉式的預報吉凶。

　　一天，《濤聲》的幾個基本成員聚集在曹聚仁家，議論起前一個時期的刊物。

　　「以我之見，這些日子我們的《濤聲》先後走了兩步。第一步是逐漸脫去了市儈氣。第二步……」曹藝說到這裡停了下來。

　　「再說下去，第二步是什麼？」曹聚仁問。

　　「第二步就是拋掉了書生氣，很少有吟風弄月的閒適文章。」曹

藝說。

「這不很好嘛！文章合而為時著。不過，我看刊物現在正走在第三步，有了別一種氣。」曹聚仁語出驚人，大家都好奇地看著他。

「究竟有什麼氣？你說呀！」王春翠有些急不可耐。

「好，我說。那就是烏鴉氣。」

「什麼是烏鴉氣？」幾個人異口同聲問。

「這烏鴉氣嘛，也可叫烏鴉主義，就是一種純理性的批判主義，就是要喚醒人們的理性，用自己的眼睛去看，用自己的腦子去想。」曹聚仁不慌不忙地回答。

在場的人都在思索，考慮他的話對不對。

結果在場的人異口同聲地說：「這話有道理。刊物提倡烏鴉主義，這並不壞。」

其中有一位曹夫人王春翠的親戚，他叫王琳①，能書善畫，追隨陶行知，忠誠於鄉村教育，也是曹夢岐（曹聚仁父）的學生，當時在曹家做客。聽了曹聚仁的話，自告奮勇地說：「我來給《濤聲》設計一個新的刊頭，把烏鴉畫上。」

不久，王琳設計《濤聲》新刊頭出來了。這是一幅木刻圖案。圖的上半部是一群烏鴉亂飛、噪鳴。下半邊是波濤疾捲，這象徵了時代的變動，同時表明他們為新時代催生而吶喊。圖案之旁，還題了這樣一段話：「老年人看了歎息，中年人看了短氣，青年人看了搖頭！這便是我們的烏鴉主義。」前面的三句話，是魯迅在一次晚餐會上題贈《濤聲》的。自此後，《濤聲》也就以獨特的面貌出現在讀者面前。

《濤聲》問世一年，出了個周年紀念刊。曹聚仁引用了胡適的〈老鴉詩〉還引用屠格涅夫的《父與子》中的一段話作為〈「烏鴉商標」題記〉：

「他是幹什麼的？」阿卡提笑微微的跟著說了一句，「大伯，你

真是要知道他幹什麼嗎？（他，指巴扎洛夫）

「老侄，請說吧！」

「他是一個虛無派。」

「一個什麼？」尼古拉問。

「一個虛無派。」阿卡提又說一遍。

尼古拉道：「虛無派？那麼想來是nihil（無）字來的了。這名字大約是表示一個……一個什麼都不承認的。」

「不如說，一個什麼都不尊敬的人。」保羅說。

「是一個完全用批評眼光去對待一切的人」。阿卡提說。

保羅道：「這還不是一樣的嗎？」

「不，不一樣。一個虛無派不崇拜任何權威，不人云亦云的信仰任何主義，不管那主義是怎樣的尊嚴。」

保羅問道：「你覺得這是好的嗎？」

「這就得看人了。大伯，有些人受到益處，有些人受到害處。」

當年有人問曹聚仁：「你們信仰這個「烏鴉主義＝理性主義」的主張，有沒有折扣？」

曹聚仁回答：「各有各的折扣，一則年紀不同，二則背上各有許多包袱，並不能如巴扎洛夫那樣獨來獨往。」

「月明星稀，烏鴉南飛」。那人輕輕地笑著說。你們棲棲惶惶所為何來。「繞樹三匝，何枝可依，」才喧鬧得攪人心意吧！

「那就難說了。」曹聚仁說。「淚灑崇陵噪暮鴉。攀上高枝的喜鵲也不見得那麼安靜呢。」

這說明曹聚仁是酷愛「烏鴉主義」的，「烏鴉主義」究竟是什麼，從上面引文與曹聚仁的回答中可思過半。

魯迅的關懷與愛護

　　《濤聲》創辦之初，兵微將寡。曹聚仁除了用本名外，還用了陳思、挺岫、韓澤等筆名寫文章。另外就由他的四弟曹藝用李鵮、由之、陳卓之、團丁等筆名寫文章以補不足。以《濤聲》第8期（1931年10月3日）為例，該期目錄為：〈並未抵抗〉——聚仁、〈松花江時代〉——憨生、〈誦經禮佛〉——陳思、〈四妹〉——慎先、〈細密檢查〉——李鵮、〈豹子與青蛙〉——阿燦、〈三宗離婚案〉——亭亭。

　　本期共七篇文章，曹聚仁寫了二篇，曹藝寫一篇。自己的文章佔了一半。

　　隨著刊物的影響逐漸擴大，加上曹聚仁對來稿採取「廣搜博取、不拘一格」的編輯方針，來稿逐漸增多，作者隊伍也逐漸壯大。曹聚仁曾這樣說：《濤聲》周刊並不是什麼權威性論壇，讓天下憋不住氣的讀書人有個地方發表發表，彷彿英國的海德公園，也許沒有壞處，我們出不起稿費，作者、讀者都是願者上鉤。我們不相信只有編輯是聰明聖哲，別人都是阿斗。我們把《濤聲》辦成一股剛出山的細流，儘管泥沙俱下，也許真有一兩顆金粒子發出閃閃的光來的呢。此後果然有許多新作者湧來。如周木齋、楊霽雲、李又然、魏猛克、應似鴻、汪蔚天、釋仁葉、彭家煌、許白雁、江良叔等，加上陳子展、曹禮吾、黃子崗，一時人才濟濟。而周木齋、李又然、楊霽雲等更是寫文章的健將。有時同一期中他們有幾篇文章。以1933年8月5日出版的第66期為例，共有11篇文章，周木齋有〈夾縫評論〉、〈戲的真實〉兩篇，李又然有〈淚〉、〈窗〉、〈燈籠〉三篇，曹聚仁只有一篇。

　　正如曹聚仁所預言，在泥沙俱下的細流裡，真有一兩顆金粒出現

了。那就是魯迅關注《濤聲》並為《濤聲》寫稿。

沒有想到這樣一個貌不驚人、印數也不多的刊物，卻為魯迅所注意。1933年1月30日，《濤聲》編輯部收到一封署名羅撫寫給編輯的來信，題目是〈三十六計走為上計——寄《濤聲》編輯的一封信〉，其實是一篇文稿，文章開頭說：

我常常看《濤聲》，也常常叫「快哉！」但這回見了周木齋那篇〈罵人與自罵〉，其中說北平的大學生「即使不能赴難，最低的限度也應不逃難，」而致慨於五四運動時代式鋒芒之消盡，卻使我如骨鯁在喉，不能不說幾句話。因為我是和周先生的主張正相反，以為「倘不能赴難就應該逃難，」屬於「逃難」黨的。

接著魯迅又追述當年段祺瑞在執政府門口，如何槍殺學生，造成「三一八」流血慘案；而「北伐成功了，北京屬於黨國」後，更換了手法，「用誥諭，用刀槍，用書報，用煆煉，用逮捕，用拷問，直到去年請願之徒，死的都是『自行失足落水』，連追悼會也不開……」魯迅更沉痛地說：

施以獅虎式的教育，他們能用爪牙，施以牛羊式的教育，他們到萬分危急時還會用一對可憐的角。然而我們所施的教育呢，連小小的角也不能有，則大難臨頭，惟有兔子似的逃跑而已。自然就是逃，也不見得安穩，誰都說不出那裡是安身之處來，因為到處繁殖了獵狗。詩曰：「趯趯毚兔，遇犬獲之。」此之謂也。然則三十六計走為上計，固仍以為「走」為上計耳。

這封信在《濤聲》的幾個青年人手裡傳閱起來，一致認為這是一篇好文章。陳子展像發現新大陸似的歡呼起來：「我覺得這篇文章像是魯迅的筆調，羅撫恐怕是魯迅的筆名，當今之世除他以外，誰能寫出這樣沉痛，這樣深刻、慓悍、有力、入木三分的好文章呢。」

陳子展這樣一講，大家恍然大悟都說：「你說得對，准是魯迅的

大作,《濤聲》何幸得到魯迅的青睞。」

曹聚仁說:「這的確是好文章,就不是魯迅的我們也要發。」他把這文章編發了。數日後,曹又寫信給魯迅,請他為《濤聲》寫文章。這自然是投石問路。

魯迅並沒有立即回答,直到1933年6月3日就《守常全集》的出版問題與曹聚仁通信時②,才說到此事:

我現在真做不出文章來,對於現在該說的話,好像先前都已說過了。近來只是應酬,有些是為了賣錢,想能登,又得為編者設想,所以往往吞吞吐吐。但終於都被抽調,嗚呼哀哉。倘有可投《濤聲》的當寄上。先前也曾以羅撫之名,寄過一封信,後來看見廣告在尋找這個人,但因為我已有《濤聲》,所以未復。

這封信證實了羅撫就是魯迅,曹聚仁和其他同仁自然喜不自勝。

不久後周木齋對魯迅的文章作出反應,兩個月後魯迅以何家幹的筆名在《申報》自由談發表的〈文人無文〉一文,寫了〈第四種人〉交《濤聲》發表。這篇文章的效果並不好,周木齋等於向敵人告密,說何家幹是魯迅的筆名,同時臆定魯迅是「置身事外」說些風涼話的第四種人,他還要魯迅回到書齋裡去寫長篇巨著。這正是敵人所指望的。《濤聲》發周木齋的文章,原指望就此展開爭論,擴大刊物影響。但魯迅認為《濤聲》不是打筆墨官司的地方,沒有應戰。兩個月後,魯迅才在《申報・自由談》發表〈兩誤一不同〉,溫和地駁斥周木齋,後來周木齋也沒有對魯迅有不敬的文字。

而魯迅在這件事上令人敬佩有三點:第一,儘管他和周木齋很熟,周文又發在《濤聲》上,仍然敢於發表批評自身的文章,表現出可貴的胸襟和氣度;第二,他能夠從稿件本身作出判斷並沒有因羅撫是自發來稿,又「名不見經傳」(筆法類似魯迅只是猜測)而另眼相看,也就是說不是惟名是取;第三,羅撫的信是在讀了《濤聲》二卷

四期以後，於1933年1月29日寫成，30日投郵的，相隔僅10天，便刊載在《濤聲》二卷五期上，處理稿件的效率是值得稱頌的。

而魯迅在這件事上所表現的風度，也使人崇敬。他以普通作者的身分投稿，在最後一段寫道：「但不知先生以為何如？能給在《濤聲》上發表，以備一說否？謹聽裁擇，並請文安。」謹聽裁擇態度何等懇切，周木齋的文章發表後，又表現了寬容的態度，實在是高風亮節。

此後，魯迅一直關心《濤聲》的命運。1933年7月11日給曹聚仁的信說：「《濤聲》」至今尚存，實在令人覺得奇怪，我認為當是文簡而旨隱，未能為大家所解，因而偵探們亦不甚解之故，八月大壽（《濤聲》創刊兩周年——筆者注），當本此旨作一點祝辭。魯迅在8月6日寫《祝濤聲》寄給曹聚仁。

《濤聲》兩周年特大號（第2卷第31期，總第68期，1933年8月19日出版）一下發了兩篇魯迅的文章，一篇是〈祝《濤聲》〉，另一篇是應曹聚仁之約而寫的〈《守常全集》題記〉。《濤聲》將其當作珍貴的禮物奉獻給讀者。

在〈祝《濤聲》〉這篇文章裡，魯迅一開頭就說：「《濤聲》的壽命有這麼長，想起來實在有點奇怪……這是一種幸運，也是一個缺點。看現在的的景況，凡有敕准或默許其存在的，倒往往會一部分人搖頭。」魯迅又一針見血地指出：「《濤聲》常有赤膊打仗，拼死拚活的文章，這脾氣和我很相反，並不是倖存的原因。我想，那倖存也是缺點之處，是在總喜歡引古證今，帶些學究氣。中國人雖然自誇『四千餘年古國古』，可是十分健忘的，連民族主義文學家，也會認成吉思汗為老祖宗，則不宜與之談古也可見。上海的市儈們更不需要這些，他們感到興趣的只是今天開獎，鄰里爭風……這可以使《濤聲》的銷路不大好，然而也使《濤聲》長壽……《濤聲》銷路上的不

大出頭,也正給他逃了暫時的性命。不過也還是很難說,因為『不測之威』,也是古來就有的。」最後,魯迅語重心長地說:「我是愛看《濤聲》的,並且以為這樣也就好,然而看近來,不談政治也好,仍談政治呀,似乎更加不大安分起來,則我那些忠告,對於『烏鴉為記』的刊物,恐怕也不見得有效。那麼『祝』也還是「白祝」,我也只好看一張算一張了。昔人詩曰,『喪亂死多門』,信夫!」後來魯迅的祝辭不幸而言中。

除上述兩篇文章外,《濤聲》第二卷二十二期還發了魯迅的〈「蜜蜂」與「蜜」〉在得知丁玲被捕與誤傳被殺的消息後,魯迅的舊體詩也在《濤聲》發表。詩云:「如磐夜氣壓重樓,剪柳春風導九秋,瑤瑟凝塵情怨絕,可憐無女耀高丘。」

《濤聲》被封

正如魯迅所說:「《濤聲》常有赤膊打仗,拼死拼活的文章」,《濤聲》也多次發表〈我們的態度〉,在重要關頭申述自己的主張,有一次這樣說:「政府若是因循苟且,依舊那麼妥協下去,我們決心站在最左翼和政府處敵對地位,死而有靈,為厲擊人!」這正是魯迅說的「赤膊打仗,拚死拚活的總注腳」,而且它一直採取不顧死活的態度,赤了膊一仗一仗的打下去,似乎不根本不知道可以用壕塹保護自己。

整套的《濤聲》,目前中國境內除上海魯迅紀念館有曹聚仁獻贈的外,別處已不多見。筆者從一些零碎的《濤聲》中,看到這種很多赤膊打仗的例子,政府贊同「國際合作」,《濤聲》則說「國際共管,」是「引虎拒狼」;政府提出「非武裝區域」,《濤聲》則說這和瓦仰安提人卸下武裝一樣,意在向敵人表示「我遠離了自衛思想,

完全相信你的寬仁」；蔣介石引退，宋子文和汪精衛互讓行政院長，《濤聲》引韓非子的話說「禹傳天下於益，而實命啟自取之」；上海市政府取締反帝會議，《濤聲》卻歡迎反帝代表，還刊出了馬來爵士的演講；北平市黨部宣佈民權保障同盟非法，《濤聲》卻登載同盟消息，還詳細報導楊杏佛被刺經過；政府抬舉胡適，《濤聲》接二連三批判他；政府通緝魯迅，《濤聲》卻擁戴和讚揚；1932年10月，陳獨秀第五次被捕，《濤聲》不僅刊出消息，還影印了陳的手跡（三軍可奪帥，匹夫不可奪志也），同時不僅刊出曹聚仁譴責當局的長文……白紙黑字，昭昭在目，全是和政府唱對臺戲。

在這些「赤膊打仗」的勇士中，曹聚仁與曹藝是手持板斧的李逵（曹藝用筆名李徯）。他們的文章頗激烈，如李徯的〈死所〉（《濤聲》第一卷九期，1931年10月10日），就1931年10月1日在上海寶山路發生的員警槍殺群眾一事，憤怒地斥責：「姑不論愛國運動是否該殺，單請問以和平誠愛維持治安為守則的員警條例上哪一條可以隨便開槍殺人?!」

又如李徯的〈吸血蟲〉對國民黨反動派竭盡冷嘲熱諷：「報載青陽港發現吸血蟲，警告愛到那裡避暑、游泳的朋友注意……不過既警告去那兒的人注意防範，則吃吸血蟲之不是很可親近的動物可知。名曰吃血，望文生義，大約是懂的吃人的血以自肥的，必不漏屬於普羅階級。」想不至歸入反動派一類的蟲。況在草創憲法之年，去拜訪吸血蟲，當不致觸犯〈緊急治罪法〉的。我這樣一想時，實在覺得在升平之世，行動自由。頗可驕傲而加緊了去青陽港一行的願望，著實對總理在天之靈罰誓，務須於最短期內實現。

曹聚仁發於《濤聲》的雜文，雖與李徯的文筆不同，李文直率，曹文婉轉。但其尖銳則有過之。如曹聚仁的〈米麥與鴉片〉（發於1932年10月22日第1卷27期），狠狠鞭撻了國民黨政府的倒行逆施。

扼殺國內農業，獎勵洋米進口。借外債買美國麥子，更用反語說：「可惜以往農民不甚明達事理，連種米種麥，不如多種鴉片這種淺近道理都不懂得。這幾年在上的愛民如命，懇切勸導多種鴉片，如四川福建諸省成績斐然可觀。」

這樣一些文章自然為國民黨政府所嫉恨，而《濤聲》所以能維持一個時期，曹聚仁這樣分析：「我畢竟是《民國日報》那小圈子中的人。國民政府這個官僚主義新政治集團，人的關係還是重於一切。一位在中央宣傳部拿印把子的老友記，他見了我的面總跟我大吵大鬧，但要由他來封閉我的小刊物，似乎還下不了手的。」

但曹聚仁還是天真了些，他的那些雜文還是惹了禍。

他寫過一篇〈生背癰的人〉借用《史記‧項羽本紀》記述的項羽與范增的故事：「……項羽乃疑范增與漢有私，稍奪之權。范增大怒曰：『天下事大定矣，君王自為之。願賜骸骨歸卒伍。』項王許之。行未至彭城，疽發背而死。」他把它演化成一個故事，嘲諷當時生背癰的汪精衛的下場將和范增一樣。

接著他又發了〈忠告丁文江〉一文，對國民黨的腐朽統治予以無情的揭露：「今日之國民黨員，與土豪劣紳有以異乎？與貪官污吏有以異乎？與買辦階級有以異乎？民眾運動舍戒嚴以外無工作，社會上俊秀分子，無不罹反動之罪名，黨之使人絕望如此，欲共產黨之不成功得乎？」

這些文章寫得實在直露了，他那個在中央宣傳部拿印把子的老友記錢義璋突然死去，再也無人庇護，不到一個月，《濤聲》便被封掉。這是在魯迅的〈祝《濤聲》〉發表三個月後，魯迅的話應驗了。

1933年11月20日下午，上海市國民黨宣傳部下達了停刊命令。罪狀是「袒護左翼，誹謗中央」八個字，並要交還登記證。

曹聚仁與同人們，不甘就此銷聲匿跡，在11月25日出了休刊號，

發了魯迅的〈論《翻印木刻》〉出了一出出色的「壓軸戲。」

魯迅知道《濤聲》停刊後，把〈祝《濤聲》〉收入《南腔北調集》時，在文後補記一段。文章這樣寫道：

十一月二十五日的《濤聲》上，果然發出〈休刊辭〉來，開首道：

十一月二十日下午，本刊奉令交還登記證。民亦勞止，汔可小休。我們準備休息一些時了。這真是康有為所說的「不幸而吾言中」，豈不奇而不奇也哉。十二月三十一夜補記。

《濤聲》在1931年8月22日創刊，中間因1932年1月底發生「一二八」戰事而休刊9個月，後恢復出版。在1933年「一二八」一周年之際，出紀念特輯，其中有〈望斷南天思壯士〉一篇，遭撿查官扣下飭令重編，誤期兩周。這樣停停出出，1933年11月25日止，共出版83期。

此後，曹聚仁與徐懋庸合辦《芒種》半月刊。《芒種》繼承了《濤聲》的批判精神和潑辣文風，成為左翼文壇中較有影響的刊物，同時也在上層社會和右翼文壇中引起一陣「《芒種》種刺」的艾怨。對這些艾怨曹聚仁明確回答：「那是真的，紳士們的外套要自己當心，不要掛在刺上，給裂開了……我們未始不想種點花卉，土地太磽薄，滿地長著荊棘，也沒有辦法。」與此同時，他還參加了陳望道主編的《太白》半月刊，擔任編委，開始了他的《芒種》與《太白》的時代。

這時，值得一提的是他給陳靈犀主持的《社會日報》長期撰稿。他在紀念《社會日報》出版2000天（1937年4月8日）的社論中聲明：「我們不為政界作傳聲筒，不為作家寫起居注，也不做任何人的工具。為社會，為民眾，把我們的刊物來宣達民眾的意見。這是我們開宗明義所要宣示的第一要義。」他為《社會日報》所寫的許多社論都體現這樣的立場。從而獲得許多讀者，使《社會日報》的銷量猛增。

國民黨中宣部新聞處把他視為眼中釘。把他的許多文章斬頭去尾、割手割腳地進行刪改。有時刪改得不成樣就開「天窗，」最大的「天窗」就是整頁□□□或×××有人嘲之曰：「時對日，國對家，報館對官銜，外勤對內政，採訪對撿查，憤慨對啞巴，人權屈似螻，國事亂如麻。」但曹聚仁並不因此退卻。他義正辭嚴地宣佈：「倚馬萬言是鬥，不著一字也是鬥！」「人的一生就是戰鬥的一生，以一張小型報而能取得《大公報》的輿論地位，也足以自豪了。」國民黨那些檢查官曾試圖拉攏他，請他「筆下留情，」遭到他的當面怒斥：「違反了千萬民眾的意志，而便宜了敵寇，那就「筆下留情」，只怕敵人刀下不肯留情吧！平津拿紅筆撿查新聞的人員……只要滿足某方的心願就算盡職，國家的存在全不他們的心眼裡，他們的筆下實在太不留情了。」③

餘波

　　《濤聲》創辦至封門停刊已寫完，尚有一點有關曹藝與《濤聲》的佚事，寫出以饗讀者。

　　且說曹聚仁的四弟曹藝當年在日本人所辦的上海同文書院讀書，該院為培養日本間諜而設。曹藝當時為生計（他本是黃埔六期生，又從事中共地下工作，事洩成通緝犯）誤入該校，一面在《濤聲》兼編輯工作。東北「九一八事變」後，借多名熱血青年去北方參加抗日義勇軍。得義勇軍後援會領導何遂將軍之信任，派曹藝任中校隨從參謀，其餘各人也各有所司。不久後，曹藝奉令整編各支義勇軍，蔣介石下令整編為五十二軍，與原守居庸關的四十一軍孫殿英部合為青海屯墾兵團，立即動身，借道張家口向寧夏、青海開去。

　　首到張家口之時，發生了意外。當時張家口的駐軍為馮玉祥領導

的抗日同盟軍方振武部，方振武要收編曹藝這支小部隊，讓曹藝任新編十四師師長。曹藝表示要回北京請示何遂將軍。翌日，曹藝在上火車時，被方部扣留。搜查他的行裝時，發現幾本《濤聲》。該部軍法處長審問曹藝：「怎會有幾本《濤聲》？」最後方知他就是《濤聲》的編輯人員，確實是抗日反蔣愛國的，當即釋放他，不過那支小部隊還是被繳械吞併了。而曹藝回京不久即遭憲兵三團逮捕，經何遂將軍力保方得釋放，那是曹藝一生中的關鍵，這是另外的話題了。幾本舊《濤聲》救了曹藝，事見之於《折戟沉沙》（英雄無淚）臺北秀威公司2010年6月版。

注釋 ————————————
①王琳由南京曉莊師範退休，已逝去。
②出版《守常文集》是曹聚仁與魯迅交往的一件大事，詳情另見筆者所著曹聚仁傳。
③陳靈犀：《社會日報雜記》

緬懷民國報界奇人卜少夫

先聞其名後見其人

　　一九四六年抗戰勝利不久，滬寧線上各大城市出現一本刊物，刊名《新聞天地》，封面上標著「天地間皆有新聞，新聞中另有天地」這樣一行字，內容都是當前重大新聞的背景、內幕，來龍去脈分析詳盡，特別是揭露內幕更是獨家所有，一刊獨秀，銷路特好。刊物的主持人就卜少夫。其後又陸續知道這卜少夫是資深的一位報人，當時在《申報》任副總編輯。新聞界盛傳他許多畸行異事，別人給他許多雅號：民國怪傑、大眾情人、江湖豪客等等。這就使少不更事的我產生「一識韓荊州」的心願。

　　機會終於來了，中學時的一位同學在民治新聞專科學校（上海）就讀，卜少夫是兼任教授，教新聞採訪學。我充當旁聽生去聽課。這位日本明治大學新聞科的高材生，果然名不虛傳。講課時，旁徵博引，口若懸河，不時又有妙語驚人，引發滿堂笑聲。這給我留下極深的印象，頓生仰慕之心。不過並無面受教益的機會。

　　既仰慕卜少夫，也更關切他的刊物。《新聞天地》不僅常讀，並試著投稿，蒙發表還接到卜先生的親筆信，給我熱情鼓勵。

　　一九四九年大陸政權更易，卜少夫去了香港，《新聞天地》的編輯人員也隨之去港，設備器材留在上海。據聞上海解放後，上海軍事管制委員會發佈的第一號令就是接管《新聞天地》，這大致由於卜少

夫長期供職於國民黨的文宣機構。

此後數十年，國門緊鎖，港台與大陸隔絕，卜少夫與《新聞天地》均在人們記憶中消失。上世紀八〇年代，給無名氏（原名卜乃夫為卜少夫的四弟）作傳，列入我的寫作計畫。這就自然要研究卜氏家世，也就涉及卜少夫。兩本《無名氏傳》問世後，卜少夫也從重重霧障中走了出來。一九九七年十二月十二日，卜少夫有大陸之行，我和卜老相晤於上海銀河賓館，大快平生，雖初聆謦咳，卜老卻袒露不少內心之秘，為筆者所獨得。

下面言歸正傳。

報人生涯七十年

卜少夫原名寶源，因姓與名筆劃不相稱改為少夫，另有筆名邵芙、龐舞陽等。一九〇九年出生於江蘇江都縣，祖籍為山東滕縣。父親名善夫，字世良，鄉村醫生出身，初行醫於鎮江，後遷南京下關。「父親一件夏布長衫，從農村走到都市來奮鬥的，他的醫術全部自修得來。他為人重情義，溫厚而忍耐、刻苦，具有冒險犯難精神，而這些多少在血液中遺留給我們弟兄。」（《憶父》）卜少夫曾這樣寫道。卜善夫一九二四年病故，行年五十。父過世後靠兩百多畝田地收租過日子。

卜少夫兄弟六人。卜少夫行二。長兄寶珊，進天津北洋大學，攻讀機械科，和讀礦冶科的陳立夫同期。天妒英才，未畢業就因肺病而去世。三弟寶鼎，卜少夫改名後以下胞弟均改名，寶鼎改為力夫，同樣英年早逝。四弟寶南，即卜乃夫，著名作家，以無名氏為筆名，上世紀四〇年代因所寫小說《塔裡的女人》與《北極風情畫》，而蜚聲西南大後方文壇，此後佳作疊出。筆者和他訂交，並曾為他寫了兩本

傳記。五弟寶戌，早夭。六弟，原名寶椿，後改名幼夫，曾從軍（黃埔十八期），後為《申報》記者，在台北主持《展望》雜誌。

距魯迅當年在南京讀書的水師學堂不遠處，有所儀鳳門小學，是卜少夫的第一個母校。他的四弟卜乃夫（即無名氏），一九七九年在杭州給遠在香港過七十華誕的卜少夫寫了一封賀信，其中說到：「你讀青年會中學時，贏得了全南京中學生演說比賽冠軍。才十多歲，你創辦了《雪花報》；以後又發刊《活躍週報》，成為當時金陵最活躍的刊物」。寥寥數語概括了卜少夫在中學時期讀書的情況，從中可以看出少年時期他就有從事新聞工作的天賦。

胡適隨「五四」新文化運動而登場，卜少夫讀《新青年》而仰慕胡適。一九二九年二十歲的卜少夫聽到胡適在上海創辦中國公學，他應考被錄取，在吳淞炮台灣該校讀了一學期。在同學陳時章影響下，又轉到中共創辦的中華藝術大學（設於上海虹口），校長陳望道，教授都是知名的左傾人士，有：陳抱一、夏衍、鄭伯奇、馮乃超、陽翰笙、李初黎、錢杏邨、沈西苓、戴望舒等。魯迅也不時來講課。曾任國務委員兼國防部長的張愛萍將軍是他的同學。邊受名師薰陶，自己又力求上進，當時頗有成就。先後寫成並在邵洵美主持的《現代文學》月刊發表新詩、散文、小說多篇。不過他當時最感興趣還是新聞事業。藝大讀了兩年後，他聽到日本明治大學新聞科招中國留學生，毅然決定去日本。

一九三〇年下半年，卜少夫去日本後，中華藝大被查封，師生有三十六人被捕。卜少夫說：「假使我不去日本，恐也在三十六人之列，雖然我並未加入共產黨。」可見他當時的色彩也是紅的。

日本明治大學採用學分制，卜少夫要籌措學費，不時回國，工作一段後再去，讀讀停停直到一九三七年才完成學業，拿到文憑回國時已經「八一三」上海抗戰開始。所以從他的履歷表上看，一九三〇年

就在嘉興《民國日報》任編輯主任了。

我所接觸的前輩報人中，卜少夫的報人生涯可算是最長的，有七十年之久。他所服務的報刊有一長列：從嘉興《民國日報》始，繼而是南昌《真實報》編輯主任，《青年與戰爭》社編輯，南京《新民報》編輯兼副刊主編，南京《扶輪日報》任採訪主任，南京《新京日報》採訪主任。以上是抗戰前他所服務的一些報刊。

抗戰烽火燃起，他走上抗戰前線。除一九三八年，任香港《立報》編輯，印尼《吧城新報》香港特派員外，從一九三九年起至一九四〇年兩年中先後擔任廣州《民國日報》、香港《立報》、香港《大公報》的戰地特派員與戰地記者，輾轉於湘、粵、黔、滇、桂戰場，參加武漢保衛戰、昆侖關戰役、滇緬大血戰，從事艱辛而又危險的戰地報導。廖承志說他「活躍於戰場上」並不為過。

一九四一年起，卜少夫從香港回內地到西南大後方，進了《中央日報》系統，歷任貴陽《中央日報》資料室主任、重慶《中央日報》採訪部主任、《中央週刊》編輯、重慶《中央日報》編輯部主任、副總編輯。重慶時期，他還和友人陸鏗、丁中江等一起創辦了一本新聞性的雜誌《新聞天地》，前已述及。

抗戰勝利，還都南京，春風得意的卜少夫躋登《中央日報》的高層。擔任南京《中央日報》總編輯，旋又進了歷史悠久的《申報》當副總編輯。其時鋒芒畢露，觸犯權貴。

一九四九年大陸內戰正酣，當戰火逼近上海時，夏衍（卜少夫讀中華藝大時的老師）勸卜少夫留在上海迎接「解放」，而他選擇了攜家帶眷去香港。在香港他繼續主持《新聞天地》，還創辦了《旅行》雜誌。直到去世前一個月（二〇〇〇年十月），才將《新聞天地》停刊。耄耋高齡期間，還一直負責香港《明報》的一個專欄，逐日一篇，不論何時何地，從不中斷。

　　卜少夫除了從事新聞工作七十年外，還有從教從政的歷史。一九四六至一九四七年，他先後任中國新聞專科學校教授、上海復旦大學副教授。去香港後，一九五四年任香港聯合書院新聞系教授。上世紀八〇年代，卜少夫當過兩屆（一九八一至一九八六年）台灣的僑選「立法委員」。

　　以上簡單為卜少夫勾勒生平，足見其人生的豐富多采。書畫家黃苗子（卜少夫友人）幽默地說過，很難把他歸入任何一類，這說明他的不平常。

為《新聞天地》盡瘁一生

　　一本雜誌——《新聞天地》，融入卜少夫的生命。卜少夫自己說：「我為《新聞天地》盡瘁一生。」此言不虛。他獨力支撐這個刊物達五十六年又十個月，直到去世前一個月才停刊。半個世紀的長程競跑，始終沒有淘汰出局。無怪有人說：「《新聞天地》生他生，《新聞天地》死他死，死生一命休戚相關。」也有人說：「這是卜少夫的又一異行。」

　　一九四五年元旦過後的第三天，重慶飛來寺附近，一座無梯樓（樓依山而建，樓側開門，登山出入），室內油煙水氣彌漫，是一家燒餅油條店。樓上，窄窄的房間裡，擠著一群人，笑語聲、樓板吱啞聲響成一片。

　　他們都是重慶各報的年輕記者和編輯。列名是：卜少夫、陸鏗、樂恕人、丁中江、劉竹舟、羅保吾、邱楠、劉問渠、李荊蓀、毛樹清、黃綿齡，共計十一人。在商討創辦一個刊物。還有一位列席的客人。

　　卜少夫提議創辦一份新聞性的雜誌，這是一種非官方的同人刊

物，以刊發內幕新聞為主兼帶批評性。列席的路透社中國分社經理趙敏恒建議，定刊名為《新聞天地》，並在刊頭宣示「天地間皆是新聞，新聞中另有天地」。他們還有一番雄圖，由一個週刊發展為七個週刊。計畫實現後，再以七個週刊為基礎，出版一個綜合性的雜誌。

眾人公推卜少夫為總編輯掌管編務。各人拿出法幣五千元作為創刊基金。相約各人主動以筆名供稿，不支稿酬，稿酬記錄在帳作為增資。

一九四五年元月下旬《新聞天地》創刊，在重慶引起巨大反響。

創刊號發表了馮玉祥的文章，陳誠的文章刊於第三期。各報的知名記者，如陳博生、錢納水、趙敬恒、徐鍾珮、沈宗琳、葉明勳等都有文章送來。當矛頭直指孔祥熙斂財自肥、誤國誤民的文章發表後，震動了山城。前來訂刊的讀者戶限為穿。

正當《新聞天地》蓬勃發展時，一九四五年八月，日本投降，抗戰勝利。卜老回憶當年情況對我說：「抗戰勝利來得突然，陣腳大亂，十一個發起人各有工作崗位的調派，以致《新聞天地》落在我一個人身上。」

勝利復員回到上海，卜少夫先在《中央日報》任總編輯，後到《申報》去當副總編輯兼副刊《自由談》主編，專管國內外新聞採訪與報導。新任伊始，編務極忙，他獨力支撐著《新聞天地》，刊物從沒有脫期。還利用職務的便利，網羅部分年輕記者為《新聞天地》撰稿，不僅使刊物內容豐富多彩，還多次發表挑戰性的文章。卜老笑著給我舉一例。一九四八年，南京各報採訪外交部新聞的記者，不滿意外交部長王世杰對美國奴顏婢膝的外交形象，對記者的倨傲態度。有人寫文章投寄《新聞天地》，卜老擬了個〈首都外交記者炮轟王世杰〉的標題全文發表。王世杰稍改態度後，又發〈王外長又低了一次頭〉。針鋒相對毫不讓步。後來還是因陳布雷出來打圓場，這才中止。

　　據卜幼夫（卜老的六弟）說：「《新聞天地》一九四六至一九四九這四年為全盛時期，發行九個航空版，銷路直線上升至十五萬餘份左右，號稱發行二十萬，直追上海《新聞報》及《申報》，排名第三，但在雜誌界則是獨佔鰲頭，位居全國第一。」後來由於通貨膨脹、物價飛漲，才自動降低發行量每期出十萬份。

　　一九四九年五月十五日，上海解放前夕，卜少夫攜眷屬飛香港。四天後，新天經理黃綿齡結束整個業務，乘最後的班輪《中興號》去台灣。從此《新聞天地》在大陸告終。

　　卜少夫初去香港，帶了三十萬港幣，有人說他氣勢如虹，那時這筆錢可以買下一整條橫街的房產。六月十八日，《新聞天地》就在香港復刊。不久又同時發行英文版Newsdom Weekly。六〇年代，還創辦兄弟刊物《旅行》雜誌。這是《新聞天地》的又一全盛時期。

　　不過畢竟香港報刊市場有限且競爭劇烈，加上不久後香港與內地隔絕，原為刊物寫國內航訊的作者擱筆，內地稿源中斷。此後報導與評論重點雖轉向台灣，「落花流水春去也」，也只是勉強撐持。

　　獨力支撐《新聞天地》的卜少夫，一路行程艱苦。到二〇〇〇年，已沒有中斷地出版了五十六年。當初十一個發起人，只剩下卜少夫、丁中江、樂恕人、陸鏗四人，七人已先後去世。雖然《新聞天地》有那麼悠久的歷史紀錄，但沒有建立鞏固的經濟基礎。兩次因經費無以為繼時，卜少夫賣掉台北的兩幢房子，繼續支撐。至新舊世紀交替之際，卜少夫已九十二高齡，體衰力竭，又多次住進醫院，刊物無法支撐，他想有人接替使刊物能支撐下去。

　　他屬意於李敖，無條件讓李敖接辦。

　　李敖的回應是：「《傳記文學》三十八年來，本是劉紹唐個人特色的雜誌，他走了，『不見替人』的情況是明顯的，人亡政舉人亡政息的情況也是明顯的……日前陸鏗電話中向我商量，說卜少夫想把

一手創辦半個世紀的《新聞天地》送給李敖，由李敖接手辦下去，卜少夫說全世界只有李敖最信得過。我說《新聞天地》是卜少夫個人特色的雜誌，理應與卜少夫『及身而絕』，但他活得太久了，結果該絕而不絕，弄得屍居餘氣。他的厚愛：我謝了。」《新聞天地》於二〇〇〇年十月停刊。卜少夫說：「《新聞天地》過去的一切，讓它留在大家回憶中罷，俱往矣。」

一個月後，卜少夫去世。

一生最重友情

卜少夫在離世前，寫過一篇〈向朋友們揮手（也是我的遺言）〉的文章，開頭有一首打油詩：「聚散一杯酒，江山萬里心，好友情永在，風雨任飄零。」接著說：「朋友們對我的愛護、支持、幫助，一生受用無窮。」

卜少夫一生最重友情。士農工商各界，上至達官貴人，下至販夫走卒都有他的朋友。他一旦和人結交就傾心相交，不沾任何利害關係。著名專欄作家梁厚甫（即梁寬）說：「如果問：卜少夫是怎樣的一個人？我的答案只有三個字，曰：真朋友。」

有人說，卜少夫這人，有些地方很像張大千，所謂貧無立錐，富可敵國，可以說是朋友滿天下。他自己也說：「我一生無錢，從未起過賺錢的念頭，但我有朋友。我的朋友使得我體會到真正人間有情有愛。」（《告別讀者》）

上世紀七〇年代，卜少夫有個創舉。他給朋友們遍發一封徵文信。信說：「通常朋友之間倘有一方死亡，另一方會寫文悼念追思，少夫要求朋友們與其等他死後來寫，不如在他生前來寫，不論是罵他捧他，好讓他在以後的歲月中有自知之明。」「陶淵明在世未飲夠

酒，袁子才希望活著能讀別人輓他之詩，頗為瀟灑，深獲我心，希望識我知我未曾寫我的朋友們，勿使我失望。」一呼百應，果然生前悼文從各處寄到。不久就由他的好友劉紹唐（台北《傳記文學》社長）編就，於一九八〇年出版《卜少夫這個人》第一集，一九八二年出續集，一九八八年出第三集，一九九六年出第四集。這四集都在他生前出版，四百多人寫了文章。他並未向大陸友人徵文，仍有徐鑄成、黃苗子、冒舒湮、馮亦代、蕭乾等寫了文章。卜少夫死後，由他六弟卜幼夫編集出版《卜少夫這個人》第五集。皇皇五大本，五百多人寫了文章，足見他友人之多，友情溫暖他一生。

卜少夫愛友如命。《新民報》老報人李嘉說：「千金散盡，他連眉頭都不皺一毫；失掉一個朋友他會傷心落淚。」朋友有急難，他赴湯蹈火在所不辭。這樣的事例可隨手擷拾。

《新聞天地》發起人之一李荊蓀，是台北中國廣播公司副總經理，一九七〇年突然被捕。背著「叛國罪」的罪名，無人敢援救。卜少夫要求面見蔣經國，不能如願。回香港後寫了封長信給蔣經國，依然沒有結果。李荊蓀判十五年徒刑。卜少夫開始第二輪營救活動，在「立法院」提出質詢，並寫了封信，由成舍我、程滄波、胡秋原、胡健中四位新聞界名流連署，請「總統府秘書長」馬紀壯轉呈蔣經國，要求讓李荊蓀保外就醫或易地服刑，遭馬紀壯婉拒。卜少夫繼又展開第三輪營救。他致函台北「國防部部長」宋長志，要求提前釋放李荊蓀，仍然不成。三番營救全無效後，他兩次去獄中探望。柏楊說得好：「世界上沒有比囚犯更需要友情，一點一滴都好，而在卜少夫身上情如泉湧。」（《赤心和酒》）十五年刑滿李荊蓀出獄當天，卜少夫晨七時就鵠立獄外接他，見面後擁抱而泣，設盛宴為他歡慶。宴中說到動情時，卜少夫再次潸然淚下。李荊蓀自己說：「在我的十五年鐵窗生活中，少夫三番營救兩次探監，而以一個盛開友情之花的宴會

結束。十五年間他鍥而不捨，一以貫之。這樣的事，在這個軟弱的社會裡，打起探照燈來也不容易找得到。他這樣做，固是為我好，可也是他的本色，不過這次發揮得更為盡致而已。」兩年後李荊蓀猝然病逝。

原《中央日報》副總編兼採訪部主任陸鏗，也為《新聞天地》發起人之一。一九四九年後在昆明被囚（罪狀之一是與卜少夫等辦反動刊物《新聞天地》），兩次入獄，長達二十餘年。一九七八年釋放，他自己提出要經香港去美國。當局要他在香港找到生活保證人，否則不能出境。他首先想到卜少夫，立即去電。卜少夫立即覆電，「願意保證在港食宿。」卜少夫挺身而出，陸鏗「感到莫大安慰。」

上世紀五〇年代初，港台間有《侍衛官雜記》一書問世，作者署名宋喬，內容寫蔣介石的種種隱私。作者托言自身是蔣的侍衛官，所寫都為目睹。此書極暢銷，在大陸（福建）一次就印三十萬冊。究其實，所謂侍衛官是偽託，作者真名周楡瑞，是位大學教授，曾在西南聯大教英文。一九五七年出境到香港，一時無棲身之所。有人介紹給卜少夫，他惜才，原擬安排周去台北定居。因蔣氏記恨他的《侍衛官雜記》，拒不接納。無奈只好遠走英國，窮愁客死於倫敦。卜少夫從香港趕去哀悼祭奠，返港時帶回周生前所寫全部文字，片紙隻字也不放過，經整理在香港出版《周楡瑞在人間》。以後又請周的英籍未亡人訪遊港台。由此足見卜對友人生死不忘。

黃苗子說卜少夫「有血性，喜歡路見不平拔刀相助」。他的夫人徐天白批評他「幫助別人，有教無類，不管對方值不值得幫忙，只要對方開口求助，一概助之」。這都體現出卜少夫的個性。徐天白所說確有實例。這就是他對胡蘭成的援手。

胡蘭成是女作家張愛玲的首任丈夫，此人雖有才，但落水當了汪偽的中宣部次長。抗戰勝利後漏網，匿居溫州三年。一九四九年後

再逃香港，又偷渡日本。這種「過了氣」的漢奸本無人重視，靠他鑽營有術，居然有日本商人出資供養。但他仍不甘寂寞，向台灣獻媚討好，把《蔣介石秘錄》介紹給日本《產經新聞》連載，於是台灣撤銷了對他的通緝令。有道是「君子可以欺其方」，胡蘭成遂以「晚境淒涼，走投無路」為由，向卜少夫求助，表示想到台灣謀職。卜少夫雖知他的漢奸過往，仍從愛才出發，一九七三年推薦胡蘭成到台北中國文化大學任客座教授，在博士班上課。在台期間，憑藉張愛玲的名聲，以他的《今生今世》和《山河歲月》兩書招搖賣弄。這引起台灣文化界的憤慨。作家白先勇首先發難作文抨擊，胡秋原繼其後回應聲討。一時間，胡蘭成成過街老鼠、人人喊打。台北無法存身，於一九七六年回日本。一九八二年死於日本。

余生也晚，自然不能以卜少夫的友人自僭，但一九九七年十二月相見於上海後（是年卜老兩度到內地，有北京與上海之行），也領略到他待人的溫煦。見面之初，他那雙溫暖有力的手，足足握了三分鐘，可說生平第一握。交談中有問必答，款若平生故友舊交。隨後他反客為主宴請我於大風車餐館，席上他的豪飲證實他的壯語「沒有不敢喝的酒」，餐後留影。一九九八年1月號《新聞天地》卜老的專欄《我心皎如明月》，記有我和他晤面的經過。早就聽人說，卜老是有信必覆。他回港後，兩個月中，連續給我四封信。如一九九八年二月十六日給我的信云：「李偉先生：大札稽覆，祈諒！『這個人』一、二冊已先後分別寄出，想已收到。希函告。足下熱誠關注，其實我等三兄弟乃平凡之人，不值得誇張於世，本人至今尚無法亦無暇寫回憶錄，雖然各方友好盛情催請，迄未有以報命。匆覆，此祝新春如意！卜少夫敬上二月十六日於香港」從信可以看到，先生以望九高齡，親自給我寄書。遺憾的是他贈我的書竟有兩本未收到。他那板橋體手跡，我一直珍藏著。

他走進了歷史

　　前國民黨將領、友人張慕飛與卜少夫交往多年，他曾介紹卜老的日常生活：「他一天要接一百個電話，看二十份報紙，翻閱包括細讀無數本雜誌與贈書。一天八個聚會，五個飯局，一整瓶XO，半打啤酒，加上五糧液、茅台、二鍋頭，不一而足。興之所至，高歌一曲，跳半支舞。有時候，他正襟危坐，與政治家論政暢談天下事……」當然他還要編雜誌寫文章（逐日一篇的專欄）。為此，他自己說：「我這個頑強的身體，常被朋友們稱為稀有動物、怪人、異種。」

　　二〇〇〇年五月，他因咳嗽和呼吸短促，進台北宏恩醫院檢查，X光與CT顯示，發現其左肺下葉似有癌的症候，接著從痰液中發現癌細胞。友人只能婉轉相告，請他進行手術或放療與化療，他斷然回答：「我已九十三高齡（虛歲），活得夠本了，不要再折騰自己了。」以後又連續在台北的榮總、宏恩和香港的律敦治、聖保羅四家醫院出出進進，而沒有做根本治療。他非常達觀：「從出生到死亡，千奇百怪，誰也逃不了開始與終結。」

　　他自知不起，力竭中寫了兩篇文章：一篇是〈告別讀者〉，另一篇〈向朋友們揮手〉。後者算作遺言。他說：「一九九六年十月五日晚間十時，我的老伴徐天白斷氣的地方與時候，我在這同一天，同一個地方，寫我的遺言，冥冥中是否徐天白願與我有這個巧合？」他又說：「……倒下來遺體交解剖，不辦任何喪禮，不發訃聞，不舉行任何儀式，不花費分文，因為朋友們在我生前，已經寫過紀念我的文字了。」

　　《新聞天地》二〇〇〇年十月號，用整頁刊登卜少夫一幅照片。畫面上卜凡（他的兒子）推著輪椅，正中坐著垂垂老兮的卜少夫，他

直舉乾癟的右手，雙眼炯炯逼視遠方，依稀欲再看透人世間的未盡處，瘦削的下顎，緊閉的雙唇，似乎欲語還休……一疊終身與他相伴的紙和一支筆，依舊展開在他胸前的扶手架上。

二〇〇〇年十一月四日是卜少夫大去的日子。在此以前他已三次拔去維持生命的輸液系統，他早把生死看淡了。這天他本來神智清醒，自己又拔了維生的導管儀器，沉睡在昏迷中，停止了呼吸。

十一月十九日在香港殯儀館舉行告別式。北京中央人民政府駐港辦公室台灣事務部周南同志送了輓聯。生前好友分別從台灣和大陸趕到。情重的友人在致祭時行大禮跪拜磕頭，有的更失聲痛哭，感人的畫面出現在人們眼前。接著三十多位好友隨同靈車去柴灣哥連臣火葬場，送別老人最後一程。

十二月二十二日在台北也舉行卜少夫追思會，哀悼這位民國新聞界的奇人。

卜少夫已經走進歷史，記住他也就記住了歷史。

鋒鏑餘生
——報人顧執中

顧執中何許人？當1949年去舊嬗新之際，有位顧用中是耳熟能詳的名字，因其時正「一邊倒」倒向蘇聯，俄文大行於世。顧用中正是編了本《俄文讀本》，所以家喻戶曉。顧執中為用中之兄。新聞界人士。

顧執中1898年5月26日出生於浦東南匯縣周浦鎮。東吳大學肄業。資深的新聞記者，畢生從事新聞工作，在《新聞報》。工作時間最久，達半世紀以上。也是民辦新聞教育事業的奠基者。辦學最早又最長久的上海民治新聞專科學校，即為顧執中創辦。新聞界許多精英即出自他門下。如名記者陸詒、王文彬。1995年4月顧執中逝世於北京。

1

「在秦張良椎，在晉董狐筆。」、「筆落海驚風雨，墨到泣鬼神。」正直的新聞記者這枝筆，匡扶正義，激濁揚清。

1937年11月，上海抗戰進入新階段，中國的抗日武裝撤出，上海租界形成孤島。在這民族存亡絕續之際、大浪淘沙，租界內的服務於中國報紙的新聞記者，除少數報界敗類，為敵人張目外，多數中國報人，依然緊握手中神聖的筆，堅守崗位，宣揚抗戰，直刺敵偽，顯示凜然不可犯的氣概。

　　抗戰確是一塊試金石。1940年，抗戰已經進入第四個年頭，在上海，堅持抗戰的中國報人，依然堅持民族大義，宣揚抗戰，毫不鬆懈。其時巨奸汪精衛在上海，組織偽政府，宣揚向日本求和。上海報人立即奮起，對汪偽口誅筆伐。汪偽先行恫嚇，發出83人的通緝令，屬於報界的有金華亭、瞿紹伊、胡仲持、張權通、馬蔭良、伍特公、趙君豪、馬崇淦、陳彬和、黃寄華、汪仲偉、蔣劍候、顧執中、潘競民、張似旭、徐懷沙等，分屬《申報》、《新聞報》、《大美晚報》等報。

　　刀光劍影，這些報人接到通緝令，並未被嚇倒，只是作為笑談，也有人自認為平生不涉政治，想來也就無事，不過有人認為敵偽日暮途窮，有可能下殺手。於是也就加以防範。如《新聞報》的採訪科長記者顧執中，從此住在報館裡，吃喝都由僕役外買。過了一段日子，顧執中想到家裡父親年老，兒子又在生病，就想回家看看。他自然知道，外出可能不安全，但想特務總不能全天24小時都在監視著，心存僥倖。

　　1940年8月17日上午，10點鐘左右回到家裡，看家中老小都平安，也就放心了。飯後，休息至兩點仍回報社，走出門外看沒有什麼形跡可疑的人潛伏，也就放膽前行。走到薩坡賽路口，忽聽背後劈拍一聲，似有人從背後打了他一下耳光，用手一摸，竟是一手血，他知道中槍了，立即採用波浪式向前跑，忽前忽後，忽左忽右折入前邊一條小路跑去。敵偽特務雖又連放數槍，但再沒有命中。這時法國巡捕房的華捕跑來了。顧問他們行動為什麼如此緩慢。華捕笑笑說：「我一個月才拿二十元，犯不著送命！」前面是蒲石路的生生助產醫院，護士不讓進，怕特務追來，經交涉才給進去。這時，顧妻和法國巡捕相繼趕到，把他再轉入鄰近的南洋醫院。經查，子彈還在體內，急需取出，然手術不易，又把他送入金神父路的廣慈醫院。又因是星期

日，把醫生從家中找來，這才動了手術、傷口在極險要處，在後頸右側，右近大血管，左近腦脊柱、前近氣管、食道，稍稍偏一點就致命，醫生另開一口取出了子彈，順利完成手術。

傷口慢慢痊癒了，在上海隨時都有再遭暗殺的可能。多番考慮，他決定去香港。船票不易買到，好容易才買到。他知道醫院外都是特務，出院也不易，仍會落入虎口。一天，美國牧師貝爾登來醫院看望。他們是在到第三戰區慰問新四軍時相識並訂交。脫逃的機會來了，顧和貝爾登商量，兩人更換裝束，讓顧穿上貝爾登的牧師服，一起乘貝爾登的車子，伺機混出醫院，他本想告別雙親。後想此時並未擺脫危險，安全為重，車直赴十六浦碼頭。美國總統號停泊在碼頭。貝登把他扶著，路上未離開一步。另一人Polker，一起把他送進房艙內，貝爾登和顧這才相互換衣服告別而去。總統號一路平安無事，顧執中順利到香港。到港後，再經醫生治理傷口，幸未感染，很快就癒合了。差強人願。

2

到港不久，顧的妻子和孩子們都到了，一家暫時團聚。當時新聞報駐香港機構，另有人選。顧賦閒著。在香港。約兩月餘，只有支出沒有收入，囊中很快就空了。在重慶讀書的兒子，勸他們去重慶，可能會有辦法。摒檔已定，乘飛機去重慶。雖說港渝航班通行，但飛機途中常遇敵機的襲擊，改成夜航。沉沉黑夜，飛機師要有很高的駕駛技能才敢冒險夜航。顧全家還是決定冒險，好在一路航程有驚無險，翌日九時到達重慶。姨妹歐陽生麗與連襟錢大鈞（國民黨要員）已在珊瑚壩機機迎接，住在上清寺錢大鈞家中。

錢大鈞本是蔣介石的寵臣。抗戰初任航委會主任，聲勢顯赫。航

委會委員長是宋子文，錢對宋忠心耿耿，千依百順，把蔣介石置於不顧。惹惱了蔣，盛怒下要把他槍決。幸經何應欽力保，才免於死，囚禁獄中。再因病保釋出獄。顧全家到重慶時，當時正是錢政治上失意時，處於賦閒，沒有絲毫收入，家中本就人口眾多，開支浩繁。顧執中睹此情狀，要付生活費用，又為錢所拒絕。錢力勸顧先謀一參政員職位，要他去陳果夫、王世杰、白崇禧、陳布雷等門下活動，遭顧力拒。接著，顧執中到重慶的消息都在各報大字刊登。中共所辦《新華日報》也不例外。該報還請顧到報社作時事演講並設宴款待。其時陸詒正在《新華日報》任採訪部主任。

中共對顧執中的禮遇，傳到國民黨高層。朱家驊、潘公展、孔祥烈熙等黨魁和財閥，也隆重宴請。不過無一人真正解決顧的生活問題和工作問題。顧執中大失所望。一個月後，蔣介石親自召見。錢大鈞聞信極為高興，以為就此顧可以做高官了，連帶自己或可重新起用。

蔣在重慶上清寺的國府會客室接見顧執中。蔣介石正襟危坐、神情嚴肅地問：「你是從上海來的吧？」

顧執中回答：「我遭敵人狙擊後，由上海逃出到香港，再轉道到重慶。跋山涉水來此不易！」

蔣又問：「當前上海抗戰的形勢怎樣？」

顧回答：「國軍自撤出上海後，抗日氣氛依然高漲。我新聞界同人，仍然堅守崗位，痛斥敵偽。敵偽大動殺心，自我遭狙擊後，《大美晚報》國際新聞版編輯程振璋也遭敵人槍擊。不過新聞同人決不就此氣餒，會抗爭到底。」

蔣連說：「這很好，很好！」

蔣又問：「你目前有沒有工作？」

顧回答：「有的！（事實上他已山窮水盡，沒有工作）」

蔣又問：「你經濟上可以過得去嗎？」

顧連連點頭說：「可以過得去。」

蔣再問：「有什麼困難沒有？」

顧仍然作否定回答。

蔣又說：：「以後如有困難可來找我，或寫信給我！」

顧點點頭。顧執中看時間已久，就告辭。

回到錢大鈞府上。錢急不可待問蔣介石接見經過。顧如實相告。錢大鈞喟然長歎：「你們這些書生死要面子活受罪！」、「他問你有沒有工作，你應該說請委座栽培才是，他問你有什麼困難，就應該說實情已山窮水盡，這樣他就會給你工作和給你錢。可你偏偏矯情不講真話。」

從此錢大鈞認為顧此人太傻，關係更為疏遠。而這正顯示顧的耿介剛直，清廉自守。

3

「山窮水盡疑無路，柳暗花明又一村。」顧執中全家雖寄居錢大鈞家中，實際還是生活自理，當最後一件皮襖當掉後，已陷入謀生乏术之境。

機遇來了！1941年2月上旬，當年「一二八」和「八一三」兩次領導上海抗戰的張治中將軍宴請顧執中全家。他和張將軍是在抗日前線認識的。當年十九路軍孤軍獨抗日軍。是張治中突破「不抵抗」禁令，毅然率國軍中最精銳的第五軍，從南京到上海助戰。就在前線司令部，見到張將軍。張對文化人謙恭與敬禮有加給顧留下極深印象，是以訂交。這次家宴，單請顧全家，並無陪客。席上，張將軍問到他有無工作？立即回答沒有，並說當前困境。張將軍爽快說：「那請您到我們政治部來？」張治中新任政治部長。他的前任是陳誠，原副部

長是周恩來。顧自然表示接受，張又問到願任何職？顧知道郭沫若是
該部文化委員主任委員，自己也就當個文化委員吧！張認為不如當設
計委員，薪酬稍高。終於議定，等同中將銜，月薪400元。幾天後，
聘書送到。張辦事果斷而迅速。到任後，設計委員會主任委員是黃少
谷，馮玉祥舊部，當年蔣閻馮中原大戰時相識於前線。委員孟憲承、
鄧初民也是舊相識。後孟為九三學社成員，鄧為民盟成員都屬民主黨
派，這是後話。不過設計委員會，無事可做。上一二條陳，也不採
納。深有髀肉復生之感。

　　預測當時局勢，當時有兩種說法。一是敵人北進，目標侵入蘇
聯，另一說法是敵人的南進，橫掃太平洋上各國。顧執中傾向於敵人
南進。為此也曾條陳張治中，希望中樞提防敵人侵入雲貴，應在雲南
與緬甸接壤之間軍事有所提防，並做好在緬的華僑防範教育工作。可
張傾向北進說，對顧的條陳不置可否。這時顧深感設計委員无事可
做，其實尸位素餐，就想早日擺脫此窘境，去緬甸做華僑的教育工
作。他風聞上海聞人杜月笙，領導紅十字會，在緬甸仰光設有辦事機
構，擬謀一職務。於是他請托朱學範去杜月笙前說項，果然一說就
成，杜讓他擔任仰光紅十字會辦事處秘書。當即在設計委員會辦離辭
職手續，准辭，併發三月工資以示優待。

　　顧執中率全家由重慶至昆明，再從昆明至仰光的滇緬公路，逾
2500華里，一路高峰峻嶺，瘴癘毒霧，步步驚險，所幸兩輛舊車，竟
相安無事，也算萬幸。顧執中的到來，引起原紅十字會負責人陳朝俊
的驚疑，以為紅十字總會派顧及另一職員前來，對他進行監督，於是
先下手為強，派顧和另一同事去臘戍。顧再三表明為正常調動，無另
外任務。陳總不信，顧因剛到異國就和家庭拆散，困難太大，只能
辭職。辭職後的顧執中，另謀生計，被聘國民黨在仰光辦的《覺民
日報》、撰寫社論，隔日一篇，稿酬100盧比，又辦起華文的補習學

校，民治新聞學校的短訓班，由於顧的認真負責，辦學質量很高，聲譽斐然，終於所入能維持生計。

真是晴天霹靂，1941年，12月7日，日寇發動太平洋戰爭，繼偷襲珍珠港後，又閃電似地從泰國攻入緬甸的慕爾鳴與仰光。戰火又到身邊，顧執中全家不能再徘徊猶豫，必須再回祖國了。

顧執中此番到仰光，僅為短暫的七、八個月，但驚險危厄的經歷卻深深在心中鑴刻。

4

禍不單行，正顧傍徨歧途、擬從仰光回國旰，又接家中電報，知老父遽然逝世，加上仰光已遭轟炸，只有迅速回國。可是交通工具一時為難，火車票已無法買到，汽車票同樣告缺。他想到在中國紅十字會仰光辦事處，曾短暫工作，同事尚有情誼，伸手求援。恰好英國好友會有一批汽車要去重慶。經紅十字會的幫忙並負擔全程旅費，吉人天相，終於成行。一家五口，五天後到臘戌，是日恰為耶誕節。

再又經過數月的險惡行程，到達昆明。小休數口後，顧夫人與孩子均疲憊不堪，顧執中考慮，目前自己正失業，帶著龐大家口到重慶，生活何以維持。不如家屬暫留昆明，他隻身先往重慶謀得職業後，再作下一步安排。

顧執中到達重慶，中政大學新聞系主任馬星野禮聘他為專職教授，他考慮該系為CC派所控制。不屑與之為伍，婉辭，表示可作兼職教師，每週授課二小時。

不久後又有新機遇。國民黨太子系（孫科）的劉維熾任海外部長，聞訊顧執中新從緬甸歸來，邀請他任海外部專員。工資不低，又閒暇無事。他乘此著書並邊籌辦民治新專復校。終於寫成一本《採訪

學》。新專復校也告成。

顧的工作既告粗定，在昆明的家屬也遷來重慶。在南溫泉附近，他買得草屋數間，從此奔波往來於重慶至南溫泉之間。生活雖艱苦，奔波雖辛勞，骨肉團聚心境是愉快的。

無奈天不佑人，顧執中連遭意外打擊。兩個女孩因病又加營養不良，在七八天中先後死去。喪女之痛尚未釋懷，家中草屋又遭回祿之災，一場大火燒得乾淨，片物未搶出。漫漫嚴冬，何以禦寒？

幸好，顧的工作與社會活動尚算順利。民治新專復校成功，除海外部外又多一收入。文化運動委員會也常請他作報告。廣播電臺又請他多次口頭廣播，這些報酬對他不無小補。其間桂系（廣西地方派）的白崇禧多次來拉攏，要顧就《廣西日報》總編，遭顧婉拒。

意外的任命又來了！海外部部長劉維熾下臺了，張道藩接任。一月後，張道藩要他去辦《印度日報》。

1944年2月。顧執中全家從重慶乘飛機到印度，任《印度日報》總編輯。社長翟肖佛採取不合作態度，不讓顧進編輯部，所寫社論不刊登。處在消極對抗狀態。為時兩月，顧未能進報社。珍惜這海外輿論陣地，顧全大局，無可奈何顧把詳情告知國內海外部，要求國內給予人員支持，從民治新專中抽調畢業人員兩人來印度。遲遲數月後這才派出朱全康、徐獻遊兩人。原社長翟肖佛在抽空社中的人力物力後，這才移交，僅有法幣數元交下。顧執中沒有臨陣退卻，知難而退。開設民治補習學校與民治新專，又在華僑中募款，財力大增，《印度日報》沒有一天停歇，「舊貌變新顏」，成了中國報業在海外的中流砥柱。

這時，世界局勢轉向，法西斯德意相繼投降，日寇的敗亡也指日可待。國民黨海外部張道藩，終究對顧執中的政治傾向放心不下，另派趙炳烺、龔弘來接替顧執中。其時顧本賦歸國之意，提出辭呈。同

意，顧辦交接手續，這時社中資金充盈、設備全新，人員齊整，與顧接手時天差地別。辦好移交，舉家去印度各地旅遊後，打算乘飛機歸國。

這時天大喜事從天而降，1945年8月，日本投降，真是悲喜莫名，「青春結伴好還鄉」，1945年10月全家從加爾各答乘飛機回國。

5

顧執中可謂集畢生精力創辦新聞學校，推廣新聞教育為終身事業。早在1926年就在上海創辦第一所新聞學校——民治新聞學院，三年後改為民治新聞專科學校。那年恰是中國新聞教育極負盛名的復旦大學新聞學院誕生。篳路藍縷，艱難玉成，兩校規模雖有軒輊，但開創中國新穎的新聞教育各有所成。

民治新專創辦，顧執中為首事者與有力焉。創辦初，教授陣容堅強。教授先有《新聞報》副總編輯嚴獨鶴，名記者戈公振，國際時事評論家錢俊瑞、陳翰伯等。一時間，多少新聞俊彥都出自他們名下。如本文開頭引言所說，陸詒、王文彬等是《新華日報》、《大公報》名記。

以後，顧執中在上海孤島時期，遭日偽特務槍擊離開上海。到大後方重慶，即克服重重困難，使民治新專復校。再此後，顧執中去緬甸、印度都先後辦起民治新專短訓班，使這枝新聞教育之花在國內外燦燦開放。

抗戰勝利後，顧執中從印度回到重慶，此時他的連襟錢大鈞、李及蘭，都以接收大員身分飛回上海。錢大鈞是抗戰勝利後首任上海市長，李及蘭任警備司令，都炙手可熱、顯赫一時。有人勸顧，不妨到錢、李門下，自然也可青雲直上、享盡榮華。可顧嗤之以鼻。回重慶

之初，顧執中即到民治新專上課。

不久，CC二陳與陳布雷門下的紅人程滄波，以上海新聞專員的名義，要去接收《新聞報》，請顧執中任《新聞報》總編輯，他婉言謝絕。儘管《新聞報》舊日同人為他惋惜。這時，李及蘭又送來上海警備司令部參議的聘書同樣遭他壁回。仍堅持在重慶辦民治新專與補校。直到1946年春，下江人大都回南方，他這才回到上海。

既不願攀附姻親權貴，又不願為國民黨驅使的顧執中，回上海後，仍堅持辦民治中小學與民治新專，並進一步擴充。雖新專不斷受到迫害，副校長陸詒與教務長陳翰伯被迫逃往香港，這樣危難時刻，他又辦起民治新聞通信社，使學生有實習基地。在言論封鎖、真實消息被歪曲的狀態下，民治通信社為許多進步報刊提供了正確的輿論和真實的消息。嗣後，當局撕破偽裝，公開查禁進步報刊，在上海《文匯》、《新民》、《聯合》三報被查封時，民治通信社也未能倖免被扼殺，並有兩三名記者被捕與槍殺。最後只剩民治新專這塊陣地，終於苟延殘喘，1949年後迎來曙光。

6

曙光將來臨之際，敵人愈益瘋狂。敵特正要逮捕顧執中時，顧逃出牢籠逃往香港。當時顧雖是九三學社成員，民主黨派成員紛紛北上迎接新中國，顧以個人關係（通過陸詒）乘船去北平，以致排斥在組織之外，從而造成許多困難。最後費了多少輾轉曲折的手續才歸隊。此後憑九三學社成員身分，安排北京高教出版社任編審。1957來臨時，跌入「右派」陷阱。歷22年得改正。唯當時桑榆已晚、殘年待盡，1995年以97高齡謝世。

流光容易把人拋，風又蕭蕭，雨又飄飄！

《觀察》軍事通訊南京記者張今鐸身世滄桑

「也許是陶醉在抗戰勝利中，或者是忙於『接收』無暇顧及，更或者要表現政治新局，國民黨統治下的上海，一九四六年出現進步刊物爭相出版的局面。

中共的地下組織以叢刊形式出版《文萃》，唐弢與柯靈合辦《週報》，黃炎培先生辦了《展望》（周刊），《時與文》不知何方所辦，就中還有一本頗引人注目的《觀察》週刊，為報人儲安平所辦。」

這一番話是我在10年前在一短文中帶有懸猜的話。

說起《觀察》這貌不驚人極普通平常的一本薄薄的政論刊物，真可謂「不鳴則已，一鳴驚人，」初創時發行八千份，後扶搖直上，飛躍攀升，年餘就達到十萬份。儲安平的政論風傳宇內，當時幾成「儲安平時代。」

由於儲安平為文「逆龍鱗、捋虎鬚」，痛斥弊政，激濁揚清，蔣政權無辭解說，大動殺機。《觀察》一九四六年九月創刊，一九四八年十一月被勒令停刊。猶如流星一閃，曇花一現，僅有兩年餘。

然而《觀察》生命雖然短暫，但它的光輝業績，卻永遠輝耀於現代中國報刊史上。

1

物有本末，事有終始。《觀察》被封，雖屬意外。細考其因又非意外，俗稱「無風不起浪」，既有遠因（先兆），又有近因（導火索），不妨從頭道來。

獨立崖岸、不隨俗浮沉的《觀察》問世，國民黨極為重視，不過既准予出版，不能無理由查封，只能拭目以待，伺機而動。

機終於來到，儲安平的一篇〈評蒲立特的偏私的、不健康的訪華報告〉引起國民黨上海市長吳國楨的極大反感要求停止《觀察》發行，此事捅到南京中樞，後因有力人士緩頰暫准存在以觀後效。

蒲立特是美國前駐蘇駐法大使，一九四七年七月來華考察，十月發表訪華報告，核心內容建議美政府貸款作軍售，賣給蔣政府，並給國民黨訓練軍隊以打垮共產黨。儲安平的社論揭穿蒲氏的報告反蘇反共謬論，其罪惡目的是由美國控制中國，儘管蒲文對蘇聯也不乏微辭，但主要鋒芒為針對美蔣甚至公然罵國民黨是「缺德的統治。」這時蔣政權已面臨絕境。前方一再告敗，損兵折將，後方又不穩，工潮學潮頻起，民間報刊又是一片譴責聲，蔣決定鉗制輿論，報刊被封閉的受警告的，比比皆是，而《觀察》居然甘冒天下之大不韙，發出這樣的言論，好在暫時逃掉被封閉的命運。

然而這樣的結局最後還是不能避免。

導火索卻是由《觀察》刊出以南京特約記者之名而寫的軍事通訊。剖析詳盡，預言準確的軍事通訊本為《觀察》的一大特色，風迷廣大讀者。

一九四八年十月二日《觀察》五卷六期以「南京特約軍事記者」之名開始發表長篇通訊〈濟南之戰〉。名為通訊實為一篇透露與評析

軍情的評析論文。

　　該通訊以「棋爭一著」、「得失之差」、「今後戰局」三個部分組成。第一部分說明濟南戰局地位之重要，說明濟南的得失為「整個軍事棋局上有重要影響的一著棋，」透露了國民黨失守濟南的實際情況。在第二部分「得失之差」中，說明濟南之戰中，國共雙方的兵力，裝備已相等，而民心相背是勝敗的重要因素。最後一部分詳盡地作了戰略、戰役的軍事分析，勾劃出了一幅解放東北、華北與西北的藍圖，大長人民志氣。

　　此後，十月二十三日，《觀察》五卷九期再發張今鐸的通訊。透露分析蔣介石在北平召開軍事會議商討對策的消息。揭露蔣的作戰計畫是忍痛放棄東北、華北，先保隴海。屏障江南，站穩腳跟，靜待國際之變。

　　仍是張今鐸，又在十二月十一日五卷十六期上，又以黃伯韜、陳布雷兩人之自殺，對蔣譏評，文說：「黃伯韜之自殺和上月陳布雷之自殺，文臣武將，兩相輝映，在人心士氣上的影響如何，深堪研究。」如果說陳布雷的「感謝輕生」，大大影響了政局和人心。而黃伯韜之「慷慨捐身」，也就大大影響了戰局和軍心。

　　且不說，前幾篇通訊一一刺中蔣的要害，早就恨如切骨，又加上儲安平連發幾篇政論，痛斥發行金圓券禍國殃民。儲的〈一場爛污〉，是一篇爆炸性的文章：「在這二十年中，這一個政府憑藉他的武力，憑藉他的組織，憑藉他的宣傳，統治著中國的人民，搞到現在，弄得民窮財盡，烽火遍地……」篇末竟是怒罵：「七十天來是一場小爛污，二十年是一場大爛污！爛污，爛污！二十年來拆足！爛污！」，這使蔣氣得七竅生煙，火冒萬丈！

　　這時更有幾篇分析淮海戰局的軍事通訊相繼發表，如〈徐淮戰局的變幻〉，和〈徐蚌會戰的分析〉兩篇，蔣看後怒不可遏說：「我

們的軍事機密已被人家在雜誌上洩露了，還打什麼仗？」此前蔣政府
對南京新民報已作停刊處分，外界紛傳《觀察》也將繼其後。然未見
動靜。這時蔣悍然下令查封《觀察》，捉拿儲安平與南京軍事記者，
出了高賞格，捉到這位原記者可賞金圓券三十萬元。當時疏散政府官
員，遣散費不過五百金圓，而抓一個手無寸鐵的文人卻費如此重金，
可見當局之重視。

2

　　這該說明張今鐸其人其事了。惜者筆者所見資料不多，僅見曾
在《觀察》工作的與張有亦師亦友關係的唐寶璋所寫〈民主雜誌《觀
察》封閉前後〉（《追尋儲安平》廣州出版社）。另有高曉東在《春
秋》雜誌所刊文中涉及張的鱗爪。①②據唐高兩先生稱：張今鐸，山
東東平人，年輕時就讀天津北洋大學，革命軍興，怒潮疾捲，1924年
去廣州從軍，在黃埔軍官學校任教官，相識周恩來。剷除軍閥的北伐
戰爭時，先任北伐軍第一路軍參謀長。此後在河南山東等地從事軍事
教育及地方財政工作。1930年到馮玉祥部任職。在馮部的國民軍中，
任國民黨中將代表。馮玉祥任河南省長時，張是財政廳長。其間在
馮、閻（錫山）、蔣的中原大戰中，馮系軍敗，敗於蔣介石手。從此
張息影於政壇，寓居津沽。靜極思動，上世紀三十年代，又在天津從
事革命地下活動而被捕，囚於南京。被憲兵囚於看守所時曾與中共人
士范文瀾、黃藥眠等關在一起，深受其影響。後馮與蔣合流，馮到
南京任中樞要職，向蔣說情，保張出獄。自此，他一生反蔣，矢志
不渝。

　　抗戰肇興，張今鐸先後任第六戰區顧問、第五戰區民眾總動員
委員會委員。台兒莊大戰後，隨部隊突圍徐州，身受重傷。原本相識

周恩來。傷癒後，一度隨周恩來去延安任抗大教職，後又轉往新四軍
葉挺的教導隊。皖南事變前離開，倖免於難。後又到重慶，應復旦大
學邀請，教授哲學與國際政治兩年。此後又去香港，太平洋戰爭爆發
後，參加香港保衛戰。香港淪陷後，輾轉到桂林，後又轉去昆明，在
昆明任東南亞盟軍心理作戰部顧問。張今鐸本對《孫子兵法》頗有研
究，又精讀德國克勞維茨的軍事學說，並深研哲學。張今鐸的軍事學
殖甚深，知識廣博，任顧問如魚得水。

　　儲安平主辦《觀察》並得眾人推重後，深感尚有不足。當時讀者
極希望瞭解國共戰爭形勢發展的真情實況，儲聽說張今鐸對軍事極有
研究，觀察犀利深刻，並有獨到之見。大概係由唐寶璋從中聯繫，請
張執筆寫軍事通訊。

　　有次，儲約張談話。唐與地下黨某負責人也在座。張對儲說：
「你約我寫稿，如內容分量重一些，你敢登嗎？」儲毫不考慮，毅然
回答：「只要你敢寫，我就敢登！」語氣、態度極為堅決。一旁的地
下黨負責人，大為吃驚，從此對儲留下極深印象。

　　自此，張的文章就在《觀察》上出現，以「張村民」的假名跟儲
安平單線聯繫。他寫軍事通訊的時間其實不長，前後不過兩個多月，
篇數當然不會太多。不過由於掌握大量實際軍事情況，分析既在理又
獨到，每篇都如重磅炸彈，一時引起廣泛震驚！從而讀者知戰局動
響，蔣介石也就恨之入骨了。

3

　　蔣抓捕張今鐸的行動，是與抓儲安平與封閉《觀察》同時進行
的。目的是三管齊下，一網掃淨。

　　然而「魔高一尺，道高一丈。」儲安平早有準備，豈能束手待斃。

　　自南京新民報被封受永久停刊處分後，外界紛傳《觀察》將繼其後，也將被封永久停刊。該刊也從多方證實，此說不虛。然而遲遲不見動靜。經探悉「聽說當局最初曾想一口氣『解決』幾個他們認為眼中之釘的報紙、雜誌和通訊社。其後因封閉新民報令發表後，各方反應不佳，所以繼後要查封該刊之令遲遲未下，等待時機而已。」、「政治風雲，變化莫測。」儲的特寫〈政府利刃指向觀察〉一文記其事。

　　然而周邊形勢愈來愈緊，至一九四八年十一月中旬，上海白色恐怖更嚴重。儲安平從可靠方面得知，在很多文化人的黑名單上，他也榜上有名。其時已有人出走香港。儲在十二月十一日下午到社裡匆匆編好五卷十六期後，翌日十二日一早潛飛北平。行前曾把社中業務委託雷柏齡，編務交林元代他負責。

　　另說是儲在司法院秘書長端木愷處得到出走的暗示，遂於雙十二潛逃北平。

　　儲安平潛逃到北平的次日，解放軍已到清華大學，十四日北平就進入圍城階段，北平各報刊刊出《觀察》被封消息，儲立即電告上海，社裡頓時緊張起來。儲臨行前又曾將社中事託付復旦大學張志讓、笪移今兩教授，另有當時已到上海的張今鐸三人照看。這三人對社中的林元、雷柏齡說：《觀察》有那麼多讀者，儲不在，我們也要撐持下去。故五卷十七期、十八期在儲走後，封門前照樣出刊發行。

　　封門消息更甚囂塵上，上海各報各界人士紛紛來電話，詢問是否已查封。《大公報》的記者已看到查封公文到上海市府。十二月二十三日滬上有家晚報已透露查封公文內容，然而依然密雲不雨。

　　十二月二十四日下午四時，突然有三個陌生的人來到《觀察》社址，自稱他們分屬上海警備司令部、市社會局、市警察局，手持公文說是執行查封命令。由雷柏齡收到公文如下：查《觀察》周刊言論態

度，一貫反對政府，同情共匪，曾經本部警告處分在案。乃查該刊近竟變本加厲，繼續攻擊政府，譏評國軍，為匪宣傳，擾亂人心，實已違反動員戡亂政策，應依照總動員法第十二條及出版法第十三條之規定，予永久停刊處分，相應電請查照辦理，飭交原登記證送部註銷。

《觀察》職工要求援引前《國訊》、《時與文》等被查封之先例出一期休刊號。警備司令部的人說：「還出什麼休利刊號？我們還沒追究那個南京特約記者呢！」他們要查原稿，發稿費的賬簿。雷柏齡解釋說，原稿用後即丟去，賬簿適因會計外出，不知在何處。特務看天色已晚，就手把已打包準備發南京的五卷十八期《觀察》五千冊帶走了。

十二月二十六日屬周日，職工照常上版，準備出休刊號，林元寫信將查封情況告知儲安平。約在下午五時許，林元穿起雨衣外出寄信尚未走，突有十多個彪形大漢氣勢洶洶衝進，他們持槍迫令職工排成隊，不許走動，然後從每一房間每一角落並從每人身上大肆搜查。外面來慰問的人，來一個扣一個，全都失去自由。晚上，復旦大學笪移今教授來社商談休刊事，一進門看氣氛不對轉身就走。說時遲，那時快，特務猛一把抓住：「休走！你中彩了！」笪當場被捕。

特務強佔《觀察》社後，打開保險箱，拿去現金、期票說是「代管」，又強迫供給伙食，大吃大喝。

4

放下上海這邊，再說已逃北平的儲安平，特務從林元身上搜到要寄儲安平的信，從而知道儲在北平的地址，乃是北平燈市口大公報辦事處徐盈收轉。

特務喜出望外，通知北平立刻動手。三十日晚十時，十多名特

務闖進北平大公報辦事處。事出突然，徐盈正在社內，當即被禁關在辦公室內，他的住處搜查兩次，毫無所得。而該報其他記者，張高峰、戈衍棣、高集、劉桂良、彭子崗等都和徐盈一樣，失去自由，連上廁所都有人跟著。其實儲的地址，徐盈也不知，只是轉信而已。信由儲來自取，隔日一次。幸儲早就得到消息，轉入地下。得到清華、北大、燕京等校教授費青、樓邦彥、許德珩、錢端升、袁翰青等的幫助、隱匿，終平安脫險。

北平大公報的被封鎖，記者被扣押傳至上海，鬧得沸反盈天，國民黨當局有所忌憚。北平新聞界託辭春節拜年，夥同幾個外國記者闖進大公報辦事處，特務不便阻攔，封鎖終被突破。原被禁押的全體大公報職工自動到北平「剿總」投案。傅作義怕事態擴大，下令解除封鎖，並派人賠禮道歉，了此公案。

特務當然不甘心，既抓不到儲安平，就在上海這邊加緊了抓張今鐸的步子。不過沒有一點線索可尋。

《觀察》所請特約記者，只有儲安平一人知道，通訊發表時不署名，文責由社方自負，發稿費也由他經手，作者姓名地址從不外泄。社中人也從不過問。特務本來無法可施，不巧二十六日特務來查封時，正遇林元要外出寄信給儲安平，特務從他雨衣中既搜到給儲的信，從而知道儲在北平的地址，又搜到一頁稿紙。正是張今鐸所寫〈徐淮戰局變幻〉的原稿，林元因好奇要來看後，忘記還給儲安平。特務拿到後，如獲至寶。持此物證，準備順藤摸瓜，捉拿張今鐸。這兒暫且按下不表。

其實此時張今鐸已到上海，這天林元和雷柏齡約好晚九時，去見張商談停刊善後，現林、雷既已被抓，顯然不能赴約。萬一，張等不及，電話又被特務控制，而張冒然親來，即陷入敵手。林元急中生智，給妻子寫了一張便條云：「我現在被捕了，你應理智、鎮定。請

即到港務委員會找黃佑南組長，黃組長可證明我的為人。」

特務認為這也許是條線索，立即持條去找黃佑南。黃見條，心領神會，當下說：「林元原是靠編編寫寫為生，是個好人，你們不要為難他。至於別人寫稿，都是他們文人間的事，我是外行並不清楚。」

黃佑南何許人？他是袍哥大哥，上海灘的紅幫頭頭，恰是張今鐸的朋友。上海市長吳國楨讓黃管碼頭，擔任港務委員會視察組長。這時黃已與中共地下黨有聯繫，與胡厥文、施復亮同是「民主建國會」的成員。正在一同進行「護廠」活動。

特務既找張今鐸不著，仍分兩頭進行。一面在南京。他們從張用的稿紙是「國防部史政局」的，所用信封不是立法院就是監察院的，常寫「張寄」或「今寄」，信箋內落款總是「郵民」，特務推斷此人該為「張郵民」。又按其所寫素材和分析戰事的能力來看，這位軍事記者該是高級將領。於是從立法院、監察院、史政局等單位密查張郵民，核對人人手跡，加上個別審訊，鬧得亂成一團、人人自危。結果仍是「竹籃打水一場空。」

在上海這面，依然反覆偵查勢在必得。特務從儲安平未成年的孩子口中知道這位南京軍事記者已到了上海，住在五原路友人王家。特務迅速到了王家，準備誘捕。這是一九四九年一月十四日晚上，張今鐸恰好和唐寶璋兩人，另有淞滬警備司令部參謀羅延齡一行，乘了杜聿明的親信劉史瓚（汽車製造廠廠長）的吉普車去美琪電影院看電影。看完後又把張今鐸送到五原路王家。前一陣子，張原住在這裡，這時已轉移劉史瓚處。張在這裡略躭片刻，恐即將戒嚴就走了，只有唐寶璋和羅延齡兩人未走。時唐寶璋坐在客廳裡，看到有兩人在和王先生對話。「王先生，我放出來了，我想見見張先生。」說這話的正是《觀察》的雷柏齡。王正想告知雷，張剛走，話還沒出口，王夫人插嘴道：「張先生送張夫人去南京了。」王立即改口：「是啊！你早

幾天來，還可看到他。現在嘛……」沒有下文了。雷和一旁那人忙說，我們下次再來吧！說罷兩人匆匆而去。

原來雷柏齡的叔父雷聲甫在黃埔軍校時是張今鐸的學生。過從曾密，特務知道這層關係，故先把雷柏齡放出作誘餌。幸王夫人機智，看到雷柏齡神情沮喪，狀似並不高興。說話中又似暗示。又看陪雷柏齡來的那位陌生人，雖穿的是長衫，但穿了一條軍褲，又是皮靴，心知來者不善，因此沒有上特務的當。

特務走後，王先生到客廳對雷與羅延齡說：「特務已知道，張今鐸住在我這裡，馬上要來搜查。」他從內室拿出一封要他收轉的信要雷轉送。雷看後立即撕碎丟入抽水馬桶沖掉，另一份重要材料藏好，上了閣樓充作王先生的小車司機而睡下。羅延齡自己走了。

果然，當晚十一時許，外面已戒嚴。特務又來了，謊稱有事要向張今鐸請教，要王先生請張到客廳。機靈聰明的王夫人客氣地邀請幾個特務到她臥室，拿出茶點好煙招待。特務們邊喝咖啡邊抽煙，一面東張西望。又看了亭子間與客廳的內室。樓下也有特務在搜查，一概沒有查到什麼。最後灰溜溜地撤走了。

且說黃佑南看到林元的便條，特務一走，立即派人通知張今鐸，要他轉移。張就轉到劉史瓚的家裡。前已說及。

翌日（一九四九年一月十五）唐寶璋找到吳奮飛——是一位戰鬥在敵人心腸裡的共產黨員。抗戰時曾任第四戰區張發奎的中將軍法總監。解放後在廣東工作。唐向他彙報五原路王家被搜查情況。他當即要他兒子吳群敢（交大學生，地下黨員）到劉史瓚家接張今鐸轉到金仲華家。

幾天後，吳奮飛告知張今鐸，留在上海已十分危險，要他立即離開。他還怕張一個人有閃失，要唐寶璋陪同火速離上海。

張今鐸與唐寶璋離金仲華家，到劉史瓚家裡取行李。劉當即挽

留。他說：「蔣要抓你，我這裡該是安全的。我現在是資源委員會火車輪箍廠的總經理，特務該知道我只搞技術不問政治。張先生是杜聿明介紹與我相識的朋友。留你是義不容辭。」劉情辭懇切，但想到吳奮飛的分析與叮囑。兩人還是堅決告辭。臨走時，劉夫人陳文嫦還包了一包首飾給他們，備作他們路上救急之用，張飽含熱淚收了。

這裡再補說一下，劉史瓚的來歷。劉氏夫婦是寧波人。劉早年留美，抗戰時回國，對蔣的統治不滿，同情中共，掩護中共的地下工作。曾遵照資源委員會孫越崎保護了重要工業器材、拒遷臺灣。1949後全家去東北，參加重工業建設。

離開劉家後，唐寶璋與張今鐸連夜擠上南行的難民車，輾轉來到衡陽，那裡的風聲也緊。唐在昆明時曾和一位粵漢鐵路的列車員朱文秀相識。此人有俠義風，此時正在衡陽，他得知張在難中，一口允諾幫忙。先把兩人帶到衡陽郊區的鐵路員工宿舍。當夜安排兩人上了去廣州的夜車，藏在後面的郵車中，飲食由他送去。終平安到達廣州。

到廣州後，盤纏已用罄，廣州不能久留，正萬分為難之際，在火車站巧遇張勵將軍（前十九路軍旅長），民革成員，與張今鐸本是知交，他見張今鐸已逃出，極欣慰。又聞缺盤纏，立即送五百港元，為張今鐸與唐寶璋買了兩張去香港的火車票，送他們上了即將開行的廣九（廣州至九龍）班車。還寫了一張名片交給張今鐸要寓港的親戚張炎將軍的遺孀托她照顧。張勵與張炎是連襟，同是十九路軍旅長均抗日有功，因該軍曾發動「福建事變」，為蔣嫉恨。張炎後被蔣殺害於上海。前文說到的史政局稿紙即為張勵所提供。

張今鐸、唐寶璋兩人到香港後，先住在張炎遺孀家中，後遷往九龍金巴厘酒店，費了一番周折，通過宋雲彬找到夏衍，再找到了中共組織。中共組織派劉人壽到金巴厘酒店慰問，並安排生活。

張今鐸由此逃出龍潭虎穴，走向自由天地。

5

話分兩頭，張今鐸已逃出羅網，《觀察》社中人員仍被扣押。1949年1月26日關押社中的笪移今等七名社外人員經多方疏通得到保釋。而社裡人員林元、雷柏齡，兩天後，1月28日轉移到淞滬警備司令部，四月三日又押送到南京。

押送途中，林、雷兩人與押送的一位排長交談，證實此案是蔣介石親下手令飭顧祝同按軍法處置的大案，所以牽連許多人，外界各方營救都無效。

四月五日，林、雷兩人又轉關押地方，轉到南京羊皮巷國防部二廳的關押所，這是關押重大政治犯所在，生命垂危。

幸而解放軍已兵臨南京城下，特務們人心惶惶，無暇顧及這些要犯。到四月二十三日南京即解放，林元、雷柏齡有幸出獄。月餘後，五月二十三日，上海也告解放。第二天，林、雷兩人即乘軍用專列回到上海。不久，北京與上海間恢復通車通郵。林、雷與儲取得聯繫，積極籌備復刊。中共方面胡喬木、胡愈之、范長江、胡繩等支持猶烈。事情通到周恩來那裡。周說：「《觀察》既有那麼多讀者，自應復刊。」一九四九年十一月一日終於復刊。因政治中心已轉至北京，編輯部即設於北京。原上海北四川路舊址的《觀察》社一仍其舊，負責印刷出版發行工作。然而解放後的言論空間，已有劇烈變化，終於發行日衰，先改半月刊，依然難挽頹勢。最後改名《新觀察》已面目全非。大致在「文革」中停刊。文革後復刊。延至八十年代「六四」後也就永久休止了。至於儲安平早已別有他就，去出版總署與新華書店。迨至一九五七年，竟因言禍，欽定右派，最後生死存亡兩不知，在人間夭失。至於那位從白色恐怖中，幸而逃生的張今鐸，解放後一

度赴北京列席全國政協會議，參加開國大典。後定居濟南，任山東大學教授，被選為山東各界人民代表協商委員會代表。1955年當選政協第一屆山東省委員會常務委員。1957年打成右派，下放勞動改造。22年後，1979年平反，並於同年病逝。高曉東文中，對張今鐸有最後定評。稱其在中共的第二戰線上對瓦解國民黨的軍心起很大作用，可惜竟與儲安平殊途同歸。可歎！

注釋 ────────

①唐寶璋：〈民主雜誌《觀察》封閉前後〉，謝泳、程巢父主編，廣州出版社第48—61頁。
②高曉東：〈令蔣介石大發雷霆的「南京特約記者」張今鐸〉，見《春秋》雜誌2012年第四期。
　按本文寫成，多有參考以上兩篇，尤以前篇唐文為多，特申謝忱。

新聞奇人成舍我

轟動一時的《立報》

上世紀三十年代，上海有一張四開日報，名曰：《立報》。當時在上海轟動一時，銷售數竟在《申報》、《新聞報》之上，日銷20萬份。

為什麼取名《立報》呢？這「立」的涵義很多，可作獨立的立，也可作立志的立。在上海占《立報》讀者量最大的工人、店員們說：「我們每天上班都是乘三等電車，沒有座位，一手攀著藤圈，一手拿著《立報》看，到目的地報也看完了。所以稱它《立報》。」這解釋非常幽默。

《立報》雖是一份四開小報，從版面到具體內容都有特色。有道是「麻雀雖小，五臟俱全。」它精選與精編。新聞與副刊樣樣具備。新聞除該報記者採訪外，並不直接採用通訊社稿，而將各通訊社稿彙編與改寫。筆者最初看到《立報》，正是1937年蘆溝橋抗戰開始，抗戰烽火遍南北，戰地新聞特多，《立報》每天一篇綜合戰訊就可瞭解戰爭全貌。《立報》有三個副刊占全版面的八分之三，可算空前。三個副刊的命名與內容都有深意。《言林》專為文化教育界而設，刊名有多種言論之意。由復旦大學教授、文學家謝六逸主持。《花菓山》是給自由職業者與商界人士看的。由小說家張恨水主持。《小茶館》是為工農而設，由總編薩空了兼編。

　　《立報》絕不登廣告，旨在內容上爭取讀者，擴大發行。更難能可貴的敢觸犯權貴甚或當局。當時杜月笙在上海炙手可熱。自史量才（《申報》總經理）被軍統暗殺後，杜任《申報》總經理。《立報》有次發了一則新聞，涉及杜的一個徒弟，稱之為流氓。此人向杜哭訴。杜派人來責問，《立報》不予理睬，後不了了之。當時民主愛國運動和民族救亡鬥爭正蓬勃發展，反動當局為了控制輿論，常抽掉或刪節一些文章。立報就用「開天窗」的形式以示抗議。有位在該報當通訊員的復旦大學新聞系的同學為此寫了一份對聯：「前□□，後□□，前後□□，□□滿紙，活像整張盲人報；大××，小××，大小××，××通篇，真似一筆閻王賬。」

　　當年老報人曹聚仁說：「《立報》的成功，在中國新聞史上，可以說是最富有青春氣息的一頁。」可見當年《立報》的地位。

敢捋虎鬚的報人

　　《立報》的創辦人就是成舍我。當年《大公報》總編張季鸞說過這樣一句話：「沒有坐過牢的記者不是好記者。」這自然是在新聞沒有自由的特定年代的憤激之言。

　　1926年4月26日，《京報》社長邵飄萍被奉系軍閥槍殺於北京天橋。同年8月6日，又一位報人林白水，也被張宗昌殺害。林白水在北京創辦《社會日報》。報上刊出〈官僚之運氣〉一文，諷刺潘復（時為國務總理）是張宗昌的「腎囊」。張即以通敵罪把他殺害。

　　在一片殺聲，鮮血染紅北京報壇時，多家報紙對林白水之死，或隻字不提，或只發寥寥數字的簡訊，唯獨一家《世界日報》，發了這紙不幸的消息，用頭號大字標題，還加上黑邊，以志哀悼和抗議。

　　這位冒殺身之禍敢捋虎鬚的報人，就是《世界日報》與《世界晚

報》的創辦人成舍我。上面所說的《立報》也是成舍我所辦。

不平凡的生平

1917年。北京大學經校長蔡元培特許，收過兩位旁聽生。一位是孫伏園，另一位就是成舍我。後因成績優秀，成舍我轉為北大中文系正式生。

成舍我，原名希箕，又名漢勳、平。湖南湘鄉人。1898年7月生於南京下關。

成舍我的祖父成策達，為湘軍曾國荃的幕僚。父成璧（心白）先為安徽候補道，後為舒城典史。宣統元年任鳳台縣警察局長。

成舍我自幼聰慧，11歲即能提筆為文，下筆千言，向報紙投稿。1916年，在安慶辦報聲討袁世凱而被捕，幾遭槍決。得到釋放後，去上海，結識陳獨秀與葉楚傖（《民國日報》社長兼總編），進《民國日報》當編輯。在上海大約兩年後，成舍我決定去北京深造，辭去《民國日報》編務。到京後，他想進北大。但沒有中學畢業文憑，向蔡元培先生進萬言書。蔡先生看信，感到他文筆流暢、言之有理，特許作旁聽生。又經北大圖書館館長李大釗介紹，任北京《益世報》副總編。這樣，他一邊讀書，一邊辦報。

在《益世報》期間，成舍我因寫社論〈安福與強盜〉與轉載的一則消息，報紙被查封，總編潘雲超判刑一年。後因美國向北京政府抗議，《益世報》啟封。社長杜竹玄不僅對成舍我未加責難，還讓他代行總編職務。

1921年夏，成舍我以正式生資格畢業於北大，並在《新青年》發表譯文《無產階級政治》（列寧著），又出版專著《中國小說史大綱》，引起各方矚目。

後來。成舍我在1924年獨力創辦《世界晚報》，不久又辦《世界日報》、《世界畫報》，成為北京新聞界的一支生力軍。

軍閥屠刀下倖存

且說，《世界日報》發了林白水被害新聞的當天深夜，成舍我看完大樣，正準備回家。忽見幾個荷槍實彈的憲兵，突然闖了進來，不由他分說，就把他五花大綁送上一輛汽車。

成舍我心想，這一下完了。前天林白水也是這樣被逮捕後即送天橋殺害的。自己將是第三個被害的報人。

正想著，忽然看到汽車並不是去天橋，而是開進一座朱紅色的大門，這是憲兵司令部。他被關在一間房裡，也沒有審問，氣氛不那麼緊張。他心中狐疑不定，不知葫蘆裡究竟賣什麼藥。

成舍我真是大幸，在張宗昌的刀下倖存。

原來前一天，張宗昌要憲兵司令王琦逮捕林白水時，特別關照他，人抓到後即送刑場槍決。而捕成舍我時，張宗昌並未當面關照，是由別人轉告。王琦辦事老練，他想人命關天，不能馬虎。當下決定先把人關起來，第二天去請示。

無巧不成書。翌日，正是張宗昌納第十幾房的小妾，陶醉在洞房歡樂中。王琦去請示，當然被副官擋駕，討了個大大的沒趣。

這就為成舍我家屬的營救爭取到時間。成妻楊璠找到盟兄弟孫用時（日本住友洋行買辦），同去見他父親孫寶琦（前清駐法、德大臣，北洋政府時兩度擔任國務總理）。孫寶琦既因兒子的求情，又對成舍我的為人有好感，一口答應下來。於是他親到石老娘胡同張宗昌私宅去說情。張宗昌說成舍我有三罪：（1）惡毒反奉；（2）與馮玉祥勾結；（3）接受國民黨10萬元津貼。有此三罪，死有餘辜。孫寶

琦作了針對性的解釋。所謂反奉，是在奉軍進京之前，當時馮玉祥軍
在京，誰敢不登反奉消息；成與馮根本不相識，從何勾結；所謂受國
民黨津貼，如此鉅款由哪家銀行匯的，一查就明。這樣一說，張宗昌
的氣就消了許多，表示可以暫時不殺。說要再看一下近10天的報紙。
《世界日報》自然更加檢點。孫寶琦再訪時，張宗昌說既情有可原，
可以開釋。到成被關的第四天，憲兵司令王琦就把他放了出來，還向
他表示歉意，親自送他到孫寶琦府上。

　　成舍我終於死裡逃生。

與張宗昌戲劇性會見

　　1927年4月18日，國民政府在南京成立。成舍我到南京辦了張
《民生報》，依然銳氣十足。

　　北平－南京，成舍我風塵僕僕，管理著兩地的報紙，：為國內新
聞界矚目的人物。

　　1932年，成舍我在北平經歷了一樁戲劇性的故事。

　　按慣例，成舍我每天下午在《世界晚報》出刊後，就徒步來到
中山公園。在園內走一圈，即到來今雨軒泡上一杯茶，既鬆弛一下神
經，又可從茶客們的議論中得到一點新聞線索。

　　那時張宗昌早已垮臺。1928年，張宗昌軍被白崇禧打垮後，逃到
日本。1931年，「九一八」事變後回國。住在北平作寓公。張宗昌也
是來今雨軒茶社的常客。成舍我的座位往往和他非常鄰近，也知道這
人就是張宗昌，不去理睬他。大約有人把成舍我也在這裡喝茶，告訴
了張宗昌。因此。張宗昌總是目不轉睛地看著他，似想和他講話。

　　一天。張宗昌的茶桌上，有一個人與成舍我非常熟識。把成舍我
拉到他的茶桌上講話。剛講了幾句，張宗昌插上來：「成先生，你認

識我嗎？我就是曾經下令抓過你，還幾乎把你槍斃了的張督辦！」成舍我不由得笑起來：「張督辦嘛，倒也是幸會。那年你沒有槍斃我。是不是今天還想再補我一槍呢。」張宗昌頗為尷尬，連忙說：「這怎麼會呢。你是好人，那次真是對不起，以後還要多多仰仗先生。」說畢，雙方都笑起來。就在笑聲中，成舍我走出了來今雨軒。

幾個月後，張宗昌被韓復榘（山東軍閥）邀請去濟南。韓復榘隆重招待，張宗昌樂得忘乎所以。9月3日，張宗昌從濟南回天津。在站臺上向送行的人告別時，突然有人從人群中走出，對張宗昌連開幾槍當場擊斃。這暗殺者是馮玉祥部軍長鄭金聲嗣了鄭繼成，他為父報仇，幕後策劃者就是韓復榘。

消息傳到北平，成舍我連呼遺憾。「張宗昌應該明正典刑，死在國法之下，這便宜了他。」成舍我說。

鄙視汪精衛

1934年5月，成舍我在南京創辦的《民生報》，因揭露一件貪污案，引發一場軒然大波。

《民生報》的記者採訪到一條消息。汪精衛的部下彭學沛（時任行政院政務處長），經手一項建築工程，原預算6萬元，完工時實際付出13萬元。而工程偷工減料，質量極差。同時彭學沛在南京鼓樓附近新建洋房一座，彭是窮措大出身，哪有錢造洋房，這蛛絲馬跡不難猜尋。記者就把此事寫成彭學沛有貪污之嫌的新聞。

這條新聞在送審時，遭到新聞檢查機構的刪扣。成舍我認為這樣的刪扣是無理的，他堅持按原文發。

新聞註銷，輿論大嘩。而汪精衛也大為震怒，以不服從檢查的罪名，通知南京警（察）廳，罰令《民生報》停刊3天。復刊後，成舍

我親寫一篇社論，說明停刊經過，指責當局非法摧殘輿論，表示要依法抗爭。

這時彭學沛也以侵害名譽罪，向江寧地方法院控告成舍我。成舍我一聽，反感高興。過去《世界日報》曾因打官司使業務發展，現在和彭學沛打這場官司也不無好處。於是全力應付。

6月18日，江寧地方法院開庭。旁聽者人頭濟濟，成舍我答辯達兩小時，形勢有利於成，而對彭極為不利。彭原估計可用官威壓倒成，一看情況不妙，即自己要求撤回訴訟。成舍我大獲全勝。《民生報》聲譽也蒸蒸日上。

當然彭學沛並不甘心，向汪精衛哭訴，要求處置《民生報》。汪精衛對自己的親信本曲意衛護，這次如此丟臉，他惱羞成怒，但一時間也不好下手，只好等待機會。終於在7月20日，《民生報》刊登了一條海通社所發的軍事消息，汪精衛就以洩漏軍事機密為藉口，命南京憲兵司令部逮捕成舍我。23日成舍我被捕，《民生報》同時被封。後來國民黨元老李石曾出面營救，到9月1日成恢復自由。成舍我出獄時講了這樣一句話：「我成舍我可以一輩子當記者，你汪精衛卻不能一輩子當行政院長。」果然就在翌年（1935）11月1日，國民黨召開六中全會之際，汪精衛被刺受傷，旋即下臺出國療養。不過，《民生報》也沒有再復刊（成的出獄就是以不再辦《民生報》為條件）。自然，成舍我的記者還是當下去。

《立報》異軍突起

《民生報》停刊，成舍我被逐出南京後，他並不因此氣餒。雖然北方有他的《世界日報》系統，但仍想在南方發展自己的報業。

1935年3月，成舍我到上海。上海的一些報業同人去看望他。他

說到自己的一點設想，能否在上海辦一張與《民生報》相似的小型報。他說得有聲有色。

成舍我的一席談，引起一些人的興趣。當下即表示支持。蕭同茲（中央社）、胡樸安、嚴諤聲（新聞報）、田丹佛、錢滄碩（中央日報）、管際安、章先梅、吳中一等紛紛表示出資，連成舍我自己在內，集股款10萬元。成舍我一人的股占十分之三。還有吳中一，本是《民生報》的小夥計，對辦報很積極，不僅提了許多寶貴的意見，還當場認股5000元。他是裁縫的兒子，《民生報》的普通記者，五千股金對他來說並非小數，足證他的辦報信心。因此成舍我推他為總經理。

1935年9月20日，一張新型的小型報在上海創刊，名為《立報》。

《立報》的特色已見本文開端。

猶記筆者當年12歲。剛進初中，抗戰爆發，關心著戰事的進展，身在江南一個小城，每天下午期待著《立報》的到來。它的精編雛版面小僅四開，但瞭解戰爭全貌。後來上海淪陷，《立報》從孤島撤出，遂與《立報》告別。

此後《立報》在香港復刊。不久總編薩空了和成舍我分手，成當了國民參政員，風塵僕僕於港渝道上，對報紙關心不多，《立報》的聲光逐漸暗淡。日寇侵入香港後，香港《立報》停刊。這是後話。

唯才是舉相容並包

成舍我辦報的一大特色，是善於使用人才和培養人才。

一向自視甚高，大有「老子天下第一」氣概的龔德柏（曾辦《救國日報》），在《世界晚報》初創時，就是該報記者。成舍我知道龔

狂妄但能力不弱，就聘用他。同時成自己也作式垂範。因此龔德柏對他稱讚道：「成舍我的外勤活動能力非常大。」

1948年，成舍我聘請一位老報人，擔任《世界日報》駐南京特派員。此人即陸鏗提出採訪必須有輛車。成即把自己剛進口的一輛美製HUDSON牌轎車歸他使用。翌日，這位特派員去外交部採訪，出來時看到成舍我正在公共汽車站上排隊，使他大為感動。

對各種人才的相容並包，教育界當推蔡元培，新聞界就推成舍我。他能團結與任用左、中、右各種人才。如龔德柏、黃少谷都與他合作過。鼎鼎大名的張恨水，當過他的副刊編輯。如薩空了、張友漁、宦鄉這些有名的進步人士，就分別做過他的總編、主筆。

成舍我非常重視培養人才。1933年，他創辦北平新聞專科學校，任校長。學制分初級班、高級班、本科，以「手腦並用，德智兼修」為校訓，培養出不少人才。如臺灣的著名女作家林海音，就是北平新專的學生。

抗戰期間，1942年春，成舍我又在桂林創辦世界新聞專科學校（簡稱桂林世新），任校長。學制沿用北平新專舊制，分初、高、本科三班，學員以流亡學生為主。

1956年，成舍我已年近花甲（59歲），又在臺北溝子口雜草叢生的一片荒地上，辦起世界新聞職業學校。三年後改為專科學校。一般私人辦學都向銀行貸款，他獨力支撐。取之於學生，用之於學生。晚年僅有一目能視物，每到學期終了，他都要親自看已批改的作文本，有時還親自聽課。到80年代，畢業學生已達1.2萬餘人，遍佈臺北各大報社、電臺、電視臺、圖書館等機構。每年的畢業典禮，他都要對學生講這樣的話：「你們畢業以後，如果進入報館，你們手中的一枝筆，正和戰士的一管槍相同。如果新聞記者的筆，不用來維護正義，獎善懲惡，相反卻要求賄賂、受人豢養，顛倒黑白、混淆是非，則這

一類記者，其罪惡性與戰士不用槍保衛國家，殲滅敵人，而只是威嚇善良，搶劫強暴，或報仇洩憤，同樣該受人民唾棄，受最高刑罰。」他還說：「新聞記者要紅包，爭特權，其為害社會，戕賊人心，影響之大，實百倍於貪官、惡霸、土豪」。這番語重心長的話，學生們都深以為戒。

　　成舍我在講課中，強調新聞自由的重要。他認為過去的新聞自由，是要向政府爭取，未來的新聞自由威脅來自商業廣告。報紙為了利益爭取廣告喪失報格。他任立法委員期間，多次提出新聞自由的議案與質詢。他曾有這樣的名言：「報禁不開，絕不辦報。」

奇癖與儉樸

　　成舍我一生以辦報為樂。他有這樣的奇癖，聽不到印報機的聲音便睡不著覺。成舍我在政治大學新聞研究所授教時的研究生陳諤說：成師的家就在報社的隔壁，每天印報機巨大的聲音，他躺在床上會聽得見。每天編輯工作結束，他是最後一個下班，接著上機印報。印報機轟轟隆隆響個不停，他不感到是吵人，反覺得是在聽音樂，有如催眠曲，他在催眠曲中安然入睡。如果聽不到印刷機聲，他反睡不著。甚至會去看看是否出了問題。

　　新聞界有人批評成舍我小器，其實他是節省，他儉樸成性。他不僅對人嚴，對己也一樣嚴。他創辦的臺北世界新聞專科學校在初創時期，曾供應教授們午餐。講師于衡不慎打碎一只湯匙，成下令扣薪賠償。此事曾盛傳臺北新聞圈。又傳說，學校的總務人員申請購買開會用的香煙、茶葉，他在申購單上批：「上次開會未用完的香煙、茶葉在那裡？」一般單位不供應上廁時的衛生紙，成的報社供應無缺。如果廁所沒有衛生紙，編輯人員會用稿紙代替，稿紙成本高於衛生

紙。工廠人員如找不到衛生紙，就會在印報的捲筒紙上扯下一塊，這一圈白報紙就不能印報，損失就大了。所以供應衛生紙是為了節省。各通訊社發來的稿件，反面都是空白的，他要總務人員收集起來印成稿紙。他自己寫稿，如果不是這種再利用的稿紙，他會寫不下去。拿著一張已用過的稿紙，他就文思汩汩，下筆如行雲流水。諸如此類的事，新聞界傳為美談。

有奇父也有奇女

成舍我不僅自己是一位新聞界的奇才，他的子女都極優秀、出色。中國人民代表大會副委員長成思危就是成舍我的兒子。臺北的名刊《傳記文學》主持人成露茜就是他的女兒，現任社長成嘉玲也是他女兒。長女成之凡更是一位奇人。

華人在海外競選總統，過去聞所未聞。然而成之凡在法國三度競選總統，不愧為華裔巾幗。

成之凡1928年生於北平。母親從小培養她彈鋼琴、跳芭蕾、學作曲，在音樂藝術的浸潤中成長。30年代在上海國立音專畢業後，執教於上海音樂學院。1949年初隨父母到香港，在香港聖學院教音樂，並舉辦個人作品演奏會。1951年到巴黎定居，很快成為頗有名氣的畫家、音樂家和服裝設計師。一位法國青年工程師貝爾覃，深慕她的才華，相戀後兩人於1952年結婚。成之凡加入法國籍。

1981年，53歲的成之凡，爆出了一件轟動法蘭西政壇的新聞：她宣佈參加七年一度的法國總統競選。與密特朗、德斯坦、希拉克、馬歇等40多位法國政界顯要角逐。她的競選口號是：「選我就是選和平！」她把中國的「中庸之道」運用到法國現代政治。她主張實行「一元兩位」的總統制，即左右兩派兩個總統或正副總統聯合執政。

在法國影響最大的通訊社——法新社支持她的競選。但這次她未能如願。

1988年，剛進花甲之年的成之凡，又一次角逐法國總統的寶座。她向密特朗、希拉克、巴爾發出公開信，提出她三位一體的政治主張。這次雖仍然得到法國新聞界的支持，但並未成功。原因是，法國對總統候選人有一項苛刻的規定，必須徵得法國500個議員或地方民選代表的連署簽名的認可，這對既是華裔又是無黨派人士的她，無疑是極大的障礙。

成之凡和她父親成舍我一樣，從不畏難，一旦確定目標的事就要幹下去。1995年，她已步入老年，又鄭重宣佈要第三次競選法國總統！事前她很有信心。她說：「有那麼多的人支持我，又有了兩次預演，我應該有信心，我要為華人樹立一個自信的榜樣！」雖然後來仍然事與願違，但她這種精神值得海外華人自豪！

成之凡雖然做了法國人，卻處處仍以「中國人」自居。她常年穿自己設計的古式中國民族服裝；在法國餐桌上。她使用的是一雙筷子；她的住房是自己籌建的一幢八角寶塔型的古色古香的中式建築「挽雲樓」；她用老子的《道德經》改編古樂曲《道之樂》，在巴黎演出；她教法國人學漢字、太極拳和中國文化；在電視螢屏、個人畫展和音樂會上，她亮出的「成之凡」的中文名字……總之，她謹慎自己的一言一行，深怕損害中國人的形象。

1983年，成之凡首次應邀返回北京。參加「歐美同學會」成立70周年紀念活動，並在中央音樂學院舉行獨奏音樂會。她對記者說：「我雖然因為嫁了個法國丈夫，加入了法籍，但我一直把自己當中國人，而且我一天24小時都在愛中國！」

「新聞工作是我永遠的興趣！」

「新聞工作是我永遠的興趣所在！」這是成舍我經常說的一句話。成舍我把他的一生奉獻給新聞事業。

1988年，成舍我已91歲高齡。這年臺灣解除了「報禁」。他決定辦《臺灣立報》，辦妥了發行登記手續，創下中國最高齡的辦報記錄。

這在世界報人中也是少見的。他93歲的高齡，還上班看報紙大樣。他右眼已經失明，左眼配特製眼鏡，仍細看報紙，事必躬親。

1991年，成舍我已踏上了人生臺階的第94級，在新聞戰線上已奮鬥了78年。他自己感到離大去之期已不遠。辭去了所有職務。

就在這年4月1日上午6時，成舍我心臟病猝發。造成心力衰竭，搶救無效，病逝於臺北。享年94歲。

一代報人，從此音容永隔！

·附錄一·
徐鑄成與嚴寶禮

　　熟悉現代報業史的人都知道，新記《大公報》（有別於英斂之時期的（大公報》）之所以興旺昌盛，成為民間報的翹楚，靠的是張季鸞（總編輯）的一枝筆，胡政之（總經理）的經營管理，吳鼎昌（社長）的資金，三人可稱珠聯璧合，相得益彰。

　　歷史常有巧合，崛起於1938年上海「孤島」時期的另一張民間報奇葩《文匯報》的成功，也同樣是由兩人短長互補·配合默契·即是總編輯徐鑄成的一枝筆。總經理嚴寶禮的經營管理（范長江稱嚴為「辦報能手」），遂使（文匯報）雖歷經坎坷，而能始終輝耀報壇。

　　徐鑄成與嚴寶禮不僅在工作上的配合無間，生活上也相互體貼與照顧。1939年5月《文匯報》被敵偽扼殺，徐鑄成重回《大公報》去香港，以後又去重慶，眷屬留於上海，一家多口生活全由嚴寶禮供給，直到1943年初春，徐鑄成在桂林任《大公報》總編輯生活才得粗定。後徐奉命到上海接《大公報》所有留滬眷屬，這才把家屬接走。抗戰勝利後，徐鑄成於1945年9月從重慶飛回上海，復刊上海《大公報》。家屬羈留重慶。翌年才回滬。嚴寶禮在愚園路為徐安排了花園洋房，兩家毗鄰而居·相處和睦。

　　整整八年·嚴寶禮羈留於淪陷後的上海。但他復刊《文匯報》的信心依然不減。雖報紙早已停刊，但始終保留著全部印刷設備。就在1943年徐鑄成回上海接家屬時，老友相遇。相互傾談心願都有復刊《文匯報》的打算·徐鑄成最後問道：「你究竟有沒有復刊《文匯

報》的決心和把握？」嚴說：「如果你回來主持編輯部，我就有此決心。否則。就死了這條心了。」老友信託如此之重。徐鑄成不由心頭一熱，也就坦率表明「一定回來」的心跡，同時提出相應的條件（不干預編輯事務與用人），嚴一口應承。抗戰勝利後，徐重回《文匯報》果然創造了《文匯報》的黃金時代。

從嚴與徐兩人的性格看，徐方而不圓，嚴圓而不方各有千秋。而兩人互補往往成功。1947年5月《文匯報》被國民黨查封。事後當局想用各種手段滲透進來，改變報紙性質。如投資加股派員，甚至劫持嚴寶禮到南京，威脅他簽字屈從，嚴頂不住了簽了字·他知道徐不會同意，他簽字也無效。果然，徐知道此事後，並不深責嚴。自己坦率表示：「有條件決不復刊！」鐵骨錚錚，擲地作金石聲！當局無計可施。

「性格即命運」。1949年後，徐、嚴兩人性格依然如故，導致不同結局。約在1952或1953年間。當時上海中共統戰部定期召集資本家開「神仙會」。嚴每會必到。也從不遲到早退，會上積極發言。內容都為歌頌。當別人發表對黨不滿的言論，徵求他的意見時，嚴總是哈哈一笑，不置可否。某日，中共上海市委統戰部劉述周部長找到徐鑄成，請他做嚴的工作·要嚴消除顧慮，暢所欲言。時隔不久，嚴到徐府小坐，徐乘機把劉述周之意轉告。勸嚴今後可以多說點話。嚴當時回應說：「不是我話說得太少了，而是你話說得太多了，不是我應該多說話·而是你應該少說話。」（據徐鑄成之三子徐復侖函）兩位世交誰也沒有說服誰，仍各行其道。結果是：三緘其口的嚴寶禮平穩度過紛至遝來的運動，徐鑄成在1957年因多言（本不需說，就「拆牆」問題發言）而跌進「陽謀」。膺「右派」桂冠22年。

也許嚴寶禮有遠見，他勸徐鑄成把長子送去香港或美國讀書，徐婉拒好意。嚴的子女大都負笈遠洋。當60年代初，大陸饑荒時。嚴有

子女的美金接濟無虞饑餒，改革開放後又榮歸故里視作上賓。補此以
作談助。

・附錄二・

濃濃故鄉情
——徐鑄成與宜興

　　「我出生在江南的一個小城。」徐鑄成總是這樣謙稱他的血脈之地。徐鑄成的故鄉是江蘇宜興。宜興的小當然是實情。因為它繞城三華里，他出生之時（1907），城區人口大約10萬。不過這也由於他日後成了報人，行蹤遍及大河上下、北國江南，對比那些繁華都市、通都大邑，也就顯得它的「小」。而同生斯地的筆者，在童稚時的視野裡，這四街十六巷，人聲喧鬧，熙熙攘攘的宜興，還視之為「大」。

　　宜興地處太湖之濱，江南膏沃之地，縣城山環水抱。城之南，面對重重山巒天目山余脈的銅官山，黛綠絳紫，山色隨四季而變化。城的東西郊各有一個方圓約九華里的湖，當地人稱東汆、西汆。這「汆」字不見於字典，宜興人所獨創。東汆形長，西汆形圓。沿汆風光絕佳，且直通浙皖。西汆在西門外，上世紀三十年代即有京杭國道（南京至杭州的公路）傍汆而過，夾道垂楊，煙籠十里，一派江南風光。而至春日，灼灼桃花，蜂喧蝶鬧，更為賞心悅目。

　　「物華天寶，人傑地靈。」宜興土地肥沃，物產豐盈，稻麥一年兩熟，世稱魚米鄉。舉世聞名的紫砂茶壺與陶器，產地即在宜興。山鄉盛產毛竹，面積之大，人稱竹海。宜興風景獨好，且附有美麗傳聞。善卷洞幽深曲折，洞中有洞，可以航船。洞口有梁祝讀書台，即梁山伯與祝英台讀書之處。猶記我童年時，常見黑黃兩色大蝴蝶，相傳為梁祝化身。黑者為梁，黃色為祝。

　　宜興也是人文薈萃，名人輩出之地。晉代勇於改過、除「三害」

故事的主人公周處即生於此。城中有蛟橋，石碑鐫曰：「晉征西將軍周孝侯斬蛟之橋」，相傳係蘇東坡（軾）手澤。南宋以善撰「故國之思，山河之慟」的詞人蔣捷也是邑人。明末四公子之一與侯方域（朝宗）齊名的陳貞慧及其子陳維崧（詞人），同生斯地。明末抗清殉國於都門的盧象昇也是宜興人。宜興更多慷慨悲歌之士。徐鑄成先生說：「我曾翻讀《明史》，單單在熹宗、崇禎兩朝以忠言苦諫遭廷杖甚至殺頭的宜興籍御史，即有二十餘人，這個故鄉的確是令人難忘的。」

當代宜興，人稱教授之鄉。名人之多難以縷述。如徐悲鴻、吳冠中、錢松岩、尹瘦石、周培源、唐敖慶、蔣南翔、潘梓年、于伶、儲安平、徐鑄成等等均為文化名人，飽學之士。

「羈鳥戀舊林，池魚思故淵。」人情同於懷鄉，徐鑄成先生更說得好：「鄉情積久愈濃。」

生於1907年的徐鑄成，在故鄉發蒙、讀小學，十五歲離鄉負笈遠遊，先在無錫，後去北國就讀清華、北師大。1927年躋身報壇，供職於《大公》、《文匯》兩報，作為報人其忙無可名狀，極難有回鄉之舉。待抗戰爆發，河山變色，更是望鄉興歎。出於意外，抗戰期中竟有一次回鄉的機緣。

1942年，徐鑄成在桂林任《大公報》（桂林版）總編輯，其時他孑身一人，夫人與桂版同人的家屬大部分陷身於敵佔區上海。奉社方命，接家屬們到桂林。1943年徐鑄成穿越桂、贛、閩、浙、皖、蘇六省，沿著未淪陷的山區，冒險化裝進入上海。在這次特殊旅遊中，他途經宜興。正是「近鄉情更怯，不敢問來人。」走經張渚（地名）山區時，竹林中忽聽到鄉音，不由心頭突突亂跳，忙從轎子裡走到路旁，俯身在地，雙手捧起一把故鄉土，在頰上親了又親，雙眼流下了熱淚。他說：「這是遊子見了慈母的感情。雖然我在十五年前已往

北方讀書和工作，而全家也在1927年遠離了宜興，但鄉情積久愈濃啊！」事見於上世紀八十年代的回憶中。

此後，抗戰勝利，天日重光。「白日放歌須縱酒，青春作伴好還鄉。」然而事與願違。他忙於《文匯報》復刊，又經無數艱難險阻，直到1947年5月，《文匯報》遭國民黨查封，是年秋，叔祖逸樵公八十壽慶，他才有餘暇去了故鄉。

再以後他又遠赴香港，創辦港版《文匯報》，故鄉渺邈只在夢魂中。1949年後，無奈運動頻仍，求生不遑，故鄉依然暌違。又經二十餘年的雪藏，直到晚年復出，上世紀八十年代，故鄉父老盛情邀他回鄉一行，他說：「盛意殷殷，令人感激。」

那次回鄉，有數事可記。黃雀是故鄉的特產，它形如麻雀，體黃，晚間棲於蘆葦叢中。入秋，黃雀啄食稻粒，身軀肥壯，清蒸或紅燒，味極鮮美。當年生態平衡，市上隨處可購。而那時卻已成稀有之物。鑄老既是上賓破格招待，捕來八隻，大飽口福。還有，他兒時喜吃的豆腐花，飽啖之後他「仍感美味可口，傳統的家鄉點心，如徐舍酥糖、和橋豆腐乾，恢復原來的風味」。……雖是短暫勾留，他說「樂不思滬。」

鑄成先生於1991年12月23日仙逝，五年後骨灰歸葬於宜興銅官山金雞嶺公墓，宜興市政府立碑。葉落歸根，償了他生前宿願。

後記

　　正如穿靴戴帽是正裝一樣，一本書有了序言，也必須有一篇「後記。」我也不能免俗。然而我這「後記」卻萌生於讀到一段遲來的「報導」。

　　話說當年（1975），臺北有郭壽華其人，以「干城」的筆名寫了一篇〈韓文公韓愈給予潮州後人的觀感〉。

　　作者的背景是，原籍廣東大埔，少年時曾在潮州金山中學讀過書，中年當過湛江市長，後隨國民黨去了臺灣。

　　韓愈是唐代聞名的古文家，曾在潮州當過刺史，收錄在《古文觀止》裡的那篇氣勢不凡的申討鱷魚的〈祭鱷魚文〉，即為韓愈在潮州所作，可說家喻戶曉。郭壽華（干城）這篇〈觀感〉，寫了韓的一點佚聞，發於臺北1976年第二卷第四期《潮州文獻》。文云：

> 韓愈為人尚不脫古人風流才子的怪習氣，妻妾之外，不免消
> 磨於風花雪月，曾在潮州染風流病，以致體力過度消耗，及
> 後誤信方士硫磺鉛下補劑，離潮州不久，果卒於硫磺中毒。

　　看來這種可資茶餘酒後談助的〈觀感〉，無甚新奇之處，不意竟會引起一段訟事。

　　郭壽華有位同鄉黃宗識對〈觀感〉有異議，認為郭有意誹謗韓愈。可那位黃姓並非韓愈後代，沒有興訟之權。於是黃找到韓愈第39

代直系血親韓思道提起自訴。又一個出乎意料的是臺北地方法院竟受
理這樣的訴訟。二審後判郭壽華誹謗死人罪，罰金300元了事。

　　案雖了卻引來學術界的極大震驚與一片反對聲，對「誹韓案」
大力撻伐的有薩孟武、薛爾毅、羅龍治、張玉法、高陽、錢穆、沈雲
龍等文化界知名人士。其中政治學家、臺灣大學法學院院長薩孟武有
〈論「誹韓」的文字獄〉一文，文中說：

> 　　韓愈到底得了什麼病，有沒有吃過硫磺，這都是無關重
> 要的。重要的是一千餘年以後，有人寫了文章，考證韓愈的
> 病，而司法機關竟為一千餘年前的韓愈，判決現在的著作人
> 郭壽華犯了誹謗罪罰金300銀元。我不知道這個判決是根據刑
> 法那一條，根據刑法第309條嗎？
>
> 　　此風一開，我們不能批評王莽、不能批評曹操，不能批
> 評秦檜，不能批評張邦昌。文人一執筆，一下筆，動輒得
> 咎，那裡尚有什麼言論自由？
>
> 　　如照此例推論，為古人抱不平，本可寫文章反駁，而竟
> 告到法院，法院又竟受理並對被告處罰金，實為罕見奇聞，
> 此例一開，任何一本書都能成禁書。

　　薩孟武還對原告相隔千餘年的親屬身分提出存疑與異議，後來就
不了了之。

　　對千年以上的死人都不能批評，批評就訴之法院，如對近代或健
在者，更不能置一喙是可想而知的了。不過此事發生在臺灣的戒嚴時
期……

　　有道是「畫鬼容易畫人難」。在虛幻世界裡的鬼，誰曾見過，
可以隨意塗抹，而人則不然。人生在世載浮載沉，每人都像一個萬花

筒，光怪陸離，變幻莫測。論世知人，原本不易，再要評議臧否，更
屬為難。即使事有所據，下筆慎之又慎，也可能有類似「誹韓」的意
外。「吹毛求疵」、「易孃為妍」也屬常見。筆者也有身經目接。其
實「金無足赤，人無完人，」即使運用權勢，迫人「指鹿為馬」為你
「光宗耀祖，」然而在他人心中依然是「桀紂豺虎」。

　　報壇前賢伸張正義、激濁揚清，身負歷史使命，不避艱險，為後
人楷模。「窮漢的錢包，老人的時間」，筆者垂老暮年，完成本書，
謹盼方家指正。

李偉時年90作於金陵蝸居

Do歷史54　PC0455

被扭曲的民國報人史
──張季鸞、范長江們的筆下人生

作　　者／李　偉
責任編輯／李冠慶
圖文排版／周妤靜
封面設計／蔡瑋筠

出版策劃／獨立作家
發 行 人／宋政坤
法律顧問／毛國樑　律師
製作發行／秀威資訊科技股份有限公司
　　　　　地址：114 台北市內湖區瑞光路76巷65號1樓
　　　　　電話：+886-2-2796-3638　傳真：+886-2-2796-1377
　　　　　服務信箱：service@showwe.com.tw
展售門市／國家書店【松江門市】
　　　　　地址：104 台北市中山區松江路209號1樓
　　　　　電話：+886-2-2518-0207　傳真：+886-2-2518-0778
網路訂購／秀威網路書店：https://store.showwe.tw
　　　　　國家網路書店：https://www.govbooks.com.tw

出版日期／2016年1月　BOD一版　定價／430元

|獨立|作家|
Independent Author

寫自己的故事，唱自己的歌

被扭曲的民國報人史：張季鸞、范長江們的筆下人生 /
李偉著. -- 一版. -- 臺北市：獨立作家, 2016.1
　　面；　公分. -- (Do歷史；54)
BOD版
ISBN 978-986-92449-4-7(平裝)

1. 中國報業史　2. 傳記

898.9　　　　　　　　　　　　　　　104026271

國家圖書館出版品預行編目

讀者回函卡

感謝您購買本書，為提升服務品質，請填妥以下資料，將讀者回函卡直接寄回或傳真本公司，收到您的寶貴意見後，我們會收藏記錄及檢討，謝謝！如您需要了解本公司最新出版書目、購書優惠或企劃活動，歡迎您上網查詢或下載相關資料：http:// www.showwe.com.tw

您購買的書名：＿＿＿＿＿＿＿＿＿＿＿＿＿＿＿＿＿＿＿＿＿

出生日期：＿＿＿＿年＿＿＿＿月＿＿＿＿日

學歷：□高中 (含) 以下　　□大專　　□研究所 (含) 以上

職業：□製造業　□金融業　□資訊業　□軍警　□傳播業　□自由業
　　　□服務業　□公務員　□教職　　□學生　□家管　　□其它＿＿＿

購書地點：□網路書店　□實體書店　□書展　□郵購　□贈閱　□其他

您從何得知本書的消息？

　　□網路書店　□實體書店　□網路搜尋　□電子報　□書訊　□雜誌

　　□傳播媒體　□親友推薦　□網站推薦　□部落格　□其他＿＿＿＿＿

您對本書的評價：（請填代號　1.非常滿意　2.滿意　3.尚可　4.再改進）

　　封面設計＿＿＿　版面編排＿＿＿　內容＿＿＿　文／譯筆＿＿＿　價格＿＿＿

讀完書後您覺得：

　　□很有收穫　□有收穫　□收穫不多　□沒收穫

對我們的建議：＿＿＿＿＿＿＿＿＿＿＿＿＿＿＿＿＿＿＿＿＿

＿＿＿＿＿＿＿＿＿＿＿＿＿＿＿＿＿＿＿＿＿＿＿＿＿＿＿＿＿

＿＿＿＿＿＿＿＿＿＿＿＿＿＿＿＿＿＿＿＿＿＿＿＿＿＿＿＿＿

＿＿＿＿＿＿＿＿＿＿＿＿＿＿＿＿＿＿＿＿＿＿＿＿＿＿＿＿＿

11466
台北市內湖區瑞光路 76 巷 65 號 1 樓
獨立作家讀者服務部　　　收

··

（請沿線對折寄回，謝謝！）

姓　　名：＿＿＿＿＿＿＿＿　年齡：＿＿＿＿　性別：□女　□男

郵遞區號：□□□□□

地　　址：＿＿＿＿＿＿＿＿＿＿＿＿＿＿＿＿＿＿＿＿＿＿＿

聯絡電話：(日) ＿＿＿＿＿＿＿＿＿＿ (夜) ＿＿＿＿＿＿＿＿＿＿

E - m a i l：＿＿＿＿＿＿＿＿＿＿＿＿＿＿＿＿＿＿＿＿＿